La niebla y la doncella

Lorenzo Silva

La niebla y la doncella

DESTINO

PEFC Certificado

Este libro procede de
bosques gestionados
de forma sostenible

PEFC

PEFC/14-38-00305 www.pefc.es

Ediciones Destino, un sello editorial de Editorial Planeta, S. A.
Avda. Diagonal, 662-664, 08034 Barcelona (España)
www.edestino.es
www.planetadelibros.com

Adaptación de la cubierta: Booket / Área Editorial Grupo Planeta
Ilustración de la cubierta: © Ángel Mateo Charris
Primera edición en Colección Booket: julio de 2004
Primera edición en esta presentación: mayo de 2026

Depósito legal: B. 25.224-2026
ISBN: 978-84-233-6999-7
Impreso en España

Biografía

Lorenzo Silva (Madrid, 1966) es uno de los grandes referentes de la literatura contemporánea y sus novelas policíacas e históricas suman más de dos millones y medio de lectores. Ha escrito, entre otras, *La flaqueza del bolchevique* (finalista del Premio Nadal 1997), *El nombre de los nuestros*, *Carta Blanca* (Premio Primavera 2004), *Recordarán tu nombre*, la «Trilogía de Getafe», *Castellano*, *Nadie por delante*, *Púa* o *Con nadie*, su libro más reciente. Es autor del libro de viajes *Del Rif al Yebala. Viaje al sueño y la pesadilla de Marruecos* y de *Sereno en el peligro* (Premio Algaba de Ensayo). Suya es también la serie protagonizada por los investigadores Bevilacqua y Chamorro; *El alquimista impaciente* (Premio Nadal 2000), *La marca del meridiano* (Premio Planeta 2012) o *Las fuerzas contrarias* (2025) son algunas de las novelas que la integran. En 2025 ha publicado el libro de relatos *Afanes sin provecho* y en 2026 lanza una nueva novela: *Con nadie*. Junto con Noemí Trujillo, firma una serie policiaca cuya entrega más reciente es *La Innombrable* (2024).

@VilaSilva

www.lorenzo-silva.com

Para mi madre, sobra decir por qué

ADVERTENCIA USUAL

La experiencia enseña que conviene advertirlo, y en esta ocasión conviene no menos que en otras: aunque algunos de los lugares que aparecen en este libro están inspirados, siempre libremente, en lugares reales, los personajes, así como los hechos narrados, son por completo fruto de la invención.

Esta piedra a natural miente uertud en si de tirar el fierro con muy grand fuerça. Et pot que semeia grand marauilla alos que non saben la natura delas propriedades delas cosas, que esta piedra, que es caliente et seca, pueda tirar el fierro que es frio et seco, dezimos que non se deuen marauillar por ello; casi bien pararen mientes alos dichos delos sabios, fallaran que todas las cosas que tiran unas a otras lo fazen en dos maneras; o por semeiante o por el contrario.

ALFONSO X, Lapidario

Capítulo 1
UN COCHE ROJO

Siso, con una sonrisita astuta, dejó el alfil blanco sobre el tablero.

–Me temo que la dama está en apuros –dijo.

Anglada, cuya mirada baja y cuyos índices unidos bajo la nariz lo mismo podían significar concentración que aburrimiento, observó apenas durante un par de segundos la posición que su compañero acababa de crear. Concluido su análisis, alzó hacia él unos ojos brumosos y escépticos.

–Desde luego, tío, no hay nada tan audaz como la ignorancia.

Los dedos de Anglada se apoderaron de la dama negra y la sacaron de la trampa. De paso, le clavó a Siso un caballo, aunque sin demasiada fe en que su compañero se percatase a no ser que pensara en moverlo.

–Joder, Anglada, contigo no hay manera.

–Para ti, no –anotó Anglada, sin piedad.

En ese momento, los faros de un coche surgieron al final de la carretera. Siso se apresuró a apagar la luz interior del todoterreno.

–Una idea cojonuda –protestó Anglada–. Ahora ese paisano se pensará que estábamos haciendo manitas.

–Hombre, tampoco deberíamos estar aquí atrás, jugando al ajedrez.

–¿Y cómo tenemos que estar, quietos y con la mano en la pistola?

El coche llegó a su altura. Era rojo y venía quizá un poco más deprisa de lo corriente, para aquella hora y aquella carretera, aunque sin rebasar ostensiblemente el límite de velocidad. Durante la fracción de segundo en que estuvo a su altura, Siso y Anglada pudieron obtener un atisbo fugaz de sus ocupantes: dos individuos cubiertos con sendas gorras de visera.

–¿Le cazaste la matrícula? –preguntó Siso.

–No. ¿Por qué?

–No me da buen rollo.

–Tío, son las tres de la mañana. Vendrán de meterse un poco de marcha y puede que alguna cosilla, puestos a pensar mal.

–Razón de más para preocuparnos.

–Vamos, Siso. No parece que se salgan del carril. Tampoco te pases.

–Van hacia el parque. ¿Para qué coño van hacia el parque, a estas horas?

–Yo qué sé. Les parecerá romántico. Hay luna llena.

–Creo que eran dos tíos.

–¿Y qué más da eso?

Siso, serio, apartó a un lado el ajedrez magnético y abrió la portezuela.

–Seguiremos luego. Vamos tras ellos.

Anglada dudó durante un instante, mínimo. Siso era más antiguo y por tanto el jefe de la patrulla. Si se le ponía en las narices perseguir a aquel coche, aunque no hubiera ninguna razón para hacerlo, a ella le tocaba aguantarse y obedecer. Segundos después ya estaba al volante, sacando el todoterreno de la cuneta y enfilando la carretera por la que el vehículo sospechoso acababa de perderse. Siso, en el asiento del copiloto, había adoptado una expresión oficial. A Anglada, cuando no la obligaba a emprender persecuciones absurdas a la luz de la luna, le hacía gracia aquel guardia. Era el típico militarote, chapado a la antigua, aunque apenas pasaba de los treinta años. Anglada le había adivinado primero, y sonsacado después en las largas horas de patrulla, una educación encaminada casi desde la cuna a hacerle vestir de verde y ponerse debajo de un tricornio. Siso, cómo no, era hijo del Cuerpo, y depositario de su más rancia tradición. Por eso había tenido sus más y sus menos, al principio, para aceptar que su compañero se llamara Ruth. Pero Anglada se había hecho con él sin grandes problemas. En el fondo, Siso era un trozo de pan, un buen chico tan disciplinado como simplón.

Avanzaron por el paisaje semidesértico, entre las montañas. A Anglada le gustaba aquella isla y no le importaba conducir por sus carreteras. Cuando el servicio se le hacía demasiado pesado, se consolaba admirando las singulares perspectivas que siempre le ofrecían los flancos del camino. Llegaron a la boca del túnel, sobre la que se alzaban unas cuantas palmeras. Durante el tránsito por las entrañas de la montaña, la oscuridad se hizo más intensa y ambos sintieron cómo iba descendiendo la temperatura. Anglada, que había atravesado ya muchas veces por allí, no pudo sorprenderse cuando a la salida del túnel se vio en un paraje completamente distinto del que había al otro lado. El desierto había dejado paso a un extraño bosque, húmedo e impenetrable, y sobre la carretera se desplomaba una niebla pronto condensada en pequeños chorros de agua que resbalaban sobre el parabrisas. Conectó los faros suplementarios. Acababan de entrar en el parque nacional.

–¿Qué hacemos cuando lleguemos a la primera bifurcación?

–Seguir tieso –ordenó Siso.

–¿Por alguna razón en especial?

–Porque lo digo yo.

Anglada meneó ligeramente la cabeza.

–Mira, Siso, no es que quiera cuestionar tu autoridad, ni mucho menos tu criterio, pero respetuosamente te digo que creo que estamos perdiendo el tiempo. Nos llevan bastante ventaja y no sabemos adónde van.

–Písale más.

Aquello sí le molestó a Anglada. Redujo y aceleró con brusquedad. Si aquel infeliz quería movimiento, lo iba a tener. Era una buena conductora, y además había hecho el cursillo de persecución. Recordaba que el profesor, un ex delincuente antaño especializado en el robo de vehículos, se había quedado estupefacto al comprobar sus habilidades. Como buen quinqui, tenía una visión bastante convencional de la vida. Que una *pibita chachi* fuera guardia civil ya le descolocaba, pero que una mujer resultara una virtuosa del volante era definitivamente demasiado para sus firmes prejuicios.

Apretó el acelerador y afeitó curva tras curva hasta que sintió el miedo de Siso a su derecha. Su compañero se había agarrado al asa de encima de la puerta y contenía la respiración de forma perceptible. Al fin habló:

–Cuidado. No vayamos a tener un accidente.

–Podría correr todavía más –dijo Anglada–. No lo hago para no asustarte.

–Anglada, no me jodas.

Anglada se rió.

–Me caes bien, pero ni por todo el oro del mundo, tío.

Siso hizo chascar la lengua.

–Tengamos la noche en paz, anda.

–Eres tú el que se ha empeñado en removerla, me parece. A ver quién ha decidido que nos pongamos a perseguir fantasmas.

–Anglada, me cago en la puta.

–Está bien –se plegó la guardia, mientras levantaba el pie.

Anglada sabía que Siso, en el fondo, era más bien manso y no tomaría contra ella ninguna medida disciplinaria. Por eso le picaba, pero se cuidaba siempre de sobrepasar ese límite en el que un hombre pacífico deja de serlo para convertirse en un peligro de impredecibles consecuencias.

Recorrieron ocho o nueve kilómetros por la carretera desierta. La vegetación que había a ambos lados, el antiquísimo bosque de laurisilva, un superviviente de épocas remotas que sólo subsistía allí y en un par de islas más, le daba a la ruta un aspecto caprichoso y fantasmagórico. La luz de la luna, cernida por la niebla, terminaba de envolver todo en un aura irreal. Anglada llevaba viviendo en la isla más de un año, y Siso pronto iba a hacer siete. Pero era difícil hacerse a contemplar aquello como una rutina.

–Mira que es bonito este puñetero sitio –dijo Anglada.

–Sí que lo es –concedió Siso.

Anglada, poco a poco, había ido aminorando la marcha. Al llegar ante la siguiente encrucijada, detuvo el todoterreno. Siso no dijo nada.

–Esto no tiene mucho sentido, reconócelo.

Siso continuó callado.

–Podríamos volver y esperarlos en la salida del túnel –apuntó Anglada–. Pero puede que vayan al otro lado de la isla y que no regresen. Si quieres, ya que estamos, sigo por aquí y volvemos luego por la parte alta.

–No –gruñó Siso–. Da media vuelta.

–¿De verdad no prefieres que siga?

–Te he dicho media vuelta, Anglada. Si te pones a discutir cada una de mis órdenes no vamos a acabar en toda la noche.

Anglada, resoplando, maniobró para invertir el sentido de la marcha. Luego desanduvo el camino que habían traído, sin prisa.

–Te noto un poco tenso últimamente, Manolo.

Siso se restregó los ojos.

–¿Pasa algo con Isabel? ¿Con los niños?

El hombre pareció meditar un instante. Al final, abrió su corazón:

–Con Isabel no pasa casi nada. Y con los niños pasa de todo. Pero eso no es ninguna novedad. Ya debería estar acostumbrado.

Anglada sopesó las palabras de su compañero. No las examinaba en el vacío. Conocía el historial de problemas familiares de Siso, y también un par de infidelidades conyugales del guardia. Pocas cosas se le pueden ocultar a tu compañero de patrulla, y más bien apetece no ocultarlas.

–Tío, si no la soportas, deberías darle puerta.

–¿Y los niños?

–Por los niños, precisamente. Total, casi no te ven, con la paliza de servicios que llevamos encima. Que estén con su madre, aquí o donde quieran, y tú te los coges en verano y te los llevas a Eurodisney o a Port Aventura y te conviertes en el papá guay. Que ella se ocupe de regañarles.

–Se nota que no tienes hijos.

–Procuro no tener remilgos, nada más. Muchas de las cosas que creemos no son más que la mierda que nos han puesto en la cabeza para que nos limitemos a cumplir el papel que nos asignan en la función. Quítatela de encima, si te está dando por culo. Sufrir no te va a valer para nada. Ni a ella.

Siso la observó con cara de asombro.

–Me dejas verdaderamente agilipollado, Ruth. Nunca había visto a una tía hablar así de otra tía.

–Aquí no soy técnicamente una tía, sino tu colega.

–Eso es otra cosa que me alucina.

–¿El qué?

–Que te metieras aquí. No sé por qué coño lo hiciste.

–La vida es extraña, Manolo. Cuando tenía doce años, yo quería ser bailarina clásica. Con dieciséis, bailarina de striptease. Y aquí me ves, vestida de verde y poniendo a soplar a los borrachos, en vez de bailar para ellos.

–Contigo no hay quien hable en serio.

–Sí, pero me vuelvo demasiado trágica. Por eso lo evito.

–Hostia, mira ahí.

Anglada también lo vio. En el siguiente cruce, a unos doscientos metros, un coche rojo acababa de incorporarse desde la derecha con una brusca maniobra. Era imposible asegurarlo, desconociendo su matrícula y sin haberlo visto lo suficiente para identificar el modelo, pero parecía el mismo de antes.

–Métele –dijo Siso.

Anglada aceleró. El otro iba muy deprisa, tan deprisa como para arriesgarse a embestir la masa boscosa en la primera curva.

–Nos ha visto, y mira cómo le pega.

–Ya veo, ya –asintió Anglada.

–Aquí huele a mierda, te lo digo yo. Son ocho años de chuparme caminos. Aunque no seas un lince, se te aguza el olfato.

Por mucho que lo intentaba, Anglada no conseguía recortar la distancia por debajo de los cien metros. El de delante parecía un buen coche, y el conductor estaba resuelto a sacarle todo lo que tuviera dentro. Por aquella zona la niebla era más tenue que a la salida del túnel, pero lo veían desaparecer tras las curvas una y otra vez temiendo no volver a divisarlo.

–Juraría que es un BMW ranchera. No de los nuevos. Y juraría que los dos primeros números de la matrícula son dos sietes.

–Joder, qué vista tienes, tío. Yo bastante tengo con no perderlo.

Anglada sabía que si se trataba efectivamente de un BMW, y el conductor era un tipo decidido y experto, no había nada que hacer. Con semejante cacharro le sacaba una pila de caballos, y además ella tenía que andar pendiente de no hacer los giros demasiado bruscos para que su vehículo, mucho más alto, no volcase. Pese a todo, mantuvo la persecución. Su única esperanza era no perderlo de vista en el trecho que quedaba hasta el túnel y tratar de seguir a su estela hasta algún lugar donde pudieran interceptarlo. Pero a medida que se acercaban al túnel, la niebla se iba haciendo más espesa. Las dos luces rojas se desvanecían irremediablemente, y a Anglada le escocían los ojos de intentar verlas. El del BMW daba por sentado que no vendría nadie de frente, o había aceptado que si alguien venía se estamparía contra él. Trazaba las curvas aprovechando toda la anchura de la calzada.

–Lo vamos a perder –maldijo Siso.

–Hago lo que puedo –aseguró Anglada.

Al fin, el coche rojo desapareció, tragado por la niebla. Anglada continuó acelerando tanto como la carretera y su máquina le permitían, que cada vez era menos, salvo que arriesgara su vida y la de su compañero con la misma temeridad que exhibía su perseguido. Siso aporreaba el salpicadero.

–Se nos larga, coño, se nos larga.

Llegaron al túnel. Anglada lo cruzó en menos tiempo del que había invertido jamás en hacerlo. Pero cuando salieron al paisaje de montes áridos bañados por la luz de la luna, no vieron ni rastro del coche rojo.

–Será cosa de dar el aviso, por si se dirige hacia allá.

–Ya sería casualidad.

–Bueno, quién sabe.

Siso cogió la radio y llamó a la casa-cuartel.

–Qué pasa, Siso –respondió el cabo Valbuena, que estaba de guardia.

–Un coche sospechoso. Lo hemos estado persiguiendo por el parque, pero se nos ha escapado. Un BMW rojo, ranchera. Los dos primeros números pueden ser dos sietes, no te lo confirmo. Dos individuos.

–¿Y de qué es sospechoso el coche?

–Salió a toda pastilla, al vernos.

–Toma, yo también saldría a toda pastilla, si me diera de pronto y de noche con tu careto en mitad del parque.

–Valbuena, que va en serio.

–¿Y qué hago, despierto a la tropa? Se van a cagar en mi puta madre.

–¿No está el sargento por ahí?

–No. Se ha ido de farra. Ya sabes, soltero y libre en la vida.

–Pero llevará el móvil.

–Me dijo que sólo si había algún homicidio. ¿Os consta?

Siso frunció el ceño. Anglada se encogió de hombros.

–Está bien –se rindió Siso–. Ya lo buscamos nosotros. Seguid durmiendo.

Anglada y Siso lo tuvieron más fácil de lo que en principio cabía prever. A eso de las cuatro y cuarto, irrumpió la voz de Valbuena en la emisora del coche. Sonaba pastosa, como correspondía a la hora.

–Os va a interesar saber esto. Acaba de llamar un fulano que hablaba en susurros. Que ha visto a un tipo sospechoso, de unos cuarenta y cinco años, bajándose de un BMW color rojo. Que antes ha estado trasteando dentro y que después de bajarse le ha estado enredando en la cerradura con un destornillador, como si quisiera forzarla. Y luego no ha echado la llave.

–¿Forzar la cerradura después de bajarse?

–Eso me ha dicho, te lo juro. Le he pedido que se identificara. Pero me ha dicho que no quiere historias. Que una vez denunció un robo y le marearon los jueces y al final por poco no le inflaron los choris.

–Está bien –dijo Siso–. Dime dónde.

Fueron a la dirección que les dio Valbuena. Era un barrio de adosados, medio desierto en aquella época de temporada baja. En una rotonda, divisaron el BMW rojo, bastante mal aparcado. La matrícula empezaba por dos sietes. Cuando se acercaron a inspeccionarlo comprobaron que estaba abierto y que la cerradura mostraba signos evidentes de haber sido forzada. También habían manipulado los cables bajo el volante. Pero lo que más les llamó la atención fue sin duda lo que encontraron en el asiento del copiloto. Había manchas de sangre en el reposacabezas, el respaldo y la banqueta.

–¿No te lo dije? –exclamó Siso, con una especie de satisfacción.

Dos horas después se personó en la casa-cuartel un hombre de unos cuarenta y cinco años, que dijo ser propietario de un BMW rojo ranchera y afirmó que le habían robado esa misma noche su vehículo. Los guardias no necesitaron pedirle la documentación para verificar la primera parte de la historia. Tras las oportunas averiguaciones, acababan de confirmar en el ordenador de Tráfico que el propietario del vehículo se llamaba Juan Luis Gómez Padilla. Que el hombre que tenían delante era, en efecto, Juan Luis Gómez Padilla, pertenecía al dominio público: se trataba del vicepresidente del cabildo insular y segundo teniente de alcalde de la capital de la isla.

Respecto del robo, y de la tardanza en denunciarlo, al menos tres horas según les constaba a Siso y Anglada, Gómez Padilla ofreció una explicación plausible. Disponía de dos vehículos, el BMW ranchera, que era el que usaba para su negocio (era representante comercial de equipos electrónicos), y un Volkswagen Golf que prefería utilizar cuando no tenía que llevar carga. Esa noche había ido a la capital de la isla a una reunión de partido que se había prolongado hasta la madrugada. Había sido al regresar a su casa cuando había advertido la ausencia del BMW, y después de comprobar que ni su mujer ni su hijo mayor lo habían cogido, había comprendido que debía de tratarse de un robo. Con todo el tacto de que fue capaz, el sargento Nava, jefe del puesto, que se había reincorporado a él inmediatamente tras recibir aviso del hallazgo de sus hombres, interrogó a Gómez Padilla acerca de la secuencia horaria de los hechos. El concejal hizo memoria y ofreció ésta:

–La reunión duró hasta las dos, más o menos. De dos a tres y media estuve tomando una copa con un par de compañeros. Llegaría a casa sobre las cuatro y cuarto. Mi hijo había salido y no volvió hasta las cinco y media, que fue la hora a la que pude empezar a pensar en un robo.

Siso, Anglada y Nava le observaron. Gómez Padilla se inquietó.

–¿Por qué tantas preguntas? ¿Ha pasado algo con el coche?

Fue entonces cuando le contaron, someramente, lo que sabían de lo que había sucedido con su vehículo durante aquella accidentada noche. Gómez Padilla escuchó el relato con estupor. El sargento, por no saltarse la formalidad, le preguntó si tenía alguna idea de quién podía ser el conductor al que Anglada y Siso habían perseguido y que, al parecer, había abandonado el BMW manchado de sangre en la rotonda de la urbanización de adosados.

–Por Dios, no tengo ni puñetera idea –repuso Gómez Padilla, persuasivo.

No había ningún cadáver, el concejal había acudido a denunciar el robo tarde, sí, pero antes de que fueran a buscarlo, y por el momento todo lo que tenían era un episodio de conducción temeraria y fuga de la autoridad, un coche con la cerradura forzada y unas pocas manchas de sangre. Además de una denuncia telefónica de origen dudoso. Según comprobaron con la compañía, la llamada la habían hecho desde una cabina pública. Juntando todas las piezas, a Nava no le quedó más remedio que dejar marchar a Gómez Padilla, no sin advertirle de que podían llamarle más adelante.

Del asunto vinieron a ocuparse los de la unidad de policía judicial de Tenerife. Tomaron muestras de la sangre, fotografiaron el coche por todos lados y recogieron las huellas dactilares que presentaba: únicamente las de Gómez Padilla y las de su mujer, aunque ninguna en el volante. También recogieron algunos cabellos, de diversas longitudes y tonalidades. Luego hicieron una breve descubierta por el parque nacional, sin grandes resultados. Tomaron nota, eso sí, de todos los lugares por donde habían visto Anglada y Siso pasar a aquel coche. Por último, interrogaron a Gómez Padilla y se informaron por encima de su vida y milagros. No había nada que les indujera a recelar. La investigación quedó más o menos en suspenso.

Diez días después, una mujer presa de gran nerviosismo acudió a la casa-cuartel. Según refirió, había vuelto la víspera de la Península y al llegar a su casa la había encontrado vacía, es decir, sin su hijo, que se había quedado allí mientras ella estaba de viaje. Había esperado un día antes de denunciar su desaparición, porque a veces su hijo... En fin, los muchachos, ya se sabe. Pero ahora estaba convencida de que algo raro había ocurrido.

Anglada, que escuchaba con cierta desgana el relato de la mujer, demasiado impaciente y avasalladora para su gusto, le preguntó:

–¿Recuerda cuándo fue la última vez que habló con su hijo? Por teléfono, o como fuera.

–Hace quince días. El mismo día que me fui. Lo llamé al llegar a Madrid.

–¿Y luego nada?

–Lo llamé alguna otra vez, pero no debí de cogerlo en casa.

–¿Y él no la llamaba?

–Huy, llamarme, él. Ni soñarlo. Los chavales son así.

–¿Qué edad tiene su chaval?

–Veintidós.

–¿Y cómo se llama?

–Iván. Iván López von Amsberg.

En ese momento, Anglada reparó en el aspecto extranjero de la mujer, sus ojos azul huevo de pato, su piel translúcida, sus erres un poco trabajosas. Por lo demás, hablaba con tan leve acento que había logrado despistarla.

Cuando Anglada le contó lo de la desaparición de

aquel muchacho, el sargento Nava, por si acaso, dio parte a los de Tenerife. Coincidía en el tiempo con el extraño asunto del BMW rojo, y nunca se sabía. Los de Tenerife, sin embargo, no le dieron impresión de hacerle mucho caso. Parecía otro tipo de desaparición, el niño mimado que no se lleva bien con la vieja. Si pasaban dos semanas más sin tener noticias suyas, empezaría a ser preocupante.

Pero no llegaron a transcurrir las dos semanas. Apenas se había cumplido una y media cuando un grupo de excursionistas, que se había salido de los senderos autorizados del parque nacional, descubrió en lo más profundo del bosque de laurisilva un cuerpo en avanzado estado de descomposición. Era un varón, de entre veinte y veinticinco años, y según calcularía posteriormente el forense, debía de llevar unas tres semanas muerto. Pese a ello, Margarethe von Amsberg, antes de desmayarse, y con una frialdad que sólo podía explicar el aturdimiento, o la demencia que ya había comenzado a anidar en su cabeza, pudo reconocerlo como Iván, su hijo desaparecido.

Anglada, por quien supe todo lo que hasta aquí he contado, también me dijo que fue en el corazón del bosque, junto al cuerpo corrompido y maloliente, donde reparó en que para llegar allí había que tomar el desvío por el que aquella noche habían visto regresar al BMW rojo. Luego los análisis confirmaron que la sangre que había en el asiento del coche pertenecía al malogrado Iván, y la autopsia suministró una explicación contundente para el modo en que había abandonado sus venas: el tajo de cuchillo que surcaba su garganta de lado a lado, y que era, por lo demás, la única lesión que presentaba el cadáver. Anglada, que en la primera impresión me pareció una guardia lista y desenvuelta, añadió que desde entonces había adquirido la costumbre de tomarse muy en serio los barruntos de su compañero Siso.

Capítulo 2
LA RUTINA DEL VAMPIRO

La primera vez que vi el rostro del ex concejal y ex vicepresidente del cabildo insular Juan Luis Gómez Padilla fue en una fotografía de periódico. Era un rostro cansado, y sin embargo feliz. La fotografía se la habían tomado a la salida de la audiencia provincial de Tenerife, el mismo día en que el veredicto unánime de un jurado popular le había absuelto del asesinato de Iván López von Amsberg. Su carrera política ya había quedado hecha trizas y sus cabellos prematura y completamente encanecidos daban cuenta del infierno que acababa de atravesar. Pero su mirada, en aquella foto, era la de un hombre que vuelve a ver la calle sintiéndose libre. Y ésa, como sólo sabe quien durante un tiempo la ha perdido, es una gloriosa sensación.

La fotografía me la había facilitado mi nunca bastante reverenciado amo y señor, el comandante Pereira, dentro de un grueso expediente en cuya cubierta se leía el nombre del muchacho muerto. Mientras esperaba a que terminase de confirmar mis sospechas sobre por qué y para qué me ponía el paquete en las manos, comprobé la fecha del periódico y eché cuentas. Hacía once meses de la absolución. Dos años y tres meses del crimen. Lo que en la jerga de la unidad central solíamos llamar un asunto podrido. No es en absoluto inusual que nos lleguen muertos pasados de fecha, para eso somos los expertos, pero si encima ha habido un juicio y el sospechoso ha salido libre, nos encontramos en la modalidad más extrema de los asuntos putrefactos. Repasé deprisa mi comportamiento en el último trimestre, por si encontraba alguna torpeza o maldad que me hiciera acreedor a semejante castigo.

–Quiero que sepas que no me siento nada feliz pasándote esta patata –me confortó el comandante, disipando mis temores–. Lo hago porque antes me la han pasado a mí, y creo que tienes derecho a saber por qué.

–Bueno, parece evidente –me apresuré a deducir–. Una investigación fallida, dos años perdidos. Ése es nuestro negocio. Ya estoy resignado.

Pereira frunció la nariz.

–Sí y no. Hay un matiz peculiar, que creo que te conviene saber. Después del juicio, el caso estuvo un tiempo estancado. La gente de policía judicial de la zona se quedó jodida con el veredicto absolutorio, tenían otras tareas, o les dio pereza volver a remover la cosa. No me preguntes. Lo cierto es que durante un año no se ha hecho nada. La razón de la actual reactivación, y de que nos metan a nosotros, no es que de repente alguien haya sentido la llamada del deber o el escozor del orgullo profesional herido. Es mucho más simple. Resulta que el nuevo subdelegado del gobierno es cuñado de la madre del chico al que mataron. Y que lo que hasta hace un mes era una carpeta polvorienta que todo el mundo intentaba olvidar, se ha convertido en la prioridad número uno. Te lo digo para que tomes nota.

–Me doy por enterado, mi comandante –dije–. ¿Anda también interesada la prensa? Por saber hasta dónde y cuánto van a putearnos.

Pereira se encogió de hombros.

–Por lo que me cuentan, la prensa perdió el interés después de la absolución del concejal. Gastada la veta morbosa, y ante la posibilidad de que el crimen fuera por razones más prosaicas, debieron olvidarse.

–¿La veta morbosa?

–Lo leerás en la carpeta. El móvil que se le atribuía al concejal para matar al chaval. Por lo visto, el muerto se cepillaba a su hija de quince años.

–Ah.

–Sí, tampoco es gran cosa, una chica de quince años hoy día muy bien puede ser una comehombres veterana, como además parece que era el caso. Pero ya sabes que siempre que hay derramamiento de jugos corporales de por medio a la historia se le encuentra mucho más aliciente.

–Sí, eso decía el viejo Sigmund Freud. Pero se supone que ya estaba superado y que no era más que un salido y un capullo.

Pereira enarcó las cejas.

–Cuidado con quien me mezclas. Ya sabes que yo no me junto con ateos. Y menos con psiquiatras. A ti te soporto porque sólo eres psicólogo.

Pereira, mi comandante, siempre había sido un hombre de fundamentos, sólido catolicismo y recia salud mental. Por eso era tan bueno, casi inmejorable, llevando un negociado de tarados, como lo éramos algunos de los que estábamos a sus órdenes y prácticamente toda la clientela. Entre él y yo había uno de esos pactos que son más frecuentes de lo que a primera vista cabe imaginar, y que unen a personas con visiones del mundo radicalmente distintas (bueno, él tenía una, yo sólo un bosquejo) en la persecución de una insospechada finalidad común. Ya hacía más de seis años que trabajaba a sus órdenes y podíamos entendernos sólo con la mirada. Yo sabía lo que él esperaba de mí, y él sabía lo que yo podía darle. Por lo demás, a ambos nos asistía la confortable certeza de que ninguno de los dos dejaría por nada del mundo tirado o con el culo al aire al otro. Que ya es mucho más de lo que muchos jefes pueden esperar de sus subordinados y viceversa.

–En fin –recapituló mi comandante–. Tómate la mañana para empaparte de los papeles. Por la tarde hablamos y mañana mismo te vas a Canarias.

–Bueno, hay peores sitios a los que ir, en febrero.

–Como me caes bien, aunque seas un ácrata camuflado, te voy a dar dos semanas. Ni que decir tiene que se valorará muy positivamente que no agotes el plazo que te otorgo. Pero tampoco te amontones por eso. Por la conversación que he tenido con el subdelegado del gobierno, éste es uno de esos asuntos que más vale llevar bien derecho desde el principio.

El roce no sólo proporciona el conocimiento recíproco, sino también una multitud de sobreentendidos. No consideré necesario, por ello, protestarle a mi jefe por el juicio que acababa de realizar sobre mí: él ya sabía que a pesar de almacenar en mi interior un germen anárquico, en eso acertaba, resultaba en general bastante pulcro y bien mandado y siempre me las arreglaba para mantener las formas frente a los extraños y las autoridades competentes. Así que preferí derivar hacia un aspecto de índole más práctica:

–Supongo que se me permitirá llevar alguna ayuda.

–Claro, el caso lo merece, no vamos a reparar en medios.

–¿Puedo elegir?

Pereira esbozó una sonrisa maliciosa.

–Te doy hecha la elección, hombre. Llévate a tu Chamorrito. Ya sé que es lo que quieres.

Me fue difícil mantener la impasibilidad ante la mirada de mi perspicaz comandante. Pero por fortuna, podía respaldar con una fría e inquebrantable convicción profesional cada una de las palabras que dije a continuación:

–No sólo es que trabaje a gusto con ella, que no lo

niego. Es que me parece la mejor para esta clase de marrones.

–¿Ah, sí? ¿Y eso por qué?

–Porque no se rinde nunca.

–Sí, es dura, la Chamorrito –concedió Pereira, pensativo–. Una tía con un par de cojones.

Me imaginé la cara que habría puesto Chamorro, si hubiera escuchado al comandante, tratándola en diminutivo y formulando sobre ella esa clase de observaciones. Me representé la ira que le asomaría a los ojos, y que sin embargo contendría. O no. A veces no se sabía del todo, con ella.

–Tenga usted cuidado, mi comandante. Ya sabe que alguno ha ido de gracioso cambiándole de orden las letras del apellido. Y es una broma desafortunada, aunque sólo sea porque no hay nada de eso.

–Bueno, hombre, aquí se echan muchas horas. De alguna manera hay que distraerse. Y por suerte te tiene a ti, para protegerla.

Pensé en responderle, pero una de las consecuencias de tratar con alguien que lleva una estrella gorda de comandante en el hombro, cuando tú sólo llevas galones de sargento, es que más vale abstenerse de replicar a todo lo que a uno le dicen, aunque se tenga a punto una frase ingeniosa o demoledora. Especialmente cuando se tiene a punto una frase así.

–Muy bien, Vila –concluyó Pereira–. Ahí tienes tu toro, y a tu banderillera preferida. Sólo espero que te concentres en el bicho y que rehuyas la tentación. Quince días en Canarias son una ocasión inmejorable para perder el control con una chica joven. Y ya sabes lo escasos que andamos de ellas y lo mucho que nos cuesta conservarlas cuando dejan de ser solteras.

La última frase de Pereira se había salido del tono relajado de la conversación. Era verdad que casi todas las chicas, en cuanto se casaban y pensaban en tener hijos, se largaban de la unidad. El régimen de trabajo allí, con viajes prolongados y a veces imprevistos, jornadas ilimitadas y desorden vital continuo, no era, desde luego, el más propicio para conjugarlo con una maternidad responsable. Tampoco con una paternidad en condiciones; de eso sabía yo algo. Y era una lástima, incluso para el propio Pereira, a quien no podía considerarse precisamente un ferviente adalid feminista. Porque las mujeres trabajaban bien y, sobre todo, eran formidables para actuar de incógnito. Aunque los ciudadanos, y en particular los malos, supieran que en la Guardia Civil había mujeres, aún les costaba intuir a la guardia en la simpática chica en vaqueros que les daba palique en la barra del bar.

–Me parece que me juzga a la ligera, mi comandante –repuse, con aire digno–. Y no creo haberle dado motivos. Además, si Chamorro deja de estar soltera, no será por mi culpa. Ya tiene novio.

Pereira puso un gesto de asombro.

–Coño, no tenía ni idea. ¿Y se sabe quién es?

Detesto el comadreo, aunque sea con el superior de uno y por motivos tangencialmente profesionales. Por eso traté de ser lo más parco posible.

–Uno de la empresa. Lo conoció en el curso de cabo.

–Me cago en diez, si lo sé no la mandamos. ¿Y dónde anda él?

–En los GRS, aquí en Madrid.

–Anda la leche, un antidisturbios. Qué cosas. No me habría imaginado eso de Chamorro. Mira tú, la vida te sorprende siempre. En fin, espero que no dure. Porque pienso como tú, que es la mejor tía que tenemos.

No era común que Pereira emitiera juicios como aquél acerca de su propia gente. Me permitió acabar nuestra entrevista con una sensación no del todo desagradable, después de haber soportado sus irónicas insinuaciones y de haber tenido que hacerle de correveidile sobre la vida sentimental de mi compañera. Una cuestión que, por otras razones que no viene al caso explicar, me resultaba ya de por sí suficientemente incómoda.

Andaba revolviendo todas estas cosas en la cabeza cuando, con la carpeta debajo del brazo, me acerqué a la mesa de Chamorro. Estaba, como era su costumbre en los momentos de relativa calma, poniendo en limpio informes, clasificando papeles y rematando expedientes. Una de las grandes ventajas de trabajar con ella, aparte de que fuera sagaz, voluntariosa y sacrificada, era que uno siempre sabía donde encontrar luego la información que iba recopilando. Aunque ella se enfadara si se lo hacías notar. Como individuo naturalmente caótico, me desconcierta lo rabiosa que se pone la gente ordenada cuando le reconoces y le envidias su provechosa cualidad.

–Chamorro, ¿has estado alguna vez en La Gomera?

Mi compañera alzó apenas la vista.

–¿En La Gomera?

–Sí. Esa isla pequeña, al oeste de Tenerife.

–En Tenerife sí estuve, en el viaje de fin de curso de COU. Pero en La Gomera no, nunca. ¿Por qué?

–Pues vete pensando en sacar la ropa de verano del armario. Tenemos tajo por allí –le enseñé la carpeta–. Un chico joven y guapo al que le afeitaron el cuello hace un par de años. Y nos vamos mañana.

–¿Mañana?

–Sí, Chamorro, mañana. Voy a darle una vuelta a todo este papelote y luego te lo paso. Ve cerrando lo que haya que cerrar y piensa en faltar de aquí unos quince días.

–Quince días, nada menos –repitió, apagada–. No me fastidies. Yo tenía plan para este fin de semana.

–Pues llamas al increíble Hulk y le dices que soy un cabrón.

–No le llames increíble Hulk.

–Lo siento, Virginia –me retracté–. A mí también me han fastidiado. Tenía al niño este fin de semana. Le han regalado un triunfo a Barbara Stanwyck, y ya sabes que no hay cosa que me dé más por culo en esta vida.

–No sé si preguntarte por qué le pusiste ese mote a tu ex mujer.

–¿Barbara Stanwyck? Es clavada. Y la Stanwyck siempre hacía de mala. Una señal que debería haber atendido, en su momento.

–Mira que eres tonto, cuando te pones.

–No es ninguna tontería. Yo creo en esas cosas. En las señales. En algo hay que creer, cuando dejas de creer en el sexo y el alcohol.

Chamorro se echó a reír. No voy a ocultar que me gustaba conseguirlo. Que lo intentaba, quizá más a menudo de lo que debía.

–Está bien, cabo –recobré la seriedad–. Ya tiene sus órdenes, así que vaya cumpliéndolas. Pídale disculpas a Conan el Bárbaro en mi nombre. Yo me voy a estudiar esta novela que me ha puesto como lectura el profe.

–Tampoco me hace gracia que le llames Conan –la oí refunfuñar, mientras me dirigía a mi mesa. Pero a mí me parecía un apelativo nada ofensivo, más bien elogioso, para un tipo que medía 1,90 y se pasaba la vida metiéndose caña en el gimnasio, cuando no metía leña a los demás.

Muy a menudo me pregunto por qué, entre todos los caminos que podría haber tomado en la vida después de comprender que había hecho una elección errónea licenciándome en Psicología, resolví ingresar en la Guardia Civil. En su momento, dispuse de la ventaja de tomar la decisión basándome en consideraciones de corto plazo: el temario no era muy grande, las pruebas físicas no me resultaban inasequibles, y en pocos meses, si pasaba el examen, podía estar ganando un sueldo y devengando lentamente una magra pensión. Se me dirá que eso no es gran cosa, pero para un desempleado de larga duración, y a los efectos huérfano de padre, suponía un poderoso estímulo. Lo que ocurre es que luego el tiempo pasa, la vida te va presentando facturas, unas aciertas a pagarlas, muchas no, y al final la pregunta tienes que repetírtela en condiciones mucho menos diáfanas. Me veía obligado a hacérmela aquella mañana de lunes, por ejemplo: mientras me zambullía en un expediente de homicidio, sin poder sacarme de la cabeza que tendría que marcar el número de mi ex mujer para mendigarle que me permitiera ver a mi hijo esa misma tarde, aunque no me tocaba, y sin dejar de darle vueltas a lo que le diría a mi cada día más taciturno vástago para excusar mi enésimo incumplimiento como padre, sostén afectivo y ejemplo moral. Lo malo del envejecimiento, aunque sólo fuera el debido a los treinta y ocho años que hasta entonces yo había visto transcurrir, es que te enseña a encontrar gateras por las que huir de casi todo, e incluso a tener bien clasificadas las gateras en función de su eficacia como vías de escape. Por eso, sabía que una de las soluciones más efectivas que se me ofrecía era meterme a fondo en aquellas vidas ajenas que los papeles que tenía ante mis ojos recogían en sueltos y violentos retazos. Media hora antes, esas vidas no eran de mi incumbencia, ni siquiera de mi interés. Pero ahora no sólo constituían mi obligación profesional y un desafío personal, en tanto que mi honrilla pasaba a estar en juego en función de si lograba averiguar o no quién había puesto fin a los días de aquel muchacho desconocido. Allí, en aquella carpeta, tenía la forma y el camino para llevar adelante unos pocos de mis días, pese a todos los fallos que había cometido al organizar mi existencia. Algo así como la rutina del vampiro, alimentar la vida propia de la muerte de otros.

La lectura de aquel expediente me familiarizó con una investigación, la que habían llevado a cabo mis compañeros de Tenerife, a la que en principio poco reparo cabía oponer. Una vez establecida la identidad entre la sangre hallada en el asiento del BMW del concejal y la poca que quedaba en el difunto, cualquiera habría tirado por donde ellos tiraron. Desplazaron un par de investigadores a la zona y trataron de averiguar si podía establecerse una conexión entre la víctima y el sospechoso. En pocos días supieron de las relaciones del malogrado Iván con la joven hija de Gómez Padilla, y recabaron diversos testimonios de alguna escena destemplada entre el vicepresidente del cabildo y el muchacho, después de que aquél descubriera que López von Amsberg se acostaba con la niña de sus ojos. La más violenta había tenido lugar a la puerta del domicilio de Gómez Padilla, a donde el fallecido había acudido a altas horas acompañando a la hija. Según habían podido saber los investigadores, la chica, de nombre Desirée, y morbosamente atractiva, era conocida del vecindario por su ligereza de costumbres. En cuanto a Iván López, se le consideraba un chaval un poco atolondrado, fanfarrón e impulsivo. En opinión de muchos, no era más que un niño malcriado, al que su buena planta y escasez de seso habían terminado de convertir en un imbécil engreído y caprichoso. Su padre se había largado de casa siendo él muy pequeño, y la madre, una alemana que había llegado allí de vacaciones y que deslumbrada por la isla había decidido quedarse, era casi unánimemente tenida por chiflada desde bastante tiempo antes de que le mataran al hijo.

Si a todo ello se le unía que Gómez Padilla era un hombre de carácter, forzado en su condición de político a mantener una imagen pública, es decir, alguien a quien los devaneos de su hija con semejante zascandil tenían necesariamente que envenenar la sangre, se comprendía que los investigadores hubieran interpretado que por allí seguía su camino. Por más que lo intentaron, no consiguieron identificar al autor de la llamada anónima, aquella que en la noche del crimen había informado de que un hombre cuya descripción coincidía con la de Gómez Padilla había abandonado el BMW rojo tras simular con un destornillador que alguien había forzado la cerradura. Pero la llamada estaba ahí, y a esa hora, las cuatro y cuarto, Gómez Padilla no tenía coartada. Comprobaron la que había ofrecido hasta las tres y media, dos compañeros de partido, y uno de ellos la respaldó, pero el otro se mostró incapaz de precisar. La última vez que había mirado el reloj faltaba poco para las tres, eso era todo lo que podía decir con absoluta certidumbre.

Antes de dar el paso de interrogar al propio Gómez Padilla, en quien dejaron con buen criterio obrar el nerviosismo que pudiera producirle saber que la Guardia Civil estaba verificando su coartada, los investigadores tomaron una iniciativa que también me pareció llena de sentido. Lograron hablar discretamente con la fatídica Desirée, quien según el informe escrito incorporado al expediente exhibía una madurez impropia de su edad y unos modos insinuantes que el hecho de que el informe viniera firmado por una guardia contribuía sin duda a hacer más llamativos. La chica había aceptado hablar del difunto, aunque la había puesto un poco tensa. Declaró no haber estado nunca enamorada del chico, pero que «estaba muy bueno» y que le había apetecido «hacérselo con él». Que ella no se andaba con tonterías y no le importaba lo que pensaran los demás. Que le daba pena que lo hubieran matado, claro, pero que estaba segura de que su padre no había tenido nada que ver. Iván iba a veces con mala gente, afirmó. Preguntada sobre qué clase de mala gente, y cuál, se limitó a responder: «Mala gente, yo nunca quise saber, y además apenas le conocía, sólo me lo tiré unas cuantas veces».

Con esas piezas en el bolsillo, fueron por el concejal. No era poco lo que tenían. El coche del sospechoso involucrado sin lugar a dudas en el crimen. Un robo denunciado tarde y posiblemente simulado a una hora para la que el sospechoso no tenía coartada. Y una coartada bastante dudosa para la hora en que el BMW rojo había sido avistado en dirección al parque. Pero sobre todo, había un móvil más que consistente: por los incidentes previos, la personalidad de la víctima y el sospechoso y la de la posible causante de todo el estropicio. Muchas veces no se tiene ni la mitad de eso.

En el interrogatorio, Gómez Padilla incurrió en algunas contradicciones menores, pero sobre todo, en repetidas imprecisiones acerca de la secuencia horaria de los hechos. Varió la que había ofrecido la noche de autos, desplazándola de quince a veinte minutos en su beneficio, es decir, procurando que todo sucediera un poco más tarde de lo que había dicho antes, lo que le alejaba del crimen y hacía que su denuncia del robo resultara más diligente. Enfrentado a estas divergencias, su temple se resintió, pero aun así negó con firmeza su culpabilidad, como continuaría haciendo hasta el día del juicio. Si alguien esperó que se derrumbara, erró en su pronóstico.

Nunca apareció el arma del crimen. Desde luego, no dieron con ella en el registro que se hizo de la casa del concejal. Pese a todo, el juez resolvió procesarlo y enviarlo a prisión. Eso ya es un triunfo para el investigador encargado del caso. No ha terminado con las manos vacías, ha sacado lo suficiente para convencer a uno de esos hombres (o, cada vez más, mujeres) esencialmente reticentes que son los jueces de que la imputación merece el respaldo de su autoridad. A partir de ahí se pone en marcha la maquinaria, y suceda lo que suceda, el presunto malo está frito. Cosa que a uno debería preocuparle, por si se ha equivocado al señalarlo, pero que casi nunca produce otra sensación que la alegría de la tarea cumplida. Los guardias que propusieron que se enchiquerase a Gómez Padilla no tenían nada personal contra él. No habían buscado imputarlo por razones espurias. Era, simplemente, adonde les habían llevado muchas horas de ardua labor policial, y habían tomado todas las precauciones para no meter la pata.

En el acto del juicio, no fallaron los testigos que podían acreditar la existencia de una vigorosa enemistad entre el acusado y la víctima. Y los agentes pudieron exponer convincentemente todos los aspectos dudosos que ofrecía la historia del concejal y el presunto robo del coche. Pero tampoco falló el compañero de partido que respaldaba la coartada de Gómez Padilla, y que resistió con entereza las acometidas del fiscal y la acusación. A ello se unió que el segundo compañero de partido, el que había dudado de la hora hasta la que había estado con el procesado aquella noche, cambió su declaración en el juicio, alegando haber recordado mejor, y pasó a apoyar sin reservas la versión de Gómez Padilla. En cuanto a éste, no pudo estar más inspirado. Con serenidad y coherencia repelió todos los intentos de hacerle sucumbir, y se mostró ante el jurado como un hombre infortunado que, después de ver arruinada su carrera política por culpa de una hija frívola, se veía enfrentado a una acusación de asesinato por el solo detalle de haber reaccionado como cualquier padre con entrañas lo hubiera hecho. Nadie podía decir, y era cierto, que le hubiera visto ponerle jamás la mano encima a aquel infeliz, y ganas y ocasión no eran precisamente lo que le había faltado.

El veredicto absolutorio, que contó con el respaldo de la totalidad de los miembros del jurado, no sorprendió demasiado a nadie, y menos a los investigadores, que habían visto a lo largo del juicio cómo se les iba desmoronando la historia que con tanto esfuerzo habían tratado de construir. Para todos los periódicos, la gran noticia fue la absolución del concejal. Las protestas de la madre de Iván López, que como es natural se quejó amargamente ante quien quiso escucharla de que el asesinato de su hijo quedase impune, tuvieron mucho menos eco. Quizá no fueron ajenas a esta reacción las hábiles maniobras de la abogada de Gómez Padilla, que a lo largo de la vista oral consiguió ofrecer al jurado datos de que la víctima andaba en tratos con vendedores de droga, suministrando así una hipótesis alternativa desprovista de cualquier aliciente informativo. En la vida hay clases incluso entre los muertos. Y un muerto en un ajuste de cuentas por droga es poco más que un muerto en accidente de tráfico. Apenas un detalle del paisaje.

Por la tarde, tal y como habíamos quedado, fui a ver al comandante. Con su habitual y desarmante laconismo, me preguntó:

–¿Y bien?

A él le bastaba con esos dos monosílabos, pero yo tenía que ser ingenioso. Lo que resulta un verdadero fastidio, porque, como cualquiera, sólo soy capaz de resultar ingenioso una o como mucho dos veces por semana.

–Bueno –dije, mientras pensaba–, en cuanto a la galería humana, prefiero reservarme mi opinión hasta que la conozca personalmente. Pero puede dar juego, sin duda. Me he fijado más en algunos detalles mecánicos. Iban dos hombres en el coche, cuando la patrulla de los nuestros lo vio pasar. ¿Eran dos asesinos, o el asesino y la víctima? No es irrelevante, porque lo primero plantea la necesidad de buscar a dos personas, mientras que lo segundo sugeriría una mínima confianza entre Iván López y su ejecutor, y debería haber contribuido a descartar a Gómez Padilla. Otro detalle: la única lesión del cadáver era el tajo de cuchillo. No hay heridas de defensa, ningún golpe, ninguna contusión. Lo mataron por sorpresa, cuando no se lo esperaba. No supo que lo estaban matando hasta que sintió correr la sangre.

–Bueno, es normal –opinó Pereira–. Con confianza o sin ella, a la gente suelen degollarla desde detrás. Es lo más cómodo.

–Desde luego. Pero es más fácil llegarle por detrás a quien está tranquilo y desprevenido. Ya sé que no es concluyente, pero podemos manejarnos con eso. De todos modos, creo que tenemos alguna razón para ser optimistas.

–¿Ah, sí?

–En el coche encontraron muestras de cabello de

cinco personas. Cuatro de ellas, identificadas: Gómez Padilla, su mujer y sus dos hijos. Y la quinta, sin identificar. Cuando la investigación les llevó por otro camino, no le dieron más vueltas al dato. Pero ahí está. No es del todo improbable que tengamos un cabello del asesino. O lo que es lo mismo, su ADN.

–Bueno, no te entusiasmes. A lo mejor es un pelo de un familiar, o de un compañero del concejal. Cualquiera que haya montado en el coche.

–Lo veremos, mi comandante.

–Muy bien, pero ya sabes que eso lleva tiempo. Por lo pronto, aprovecha las dos semanas para sacar todo lo que puedas sobre el terreno. Ah, por cierto, me veo en el desagradable deber de decirte que lo primero que debes hacer es ir a ver al subdelegado del gobierno. Quiere estar al tanto.

–No me diga.

–Lo siento, Vila. Ha insistido. Dale un poco de coba, tampoco te cuesta.

–Ya sabe que prefiero evitar las relaciones protocolarias.

–Pues ésta no puedes evitarla. Que haya suerte. Y me vas contando.

A veces, uno tiene ganas de viajar. Por la razón que sea, está harto del lugar donde vive, y le entra el barrunto de que le hará bien cambiar de aires. Otras veces, la perspectiva de viajar se antoja inoportuna y desalentadora. En definitiva, uno se va a otra parte y el mundo sigue siendo el mismo, porque es el mismo el que lo mira, y lejos de casa ni siquiera se tiene el consuelo de las pequeñas cosas familiares que le ayudan a uno a construir la ficción de que sabe dónde está y por qué. Aquella tarde de febrero, quizá porque era gris y fría y porque debía pedirle un favor a mi ex mujer, mi estado de ánimo era más bien el segundo. Pensaba en hacer la maleta y en lo que iba a meter en ella como en una penitencia insoportable.

–De siete a nueve –concedió mi ex mujer, con su severidad habitual–. Ni un minuto más, que luego se le trastoca todo el horario y lo padezco yo.

Era justo. En realidad, ella estaba hecha de mejor pasta de lo que yo solía reconocerle. La culpa de todo, si es que en estos asuntos hay culpas, que seguramente sí, la había tenido yo. Y ahora no podía esperar que ella se mostrara dulce y generosa conmigo. Había perdido ese derecho.

Aproveché aquellas dos estrechas horas con mi hijo como pude, es decir, con más pena que gloria. A sus nueve años, tenía el don de desconcertarme casi siempre, porque en los seis o siete días que pasaban entre cada uno de nuestros encuentros cambiaba de forma a veces difícil de asimilar. Se dejó interrogar sobre el colegio y demás cuestiones cotidianas con la habitual displicencia, y aceptó el plan, un rato de Scalextric, con su no menos invariable desgana. Luego no lo pasó mal, porque hicimos un circuito grande y le dejé ganar y echarme a la cuneta en las curvas. Pero a pesar de todo, en toda la tarde no logré que se me disipara la sensación de fracaso.

Antes de restituirlo al cobijo de su madre, quise mitigar el mal:

–Con este viaje nos han hecho una faena. Pero ya nos desquitaremos.

–¿Cómo? –preguntó, sin dejar de mirar al frente.

–No sé, piensa en lo que más te apetezca.

–Me apetece que me lleves a disparar.

Debía habérmelo temido. Tenía esa fijación.

–Eres demasiado pequeño para sujetar la pistola. Y ya te he dicho que no puedo gastar la munición como me parezca. No es mía.

–Entonces me apetece dejar de ser demasiado pequeño y tener dinero para comprarme mi propia pistola y mis propias balas.

–Ya. Pero para eso vas a tener que esperar un poco. Piensa en otra cosa.

–Bueno, ya lo pensaré. Adiós.

Aquella noche, como muchas noches, tardé en dormirme. Empecé acordándome de cuando vivíamos los tres juntos, de aquella época lejana en que Andrés se conformaba con pistolas de agua y su madre acariciaba al decirlo mi nombre de pila. Luego me puse a pensar en La Gomera, donde nunca había estado. Pasó fugazmente por mi mente la imagen de Chamorro, que a esas horas dormiría a pierna suelta en su cama, o quizá, preferí no completar la suposición. Me dormí dándole vueltas a los detalles de la muerte de Iván López von Amsberg y, como el triste vampiro que era, soñé con un cuchillo que resbalaba sobre una garganta y con la sangre que acudía, puntual y alborotada, a derramarse sobre el pecho de un muchacho desprevenido.

Capítulo 3
SI LA HISTORIA LA ESCRIBIERAN LOS GUSANOS

Según me ha mostrado mi propia experiencia, y algunas ajenas que he tenido ocasión de conocer con cierta profundidad gracias a mi trabajo, la vida tiene una deplorable facilidad para convertirse en algo feo e insatisfactorio. Lo peor del asunto es que, cuando le da por ahí, uno no sabe hasta dónde puede llegar, porque otra de las cosas que tiene, la vida, es que no reconoce los límites que uno quisiera imponerle para conjurar la angustia y el terror. A partir de esta constatación, varía mucho la actitud que toma cada cual. Hay quien se pega un tiro y hay quien prefiere pegárselo a otro, lo que no tiene un efecto tan definitivo sobre el problema, pero permite ganar algún tiempo. Hay gente que se sume en la tristeza, y gente que busca consuelo en alegrías artificiales, entre el surtido de ellas que nuestro moderno sistema de distribución y suministro de mercancías expende a quien pueda pagarlas. Hay quien decide enfrentar la existencia con una visión pesimista, pero también quien de forma inopinada se convierte al más férreo optimismo.

De joven, y cuando digo joven quiero decir antes de

empezar a levantar cadáveres con cierta frecuencia, yo era un pesimista obstinado y fastidioso. No descarto que fuera eso lo que me condujera, precisamente, a la psicología. Para un pesimista, el estudio de los desarreglos de la mente humana puede llegar a ser una gozosa fuente de confirmaciones de su convicción. La cosa empezó a cambiar cuando me puse a convivir de forma efectiva con el desastre, y terminó de invertirse cuando la muerte se convirtió en mi compañía y mi ocupación cotidiana. Desde entonces, soy un optimista contumaz. Ver truncarse las vidas, con todo lo que cada vida llega a contener, y verlas truncarse por motivos absurdos o irrisorios, y de formas a menudo atroces y desdichadas, despierta en uno una inevitable desconfianza hacia los semejantes, pero también una necesidad incontrolable de proteger y alimentar a cada segundo la ilusión de vivir. Aunque sea estúpida, y frágil, y aunque los días y las noches te ofrezcan tantas razones para perderla.

Por todo esto, y por lo mal que había dormido, aquella mañana, mientras esperaba a Chamorro en la cafetería del aeropuerto, me empeñaba en acopiar todo lo que podía hacerme disfrutar del instante. Me había sentado bajo un rayo de sol, que me daba en la cara e infundía a mi mejilla una agradable calidez. Veía, a través de la cristalera del fondo, el cielo azul de Madrid, completamente limpio después de una noche desapacible y ventosa. Paladeaba sin prisa el café que acababan de servirme, un café de verdad, denso, recio y cremoso. Sentía los miembros relajados, y mientras aguardaba, sin prisa porque había llegado con mucha antelación, tuve una súbita intuición de lo que de divino tiene habitar el pellejo de un hombre. Es una morada precaria, angosta, a veces grotesca. Y sin embargo, dentro de ella puede experimentarse momentáneamente la paz y la plenitud.

Me hallaba sumido en aquel modesto éxtasis místico, quizá el único asequible a un pecador dubitativo y desorientado como yo, cuando divisé la figura de Chamorro en lontananza. Venía con su paso firme y regular, con su mochila multiusos colgada de un hombro y las gafas de sol en la mano. Vestía unos vaqueros descoloridos, zapatos de poco tacón y un jersey holgado sobre el que llevaba un anorak con muchos bolsillos. Era, en suma, la indumentaria de una experimentada investigadora criminal, atenta a la comodidad y a las necesidades prácticas. Recordé la primera vez que había quedado con ella en el aeropuerto para un viaje de trabajo. Habían pasado sólo tres años y medio, y sin embargo, me parecía estar ante otra persona. Sus titubeos, su bisoñez y, en suma, su ingenuidad de entonces, habían quedado del todo atrás. Y no supe por qué, al acordarme de aquella otra chica, más joven, vestida de forma inadecuada y llena de una zozobra que con cierta maldad me había complacido en alimentar, me asaltó una especie de melancolía. Digo que no supe por qué, pero desde luego que lo supe. Lo que no quise fue reconocer las razones de aquella sensación de nostalgia.

–Buenas, mi sargento –dijo, mientras tiraba la mochila en la silla que había a mi derecha–. ¿Qué tal?

–Psé. Metiéndome un café y tomando el sol. Como un jubilado. ¿Y tú?

–Pues he estado mejor. Ayer tuve morros, como era de prever.

–Haberme echado la culpa, ya te lo dije.

–Te la eché, pero no sirvió de mucho.

–Pues haberle recordado el punto cuarto de la cartilla del guardia civil: «Siempre fiel a su deber». Parece mentira que forme parte de una unidad de choque. Para poder servir ahí debería sabérsela de memoria.

Chamorro me miró de reojo.

–Venga, no me tomes el pelo –me regañó–. A ti la cartilla te importa un rábano. Y si tu novia te dijera que se larga con otro para quince días, aunque sea su jefe y por razones de trabajo, también te fastidiaría.

–No sé, hace mucho que no tengo novia, propiamente dicha.

Mi compañera se volvió hacia la barra.

–¿Se puede tomar ese café?

–Sí, aunque no ganaría ningún concurso. Y puedo informarte, por si te interesa, que empiezo a sentir que tiene efectos laxantes.

Chamorro torció el gesto.

–Gracias por la información, pero ya he ido esta mañana.

–Nunca se sabe.

Fue a pedir su café. La vi completar la transacción con el camarero, y al camarero atenderla con muchísima más amabilidad que la que me había mostrado a mí. No diría que Chamorro era una mujer de una hermosura apabullante, pero siendo alta, más o menos delgada y medio rubia, ya tenía condiciones para resultar aparente a los ojos del macho promedio, y sabía además dotar a sus facciones no del todo bellas de una cierta chispa con la mirada. Podía, en suma, resultar atractiva cuando se lo proponía, y había aprendido a proponérselo y a lograrlo si le era necesario o conveniente. Cuando vino con su café hacia la mesa, todavía esperaban a ser atendidos tres o cuatro ejecutivos casposos que estaban en la barra antes que ella.

–He conseguido que me sentaran a tu lado en el avión –dijo, mientras vaciaba la mitad del sobre de azúcar en su café.

–Lo dices como si hubiera sido difícil.

–Pues sí, la chica del mostrador me dijo que no estaba autorizada a decirme tu número de asiento. Y me lo explicó. Me dijo que yo podía ser alguien que quisiera molestarte, y que ella tenía la obligación de protegerte de eso.

–Ah, mira, qué delicadeza. ¿Y cómo la convenciste?

–No tuve más remedio que sacar la chapa. Se quedó muy cortada.

–Otra vez quedamos antes de facturar. No se me había ocurrido. La verdad es que tiene toda la lógica. Podrías ser una psicópata.

–Si fuera una psicópata perseguiría a otro –bromeó.

–Gracias, Virginia, eso refuerza mucho mi autoestima. En fin, puestos a ser antipáticos, ¿te has estudiado los papeles?

–Por encima sólo. Pensaba hacerlo en el avión.

Meneé la cabeza.

–Vaya, me decepciona usted, cabo. Hace un año le habría sobrado tiempo para aprendérselos de memoria. Me temo que Arnold Schwarzenegger está siendo una mala influencia. Tendré que dar parte de él.

–Anda, déjalo ya. Y no le pongas más motes.

–Es que siempre se me olvida cómo se llama.

–Arturo. Y no se te olvida, sólo es por chinchar.

–En todo caso, espero que aproveches el vuelo para empaparte. Podríamos haberlo aprovechado para intercambiar impresiones, si hubieras sido más diligente, pero bueno. Menos mal que fui previsor y me traje lectura.

–¿Qué has traído?

–Algo ligero, para desengrasar.

–¿Puedo verlo?

Le tendí el libro.

–«Los muertos también hablan. Memorias de un antropólogo forense» –leyó–. Desde luego, eres un enfermo, jefe.

–Deberías leerlo. Es de un experto yanqui. Todo clarito y la mar de sencillo, apto para principiantes y para investigadores indolentes.

–Un poco de tregua, ¿no? –protestó.

Le dio la vuelta al libro y empezó a leer la contraportada:

–«No tenemos secretos para nuestros huesos. A estos silenciosos y obedientes siervos de nuestro tiempo les contamos sin rubor absolutamente todo. En los archivos de nuestros esqueletos están guardados los diarios íntimos de nuestras vidas.» Ajá. Así que la cosa va de huesos.

–Eso es lo que estudia la antropología forense. Ahí donde lo ves, este tipo, William Maples, fue el que descubrió que los huesos que guardaban en Lima como el esqueleto de Francisco Pizarro eran en realidad de un clérigo.

–Pizarro, ¿el conquistador?

–Sí.

–¿Y cómo supo este tío que los huesos eran de un clérigo?

–Por la complexión, por su estado. De un clérigo o de alguien de vida sedentaria. Alguien blandito, y no la mala bestia que era Pizarro.

–No habría imaginado que los huesos dieran para tanto.

A veces, a uno le apetece hacer un poco de daño. Normalmente uno se reprime, y en especial cuando se trata de alguien a quien se aprecia. Pero otras veces, por razones diversas, no. La miré a los ojos y le dije:

–Te lo tengo dicho, Virginia. Eres luchadora, trabajas con rigor y se puede confiar en ti. Pero tienes que ejercitar más la imaginación.

Chamorro se puso seria. No tenía demasiada cintura para encajar un reproche, aunque fuera uno cariñoso e irónico como aquél.

–No te piques, mujer. Sólo trato de hacerte ver que esto de los muertos no es nunca un problema matemático. Hay que buscarle, bueno, la poesía.

Chamorro alzó los ojos. Sin querer, acababa de darle un triunfo.

–La poesía no es incompatible con las matemáticas. Hay que conocerlas un poco para darse cuenta, pero no es incompatible. Lo que sucede es que la poesía de las matemáticas no está al alcance de cualquiera.

La observé. Pese a todo, aunque los años transcurridos, los muertos investigados y las horas de trabajo la hubieran cambiado en la superficie, en el fondo seguía siendo la misma. Empeñosa, intransigente, y provista de un orgullo que en cierto modo la hacía deliciosamente vulnerable.

–Bueno, me está bien empleado, por inocente –dije.

Chamorro frunció el ceño, recelosa.

–Olvidaba que estaba hablando con una licenciada en Matemáticas.

–Pero qué cabrito eres –dijo, echándose a reír.

–Bueno, como mucho te quedará un par de asignaturas, ¿no?

–Me quedan unas pocas más, por desgracia. Y mientras sigan haciéndome perder el tiempo contigo me parece que tardaré en terminar.

–¿Sientes que pierdes el tiempo conmigo?

Antes de responder, Chamorro se limpió cuidadosamente los labios con la servilleta. El superior, el inferior y ambas comisuras.

–No siempre.

Confieso mi irremediable debilidad ante una mujer que sabe decirte una frase escueta y enigmática clavándote los ojos sin pestañear. Aunque esa mujer sea mi subordinada y la teoría afirme que debo ser capaz en todo momento y situación de conservar mi autoridad sobre ella. Por suerte, siempre hay alguna trivialidad a la que recurrir en caso de apuro.

–Ya está anunciada la puerta de embarque –dije, señalando el monitor–. Vamos para allá, anda, no vaya a ocurrírseles despegar a la hora.

Naturalmente, no se les ocurrió. De hecho, nos embarcaron media hora tarde, luego nos hicieron bajar a todos del avión, alegando problemas técnicos, y volvieron a reembarcarnos en el mismo aparato tan sólo media hora después. El personal de tierra y las azafatas se ocuparon, como de costumbre, de encajar estoicamente las protestas de los clientes exigentes. Algún pasajero marisabidillo, siempre los hay, objetaba, suspicaz:

–Es imposible que en media hora hayan arreglado nada.

Pero la mayoría del pasaje, Chamorro y yo incluidos, se dejó manejar con esa admirable docilidad ovina que desarrollan los humanos cuando se hallan en un contexto aeroportuario. Llegado el momento, todo el mundo se abrochó el cinturón, se cercioró de que la mesita estuviera plegada y el teléfono móvil apagado y se encomendó a la presunta pericia del piloto, pese a que su voz gangosa y atiplada, y sus confusas explicaciones bilingües sobre la causa del retraso, no movían en modo alguno a la confianza. Es curioso constatar cómo el personal se pasa la vida midiendo al milímetro actos nimios y luego, de pronto, se lo juega todo a una carta dudosa y desconocida. Alguno pareció escuchar con especial atención el rugido de las turbinas durante el despegue, por si notaba algo raro, pero los más se abstraían en sus periódicos o revistas intentando no pensar en que iban a bordo de un montón de chatarra en potencia que se separaba imprudentemente del suelo. Chamorro se había sumergido ya en el expediente, dispuesta a recuperar el retraso que le había afeado antes. Por mi parte debo reconocer, aunque el detalle me desacredite, que era de los que estaban pendientes del bramido de los motores. Sonaban bien, no obstante, y nos colgaron del aire rápida y eficazmente.

Durante el vuelo no sucedió nada digno de mención. Chamorro siguió absorta en su tarea y yo me distraje con mi libro. Me alegré de llevarlo. Había pasajes de veras ocurrentes, y desde chico poseo la mala costumbre de reírme cuando leo algo que me hace gracia. En un par de ocasiones, mi compañera se interesó por la causa de mi regocijo. Le leí en voz alta:

–«He visto gusanos exultantes saltando como palomitas de maíz sobre los restos en descomposición de un cuerpo humano, bullendo en alegres miríadas, brincando hasta medio metro de altura para luego caer con un golpeteo suave, como una lluvia fina. Los gusanos no atacan al azar, sino de manera concertada, como bancos de pirañas hambrientas. Algunos gusanos atacan con tanto brío a los cadáveres que, en el transcurso de unas pocas horas, son capaces de arrancarle la dentadura postiza a un hombre muerto.»

Chamorro me observó, seria. No creí que la lectura le revolviera el estómago. La había visto soportar sin el auxilio de los remedios habituales (el Vicks Vaporub untado en la nariz, o el puro que llevábamos siempre para ofrecer a los jueces novatos) el hedor de cadáveres severamente descompuestos. Pero el pasaje le producía un ostensible disgusto.

–¿Y qué tiene eso de gracioso? –me reprendió.

–La vida es graciosa, Virginia. Y la muerte. Nada es en sí bueno o malo, depende del lugar desde donde lo miras. Para los parientes, la muerte del ser querido es atroz. Para los gusanos, en cambio, ya ves: Disneylandia. En realidad, todo es una cuestión de perspectiva. Imagínate si la historia la escribieran los gusanos. Todo funcionaría al revés. Cada enfermo salvado por los médicos, una decepción. Cada hombre ilustre que la diña, una orgía.

Chamorro meneó la cabeza.

–No has debido tomarte el zumo. Vete a saber qué era en realidad.

No volvió a preguntarme las siguientes veces que me oyó reír, salvo la última. La verdad es que fui más bien aparatoso. El caso lo merecía.

–¿Y ahora, qué marranada macabra acabas de leer? –me espetó.

–Ésta te va a gustar –aseguré.

–A ver.

–«Otro pobre desgraciado» –leí–, «para quien el placer y el dolor estaban muy próximos, se ponía el transformador de un tren eléctrico en el pene, sujetándolo con unas pinzas, y se aplicaba débiles descargas en los genitales.

Por desgracia, en una ocasión (la última), el transformador provocó un cortocircuito y el hombre recibió una descarga de 110 voltios, quedando instantánea e ignominiosamente electrocutado. Los padres escondieron el transformador antes de que llegase la policía. Pero las pinzas eléctricas dejan marcas muy características y muy fáciles de identificar en una autopsia. Tras unas pocas y discretas preguntas por parte de los investigadores, la infeliz pareja se derrumbó y contó la triste verdad de lo sucedido».

–Desde luego, los hombres sois unos capullos –observó Chamorro.

–Oye, ¿a qué viene esa imputación colectiva? –protesté–. Y no me mires así. También las mujeres pueden morir de forma ridícula.

–No estaría de más hacer una campaña divulgativa. Seguro que hay alguno por aquí que se juega el pellejo de esa misma forma.

–Peor. Aquí la corriente va a 220 voltios, el doble. El latigazo debe de hacer que se te salten los ojos de las órbitas.

–Muy gráfico. Oye, si te atrae, ya sabes... Si no tienes trenecito eléctrico, puedes usar el transformador de tu *scalextric*.

–Chamorro, me parece de muy mal gusto que utilices mis confidencias sobre los juegos que comparto con mi hijo para asestarme ese bajonazo tan vil. Por otra parte, ¿es que acaso tengo aspecto de pervertido?

–¿Y es que eso se lleva escrito en la cara?

Sostuve su mirada, afectadamente candorosa. A veces, he de reconocerlo, me estimulaba de forma indebida comprobar cómo mi compañera, con el tiempo, se había ido volviendo cada vez más maliciosa y cáustica.

–Muy bien, te dejo que imagines lo que te plazca –repuse al fin–. Pero me gustaría más que pusieras tu cerebro a trabajar sobre ese expediente que llevas un rato leyendo. ¿Algo interesante que quieras decirme al respecto?

Chamorro volvió la vista al expediente. Aún le quedaba cerca de una cuarta parte de los documentos por examinar. En su pequeño bloc había tomado una serie de notas con un rotulador de tinta violeta. La vi releerlas, sin poder evitar que me enterneciera un poco aquel color en el que había quedado plasmada sobre el papel cuadriculado su letra de niña aplicada.

–Pues, no sé qué decirte –contestó al fin–. Lo primero, que no me siento en condiciones de reprocharles nada a los compañeros.

–Mejor, no estamos aquí para juzgarlos. Ni nos ayudaría.

–Quiero decir que yo habría sacado la misma conclusión que sacaron ellos. Es verdad que no estaba amarrado del todo, pero... Bueno, más de una vez han condenado a gente con más cabos sueltos en la investigación, ¿no?

–Sin duda –asentí.

–Tengo una curiosidad, eso sí.

Había aprendido a valorar las cuestiones que despertaban la curiosidad de Chamorro. Era la persona menos entrometida que jamás había conocido.

–Desembucha, cabo.

–¿Entra en tus planes considerar la hipótesis de que el concejal, aunque le hayan absuelto, sea el asesino?

Sonreí.

–Me defraudas horriblemente, Virginia.

Mi compañera dio un respingo.

–¿Por qué?

Me tomé mi tiempo, para crear en ella la expectación adecuada. Plegué la mesita (ya no debía de faltar mucho para el aterrizaje) y coloqué el libro en la bolsa de tela del respaldo del asiento delantero, no sin antes marcar con la tarjeta de embarque la página en la que había interrumpido la lectura.

–Verás –dije–, resulta indudable, desde el punto de vista procesal, la dificultad de imputar a quien ya ha sido absuelto en un juicio previo. El procedimiento para ello es excepcional, farragoso y de sus pormenores no estoy al corriente porque no soy abogado ni las cuestiones abogaciles me parecen el mejor pasatiempo en el que empeñar mis menguantes neuronas.

Chamorro me observaba con reticencia.

–Sentado lo anterior –proseguí–, debo confesarte que, personalmente, los problemas procesales me traen al fresco. Lo que intento es encontrar la verdad, o algo que se parezca de forma coherente a la verdad. Luego el fiscal hará con ella lo que tenga que hacer, por el camino que tenga que seguir, fácil o difícil, eso es su problema. Y como ya sabes, tengo mis dudas de que al final de todo se haga eso que algunos, cándidamente, llaman justicia. Si las cárceles donde se almacena el desecho o los tribunales donde se lo etiqueta son máquinas de fabricar justicia, yo soy el hada Campanilla.

–Sí, eso ya te lo he oído antes –replicó Chamorro–. Y como siempre que te lo oigo, me pregunto por qué sigues haciendo este trabajo.

–Porque en el fondo me divierte.

–No trates de ser cínico, mi sargento. No se te da bien.

–Ya me conoces, Virginia. En realidad, soy un iluso. Sigo en esto, bueno, por si queda alguna esperanza de encontrar el modo de disuadir a la gente de que joda al prójimo. Y si no la hay, por completar el dibujo. Porque cuando alguien se cobra a un semejante, hay algo que exige que haya un perro dispuesto a cazar al cazador. Es un trabajo de mierda, pero alguien tiene que ocuparse. Alguien que no tenga nada mejor en lo que gastar su tiempo.

Chamorro me conocía ya un poco, en efecto, y sobre todo conocía mi retórica. Por eso, por la confianza, me explayaba así. Ella no se dejó impresionar.

–Yo no creo que sea un trabajo de mierda. Prestamos un servicio a la sociedad. Un servicio importante, o no menos importante que otros.

–En la vida, Virginia, hay dos clases de personas. Los

que pueden estar completamente seguros de lo que hacen y los que no. Está claro dónde encaja cada uno de nosotros, para tu fortuna y para mi oprobio.

–Supongo que crees que voy a entrar al trapo. Pero ya no me picas, ni me despistas. Sé que serías incapaz de hacer otra cosa en la vida.

–¿Y?

–Que estás tan seguro como el que más.

Me encogí de hombros.

–Bien, con esta interesante y asombrosa conclusión, creo que podemos dar por terminada mi sesión de psicoanálisis. Volviendo al asunto...

–Vale. No gastes más saliva. Ya me has respondido.

–¿Cómo dices?

–Pues eso, que ya me he enterado. Tomo nota. El ex concejal Gómez Padilla está incluido en nuestra lista de sospechosos.

Dejé que una sonrisa levemente aviesa torciera mis labios.

–Peor que eso, Chamorro. Por ahora, es nuestro único sospechoso.

–Bueno, salvo que pensemos en la madre, o en Desirée.

Observé a mi compañera con notoria reprobación.

–Hablaba en un plano estrictamente teórico –dijo.

–Por favor, cabo, gánese su sueldo y la consideración de su superior.

–Está bien. ¿Puedo hacer un comentario?

–Adelante.

–Esto es un marrón inmundo. Mucho tiene que sonreírnos la suerte para sacar algo en limpio en dos semanas.

–Pues claro, mujer, por qué te crees que nos lo encargan. Nunca olvides lo que dice el brigada Atienza, que para eso es el más viejo de la unidad. Los muertos al principio huelen como los vivos, luego huelen a rayos y al final no huelen a nada. Por regla general, a nosotros no nos los dan hasta que no han pasado a la tercera fase. Sólo un tonto seguiría un rastro que ya no huele.

Así que ya sabes lo que hace falta para estar donde estás.

–Cómo te gusta –observó Chamorro, con una maligna expresión.

–¿El qué?

–Humillarte. ¿No te he contado nunca lo que dice mi padre sobre eso?

–El coronel de marines. ¿Debo cuadrarme para oírlo?

–No seas idiota. Además, aquí no se llaman marines, sino infantes de marina. Los marines son los americanos.

–Gracias por la información. ¿Qué es lo que dice el coronel?

–Que hay una clase de soberbia propia de aquí. La *humildad española*, la llama él. Y que consiste, precisamente, en rebajarse todo el tiempo.

–Bueno, ya sabes que mi españolidad resulta dudosa –alegué.

–Pues aquí te asoma, y bien.

–Reflexionaré sobre ello. Dale las gracias al coronel por sus observaciones antropológicas. ¿Cuándo las hace, entre desembarco y desembarco?

–Vete a la mierda.

A veces, uno se plantea si no habrá dejado que sus inferiores le traten con demasiada familiaridad. Supongo que cualquiera, al saber que los que así conversaban eran un cabo y un sargento de la Benemérita, habría juzgado un tanto excesiva mi mansedumbre. Pero ése es el tipo de cosas que a mí nunca han logrado preocuparme, la verdad. Tan sólo procuro identificar a quienes les va la marcha castrense, y a ésos siempre les llamo mi lo que sea y les hablo lo más serio y solemne que puedo. Resulta conmovedor, verlos hincharse y corresponder con el ceño apretado a tu marcial pleitesía.

Por fortuna, el teniente Guzmán, de la unidad de policía judicial de Tenerife, no participaba de semejantes inclinaciones. Nos estaba esperando en el aeropuerto, justo frente a la puerta por la que salimos tras recoger el equipaje, y nos recibió con calurosa cordialidad y ningún protocolo.

–¿Habéis tenido buen vuelo? Venís con bastante retraso –observó, mientras nos ayudaba a cargar los bultos en un carrito.

Para ser sinceros, me extrañó un poco aquella obsequiosa cortesía. Y no porque Guzmán fuera oficial y nosotros dos pringados (en seguida supe que Guzmán había empezado de guardia y había subido peldaño a peldaño por el escalafón), sino porque, a fin de cuentas, Chamorro y yo éramos los dos enterados de Madrid que veníamos a tratar de rehacer en condiciones lo que se suponía que su gente no había hecho como debía. Pero, como pronto nos demostraría, Guzmán era un tipo deportivo, tenía amplia experiencia en la empresa y en tareas de investigación y había llegado a desarrollar el criterio suficiente como para no tomarse nada de aquello a título personal.

–Vamos fuera. Tengo a la chica esperando con el coche.

No pude dejar de espiar el gesto de Chamorro ante las palabras *la chica*. Sabía lo que pasaba por su cabeza, así que aprecié su impasibilidad.

La mujer que aguardaba frente a la terminal, junto al coche, y que al vernos venir despegó el trasero de donde lo tenía apoyado y se estiró tranquilamente la ropa, podría describirla de modo convencional. Era de tez morena, pelo casi negro, largo y suelto, ojos oscuros, un poco menos de metro setenta, de complexión atlética pero marcadamente femenina. Podría decir también que iba bien vestida, prendas informales pero no seleccionadas ni combinadas al tuntún. Y podría añadir que su maquillaje era discreto pero perceptible y que olía a un perfume de los que no compras con un billete de 20 euros. Pero lo que debo decir, sobre todo, es que apenas la vi, y aun antes de que abriera la boca, mi olfato para el desastre intuyó en la cabo Ruth Anglada a una de esas mujeres que infaliblemente me crean problemas. Con el tiempo, uno aprende a conocerse, y aprende, sobre todo, a conocer sus debilidades. Y los recursos de aquella chica, lo gritaban en la distancia, eran de los que podían llegar a hacerme sentir muy, muy débil.

Por el contrario (pese a mi conmoción conservé los reflejos necesarios para percatarme de ello), el encuentro con aquella mujer produjo en mi compañera una reacción muy diferente. En un primer instante la achaqué, en una burda deducción masculina, a una espontánea rivalidad entre hembras. Pero muy pronto iba a averiguar que se trataba de otra cosa. Sucedió apenas un par de segundos después de que reparase en el rictus de Chamorro; cuando llegamos a la altura del coche y la otra, observándola fijamente, le dijo:

–Coño, Virgi, qué pequeño es el mundo.

Capítulo 4
TODOS CONTRA IVÁN

–Bueno, parece que a vosotras no hace falta presentaros –constató el teniente Guzmán, vista la confianza con que Anglada saludaba a Chamorro.

–No –admitió mi compañera, con mal disimulada frialdad.

–Claro que no –confirmó Anglada, mucho más entusiasta–. Aquí esta chica y yo hemos pasado unos cuantos apuros juntas, ¿eh?

Chamorro dejó que la otra le pusiera la mano en el hombro y se lo estrechara de modo afectuoso. Pero dio la impresión de que aquel contacto la complacía tanto como el baboso mordisco de un zombi.

–Desde la escuela de guardias hasta el curso de cabo –explicó Anglada–. Y ahora. Parece que nos fuéramos persiguiendo, tú.

–Muy bien, en ese caso, sólo tengo que presentarte al sargento Bevil... –se atascó el teniente.

–Bevilacqua –le auxilié.

–Eso, Be... vi... la... cua. Él es el responsable de la investigación. Ésta es la cabo Anglada. Irá con vosotros a La Gomera. Conoce la isla, el asunto, en fin, no se me ocurre que haya nadie más indicado que ella.

–A sus órdenes, mi sargento –me saludó Anglada, mientras yo sentía cómo el fuego de sus ojos negros me taladraba hasta el occipital.

–Encantado –repuse, sin perder del todo la compostura.

–Bevical... –dudó Anglada–. Perdón, no lo he cogido bien.

–Bevilacqua –repetí, con la paciencia que me asiste desde niño a este respecto–. Aunque puedes llamarme Vila. Es lo que hacen todos.

–¿Resultaré demasiado poco original si pregunto de dónde le viene ese apellido tan peculiar, mi sargento?

A veces me doy un poco de asco. Como entonces, cuando en lugar de dejar que me aflorase el cansancio que me produce esa pregunta mil veces repetida, me esforcé en sonreír para ella, aunque en mi respuesta, como suelo, distara de ofrecerle la verdad, que sólo a mí me incumbe:

–Mi abuelo era uno de los guardaespaldas de Mussolini. Se salvó de milagro de que le limpiaran el forro junto a su jefe y consiguió que le diera asilo el régimen de Franco al final de la Segunda Guerra Mundial.

Anglada sopesó mi respuesta. Guzmán pareció creérsela.

–No jodas –dijo el teniente.

–Me temo que nos están diciendo amablemente que no seamos cotillas, mi teniente –dedujo Anglada, con un brillo de perspicacia en la mirada.

Noté que Chamorro aguardaba mi reacción. Que me observaba. Me había visto otras veces en este trance, y estaba atenta a registrar cualquier mínima diferencia en mi comportamiento. Así que hice lo de siempre.

–Era broma –confesé–. Es una historia mucho más vulgar. No creo que resulte interesante para nadie, aparte de mí.

No ofrecí contarla, y nadie me lo pidió. Tras guardar

el equipaje en el maletero, subimos al coche. Dejamos a las dos mujeres en la parte delantera y el teniente y yo nos acomodamos en el asiento de atrás. Anglada sorteó como pudo los autobuses que a la entrada de la terminal cargaban o descargaban pilas de alemanes e ingleses, ya fuera en estado de lechosa palidez, rumbo a la playa rodeada de apartamentos de la que no saldrían en los próximos quince días, o intensivamente achicharrados y listos para ser expedidos de vuelta a sus oscuros lugares de residencia en el Norte. Antes de aquel día sólo había estado en Tenerife una vez, diez años atrás, y el panorama parecía haber empeorado bastante. La aglomeración era demencial.

–¿No se supone que estamos en temporada baja? –pregunté.

–Aquí, en Tenerife, ya no hay temporada baja –respondió Guzmán–. Otra cosa es en las islas pequeñas, como La Gomera o La Palma, aunque tampoco les quedan más que un par de telediarios, no te vayas a creer.

Ya habíamos salido del recinto aeroportuario, y la visión de las apiñadas urbanizaciones próximas intensificó mi sensación de agobio.

–Cómo han podido dejar que construyan todo eso –observé.

–Ya ves. Vivimos de ellos –constató el teniente–. De darles sol, marcha y alcohol barato durante todo el año, en su idioma y a su gusto. Entre medias, se ha ido a tomar por saco esta isla, que era una maravilla de la Naturaleza. Pero supongo que lo más importante es que la gente coma, y el paisaje queda muy bien para los carteles, pero no le llena la panza a nadie.

–La Gomera todavía es otra cosa –dijo Anglada–. Mucho más tranquila y mucho menos triturada. Ya verá, mi sargento.

–Sí –se adhirió Guzmán–. Ahí habéis tenido suerte. Ya que no podemos decir que la hayáis tenido con el asunto que os trae por aquí.

–No se preocupe, mi teniente –le tranquilicé–. Estamos habituados a convivir con la desesperación. Y a veces hasta sacamos algo en limpio.

–No te compraría el negocio, desde luego. Vamos, que no lo querría ni regalado. Además, me imagino que lo normal es que os reciban de uñas. Si ya es ingrato hurgar en cosas viejas, cuando encima están torcidas...

–Bueno, no se crea, este asunto no es peor que otros.

–Hombre, ya lo sé, vuestra fama os precede. Vuestros casos salen en la tele, y hasta leí una vez un reportaje sobre vosotros en un suplemento dominical. Estamos muy impresionados de conoceros en persona.

–No me tome el pelo, mi teniente. Ni se crea lo que lee en los suplementos dominicales. Usted ya sabe lo que es este trabajo. Mucha calle, mucho sueño perdido y paciencia franciscana. Aparte, ayuda estar un poco gilipollas, para comérselo todo por el mísero sueldo que paga la empresa. Pero ningún periodista haría un reportaje con eso, así que le dan otro lustre.

–Era broma, Vila –dijo Guzmán–. Y vamos a tutearnos, anda, que este culo que gasto se ha comido muchas horas de patrulla en el todoterreno, y no hace tanto tiempo como para que me haya olvidado.

–Como quieras. Procuro tomar primero la distancia a la gente.

–Pues pasa de chorradas, tío. Yo me siento policía, punto, y entre tú y yo, espero que pronto se acabe el rollo militar. Ya sé que a la gente le gustan los desfiles, y si me apuras a mí también; verlos, quiero decir. Porque cuando me toca disfrazarme y agarrar el sable me siento como un payaso, qué quieres que te diga. Aparte de que el puto uniforme me canta en seguida los centímetros de barriga que he ganado desde la última vez que me lo puse.

Como cualquiera, y especialmente como cualquiera en el país donde me ha tocado vivir, tengo mi opinión respecto de casi todo, incluido el asunto que Guzmán acababa de sacar. Pero he llegado a la conclusión de que no es necesario ni oportuno decir siempre y ante todos lo que piensas, y de que hay cuestiones respecto de las que más vale pecar por defecto que por exceso. Así que me cuidé de respaldar o rebatir los juicios del teniente y me limité a aprovechar la confianza que a raíz de ellos me otorgaba.

–El caso es que, oye, es curioso –volvió a hablar Guzmán–. Si te dijera que echo de menos aquellos tiempos... Los del sucio Nissan y andar todo el día por los caminos. A mí lo que me gusta es el campo, y no esto.

Lo que señalaba el teniente era la autopista por la que avanzábamos hacia la capital. Anglada, que llevaba el coche (sin permitirle en ningún momento bajar de ciento cincuenta, dicho sea de paso), se sumó a su opinión.

–Reconozco que a mí también me gustaba patrullar por el campo –dijo–. No sé, hay muchos momentos en que te relaja. Como cuando ves salir o ponerse el sol, o como cuando se levanta de pronto una tormenta.

–A eso me refiero, por ejemplo –ratificó el teniente, nostálgico.

–Te sientes puteada, claro –continuó Anglada–. Sobre todo al principio, cuando te toca como me tocaba a mí salir con el guardia viejo de turno y por la noche veías al caimán roncar en el asiento de al lado y tú como una idiota tratando de seguir despierta. Pero tiene su encanto incluso eso, estar ahí, sola con tus pensamientos, cuando todos los demás duermen.

No podía ver el rostro de Chamorro, sólo su nuca. Le imaginé un gesto impenetrable, y sentí deseos de volver a estar a solas con ella para preguntarle el motivo de su antipatía hacia aquella chica. La estaba llevando al extremo de hacerla parecer mucho más estirada de lo que en realidad era.

–Y a ti, mi sargento, ¿te gustó tu época rural? Porque la tendrías, ¿no?

Al oír la pregunta de Anglada, dos pensamientos se

cruzaron en mi cerebro. Uno: su teniente me había autorizado a tutearlo, pero yo no le había dado permiso a ella para tutearme a mí. Tampoco iba a ofenderme por eso, pero me hizo temer que aquella mujer hubiera percibido algo de la impresión que me había causado, cosa que siempre lesiona la vanidad de uno. Dos: no estaba seguro de que me apeteciera, aún, contarle mi historia.

Mi respuesta, no obstante, no fue del todo elusiva:

–No, yo nunca he estado en un puesto. Cuando salí de la academia, me fui directo al infierno y allí me pasé tres años.

–¿Al infierno? –preguntó Anglada.

Demoré a propósito el momento de pronunciar la palabra.

–Intxaurrondo, Guipúzcoa.

–Te tocó la china –observó, seria.

–Me tocó, sí. Aunque todo depende del talante de cada uno.

–¿Por qué?

–Está bien para probar cómo funciona eso que dice el Duque en su cartilla: «Sereno en el peligro». Es el lema que tienen a la puerta del cuartel.

–Nunca me ha apetecido mucho, la verdad –dijo el teniente.

–Ahí está, alguien tiene que ocuparse. Y hay a quien le atrae. Si quieres buscar tus límites, es el mejor lugar para encontrarlos.

Lo dije sonriendo, para quitarle dramatismo, pero logré que el silencio se instalara en el interior del coche. Los ojos negros de Anglada me buscaron con curiosidad en el retrovisor, y no debo ocultar que eso, aunque vaya en mi desdoro reconocerlo, me satisfizo. Chamorro, que permanecía con los labios sellados, también me miró de reojo. Sabía que aquél era un capítulo de mi vida que nunca, o muy excepcionalmente, sacaba a relucir con extraños. Le había dado pistas más que suficientes para sospechar algo raro en mi actitud. O no la conocía o en cuanto pudiera me lo haría notar.

Durante el resto del viaje, y una vez que llegamos a la comandancia, Anglada y Guzmán nos pusieron en antecedentes sobre el caso. Fue entonces cuando Anglada nos reveló que estaba destinada en La Gomera en la fecha del crimen, y nos refirió lo que de éste había conocido de primera mano, más o menos en los términos que ya conté al comienzo, aunque algunos detalles los supe más tarde. Su memoria parecía clara y fiable, y resultaba una narradora ordenada y puntual. Casi no tuve que preguntarle nada; ella se adelantaba a decirme cuanto pudiera interesarme saber. No me extrañaba que, en cuanto había podido, Guzmán la hubiera fichado para su equipo de policía judicial. Tenía cabeza, aplomo y madera de investigadora. Sin embargo, ella apenas había participado en las pesquisas que habían concluido con la detención e imputación del concejal Gómez Padilla. Se había incorporado a la unidad de policía judicial poco antes del juicio, cuando ya estaba todo el trabajo hecho. El que había corrido con el peso de la tarea, a las órdenes de Guzmán, había sido un sargento que después había pedido destino en la Península. Tras aportarnos ese dato, el teniente se apresuró a aclarar:

–No por el desafortunado desenlace de este caso, sino porque su familia está allí. Aunque ya te puedes imaginar que el asunto López von Amsberg no lo tenemos incluido en nuestro disco de grandes éxitos.

A falta de poder cambiar impresiones con el sargento, lo hicimos con los guardias que habían colaborado con él. La más curtida era una mujer, la misma que había tenido la oportunidad de interrogar a la inefable Desirée. Tanto al exponernos sus ideas sobre la muchacha, como sobre el conjunto del caso, Morcillo, que así se apellidaba la guardia, se mostró cooperadora y relajada. Parecía tener el sentido común y el rodaje suficientes como para saber que en el trabajo policial, como en todo, a veces se mete la pata hasta el fondo y ni el mejor está libre de que le pase. El otro guardia, Azuara, más joven e inexperto, se condujo, en cambio, de un modo incómodamente defensivo. Me hizo sentir todo el tiempo como un examinador.

–Tranquilo, hombre –acabé por decirle–. Que me he leído el expediente. Sé que os lo currasteis, yo no estoy buscándole las vueltas a nadie.

Sin embargo, hubo algo que desde el primer momento me llamó la atención, y no favorablemente. La investigación se había centrado de forma casi exclusiva en la hipótesis de que el asesino fuera el concejal. Se disponía de muchos datos y muy contrastados acerca de éste y, en particular, acerca de su inquina hacia el muerto. Pero de Iván López von Amsberg, la información no resultaba demasiado abundante. Por los testimonios de parientes y vecinos se habían procurado los investigadores una razonable aproximación a su carácter. No habían averiguado, por el contrario, demasiado acerca del modo en que ocupaba su tiempo. Morcillo sólo me pudo decir:

–No tenía oficio conocido. La actividad en la que se le recuerda, mayormente, era pasearse por ahí en una moto de gran cilindrada, que venía a ser una especie de prolongación de su personalidad, y a la que por lo visto dedicaba sus únicos desvelos. Durante una época, mantuvo con unos descerebrados como él un bar de copas. Y parece que también fue instructor de submarinismo, pero debieron de echarle antes de que matara a alguien.

–¿Y eso? –se interesó Chamorro.

–Sí, vamos, de una embolia; así se llama lo que les da a los que suben demasiado deprisa, ¿no? Lo que me extraña es que no le diera a él.

–Se diría que no tienes una gran opinión del difunto –observé.

Morcillo pareció calibrarme durante unos instantes. Era la primera vez que se tomaba tiempo antes de responder. Yo la observé a mi vez, tranquilo. Era una mujer de treinta y pocos años, seguramente un poco más grave y descreída que sus compañeras de colegio que no habían tenido la ocurrencia de ingresar en la Guardia Civil y ocuparse de indagar crímenes.

–Usted ya sabe, mi sargento, estoy segura –dijo al fin–. Hay veces, cuando ahondas un poco, que acabas llegando a la conclusión de que tampoco se ha perdido gran cosa. Lo de esta criatura es el ejemplo perfecto.

–Tampoco era tan malo, mujer –apuntó Anglada, que durante toda la conversación había permanecido en segundo plano.

–No digo que hiciera mucho mal, más que a sí mismo y a su madre, que para eso lo parió –aclaró Morcillo–. No tengo información para asegurarlo. Pero tampoco me consta que le hiciera ningún bien a nadie.

Chamorro tomó entonces la palabra, y al hacerlo me demostró haber leído con atención no sólo el expediente, sino también los recortes de prensa.

–¿Y qué nos puedes decir del asunto ese de las drogas que sacó la abogada de Gómez Padilla en el juicio?

Morcillo sonrió.

–Bueno, qué te voy a decir. Que el niño, como tantos otros de su edad, le daba a las pastillas, el hachís y la cocaína siempre que podía. Que para conseguir todo eso trataba con gente que infringía la ley, por supuesto, por la sencilla razón de que si no, al menos en este país, no puedes comprarlo. Ahora bien, de ahí, a convertirlo en narcotraficante, hay un pasito.

–No es necesario que él traficara –dijo Chamorro.

Morcillo se volvió a mi compañera. Por primera vez, me pareció advertirle una sombra de susceptibilidad en el semblante.

–Pudo bastar con que no pagara lo que debía –añadió Chamorro.

Morcillo se mordió el labio. Luego volvió a sonreír.

–Para eso, habrían tenido que fiarle. Pero yo no le

habría fiado ni un céntimo a Iván López von Amsberg. Y un camello no es más confiado que yo.

Pudimos hablar largamente con nuestros compañeros, y resolver sin ninguna prisa todas las dudas que nos había planteado la lectura del expediente. Y es que, según nos dijeron en su oficina, el subdelegado del gobierno no podría recibirnos hasta por la tarde. Sin embargo, había dado instrucciones de que no se nos ocurriera salir hacia La Gomera sin verle. Eso iba a obligarnos a hacer noche en Tenerife, cosa que en principio no entraba en nuestros cálculos, pero obviamente el subdelegado del gobierno tenía en la cabeza cuestiones más importantes que nuestros miserables problemas de alojamiento. Por fortuna, el teniente Guzmán nos echó una mano para conseguir un hotel. Además de eso, tuvo el detalle de invitarnos a almorzar en un restaurante económico, pero digno. Se notaba que le gustaba oficiar de anfitrión, y no se le daba nada mal. Su amabilidad, y las facilidades que nos había dado para revisar la investigación que había llevado a cabo su gente, absteniéndose de interferir mientras hablábamos con ellos, me animaron a consultarle un extremo algo peliagudo. Admito que me costó hacerlo, no sólo porque él pudiera considerarlo una impertinencia por mi parte, sino también por si le inclinaba a tomar una decisión contraria a mis apetencias personales. Prevaleció en mí, no obstante, el rigor profesional. Aprovechando un momento en que nos quedamos a solas él y yo, le pregunté:

–¿Por qué no me has asignado a Morcillo?

Guzmán me observó con interés.

–¿La preferirías?

Había cierta picardía en la pregunta, que preferí pasar por alto. La verdad es que Morcillo era una mujer mucho menos atractiva que Anglada.

–No sé –repuse, en un tono neutro–. Participó en la investigación. Conoce bien el caso. Parece curtida, y lista.

–Anglada también es lista. Ya lo verás.

–Entiéndeme, no quiero meterme donde no me corresponde. Ni digo que Anglada no pueda aportar cosas. Sólo es que me choca que no elijas para acompañarnos a quien mejor domina los antecedentes del caso.
–Tengo tres razones. Y si quieres te las digo.
–Oye, mi teniente, que no tienes por qué justificarte. Tú mandas.
Guzmán asintió, conciliador.
–La primera razón –dijo– es que Anglada se presentó voluntaria, cuando dije que veníais. Cosa que no hizo Morcillo. La segunda es que Anglada también está al tanto de los antecedentes del caso, y además conoce la zona y algunos detalles mejor que nadie. De hecho, cabe pensar que *vio* al asesino. Y la tercera es que Morcillo, aunque sepa disimular, está quemada con esto. Prefiero que llevéis a alguien que pueda cogerlo con entusiasmo.
–Está bien, entendido.
Lo dije con un improcedente alivio. A partir de ese instante me propuse vigilarme. No podía dejar que mi cerebro se distrajera con lo que no debía. Ésa es una disciplina que me he impuesto y que he tratado de seguir no pocas veces a lo largo de mi existencia. Siempre con resultados lamentables, porque, para qué engañarnos, uno es mal gobernante de sí mismo.
El subdelegado del gobierno nos recibió a Guzmán y a mí (no consideré necesario someter a Chamorro a aquel acto de vasallaje del que yo no podía escabullirme) a eso de las ocho menos diez, después de hacernos esperar unos cincuenta minutos en su antedespacho. Era un hombre de treinta y muchos años, escaso de pelo y con aire de deportista. Vestía de gris con camisa de cuadros y corbata color pastel y miraba a los ojos de un modo apremiante y artificial. Un político al uso, pensé, con un futuro sin duda prometedor. Por lo demás, el tipo se mostró campechano, insistió mucho en aprender a pronunciar correctamente mi apellido (cuyo origen tuvo la elegancia de no preguntarme) y en el rato que

pasamos juntos se esforzó en darnos la impresión de no andar apurado y de estar dispuesto a dedicarnos todo el tiempo que necesitáramos. La lástima era que yo no creía necesitar nada de aquel hombre, y la entrevista vino a corroborarlo en gran medida. El subdelegado del gobierno parecía, ante todo, empeñado en demostrar que su intervención en el asunto, aunque inducida por razones familiares, no era ilegítima y se apoyaba en consideraciones de interés público. Era un esfuerzo que respecto de mí podía haberse ahorrado, porque hace mucho que acepté que dondequiera que haya alguien a quien hayan despenado con violencia se me puede obligar a investigarlo, sin que me importen ni la filiación ni la entidad del difunto, sean cuales sean. No me repugna resolver la muerte de un desgraciado y tampoco la de alguien con recursos, ya sean éstos fama o fortuna o parentesco político con un subdelegado del gobierno.

Acaso para ser más persuasivo, el subdelegado habló con franqueza:

–No sé si ha oído alguna vez eso que dicen de que uno no se casa con una persona, sino con un regimiento, el que forman la familia, los amigos y en definitiva la gente con la que se relaciona tu cónyuge –rió moderadamente su propia gracia–. Bueno, eso pasa, y eso me ha pasado a mí. Me casé hace un año, y una parte destacada del lote que venía con mi esposa fue su hermana Margarethe y la tragedia de su hijo. Que es la tragedia de la familia, como se pueden imaginar. De hecho, por su causa conocí yo a la que hoy es mi mujer, porque si ella no hubiera venido de Alemania a hacerle compañía a Margarethe tras el suceso, quizá no nos habríamos encontrado.

Algo indebido debió asomarnos al rostro al teniente o a mí, porque en este punto el subdelegado del gobierno tomó bruscamente un atajo:

–En fin, no les voy a aburrir con el detalle de mis relaciones familiares. El caso es que mi cuñada, como ya supondrán, está obsesionada con la muerte de su hijo. La absolución del acusado en el juicio fue un mazazo para ella, y lo que lleva peor es que pase el tiempo y el caso siga sin resolverse. Desde que nos conocimos y se enteró de que yo me dedicaba a la política, me ha estado agobiando para que hiciera algo. Siempre le dije lo mismo, que el asunto estaba en manos de la policía, bueno, de la Guardia Civil y de los jueces, que no había que entrometerse, que ellos ya hacían todo lo que podían, etcétera. Más o menos la iba capeando, haciendo alguna gestión informal aquí o allá, pero sin emplearme a fondo, la verdad.

El subdelegado del gobierno pareció reconocer con ello alguna clase de culpa. Me lo imaginé en las reuniones familiares, soportando a duras penas el asedio y posiblemente las recriminaciones de su cuñada.

–No hace falta que les diga que hace dos meses, cuando me nombraron subdelegado del gobierno, se me puso muy difícil decirle a mi cuñada que el asunto estaba en otras manos. Desde entonces, la presión que ha ejercido sobre mí ha sido, lógicamente, toda la que ha podido. Y a mí no me ha quedado más remedio que meterme en el caso, informarme a fondo y tratar de decidir de la mejor manera posible una línea de acción. Y con el respeto que quiero que sepan que tengo por su trabajo, he llegado a la conclusión de que aquí no se hizo todo lo que se debía, por razones seguramente comprensibles, pero que no deben servirnos de excusa para quedarnos de brazos cruzados. Por otra parte, creo que debemos plantearnos lo que significa dejar que quede impune un crimen tan notorio y tan sangriento, en una comunidad tan reducida como La Gomera, con la desazón y la mala imagen que eso supone para la ciudadanía. Es entonces cuando yo, no como cuñado de Margarethe von Amsberg, sino como subdelegado del gobierno, entiendo que no tengo otra opción que ordenar que se reabra el caso y se le dediquen los mejores recursos disponibles. Y ahí es donde interviene usted, sargento.

Era el momento en que se iba a depositar sobre mis frágiles hombros el peso del problema, cuyas dimensiones y trascendencia el subdelegado del gobierno, con su fino discurso, se había esmerado en dejar claras.

–Le aseguro que haremos cuanto esté en nuestra mano para merecer esa confianza, señor subdelegado del gobierno –me apresuré a decir, sin arredrarme ante lo inadecuado que resultaba su título para ser declamado con naturalidad en una fórmula adulatoria–. Aunque le aseguro que nuestros compañeros, desde el teniente aquí presente hasta el último de sus hombres, no son peores profesionales que nosotros. Hay que hacerse cargo de que la investigación criminal es siempre una labor incierta. Por otra parte, el trabajo que hicieron ellos nos ayuda a empezar el nuestro con ventaja. Si sacamos esto adelante, será en gran medida gracias a sus esfuerzos.

La forma en que me observó el subdelegado del gobierno me hizo suponer que había logrado parecerle un buen chico y que mi comandante no recibiría quejas de mí. Eso era todo lo que creía poder conseguir de aquella entrevista, así que me permití sentirme contento con mi desempeño.

Pero antes de despedirnos, el subdelegado del gobierno, debo reconocerlo, me suministró algunas pistas útiles para mi trabajo. Y lo hizo casi sin querer, buscando posiblemente llevar a mi ánimo algo distinto.

–Me gustaría que fueran a ver cuanto antes a mi cuñada –dijo, una vez que nos pusimos en pie–. Así tendrá la sensación de que todo está de nuevo en marcha, de que estamos trabajando. Sé que eso la animará mucho.

«Y quizá deje de llamarte todas las noches para abroncarte», pensé, pero no sólo lo comprendí, sino que vi la oportunidad de confortarlo:

–Es lo primero que haremos. La investigación así lo exige.

–Se lo agradezco. Hay algo que debo advertirle, sargento –aquí su tono se volvió confidencial, y sus ojos buscaron los míos sin recurrir al artificio aprendido, con un impulso por primera vez humano y espontáneo–. Mi cuñada es una persona, cómo decirlo... Supongo que lo mejor es no andarme con rodeos. No sé muy bien cómo era antes, pero lo que sí puedo decirle es que la muerte de su hijo la ha trastornado mucho. A veces, podría considerarse que no está en su juicio. Le contará cosas extrañas, o disparatadas, y es posible que no le resulte nada fácil hablar con ella. Puede ponerse agresiva, derrumbarse, en fin, mejor será que no descarte nada. Por otra parte, está sometida a una medicación muy fuerte, conviene que lo sepa. Honestamente, no sé si le resultará demasiado fiable lo que pueda decirle.

–Tendré que arreglarme con ello –respondí–. Es la madre y no puedo dejar de hablar con ella. Pero no se preocupe, que me hago cargo. Es muy duro para cualquiera, quizá lo más duro, ver morir a un hijo.

–También tengo que decirle otra cosa –añadió el subdelegado del gobierno, gravemente–. Esto no se basa en impresiones directas, sino en lo que he podido ir deduciendo aquí y allá, porque a Iván no le conocí. El chico debía de ser un pobre imbécil, una desgracia ambulante. Nadie se merece que le maten, claro, pero ya lo hiciera aquel hombre al que juzgaron o cualquier otro, tenga usted la sospecha de que mi sobrino hizo por buscárselo.

El que faltaba. Todos contra Iván, incluso quien mandaba que se esclareciera su muerte. La brutal declaración del subdelegado confirmaba, por si no lo hubiera intuido antes, que el mundo es un lugar paradójico.

–Bien –dije–. Pero eso, para mí, no tiene mayor importancia.

Al subdelegado parecieron satisfacerle mis palabras. Mejor, pero yo no las decía, ni iba a atenerme a ellas, por satisfacerle a él. No sé si resulta adecuado o inadecuado reconocerlo, pero la verdad es que lo que necesito, para hacer lo que hago, es hacerlo de forma que me satisfaga a mí.

Capítulo 5
ADUSTA VIRGINIA

Mientras el teniente y yo rendíamos pleitesía al subdelegado del gobierno, Chamorro y Anglada esperaban abajo, en el coche. Por el gesto que le vi a mi compañera cuando volvimos a encontrarnos, no me estaba especialmente agradecida por haberle ahorrado el trago de soportar al gran hombre. Y es que, a cambio, había tenido que pasar más de una hora en forzada soledad e intimidad con Anglada, lo que no parecía en modo alguno preferir. Anglada, por el contrario, se mostraba exultante. Daba la sensación de apreciar de veras a Chamorro y de sentir una alegría sincera ante la perspectiva de trabajar con ella, lo que hacía que me intrigase aún más la seca actitud de mi subordinada. Si bien, por diversas razones, no deseaba dejar aquella compañía que llevábamos, que distaba de desagradarme, por otra parte empezaban a entrarme ganas de quedarme a solas con mi adusta Virginia, para tener ocasión de interrogarla acerca de su insólito comportamiento.

El teniente Guzmán, sin embargo, perseveró en su papel de solícito anfitrión. Nos ofreció ir a cenar de tapas.

–Ya que tenéis que quedaros aquí por narices esta

noche, habrá que ayudaros a sacarle un poco de jugo a Santa Cruz, ¿no? No es la ciudad más bonita del universo, pero bueno, puede tener su puntillo.

–No queremos que os molestéis –dije–. Tendréis vuestra familia.

–Mi mujer lleva diecisiete años de servicio –repuso Guzmán–. Ya sabe que con su marido no se puede contar. Y aquí Ruth no responde ante nadie.

–Y no me molesta nada ir a tomar algo con vosotros –dijo Anglada.

La mayoría de las guardias que conozco, cuando ofician de tales, uniformadas o no, hacen esfuerzos por no ostentar su feminidad. Eso no quiere decir que se vuelvan masculinas, como algún necio se adelantará a deducir, sino, simplemente, que impiden que aflore demasiado la mujer que son. Pero Anglada no debía de considerar necesaria semejante cautela. Al pronunciar la última frase, había puesto su aliento de hembra en cada palabra, y sobre todo, en aquella mirada que insistía peligrosamente en atravesarme, como el alfiler atraviesa la mariposa para clavarla en la cartulina donde quedará expuesta a la contemplación de los interesados y también de los indiferentes. Lo que me costaba discernir era si Chamorro, que me escrutaba con un gesto severo e inquietante, podía contarse entre los primeros o entre los segundos. Y con esa ominosa duda corroyéndome, movido en parte por la urbanidad, pero también porque me apetecía, acepté la invitación.

Fue una noche agradable, en términos generales, pese al reproche continuo que constituía la envarada presencia de Chamorro, quien ni siquiera con un par de vinos logró relajarse mucho. Me caía bien Guzmán, y me aliviaba de veras que no me recibiera como a un enemigo y tuviera aquel empeño en mostrarse amable y colaborador. En cuanto a Anglada, aunque más bien habría debido preocuparme, me gustaba constatar que era una de las mujeres más atípicas e interesantes que me había encontrado en la empresa. Había algo en ella que me parecía difícil de casar con la idea de que era una guardia. No habría podido decir qué, porque procuro no apresurarme a creer que uno ha de ser de determinada forma por el hecho de que la vida le lleve a estar aquí o a trabajar allá, aunque sólo sea porque a menudo he sido víctima (y también beneficiario) de tal simplificación. Pero, si se me permite usar la misma expresión que Kafka usara a propósito de Kierkegaard (y así, de paso, me complazco en descolocar a quienes tienen su idea manida de lo que debe leer un sargento de la Guardia Civil), algo me hacía pensar que Anglada no estaba *del mismo lado del mundo* que las demás guardias que me había tropezado. Y averiguar en qué sentido y hasta qué punto eso era así, me parecía, no lo oculto, un bonito incentivo para encarar con cierto afán mi inmediato futuro. Eso es todo lo que un hombre como yo le pide a la vida: tener algo estimulante en lo que ocupar las próximas dos semanas. En otra época fui mejor, tenía un proyecto. Pero desde hace algunos años, quizá demasiados, lo único que me hace mirar más allá es que engendré un hijo que espero que recorra un largo camino y al que me gustaría tener ocasión de acompañar, durante el trecho en que pueda serle de alguna ayuda.

Entre los aspectos que hicieron placentera aquella expedición por el ambiente de Santa Cruz de Tenerife estuvo el gastronómico. Guiándonos por el criterio experto de Guzmán, natural de Ciudad Real, pero con dos décadas de servicio en el archipiélago y ya casi canario de alma, optamos por las especialidades locales y nos mantuvimos al margen de cualquier sofisticación. De hecho, de todo lo que pedimos, mi paladar se inclinó por los dos manjares más simples: el queso palmero asado y las papas arrugadas con mojo rojo y mojo verde. Lo de las papas y el mojo, que recordaba vagamente de mi anterior estancia allí, iba a convertirse en una adicción en los días sucesivos. Al principio pelaba las papas, pero al verme Guzmán me advirtió:

–Aquí sólo pelan las papas los turistas.

Deduje que se trataba de una grave falta de etiqueta, o peor aún, de gusto, y a partir de entonces empecé a comerlas con la piel, lo que en efecto resultaba mucho más sabroso. Mientras hundía papa tras papa en el mojo, alternando el rojo con el verde, notaba la mirada admonitoria de mi compañera siguiendo cada uno de mis poco ascéticos ademanes. Chamorro no probó las papas, ni el queso palmero, y preferí abstenerme de insistirle para que lo hiciese. No quería dar lugar a hacerla parecer más violenta de lo que ya de por sí se la veía. Comió un poco de ensalada y un par de trozos de jamón, y luego, eso sí, un dulce autóctono elaborado con almendra. Con aquello, pensé, su cerebro dispondría de la glucosa suficiente para funcionar en condiciones y para que no debiera preocuparme por su rendimiento. En realidad, como superior jerárquico suyo, sólo ese extremo me incumbía.

Por muchos signos se advertía que no estábamos en la Península. No sólo por la tibia noche primaveral en mitad del invierno, o el esplendor de las muchas plantas que se veían por doquier y que en Madrid resultaban desconocidas. Lo que más intensamente marcaba la diferencia era quizá el suave y cansino acento con que hablaba la gente, y sobre todo el ritmo al que se vivía y se trabajaba. Hubimos de aguardar fácilmente media hora, antes de que nos fuera dado ver en la mesa el primer plato de comida. Yo procuré hacerme de buen grado a los usos del lugar, e incluso buscarles el aliciente. Es la ventaja que tiene vivir siempre sintiéndote un poco extranjero, sin llegar a reconocer del todo ningún sitio como tu hogar. Te vuelve curioso y despegado, y naturalmente comprensivo. A Chamorro, en cambio, parecía exasperarla la invariable cachaza con que se movía el personal. Acabó exteriorizando su disgusto cuando comprobó que la tónica se mantenía incluso en el bar de copas en el que recalamos al final de la velada.

–¿Son siempre así de lentos? –preguntó, inquieta, o quizá concentrando en esa cuestión un malestar ajeno a la parsimonia del camarero.

–No –repuso Anglada, sonriente–. Esto es Santa Cruz, donde actúan los camareros más rápidos de las islas. En La Palma son aún más lentos. Y en La Gomera ni te lo imaginas. Llegan a olvidarse de ti, como te descuides.

–Está exagerando un poco –anotó el teniente–. Pero la verdad es que aquí se tiene otro sentido del tiempo. No encontrarás a muchos con un cohete en el culo, como toda esa gente que se ve corriendo por Madrid.

–Un síntoma de inteligencia –opiné–. Cuanto más corres, menos tiempo vives. No porque mueras antes, que normalmente también, sino porque el tiempo pasa más rápido, y sobre todo, le sacas menos provecho.

–Me sorprende esa filosofía en alguien de Madrid –dijo Guzmán–. Habría jurado que allí todos creen que la vida les cunde más que a nadie.

–Bueno, el zapatero que trabaja deprisa hace más zapatos, sí –dije–. Eso es bueno para el que se los calza o los vende. Pero no necesariamente para el zapatero. Se trata de decidir qué vale más, el zapatero o el zapato.

–Parece bastante claro, ¿no? –afirmó el teniente.

–Por lo menos –concedí–, no caben muchas dudas acerca de cómo ha resuelto esa cuestión la civilización occidental: en favor del zapato. Lo que a mi juicio resulta un poco más dudoso es si la razón está del lado de quienes promocionan el modelo triunfante o de quienes se resisten.

–¿Tienes dudas, realmente? –preguntó Guzmán, con aire socarrón.

–Con el corazón lo veo claro –dije–. El corazón dibuja una línea recta y se acabó. Pero el cerebro va de otro modo. Al cerebro le gustan los laberintos. Lo que dice el cerebro es que este sistema, a la vez que produce infartados y especuladores de toda índole, disminuye la mortalidad infantil. Y entonces le tiende una trampa al corazón. ¿Cuánto vale la sonrisa de todos los niños que gracias a la prosperidad económica ya no tienen que morirse?

–Se siguen muriendo los niños a espuertas, ahí, en ese continente que tenemos justo enfrente –intervino Anglada.

–Si se lo dices al que gobierna el negocio te dirá que la culpa la tienen, precisamente, la abulia de sus padres y su incapacidad para imitarnos.

–Lo que es una canallada, después de chuparles la sangre.

–Desde luego. El sistema estimula la eficacia, no la piedad.

–¿Y eso te parece aceptable?

La observé. No había ningún reproche en su mirada, tan sólo una juguetona expectación. Parecía complacerse en forzarme a exhibir mis ideas y buscarles las vueltas. Pero yo también estaba jugando, así que seguí:

–En conciencia, no lo acepto. En la práctica, sí. Como la mayor parte de la gente que vive en el lado cómodo del mundo. Cada cuatro años acude a votar masivamente a quienes simpatizan o contemporizan con esa manera de organizar el cotarro. Y los que no votan, consienten de una forma o de otra. Nadie está muy disconforme con chupar del caño gordo del embudo.

–Bueno, ahí están los antisistema, ¿no? –objetó.

–Unos pardillos, en el mejor de los casos. Después de quemar las calles de la ciudad de turno, siempre delante de las cámaras de televisión, conectan el móvil y llaman a la novia para contarle la hazaña. Han puteado a los polis, los bomberos y los empleados de la limpieza, pero en ningún momento perjudican al enemigo, que es quien tiene las televisiones y las empresas de teléfonos móviles. Cada palabra que le dicen a la novia es dinero que le meten en el bolsillo. Y el enemigo, claro, se ríe a mandíbula batiente.

Chamorro, que había permanecido más bien ausente, rompió en ese instante su silencio. Antes de que abriera la boca, ya sabía que no iba a aplaudirme, pero me pilló de improviso la dureza con que sentenció:

–No hagáis caso de nada de lo que está diciendo. Aunque trate de parecer un corrosivo, luego es como la madre Teresa de Calcuta.

–¿Y eso? –preguntó Anglada, ostensiblemente divertida con el giro que mi compañera acababa de imprimirle a la conversación.

–En el fondo, ahí donde lo ves, no hay nada que le tire más que socorrer huérfanos, consolar viudas y confortar madres. Incluidas las de los asesinos. Les da su número de teléfono para que lo llamen cuando los hijos lo pasan mal en la cárcel. Y entonces va a visitarlos. Les lleva revistas.

–Vaya –observó Anglada–. Aunque no me choca.

De pronto, me sentí no sólo en fuera de juego, sino profundamente estúpido. Y el caso era que me estaba bien empleado. Siempre me lo digo, que mi oficio consiste en observar y escuchar, y no en lucirme ni escucharme. Pero en cuanto uno se descuida, el idiota vanidoso que lleva dentro se pone a pavonearse ante el auditorio. Sabía por qué lo había hecho aquella noche. Miraba a los ojos negros de Anglada, atentos y chispeantes, y en ellos tenía la explicación. Siempre me parecía mentira: que después de tantos tropiezos, después de haberme juramentado tantas veces para atarme corto los instintos, a la menor se abriera una rendija y me fallara la voluntad. Pero lo que más me avergonzaba era haberme puesto a discursear delante de quien tenía el mejor mazo para pulverizarme, quien después de tantos meses y horas de trabajo en común me conocía lo bastante como para dejarme con el culo al aire en cuanto le diera la gana. Me sorprendía, de todos modos, que Chamorro usara el mazo. No era su costumbre, delante de terceros.

Por fortuna, en ese preciso momento llegó, al fin, el camarero con las bebidas. La mía era vodka con limón, que es algo en lo que siempre se puede confiar, relativamente, y que no negaré que me venía al pelo. El vodka resulta de gran ayuda para sobrellevar la sensación de ridículo.

–Pues bien mirado –dijo Anglada, después de largarle un buen sorbo a su gin-tonic–, yo creo que lo ideal es vivir en un lugar como éste. Con todos los beneficios y ventajas de la civilización moderna, y a la vez sin haber perdido del todo el sentido antiguo de la vida y del tiempo. Cuando hablo con mis primos y mis primas de Valencia, me dan lástima. Trabajan como burros, y no tienen más cosas ni mejores que las que tiene la gente aquí.

Aunque Chamorro parecía haberse replegado de nuevo a su hosco mutismo anterior, el correctivo que acababa de infligirme había logrado quitarme las ganas de seguir mariposeando. Preferí cambiar de táctica e invitar a nuestros anfitriones a llevar el peso de la conversación:

–Y vosotros, ¿tenéis mucho trabajo?

–Bueno, la verdad es que solemos estar bastante pringados, lo que aquí nos convierte en los tontos del pueblo –respondió Guzmán–. Somos pocos y llevamos cuatro islas. A veces llegas a las dos de la mañana de levantar un muerto en el Hierro, cagándote en todo, y te suena el teléfono y te dicen que tienes que ir a levantar otro en La Palma. Una alegría. Y la mujer, encantada. No te cuento lo que me llama en esos momentos, porque hasta Anglada, que jura como un camionero, se me podría escandalizar.

–La putada es que sean cuatro islas –dijo Anglada–. Por lo demás, la gente no mata mucho por aquí. Son tranquilos hasta para eso.

–Sí –corroboró el teniente–. El índice de homicidios es más bajo que en la Península. Lo que le va aquí al personal es suicidarse.

–¿Ah, sí? –pregunté, extrañado.

–Sí, y sobre todo a los palmeros –dijo Anglada, risueña. El teniente asintió.

–Es verdad, en La Palma se suicidan muchísimo. Cuando la gente ve la isla le sorprende, porque es un lugar especialmente agradable y acogedor. Pero parece que hay una explicación científica y todo. El agua.

–¿El agua? –preguntó Chamorro.

–Por lo visto tiene muy poco litio –explicó Anglada–. No me preguntes por qué, pero resulta que la falta de litio hace que te deprimas y que acabes tirándote del primer lugar alto por el que pases. Y para colmo, eso, en La Palma, está chupado. Porque puentes y barrancos hay por un tubo.

–De todos modos, no te vamos a engañar –dijo Guzmán–. La inmensa mayoría de las muertes las resolvemos en un par de días, como mucho. Es la ventaja que tiene el entorno insular. Son comunidades cerradas, muy pequeñas a veces, donde todo el mundo se conoce. Y si sabes pegar la hebra a la gente y caerle bien, no te esconden nada. Largan con facilidad.

–Lo complicado, en algunos pueblos de las montañas, es llegar a entender lo que te dicen –precisó Anglada–. Al principio yo lo llevaba fatal. Les hacía repetirme todo tres veces y se me acababan cabreando.

–En cualquier caso –dije–, aquí entra y sale mucha gente todos los días. Los que vienen de vacaciones, me refiero. Eso os dará algún problema.

–Eso es lo que menos problema da –respondió el teniente–. Cuando una horda de *hooligans* se enreda a botellazos y terminan matando a uno, el culpable suele estar con la cabeza abierta tres calles más allá, o en el ambulatorio. Los demás turistas si acaso se matan resbalando en la piscina del hotel, lo que tampoco exige un gran esfuerzo investigador. Otros extranjeros son los propietarios, principalmente alemanes. Ésos lo tienen clarísimo. Se encierran en su búnker y no quieren saber nada del mundo exterior. Si por casualidad matan a alguno, ya puedes contar con que lo ha hecho otro de ellos. Con los indígenas no buscan tener el menor roce. Y viceversa.

–Bueno, en este caso el muerto era medio alemán –recordó Chamorro.

–Y medio canario –completó el teniente–. En los mestizos pesa más lo segundo. Ya veréis a la madre. No tiene ni un tornillo en su sitio, pero puede decirse que está bastante integrada. Habla como una gomera auténtica. Son una minoría, pero son. Los guiris que han cortado amarras y se han mezclado. Y en cuanto al chaval, por lo que sabemos de él era un isleño más. Había nacido allí, y desde pequeñito había tenido trato con los paisanos. Mucho trato, en realidad. Desde los seis o los siete años, por lo visto, pasaba más tiempo en la calle que en su casa. La madre tampoco se aburría, y aunque ahora esté embarcada en una cruzada para que se le haga justicia, cuando el niño estaba vivo no consta que fuera demasiado maternal.

En ese momento, sonó un teléfono móvil. Tenía el pitido muy estridente, tanto como para que pudiera oírse en el local, donde la música no estaba excesivamente alta, pero el ruido de la gente era considerable. Chamorro dio un respingo y sacó de su bolso un aparatito plateado, bastante mono. Debía de ser nuevo, porque no se lo había visto antes. Quizá un regalo.

–Sí –dijo, tras abrirlo–. Sí, un momento, que me salgo. Perdonad.

Se puso de pie y salió fuera del local como una exhalación. El teniente y Anglada la miraron irse, un tanto intrigados. Nada me exigía darles información, pero juzgué apropiado justificar la espantada de mi compañera:

–Debe de ser el novio.

Anglada sacudió la cabeza.

–Anda, ¿tiene novio, la Virgi? Qué jodida, no me ha dicho nada.

–Bueno, lleva poco tiempo.

–¿Y quién es?

Ya me fastidiaba verme otra vez dando cuenta de la vida sentimental de mi compañera. Bebí un trago largo de vodka y dije:

–No sé quién es. Sé lo que hace.

Anglada sonrió con astucia.

–Guardia –apostó.

–Bingo –confirmé.

–¿Dónde?

Le sostuve la mirada. No quería parecerle antipático, pero tampoco que se sintiera autorizada a llevar aquel interrogatorio hasta el infinito.

–En Madrid. Y si quieres saber algo más se lo preguntas a ella. Perdona, pero no me gusta chismorrear sobre la vida personal de la gente.

Anglada alzó las manos.

–Entendido. El resto me lo imagino. No deben de estar pasando un buen momento, y por eso a la chica se la ve tan tensa. ¿Es eso?

–Mis labios están sellados, Anglada –la repelí.

Justo entonces empezó a sonar una canción a todo volumen. Anglada tardó un par de segundos en reconocerla. Luego se echó a reír e hizo una seña al tipo de la barra, que a su vez le respondió guiñándole un ojo.

–Qué cabroncete –dijo–. Bueno, en realidad es un tío majo. Sabe que me gusta y siempre que vengo me la pone.

La canción tenía un ritmo travieso y verbenero. Anglada seguía la música con la cabeza y la letra con los labios. A mí, por el contrario, no me sonaba en absoluto. Escuché lo que en ese momento decía el cantante:

Desde pequeño empezó a alucinar
soñaba con ser como Starsky o Hutch
los polis de peli le hacían flipar
una barbaridad

Romero el madero ha quedado en el bar
con toda la pasma de la ciudad
bebiendo y fumando no paran de hablar
de su virilidad

–*Romero el madero*, de Ska-P –informó Guzmán–. Aquí la demente ésta se la canta a los pasmas siempre que tenemos que verlos para algo.

–Se ponen como motos, no tienen ningún sentido del humor –dijo Anglada, mientras sacudía los hombros al compás. Aquí tendré que decir que los llevaba descubiertos, que estaban bronceados y que mis pensamientos al verlos agitarse eran poco compatibles con la disciplina castrense.

Mientras tanto, la canción proseguía:

Al tío Romero le gusta sentir
su porra estrellada contra una nariz
si corre la sangre se siente muy bien
cumple con su deber

En eso, vi venir de regreso a Chamorro. Su semblante no aparecía precisamente más relajado que antes de recibir la llamada. Comprendí que era el momento menos indicado para hacerle reparar en aquella canción.

–Deberías escribirles, Anglada –dijo Guzmán–. Les ibas a provocar una crisis de identidad, cuando supieran que tienen una fan picoleta.

–Me mola la música –repuso Anglada–, me mola que se metan con los maderos y sobre todo con los chulos de los antidisturbios.

–Sugiero que cambiemos de tema –dije, una décima de segundo antes de que Chamorro volviera a sentarse a la mesa.

–¿Por qué? –preguntó Anglada.

–Por qué qué –dijo Chamorro.

–Nada –improvisé deprisa–, decía que no me va mucho esta música. Un poco pachanguera, para mi gusto.

–¿Quiénes son? –preguntó mi compañera.

–Ska-P –informó Guzmán, resignado.

–Ah, es verdad. ¿Qué es, del último? ¿Cómo se llamaba? *Planeta*...

–*Planeta Eskoria* –completó Anglada, con la rapidez de una conocedora–. No, ésta es una de las antiguas. No me acuerdo del nombre del disco.

–Es divertida esta música, para bailar –opinó Chamorro. ¿Trataba de aflojar un poco, o era por llevarme la contraria? Bebió un trago generoso de su bebida, whisky con cocacola, y empezó a moverse en el asiento.

Coincidí con el teniente. Para los Ska-P habría sido un *shock* escuchar a dos guardias hablando de su discografía y bailando *Romero el madero*. Para mí también era una sorpresa descubrir que Chamorro conocía y gustaba de esa música. De vez en cuando, por señales como aquélla, me percataba de que ella pertenecía a otra generación. Una generación de gente que aceptaba sin inmutarse cualquier cosa, como por ejemplo ser policía y encontrar divertidas las canciones de tono subversivo. A mí también me divertían, pero siempre me había empeñado en creer que lo mío era un toque excéntrico, algo que me distinguía de la rígida solemnidad de mis congéneres. Con su naturalidad, Chamorro y Anglada dejaban en evidencia mi tonta presunción. Y lo que era más doloroso: lo obtuso que me volvían los años.

Nos pusieron el disco hasta el final, lo que nos permitió oír, entre otros, temas como *Cannabis* y *Sexo y religión*. Aunque hasta no hacía mucho, según me constaba, Chamorro había acudido a misa los domingos, escuchó sin despeinarse, incluso sonriendo, aquel nada católico estribillo:

Disfruta de la vida y a follar que son dos días
y que nadie te reprima, rebelión
contra la hipocresía

En una de esas extrañas elucubraciones a las que uno se da de noche y con un par de copas, pensé en la parte que podía tocarme de responsabilidad en la paulatina paganización de mi compañera. Estaba claro que ni por mi carácter ni por la actividad que conmigo realizaba, le ofrecía un buen ejemplo de vida cristiana. Y se me ocurrió que, en caso de existir Dios, hipótesis que no tenía elementos suficientes para descartar, aquélla sería otra falta apuntada en la página de la libreta negra que iba a condenarme al infierno o, en el mejor de los casos, a algún departamento inferior del purgatorio.

A eso de las dos y media, nos dejaron en el hotel. Al día siguiente debíamos coger el barco a La Gomera y si queríamos aprovechar mínimamente el día teníamos que madrugar. Vendrían a recogernos. Guzmán propuso:

–¿A las ocho?

–Con eso llegamos al barco de las nueve y algo, y entre diez y media y once estamos allí –calculó Anglada.

–Muy bien, a las ocho –dije–. Muchas gracias por el entretenimiento.

–De nada, hombre –dijo Guzmán–. Un placer.

–Que descanséis –añadió Anglada, con un deje equívoco en la voz.

Antes de entrar cada uno en su habitación, traté de averiguar lo que le sucedía a Chamorro. No era el lugar más apropiado, un pasillo de hotel, pero no siempre puede uno escoger el escenario óptimo.

–Perdona si me meto donde no me llaman –dije, cautelosamente–, pero has estado un poco rara todo el día.

–Pues anda que tú –replicó.

–¿Yo?

–Por dónde quieres que empiece –dijo, irónica–. Has citado dos veces la cartilla del guardia civil, has largado sobre el tabú de tu época en el Norte...

–Vale, Chamorro. Hablo en serio.

–Y yo.

–¿Tienes algún problema?

–Ninguno del que me apetezca hablar.

La sonrisa se le había esfumado del rostro.

–Está bien, tus asuntos son tus asuntos. Allá tú. Pero hay otros que me afectan, sobre todo de cara a los días que tenemos por delante. ¿Qué coño te pasa con Anglada? Parece que te hubiera robado un novio.

A veces uno es así de imbécil, pone justo el único ejemplo que no debería poner. Según Freud, es el enanito vengativo del inconsciente, que quiere castigarte por algo. Sea lo que sea, cuando pasa, tiene mal remedio.

–Verás –repuso Chamorro, mordiéndose la lengua–. A lo mejor un día te lo digo. Pero por ahora, no. Ni es el momento ni el lugar para contarte lo que pasa en una camareta femenina de la academia de guardias.

Confieso que mi curiosidad resultó al punto excitada en grado máximo. Pero ya se veía que no iba a satisfacerla en seguida y que además, por la naturaleza del asunto, carecía de autoridad para exigir que se me revelase nada. Opté por la única vía posible, velar por las necesidades del servicio:

–Bien. Tampoco me meto en eso. Pero tendrás que pensar si estás en condiciones de trabajar con ella. Si llegas a la conclusión de que no puedes, habrá que relevar a alguna de las dos. Y te hago notar que no tengo la posibilidad de obligar al teniente a que me asigne a quien a mí me apetezca.

–Recibido. A tus órdenes, mi sargento. Buenas noches.

El ruido que hizo su puerta al cerrarse fue un broche poco alentador para aquella jornada. Algo fuera de lo común le ocurría. Nunca la había visto así, nunca había permitido que sus problemas repercutieran en el trabajo. Con la preocupación corroyéndome, me desvestí y me metí entre las sábanas.

Lo último en lo que pensé antes de dormirme, sin embargo, fue otra cosa. Debo reconocerlo, aunque resulte en cierto modo vergonzante. Pensé que al día siguiente iríamos con Anglada a La Gomera, y que podría seguir mirando de hito en hito sus ojos negros. Para qué mentir. Me hacía ilusión.

Capítulo 6
LA MISIÓN DE LOS SARGENTOS

Cuando mi teléfono móvil, programado como despertador, lanzó al aire de la habitación la horrísona melodía que el fabricante había asignado a esa función odiosa, me dije una vez más que algún día tendría que intentar averiguar en el ilegible manual del aparato la manera de sustituirla. Antes que la que traía por defecto, creo que habría preferido cualquier cosa, desde la última canción de Julio Iglesias hasta el himno de la Gestapo. Aunque bien mirado, reflexioné, como la Gestapo era una policía secreta, no debía de tener himno. Quizá pudiera comprobarse de algún modo. Si existía, seguro que algún nazi paranoico lo habría colgado en su página de Internet. Permanecí enredado en esta clase de razonamientos espesos y absurdos durante unos minutos. Una vez que mi cerebro logró normalizar su funcionamiento y dejar de patinar, constaté que estaba hecho polvo y que sólo me quedaba un cuarto de hora escaso para adecentarme y conseguir donde fuera y como fuera un tazón de café. Tocaba, por tanto, afeitado de emergencia.

No sé a otros hombres, pero a mí me fastidia afeitarme rápido, es decir, mal. Para eso, prefiero no afeitarme. Cuando voy mal afeitado, siento cada uno de los pelillos que no he apurado bien, y eso me envenena la sangre. En consecuencia, salí de la habitación con el gesto torcido y una abominable sensación de picor facial. Llegué al *buffet* de desayunos del hotel a las ocho menos un minuto. Chamorro estaba sentada a una mesa. Había vaciado un plato de fruta y un yogur natural y terminaba puntualmente su café.

–¿Con quién te has peleado? –preguntó.

La observé. Recién duchada, con el pelo aún húmedo y sin un gramo de maquillaje en la cara, ofrecía un aspecto irreprochable.

–Dame diez minutos antes de volver a obligarme a hablar –rezongué.

–Bien. No he dicho nada.

El *buffet* parecía decente, considerando que la categoría del hotel era lo bastante baja como para afrontarlo con nuestras dietas y no perder dinero. En todo caso, no tenía tiempo de probarlo. Me hice con una jarra de café y me la llevé a la mesa con intención de vaciarla. Mientras me servía aquel brebaje de decepcionante transparencia, Chamorro me advirtió:

–Está muy flojo. Si es café, que lo dudo.

La miré, con una ira que no le estaba destinada.

–No es necesario que me respondas –se defendió–. Sólo te informo.

Tenía razón. Si en aquel líquido había algo de café, se habían preocupado de mezclarlo con algo que impidiera notarlo. Pese a todo, me tragué dos tazas, por si de algo servía. Estaba a mitad de la segunda cuando irrumpieron en la sala Anglada y Morcillo. La mayoría de los concursantes habría errado al tratar de acertar cuál de las dos había trasnochado. Anglada, como Chamorro, poseía el arma secreta, el favor de los dioses: la feroz juventud. En Morcillo, en cambio, comenzaba a insinuarse el proyecto de un ser como yo, aunque debía admitir que en el mundo en que vivíamos a ella le iba a pesar todavía más de lo que me pesaba a mí. Ya empezaban a tocarle los efectos, si no me equivocaba respecto de quién era la favorita del teniente.

–Qué tal –gorjeó Anglada.

–Yo muy bien –dijo Chamorro, con una sonrisa hipócrita. Parecía haber meditado durante la noche y haberse impuesto un cambio de actitud.

–¿Y tú, mi sargento?

Desde que ella había entrado, estaba algo mejor. Pero también un poco disperso. Seguía rumiando mi mal humor a la vez que reparaba, con interés, en su cambio de indumentaria. Traía vaqueros ajustados, calzado robusto y una camiseta que dibujaba con determinación su torso.

–Falto de café –respondí al fin–. ¿Hay algún sitio por el camino donde pueda tomarlo de verdad?

–Claro –dijo Morcillo.

–Olga nos acompaña al puerto de Los Cristianos –explicó Anglada, aunque nada le había preguntado–. Luego se trae el coche.

Condujo Anglada. Morcillo le indicó el camino hasta un bar de aspecto sospechoso, donde una máquina vieja y mugrienta expulsó para nosotros cuatro tazas de café denso y oloroso *comme il faut*. Confortados por el contundente aporte cafeínico, al menos yo, continuamos viaje. Recorrimos, en sentido inverso, la autopista del día anterior. Anglada, invariablemente, se mantuvo entre treinta y cincuenta kilómetros por hora encima del límite.

–¿Siempre conduces así? –preguntó Chamorro. Si lo hacía con alguna malicia, para nada se deducía de su entonación.

–Es que si no, los motores se amariconan –dijo Anglada–. Y cuando vas a tirar de ellos resulta que no marchan. Los coches son como los tíos. Hay que exigirles; si no, se te distraen. Con tu permiso, mi sargento.

–No entiendo mucho de tíos –me inhibí.

Cinco minutos después, vimos cómo nos cortaba el paso un coche de los nuestros. Llevaba las luces giratorias puestas.

–No me jodas –dijo Anglada, dando un palmetazo en el volante.

Nos hicieron señas de que nos apartáramos al arcén. Al cabo de un minuto se alineaban al costado de la carretera los tres vehículos: el que nos había parado, delante; el nuestro, en medio; y detrás el radar móvil camuflado que nos había cazado *in fraganti*. El conductor del coche patrulla se acercó a la ventanilla de Anglada. A mitad de saludo, se interrumpió y dijo:

–Coño, ¿otra vez tú?

–Lo siento, tío –se excusó Anglada—. Vamos para La Gomera. Ya casi perdemos el barco.

–No si ya, si siempre hay alguna excusa –dijo el de Tráfico.

–De verdad que se nos va –insistió Anglada–. Nos vemos, ¿vale?

–Venga, largo –se rindió el otro–. Pero alguna vez podíais probar a salir con tiempo. Cada vez que os cogemos dejamos de coger a otro, o sea, le hacéis perder dinero al Estado y a nosotros nos jodéis la productividad. A ver si miráis un poco por los compañeros, para variar, ¿eh?

–Te he perdido perdón, colega –dijo Anglada, mientras arrancaba.

Sin otros incidentes dignos de mención llegamos al puerto. Faltaban escasamente quince minutos para que zarpase el próximo hidroala. Nunca había montado en un trasto de aquéllos. Me pareció intranquilizadoramente pequeño. Soplaba un viento fuerte y la mar no parecía muy apacible.

–¿Es seguro ese cascarón? –pregunté, escamado.

–Es una maravilla, hombre –dijo Anglada–. Haces la

travesía en la mitad de tiempo que con el barco convencional.

–La mar está un poco picada, ¿no?

–Bah, apenas. En todo caso, si se pone muy mal, bajan el casco al agua y puede seguir navegando como un barco corriente. ¿Te asusta el mar?

–Bueno, está comprobado que es peligroso –dije–. De todas formas, supongo que sobreviviremos. Lo que me preocupa es marearme.

–Si te mareas con estas olitas es que eres de mareo fácil.

El optimismo de Anglada no se correspondió con la realidad, o no completamente. El hidroala zarpó sin novedad, y también sin novedad se alzó sobre su patín y comenzó a deslizarse a gran velocidad por la superficie del mar. Unas amables señoritas ataviadas de azafatas se afanaban para reproducir al máximo la sensación que uno tiene al viajar en avión. Algo que no logro entender: por qué ahora en los trenes y en los barcos se esfuerzan por imitar a las compañías aéreas, cuando está más que demostrado que a una mitad del género humano le irrita volar y a la otra mitad le aterroriza.

A medida que progresábamos hacia La Gomera, visible en lontananza, el mar empezó a ponerse más y más bravo. El ruido de las olas al golpear en la panza del barco resultaba cualquier cosa menos reconfortante. El avance de la nave se fue haciendo cada vez más penoso, y la velocidad descendió perceptiblemente. Al fin, una voz nos anunció por los altavoces que no podríamos seguir navegando elevados sobre el patín y que mientras las condiciones del mar obligaran a ello la singladura continuaría al modo tradicional. Lo que se le olvidó advertir fue que aquel bote, una vez apeado de su apéndice deslizante, era más bajo que las olas que nos rodeaban. Al otro lado de los ojos de buey, sólo algunas ráfagas intermitentes de cielo reemplazaban el casi constante y amenazador azul oscuro del mar. Y aquello subía y bajaba que era un placer. Como cualquiera ha experimentado más de una vez, ése es el peaje de la modernidad. Cuando los nuevos inventos tecnológicos funcionan, es estupendo. Cuando no, uno está mucho peor que antaño, y sobre todo, no tiene más remedio que jorobarse, porque no hay alternativa.

–¿Sigues creyendo que esto son olitas? –le consulté a Anglada.

–Las he pasado peores. Vamos, hombre, tranquilo, que sólo serán veinte minutos, veinticinco a lo sumo.

Fueron, para ser exactos, treinta y ocho. Chamorro, que no en vano era de familia de marinos (o de marines, que al fin y al cabo han de navegar igual), pasó la prueba gallardamente. Consiguió llegar al puerto de San Sebastián de la Gomera sólo un poco amarilla. Yo, en cambio, bajé a tierra desencajado, después de haber llenado las dos bolsitas de mis compañeras, la mía y la de una vecina a la que se la arrebaté sin pararme a pedirle permiso. En algún momento, llegué a abrigar el insolidario deseo de que aquel barcucho se hundiera de una vez, con tal de que cesara el tormento.

Mientras me aseguraba, incrédulo, de que el suelo del muelle no se movía, Anglada me obsequió con una juiciosa recomendación:

–No hagas nunca un crucero, mi sargento. Y menos por el Atlántico.

–No te preocupes, que ni pienso. Y si no te importa, para salir de aquí cogemos un barco de verdad, como ése –dije, señalando el enorme ferry que estaba atracado en el puerto–. No me importa tardar un poco más, si puedo ahorrarme tener que volver a perder la dignidad ante la tropa.

–No sabía que te marearas así –observó Chamorro, impresionada.

–Pues ahora ya lo sabes –dije–. Y si se lo cuentas a

alguien, te mando hacer quinientas flexiones todas las mañanas.

–Me negaría –bromeó–. Es una orden ilegal.

La miré fijamente, pero todavía un poco tambaleante.

–No me pongas a prueba, Virginia. Te aseguro que se me pueden ocurrir quinientas maneras legales de putearte.

–Está bien –se rió–. Seré una tumba.

La capital de la isla resultó ser un lugar bastante apañado. Un pueblito cuyo casco urbano se organizaba pulcramente en torno a tres calles paralelas. Por un lado se encaramaba a la altura que dominaba el puerto y se volvía más empinado e irregular. Tenía una plaza donde sesteaban los jubilados y, según nos contarían y mostrarían después, conservaba algunos edificios que databan de finales del siglo XV, o lo que es lo mismo, de cuando recaló por allí Cristóbal Colón rumbo a su cita con la Historia.

Como no llevábamos mucho equipaje, fuimos caminando hasta la oficina de la compañía de alquiler de coches en la que habíamos reservado un vehículo. Guzmán se había disculpado por no poder prestarnos nada: tenían los justos, y encima uno en el taller. Por suerte, o porque se veían con cierta frecuencia acuciados por aquella clase de penurias, tenían acordado un precio especial con aquella compañía, y la factura no se iría por encima de la cifra de gastos que podíamos esperar que nos reembolsasen. En contrapartida, deduje al ver el chollo que nos daban, un Opel Corsa más que veterano, lo que nos habían guardado era lo más bajo de la gama inferior. Sin embargo, Anglada se sentó al volante con la desenvoltura habitual, y cuando puso el coche en marcha lo impulsó con brío hacia delante. Su compenetración con cualquier ingenio de cuatro ruedas era inmediata e instintiva.

–Vamos primero al hotel y nos deshacemos del equipaje –dijo.

No me pareció mal, y por tanto me abstuve de indicarle otra cosa. En apenas cinco minutos, Anglada nos trasladó a la parte más alta de la población, haciendo al Opel Corsa trepar como una exhalación por las duras pendientes. Al final había un recinto a cuya entrada se veía el logotipo de la red de Paradores. Para mi sorpresa, Anglada se metió precisamente allí.

–¿Vamos a dormir en el parador? –pregunté.

–Por supuesto –dijo Anglada.

–¿Pagas tú o qué?

–Tenemos un arreglo. Nos dejan la habitación a la mitad.

–¿Por ser temporada baja? –interpretó Chamorro.

–Y en temporada alta también.

–Os lo montáis de maravilla –reconocí.

–Esto es un pañuelo, mi sargento –explicó Anglada–. Conocemos a todos los choris con nombres y apellidos. Les hacemos entender de forma persuasiva que más les vale que no pase nunca nada en el parador, y la dirección del establecimiento sabe valorar nuestra diligencia. Si te fijas en la distribución y en el perímetro del hotel, puedes hacerte una idea de lo que les costaría un sistema de vigilancia que neutralizara cualquier peligro.

En efecto, como comprobaría luego, aquel hotel, construido según el modelo de una antigua mansión colonial, extendida en torno a una serie de patios y jardines, no era precisamente una fortaleza inexpugnable.

En la recepción había una chica joven. Anglada la saludó con confianza.

–Hola, Yaiza, cómo va eso.

–Flojito, pero va –repuso Yaiza, con una franca sonrisa.

Ya fuera porque el hotel estaba medio vacío, o por la influencia de Anglada, nos dieron tres habitaciones inmejorables, con vistas al mar. Cuando reparé en que desde la mía se veía Tenerife y el perfil del Teide alzándose sobre el horizonte oceánico, me dije que nunca me había alojado así por cuenta de la empresa. Casi se olvidaba uno de que le habían mandado allí a lo de siempre, husmear entre la carroña. Quizá, en aquella ocasión, el trabajo fuera compatible con el placer. Ya sé que no era eso lo que debía pensar, como jefe del equipo, pero todos tenemos nuestras veleidades.

Cuando nos reunimos en la recepción, Anglada nos preguntó:

–¿Qué tal?

–Increíble –admití.

–Bonita habitación, sí –juzgó Chamorro, algo más fría.

–Para que vayáis luego diciendo por Madrid que os tratamos mal.

–Si esto sigue así, no diremos nada, no vayan a entrarle a todo el mundo ganas de venir. En adelante, Chamorro y yo nos quedamos todo lo que suceda en la provincia de Tenerife. ¿Qué te parece, Virginia?

–Puedes pedir destino, incluso –sugirió Chamorro–. Te lo darían.

Lo dejé correr. Ahora que estábamos los tres solos, y con tarea por delante, debía hacer lo posible por mantener la cohesión del grupo. Decidí empezar a ejercer como jefe. Era mucho más cómodo abandonarse a la condición de invitado, pero no me pagaban por eso. Se imponía, lo primero, organizar la jornada. Me dirigí a Ruth en tono imperativo:

–Vamos primero al puesto. Luego nos acercamos a ver a la madre de la víctima. Si es posible me gustaría que el subdelegado del gobierno no tardara en comprobar que una de nuestras máximas prioridades es darle gusto.

–A tus órdenes, mi sargento –acató–. Por cierto, que me extraña que con esa preocupación por el bienestar de la clase dirigente sólo seas sargento.

La observé de reojo. Estaba muy buena, era lista, su ayuda resultaba insustituible y no me caía mal. Pero de ahí a que se creyera con derecho a tomarme por el pito del sereno debía marcarle que mediaba un abismo.

–Soy sargento porque valgo para comer mierda y hacérsela comer a los que están por debajo –dije, sonriendo–. Ésa es la misión de los sargentos. Y es importante, porque con ella se ganan todas las guerras. Lo que hacen los que están por encima son pamplinas. Así que no aspiro a subir.

Era lista, como ya he dicho, y no le hizo falta más. Echó a andar dócilmente hacia el coche, se instaló en el asiento del conductor y cuando los demás montamos y cerramos las puertas arrancó y emprendió en silencio el camino del puesto. Por el retrovisor pude ver la mitad de la cara de Chamorro. Había superado sus expectativas, lo que me llenaba de satisfacción. No me hacía ninguna gracia, como se comprenderá, que mi compañera se creyera capacitada para desentrañar las debilidades de mi carácter.

El puesto donde había servido en su día Anglada, y que seguía mandando Nava, ahora ascendido a sargento primero, se encontraba junto a la carretera. De reciente construcción, y más habitable y discreto que la media, casi no se habría distinguido de un edificio civil de no ser por la bandera izada a un mástil a la puerta y por el guardia que la vigilaba.

El sargento primero Nava andaría por los cuarenta años. Era un hombre bien plantado, y celoso de su aspecto. Peinado con esmero hacia atrás, uniforme limpio y bien planchado, zapatos relucientes, reloj de acero bastante elegante y unas gafas de sol que no habría dudado en ponerse el tipo del anuncio de Martini. Además de eso, resultó ser un individuo que transmitía una sensación de responsabilidad y de hospitalidad sincera. Nos hizo pasar a su casa y le pidió a su mujer, una canaria cantarina y simpática, y lo menos diez años más joven que él, que nos preparase un aperitivo. Podría haber parecido el clásico gesto de emperador de la casa, pero tuvo con ella, reparé en el detalle, la deferencia de estar pendiente para traer él de la cocina la bandeja con las cervezas y los cuatro platos de picar.

–Pues bienvenidos a La Gomera –dijo, alzando su cerveza–. Si me permitís un consejo, para empezar no hagáis caso de los chistes de gomeros.

–¿Qué chistes son ésos? –preguntó Chamorro.

–Si te sabes los chistes de leperos en la Península, pues son más o menos los mismos –le informó Anglada–. El caso es que durante mucho tiempo la gente vivía aquí bastante aislada, por los malos caminos, y que los de La Gomera han pasado siempre por ser los más cerrados del archipiélago. Por eso los eligen para los chistes de tontos, como a los de Lepe.

–Puestos a buscar coincidencias, hasta hay en la isla un pueblito que se llama Lepe. Pero ojo –dijo Nava–. Aquí, el más tonto hace relojes.

–Como en Lepe –añadí–. Una vez tuve un muerto allí. Y están forrados.

–Ya veréis –prosiguió Nava–. Tienen una isla que es una maravilla. Y se las arreglan para sacarle dinero de todas las formas posibles: con el campo, con el turismo, con la naturaleza. Y sin destrozarla, que ya tiene mérito. Será porque están acostumbrados desde siempre a convivir con las dificultades que les pone esta orografía endemoniada de montes y barrancos.

–Aunque ya no necesiten el famoso silbo gomero –dijo Anglada.

–¿El qué? –preguntó otra vez Chamorro.

–El silbo. Una especie de código para comunicarse con silbidos de extremo a extremo de los valles. Ahora ya no sirve para nada. Tienen el móvil.

El implacable teléfono móvil, pensé por enésima vez. Yo me resistí durante un tiempo a usarlo, lo que prueba mi incapacidad para anticipar el futuro. No supe ver que iba a alterar el sentido de la realidad de la gente. Si el pobre Julio Verne hubiera tenido la intuición de que un día existiría tal cosa, no habría perdido el tiempo con submarinos, viajes a la Luna y otras tonterías que en comparación resultan marginales y anecdóticas. Pero el servidor de la ley que me habita me llamó entonces al orden. Eran las doce y no me encontraba allí para mantener una tertulia sobre sociología isleña, por más que la cuestión resultase de cierto interés para mis pesquisas.

–Anglada ya nos contó lo que pasó aquella noche –dije.

Nava asintió lentamente.

–Poco puedo añadir yo a lo que os haya dicho ella. Ruth vio el coche, lo persiguió, lo encontró luego abandonado. Cuando yo me incorporé ya había sucedido todo. Sí os puedo hablar del concejal –aquí se interrumpió para dejar escapar una risa floja–. Si me dejáis mentar la bicha.

–No descartamos nada –aclaré–. El juicio salió como salió. Pero esto es una investigación policial y nos llevará adonde tenga que llevarnos.

Nava hizo una pausa para volver a beber de su cerveza.

–No sé –continuó–. El asunto parecía claro como el agua. El tipo estaba nervioso y se contradijo cuatro o cinco veces, como poco. Era su coche, tenía motivos, todo parecía coherente. Pensó en deshacerse del chaval en el parque, que en principio era un lugar ideal, pero el plan se le fue al traste cuando se cruzó con nuestra patrulla y se dio cuenta de que podían haberle tomado la matrícula. Por eso tuvo que fingir luego el robo de una forma tan chapucera, como si hubiera sido una idea desesperada que se le ocurrió sobre la marcha... Mira, yo no soy Sherlock Holmes, sólo llevo un puesto pequeño en esta isla que está a tomar por culo de Baker Street, pero me habría dejado cortar una mano antes de pensar que el asesino era otro.

No me sorprendió singularmente que Nava hubiera leído a Conan Doyle, como denotaba su precisa alusión. Muchos funcionarios policiales lo leen. Son libros entretenidos, que sirven para matar el rato (algo que el policía se ve obligado a hacer a menudo) y que además tienen que ver con el negocio. Al menos hasta cierto punto. Ya quisiera uno que el mundo fuera un lugar tan cartesiano como parece cuando lo mira el preclaro Sherlock.

–Bueno, yo vengo de fuera –dije–, y sólo sé del caso lo que dice el expediente y lo que me contáis, pero puedo comprenderlo.

–A ver –dijo Nava, inclinándose hacia mí y mirándome recto a los ojos–. ¿Cuál es la alternativa? ¿Que alguien se encargase de montar una especie de representación, con el solo fin de inculpar al inocente concejal? Me parece algo tan estrambótico que sólo por eso no me cabe en la cabeza.

–Puede haber otras explicaciones –alegué–. Ya sabes que la imaginación humana, aplicada a la actividad criminal, no conoce límites...

–Vale, de acuerdo –concedió–. Pero es que a la vez está lo otro. La enemistad manifiesta con el muerto. Y justamente por una razón como ésa. Oye, que no es cualquier cosa. No sé si tienes alguna hija, Belvi...

–Tranquilo. Dime Vila, o Rubén –le aconsejé.

–Pues eso, Vila, no sé si tienes hijas.

–No.

–Yo tengo una, de año y medio. Y ya sé que el día que aparezca por esa puerta un maromo con intención de tirársela se me van a revolver las tripas y me van a dar ganas de partirle los brazos. Aunque sea un buen chico, y le convenga, y tenga planes honrados para el futuro. Así que imagínate si encima es un gilipollas y le saca siete años y la niña es menor de edad.

–Ganas le dan a uno de muchas cosas. Hacerlas es diferente –cuestioné.

Nava se echó otra vez hacia atrás y me observó como si me sopesara.

–¿Te ha contado Ruth lo del incidente?

Me volví a Anglada. Me pareció despistada, por primera vez.

–Coño –siguió Nava–. Una de las veces que el concejal estuvo a punto de hostiar al chico. Lo que es la vida. Después de que apareciera el cadáver, cuando vinieron los de policía judicial de Tenerife y empezaron a preguntar por ahí, nos dimos cuenta de que en una de las broncas habíamos intervenido nosotros. Por la foto que nos trajo la madre no lo habíamos podido reconocer, al chaval. Y no porque la foto fuera mala, sino porque apenas le vimos un momento, a lo lejos y por detrás. Cuando llegamos ya se largaba, tan deprisa como le dejaban correr las piernas después del esfuerzo que hubiera hecho con la niña. Pero fijándonos un poco mejor, y por lo que contaban los testigos, acabamos cayendo. Y hay un detalle interesante.

–¿Sí? –dije.

–Lo que ese día nos dijo Gómez Padilla. Que había visto al chico merodeando por la casa, como si fuera un ladrón. Nada de la verdadera razón por la que lo había sorprendido dentro de su vivienda. Como es lógico, tratándose del vicepresidente del cabildo, le creímos. Incluso buscamos durante un tiempo a un chorizo con la complexión del que habíamos visto huir.

–Sin éxito, por supuesto –subrayó Anglada.

A aquellas alturas, parecía sobradamente evidente que Nava participaba de la convicción de que el jurado popular había cometido un error al dejar libre al concejal Gómez Padilla. Y tal vez estuviera en lo cierto; por lo menos, manejaba una serie de indicios que no eran desdeñables. Pero tampoco concluyentes. Debía buscar el modo de hacérselo ver sin ofenderle.

–Tomo nota de todo lo que me cuentas –dije–. Y te agradezco la información. Pero el hecho es que el concejal pudo tener aquel día otros motivos para mentir, y que dio una coartada con testigos, y que hay una sentencia absolutoria, y que en fin, la tarea se presenta un poco complicada. No digo que no tengas razón, que a lo mejor, o más bien a lo peor, la tienes. Pero no podemos ceñirnos a esa posibilidad. Tenemos que buscar otras.

Nava se encogió de hombros.

–Ya me imagino. Y bueno, a lo mejor yo me estoy columpiando. Pero creo que tengo la obligación de decirte lo que a mí me parece.

–Claro. ¿Y qué hay de esa otra hipótesis, la de las drogas?

Al rostro del sargento primero asomó una sonrisa escéptica.

–Pues qué quieres que te diga, que si me apuras vale para el asesinato de cualquier chaval de veinte años. Dime tú cuántos no se meten algo alguna vez. Incluidos los dos guardias jóvenes que tengo yo aquí.

–Puede que hiciera algo más que meterse –dijo Chamorro.

–A nosotros no nos consta, es lo que yo puedo decirte. Pero mira, eso es bastante fácil de investigar. Los que trapichean por aquí, ahora, siguen siendo prácticamente los mismos que trapicheaban entonces, menos los dos o tres que ya fueron al trullo por reincidentes. Y están donde siempre, porque cuando los trincamos los suelta la juez y hasta que no tienen un par de sentencias firmes no hay nada que hacer. Anglada se lo sabe, de cuando trabajaba aquí. No tienes más que llevarlos, Ruth, y que prueben suerte. Nuestros confidentes son vuestros, aunque no creo que os digan más de lo que nos dicen a nosotros. Y oye, si por otras vías podéis sacar más, pues cojonudo. No sé qué técnicas avanzadas utilizáis en la unidad central.

–Ninguna especial. Pero echaremos un vistazo, por estar seguros –dije.

–Contad conmigo –ofreció Anglada–. A ésos me los conozco bien.

–¿Y alguna otra posibilidad? Su familia, sus amistades, su trabajo...

Nava se detuvo a hacer memoria.

–Pues a ver, en cuanto a la familia, no tenía más que a la madre. El padre, según recuerdan los viejos del lugar, era un bala perdida de un pueblo del sur. Preñó a la alemana y poco después se montó en un barco y no volvió a saberse más de él. Por lo menos, nadie nos ha dado razón de su paradero. Le quedan, eso sí, un par de parientes en el pueblo, la madre y una tía. Pero que sepamos ninguna de las dos tuvo nunca mucho trato con el muchacho. La madre de Iván no se lo llevaba y ellas se mueven poco.

–¿Y por el lado alemán? –preguntó Chamorro.

–Sólo tenía cierta relación con la hermana de la madre. La actual subdelegada del gobierno –bromeó Nava–. Era la única que venía de vez en cuando por aquí, de vacaciones, supongo que porque le gustaba el clima. Los demás me imagino que preferían olvidarse de la pariente lunática. Creo que el chaval fue alguna vez a Alemania, pero no debió de aprovecharle mucho.

–¿Y su círculo de amistades o de trabajo? –insistí.

–Trabajos que merezcan el nombre, no le conocemos –dijo Nava–. Hizo algún que otro trabajillo de esos que hacen los chavales, en chiringuitos, con los turistas, pero siempre duró poco. Y sus amigos, qué quieres que te diga. Un puñado de mantas como él. Tampoco creo que por ahí saques nada.

Me dio la sensación de que Nava me informaba de todo aquello con desgana, y me pregunté hasta qué punto la forma en que le quitaba importancia se debía a que estaba convencido de que no la tenía o era una forma de justificar la poca que se le había dado durante la investigación, una vez que el concejal Gómez Padilla había aparecido como sospechoso número uno.

–Quisiera poder decirte otra cosa –añadió Nava, como si me leyera el pensamiento–. Pero esto es lo que es. Supongo que en Madrid siempre hay veinte o treinta formas de explicar un homicidio. Aquí no.

No le respondí. Sólo hay una forma de explicar un homicidio, en Madrid y en Estambul: la buena. Y no estoy hablando de la verdadera, porque quién sabe nunca dónde está la verdad. Sino de la que se tiene en pie. Y la suya, mal que le pesara, cierta o falsa, no había pasado la prueba.

Capítulo 7
ALGUIEN MUY GORDO

No me pareció oportuno, ni prudente, visitar de improviso a Margarethe von Amsberg. Aunque nunca haya llegado a ejercer como psicólogo, al menos no en el terreno de la práctica clínica, con lo que se me quedó de lo que me enseñaron en la facultad, y el sentido común, no podía sino juzgar desaconsejable presentarme sin más ante aquella mujer para remover las aguas pantanosas de un trauma tan intenso y prolongadamente sostenido.

Llamé pues a la madre, a fin de anunciarle nuestra visita y tratar de convenir con ella la hora en que pudiera recibirnos con menor trastorno. Margarethe, a juzgar por cómo sonaba su voz a través de la línea telefónica, me pareció, de entrada, una persona en precaria posesión de su cerebro.

–Sí, ¿quién es? –murmuró, con voz desmayada.

–Soy el sargento Vila, de la Guardia Civil –dije, despacio–. Ayer estuve hablando con su cuñado, creo que él ya la avisó de que la llamaría.

–¿Villa, dice usted? –preguntó, recelosa–. No, él me dio otro apellido. Uno así como, italiano, espere, lo tengo apuntado por ahí.

–Sí, quizá le dij...

Pero antes de que pudiera explicarle nada, oí el inconfundible ruido que hace un auricular al dejarlo sin mucho cuidado sobre una superficie dura. Margarethe tardó más de medio minuto en volver a irrumpir en la línea.

–A ver –dijo–, el apellido que yo tengo aquí apuntado es...

–Bevilacqua –me adelanté.

–Be-vi-la-gua –recitó, indiferente a lo que yo acababa de decirle.

–Eso es. Pero como resulta un poco difícil de pronunciar...

–Y usted me ha dicho que su apellido es... ¿Viña? ¿Qué pasa, por qué no me llama ese Bevila... Bevilagua? –inquirió, angustiada.

–Soy yo mismo –expliqué, resignado–. El sargento Bevilacqua. Me llaman Vila porque a la mayoría de la gente se le hace más fácil.

–No lo entiendo. ¿Por qué si se llama de una manera deja que le llamen de otra? ¿Por qué me dice que se llama como en realidad no se llama?

Aquella conversación empezó a parecerme un *déjà-vu* de las muchas veces en que me he visto sumido en una situación absurda, y especialmente de la sensación que me acometió cuando, con veinte años, y por prescripción de un profesor sádico, me metí entre pecho y espalda el famoso *Tractatus* de Wittgenstein. De todo el libro, sólo se grabó en mi memoria la última frase: *sobre aquello de lo que no se puede hablar, hay que callar*. Un consejo lleno de inteligencia, que puse en práctica con aquella mujer.

–Mire, no se preocupe usted, llevo mi identificación, y si quiere se la dejo, llama usted a su cuñado y que él le confirme mi apellido. Lo que quería saber es si le viene bien que nos pasemos a verla hoy.

–Un momento, antes quiero saber quién es usted y por qué...

–Escúcheme, señora von Amsberg –la corté yo esta vez–. Soy quien lleva ahora el caso de su hijo, y estoy tratando de concertar una cita.

A eso sucedió un grato silencio en la línea. Parecía haber logrado transmitirle mi firme propósito de no secundarla en su debate lógico-metafísico. Miré el reloj: la una y cuarto. Un poco tarde para verla por la mañana.

–Si no tiene inconveniente, nos pasaremos por su casa a las cuatro –le propuse–. ¿Le parece bien?

–Bueno, sí, no creo que...

–A las cuatro entonces. Hasta la tarde, señora von Amsberg.

Colgué antes de que pudiera arrastrarme a otro callejón sin salida. Por un momento temí haber sido demasiado brusco, o quizá, ruinmente, columbré las posibles consecuencias adversas de una queja de Margarethe ante su cuñado por el trato desabrido de aquel sargentucho llegado de Madrid. La perspectiva de tener que interrogarla aparecía ahora ante mí con toda su potencial incomodidad. Pero igual me daba. No iba a poder eludirla.

Comimos con Nava y su gente. Tuve así ocasión de conocer a otros dos implicados en los sucesos de la noche de autos, el guardia Siso y el cabo Valbuena. Entre bocado y bocado, aproveché para recabar también su testimonio y completar así mi dibujo mental de lo que había sucedido. El relato de Siso no nos proporcionó grandes novedades respecto de lo que nos había aportado Anglada, con quien había vivido la persecución y posterior hallazgo del coche utilizado para el crimen. Lo que sí hizo fue explicarnos por qué había sospechado al ver pasar aquel vehículo, y de paso, nos ayudó a perfilar, no demasiado, la descripción de quienes viajaban en él.

–Lo que más me llamó la atención –dijo– fue que llevaran gorras de visera. ¿Para qué va a llevar alguien gorras de visera, de noche y dentro de un coche? Ya sé que hoy hay gente rara que hace de todo, como ponerse pantalones rotos, tatuarse mariposas en la ingle o agujerearse la nariz. Pero no era normal. Dos tíos, los dos muy tiesos, y los dos con la misma gorra.

–¿Eran iguales, las viseras? –le pregunté.

–No puedo asegurarlo. Eran oscuras, eso es todo lo que vi. El caso es que los dos iban bastante quietos, y el coche un poco deprisa. Por eso sospeché.

–¿Cómo eran esos hombres? –intervino Chamorro.

–No me dio tiempo a fijarme mucho. Pasaron rápido, ya le digo. El conductor era un poco más bajo, quizá. Dos hombres, entre veinte y cuarenta y cinco años. No podría precisarle más. Y tampoco descartaría que alguno de ellos o los dos tuvieran cincuenta, si estaban en buena forma física.

–¿Podría ser uno de ellos el concejal? –sugerí.

Siso no dudó.

–Sí. Pero no puedo afirmar que lo fuera. No les vi la cara.

–¿Y el otro, Iván López?

–Lo mismo le digo.

Era de suponer que nuestros compañeros de policía judicial de Tenerife ya hubieran hecho con Siso la misma comprobación, antes de imputar a Gómez Padilla. Pero en cualquier caso, teníamos que confirmarla. En cuanto al cabo Valbuena, había un extremo del que sólo él podía dar cuenta: la llamada anónima que había alertado del abandono del coche y había dado pie a sospechar que el propio concejal hubiera simulado el robo de su vehículo.

–No sé, tampoco hay mucho que decir –explicó–. Dejando aparte lo extraño del asunto, me pareció una llamada de denuncia como cualquier otra. El tipo estaba más o menos nervioso, como suele pasar, pero el hecho lo contó con la suficiente claridad, me pareció convincente. En cuanto a que no quisiera identificarse, bueno, ya sabe que pasa muy a menudo. La gente no quiere líos, y se les comprende, tal y como funcionan los juzgados.

–Ya sabes cómo citan luego a los testigos los jueces –comentó Nava–, y cómo los interrogan los abogados. A la gente le jode, que los traten casi como a delincuentes, y que encima se expongan a las represalias de los malos de verdad, sólo por haberse prestado a colaborar con la justicia.

–Imagino que por eso hablaba en susurros –añadió Valbuena–, por si se grababa la conversación y la voz podía servir luego para localizarle.

–Pero la conversación no se grabó –deduje.

–Pues mire, mi sargento –dijo Valbuena–, tenemos el aparato, pero es una castaña y aquella noche no funcionaba. Ésa es la cruda verdad.

–¿Puedes recordar, al menos, qué acento tenía?

Valbuena se paró a hacer memoria.

–Pues, como de aquí, pero no muy cerrado.

–¿Podría ser alguien que estuviera imitándolo, el acento?

–Eso depende. En todo caso, debía tratarse de alguien que lo imitara bastante bien. A mí me sonó natural, no como una caricatura, que es como suena cuando los peninsulares intentan hacer el canario.

–¿Y su edad?

–Buf. Ahí puedo precisarle todavía menos que Siso. Era un hombre que todavía tenía toda la voz, eso sí. Entre veinte y setenta...

Entre todas las incertidumbres que rodeaban el caso, una afirmación podía hacerse casi con seguridad: si el concejal era inocente, aquella denuncia telefónica formaba parte del montaje para inculparlo, y el autor de la llamada estaba envuelto en el crimen. Habría deseado poder tener más información acerca de él, pero por algo se empieza. Un hombre con cierto aplomo, nacido en las islas o con el suficiente conocimiento del habla como para imitarla y entre veinte y setenta años. Era poco, sí, pero mejor que nada.

Después del almuerzo, volvimos a quedarnos solos con el sargento primero. Pasaban cinco minutos de las tres.

–¿A qué hora has quedado con la madre? –preguntó Nava.

–A las cuatro.

–Pues yo que tú iría poniéndome en camino –recomendó–. Junto con el harén investigador que llevas a tus órdenes, no te quejarás.

La broma sexista le gustó bastante poco a Chamorro. A Anglada no pareció molestarla demasiado, o había aprendido a dejar que esas cosas le resbalaran. De reojo vi que en su rostro había una suave y remota sonrisa.

–No voy a llevarme al harén, como tú lo llamas –repuse–. Anglada se queda aquí. Así que tendréis que explicarme cómo se llega a la casa.

Mis dos compañeras y a la sazón subordinadas me parecieron en ese instante presas de una desorientación similar. No era mi intención causarles tal desconcierto, aunque mentiría si dijera que no me confortaba percibirlo. En todo caso, me apresuré a justificarle a Anglada mi decisión:

–La madre te conoce, y seguramente te identifica con la investigación anterior, la que no dio el resultado que ella hubiera querido. No es una persona muy centrada, así que mejor evitar cualquier cosa que pueda levantarle suspicacias. Lo que espera ver son los especialistas de Madrid, caras nuevas. Y eso es lo que vamos a mostrarle. Luego nos reunimos y te contamos.

–Como tú mandes, mi sargento –acató Anglada.

Después de recibir las orientaciones pertinentes, Chamorro y yo emprendimos la marcha. Me puse al volante del Opel Corsa y vi durante un segundo por el retrovisor cómo Anglada y el sargento primero quedaban atrás, de pie ante la fachada de la casa-cuartel. Notaba que a Ruth, pese al razonamiento que le había expuesto y con el que se había tenido que conformar, le hacía poca gracia quedarse en la retaguardia mientras Virginia y yo nos metíamos en harina. En cuanto a lo que pensara mi compañera, era imposible colegirlo de su impenetrable expresión. Por mi parte, me hallaba en una de esas peculiares coyunturas en que uno disfruta apartándose de lo que le apetece, porque siente el poder de hacerlo e intuye que tendrá oportunidad de recobrarlo más adelante y en mejor situación. El pequeño desplante me otorgaba cierta ventaja sobre aquella chica un poco demasiado impetuosa que me interesaba, aunque no debiera; y a la vez, cumplía escrupulosamente con mi deber y nadie podía acusarme de postergarlo en beneficio de otras consideraciones. No podía hacerlo, sobre todo, la silenciosa mujer que iba a mi lado.

Seguimos las indicaciones que nos habían dado y ellas nos llevaron por una carretera que pronto se encaramaba a lo alto y permitía apreciar hermosas panorámicas marinas. El paisaje que atravesamos era al principio de una aridez bastante implacable, aunque luego, cuando iniciamos el descenso, vimos valles donde la vegetación hacía acto de presencia e incluso llegaba a extenderse con cierta profusión. La casa de Margarethe von Amsberg formaba parte de un núcleo de población no demasiado grande, y era una de esas construcciones modernas que imitan, con mediana fortuna, la arquitectura tradicional del país. Era una casita blanca, recogida, y estaba, eso sí, muy bien situada. Desde ella se tenía buena vista del mar.

La primera impresión que me transmitió la madre de Iván López no se correspondió mucho con mis expectativas. Habiendo sido advertido de su desarreglo mental, y habiendo podido comprobarlo personalmente por teléfono, esperaba ver a alguien cuyo aspecto delatase en cierto modo aquel carácter. Pero quien nos recibió aquella tarde en la puerta de la casita blanca, después de accionar el mecanismo eléctrico que bloqueaba la cancela exterior, era una enhiesta mujer de cuarenta y tantos años que, lejos de exhibir el menor desaliño, iba bien vestida y conservaba en buena medida una belleza que en su juventud había debido distinguirla de manera impactante. En cuanto abrió la boca, sin embargo, manifestó lo que encerraba aquel envoltorio.

–¿Quién es ella? –preguntó, a bocajarro, señalando a Chamorro.

–Mi compañera –dije, sin prisa–. Virginia. La cabo Chamorro. Trabaja conmigo, en la unidad central. En Madrid.

Margarethe von Amsberg procesó lentamente mis palabras, mientras miraba de arriba abajo a mi compañera. Pero un instante después se apartó del umbral y nos indicó que pasáramos. Dejé que Virginia fuera primero.

La casa tampoco era lo que uno habría esperado de una persona con las facultades psíquicas alteradas. O sí, pero de otro modo. Todo se veía impoluto y perfectamente ordenado. La vivienda estaba decorada con un gusto innegable, y repleta de objetos de artesanía. Aunque no debía de ser fácil ni rápido limpiar todo aquello, no había una sola mota de polvo. Nuestra anfitriona nos ofreció asiento en un sofá de mimbre con almohadones de vivos colores, en un salón desde el que se veía la superficie azul del Atlántico.

–He hecho café –dijo–. ¿Quieren ustedes?

Miré a Chamorro. Ya habíamos tomado, y mi estómago, después de las duras emociones que había vivido durante el día, no mostraba gran entusiasmo ante el ofrecimiento. Pero no parecía conveniente desairarla.

–Sí, muchas gracias –respondí, finalmente.

La mujer trajo una bandeja con dos tazas, dos jarritas y un azucarero. Nos sirvió café y leche a nuestro gusto, según le indicamos, y dejó que cada uno endulzara la mezcla como y cuanto quisiera. Luego se sentó en un butacón, también de mimbre, frente a nosotros. Puso sus manos sobre el regazo y se quedó mirándonos con sus inquietantes ojos azules. Nunca había visto unos ojos así. De un azul tan claro y tan vivo. Azul huevo de pato, había dicho Anglada. Y era una forma precisa de describir su tonalidad.

–En primer lugar –tomé la palabra–, quiero decirle que sentimos tener que obligarla a recordar otra vez un hecho tan doloroso para usted, y tanto tiempo después de que sucediera.

–No se preocupe –dijo–. No me obligan a recordar nada de lo que no me acuerde yo sola, todos los días, y a todas horas. Y lo que más me duele ya no es que mataran a mi hijo. Sino que el que lo hizo ande libre.

Es propio de ignorantes creer que una persona perturbada ha de ser estúpida. Por eso no había incurrido en tal suposición, pero confieso que me sorprendió la desenvoltura con que Margarethe articuló aquellas palabras. Se veía que se había preparado para la entrevista; por lo menos, ya no era la mujer desprevenida y un poco aturdida con la que había hablado por teléfono. Causaba impresión, también, la ausencia casi absoluta de acento extranjero, cosa notable para una alemana, cuya pronunciación nativa tan alejada estaba de la musicalidad insular con que hablaba aquella mujer.

–Comprendo su disgusto –asentí–. Lo que puedo asegurarle es que no vamos a escatimar esfuerzos en este caso. Mi compañera y yo vamos a dedicarnos a él en exclusiva, y aunque está difícil, y no quiero darle falsas esperanzas, sí puedo decirle que tenemos experiencia en esta clase de asuntos y que confiamos en poder resolver éste, como hemos resuelto otros.

–Me alegro. Aunque hayan tardado más de dos años en venir.

No iba a ser sencillo. Lo iba a ser menos aún de lo que preveía.

–Bien –dije–. Tendremos que hacerle algunas preguntas.

–Adelante.

Le hice una seña a Chamorro. Sacó su bloc y abrió el bolígrafo. Margarethe la observó con curiosidad. Pero mi compañera no se precipitó.

–¿A qué se dedica usted, señora von Amsberg? –preguntó, una vez que estuvo preparada para tomar nota de sus respuestas.

A Margarethe pareció descolocarla la pregunta. Me miró.

–Necesitamos tener un cuadro lo más completo posible de la víctima y de su entorno familiar –le aclaré–. Es una rutina que debemos seguir.

La mujer dudó aún durante unos segundos. Al fin, contestó:

–Tengo una tienda de artesanía, en el pueblo. Vivo de eso, bueno, y de lo que heredé de mi padre.

–¿Hace mucho que murió su padre? –siguió Chamorro.

–Diez años.

–¿Puedo preguntarle a qué se dedicaba él?

–Era abogado, en Düsseldorf.

–¿Sabe usted qué tipo de asuntos llevaba?

–Bueno, cosas de empresas, no sé bien. ¿Importa mucho eso?

–Probablemente no –dijo Chamorro–. Sólo era por completar el dato. Llegó usted aquí hace veinticinco años, más o menos, ¿no es así?

–Sí.

–De vacaciones.

–Sí.

–¿Y por qué decidió quedarse?

Margarethe no estaba, era obvio, preparada para tener que responder a aquellas preguntas. En todo caso, tras un titubeo, se sometió, dócilmente.

–Me gustó el lugar, y no me gustaba Alemania, ni lo que hacía allí.

–¿Qué hacía?

–Estudiaba Derecho.

–Por deseo de su padre.

–Sí.

–Y luego conoció al padre de Iván.

Margarethe no contestó en seguida.

–Sí. Y me quedé embarazada, si eso es a lo que se refiere.

–Su relación no duró mucho, por lo que sabemos –apunté.

–No teníamos nada en común, aparte de la atracción física –declaró, sin tapujos–. Vivimos juntos un tiempo, pero no funcionó. Luego nos separamos y él siguió viniendo a ver al niño durante un tiempo. Hasta que se fue.

–¿Cuándo fue eso?

–Cuando Iván tenía unos cinco años.

–¿Y desde entonces?

–No he vuelto a saber de él.

–¿Y no le parece extraño?

Margarethe se encogió de hombros.

–Sí, o no. No todo el mundo le da la misma importancia a la paternidad. A él puede que no le importara. No lo sé. No llegué a conocerle mucho.

–¿Y no tiene idea de dónde puede estar?

–Todo lo que puedo decirle es que cuando él se fue, alguna gente de aquí emigraba a Venezuela. Y que a él le oí hablar de ir allí también.

–Disculpe si la pregunta le parece indiscreta –la tanteó Chamorro, con cautela–. Desde que el padre de Iván se marchó, ¿ha mantenido usted alguna relación con otros hombres, de forma más o menos estable?

Margarethe se rió.

–Y de forma inestable también –dijo–. Claro. Con muchos. Bueno, no me malinterprete, uno detrás de otro, no a la vez.

–¿Con alguno de ellos llegó su hijo a establecer un vínculo afectivo?

Se echó hacia atrás, como si recelara de pronto.

–No tuvo tiempo –respondió, seria–. No sé si esto le da una mala imagen de mí, señorita, pero a mí nunca me ha durado mucho ningún hombre. El único hombre importante de mi vida está ahora muerto. Era mi hijo.

–Ya veo –dijo Chamorro.

–Y lo que no entiendo –agregó Margarethe, alzando la voz– es para qué demonios me está preguntando usted todos esos chismes. ¿Intenta aclarar el asesinato de mi hijo o quiere escribir una novela de mi vida?

Me fijé en sus manos. Temblaban ligeramente. Había que ir con cuidado.

–Entiendo que este interrogatorio le resulte molesto e incluso incomprensible, señora von Amsberg –dije–. Y le pido disculpas por ello, pero le ruego que se haga cargo de lo que tenemos entre manos. Sólo contamos con la pista que se siguió en su día, y que ya sabe usted cómo resultó. Nos vemos en la necesidad de no pasar por alto ningún detalle que pueda llevarnos a una posible explicación. Por pequeña que sea la probabilidad.

–Pero es que no entiendo para qué...

–Señora von Amsberg –la atajé, mirándola a los ojos–. Le pido que confíe en mí. Y en mi compañera. Le aseguro que cumple con su deber, nada más. Y que sabe cómo hacerlo. Confíe usted. Por favor.

La madre de Iván podía contenerse a duras penas. Pero lo hizo.

–Es mi última pregunta sobre esto –anunció Chamorro, por si acaso–. En la época en que ocurrió el crimen, ¿tenía usted relaciones con alguien?

–Sí –admitió Margarethe, con un suspiro.

–¿Continúa esa relación? –pregunté.

–No. Por aquel entonces ya no nos llevábamos muy bien.

–¿Puede darnos el nombre de esa persona? –retomó el hilo Chamorro.

–Sí, claro. Udo Stammler. Ese, te, a, eme, eme, ele, e, erre. Vive en el pueblo. Es instructor de submarinismo. Pueden encontrarlo en el puerto, todas las mañanas. Aunque no sé para qué va a servirles.

–¿Sabe si hubo algún problema entre el señor Stammler y su hijo?

Margarethe esbozó una sonrisa triste.

–Sí, lo hubo. Udo se lo llevó a trabajar con él, y al cabo de un par de meses lo despidió. Quizá tuviera motivos, no lo sé, pero a mí no me gustó, qué quiere que le diga. Desde entonces empezamos a discutir.

Chamorro tomaba notas a toda velocidad.

–Pero no pierdan el tiempo. Udo no mataría una mosca. Lo conozco.

Puede que me equivocara, pero sentí que aquel era el momento. Intuía que ella tenía algo que decirnos, algo que le estaba quemando y que podía ser un disparate, pero que no debía obligarla a callarse por más tiempo.

–Dígame, señora von Amsberg –me dirigí a ella, con toda la calidez que pude imprimirle a mis palabras–. ¿Quién cree usted que pudo hacerle eso a su hijo, si se ha formado alguna idea al respecto?

Margarethe abrió mucho los ojos, y pareció más loca que nunca.

–He hecho algo más que formarme una idea –me espetó, con dureza–. Mientras todo el mundo, incluida la justicia, se olvidaba de mi hijo, no vaya a creerse que yo me he quedado con los brazos cruzados. He hablado con sus amigos y sus amigas. Incluso con la gente a la que le compraba la droga, no crea que me chupo el dedo o que me engaño respecto de lo que hacía mi hijo. Tampoco creo que por el hecho de fumar un poco de hierba o tomar otras cosas fuera malo, ni mucho menos que se mereciera morir así, como casi vino a decir en el juicio la puta esa que defendió al concejal.

Honestamente, nunca he acertado a saber si la locura, o al menos ciertas de sus modalidades, no se corresponden, en realidad, con un nivel insoportable de lucidez. En aquel instante, mientras escuchaba a Margarethe y contemplaba sus ojos inundados de lágrimas, volvió a asaltarme la duda.

–¿Y qué es lo que le han contado esas personas? –le pregunté.

–Lo que siempre he sabido –replicó, altiva–. Que en

la muerte de mi hijo está metido alguien muy gordo, y que por eso, dos años después, no ha ido nadie a la cárcel por el crimen. Es alguien con capacidad para borrar las pruebas, y hasta para manipular a la justicia. Por eso yo ya no me fío de nadie, sargento, ni siquiera de mi cuñado, fíjese lo que le digo.

Reflexioné sobre sus palabras. Exageradas y producto del desvarío, muy probablemente. Lo que no implicaba que debiera echarlas en saco roto. No estaba en condiciones de permitirme el lujo de desdeñar nada.

–Le aseguro que su cuñado se ha tomado un gran interés personal en que el caso se resuelva –dije–. Y que las instrucciones que tenemos son meternos a fondo y aclarar esto como sea. No sé si hasta aquí ha sido de otro modo, aunque le diré que no creo que la investigación se haya llevado con negligencia. Lo que puedo garantizarle es que a mí nadie va a manipularme.

Margarethe se enjugó las lágrimas y me observó fijamente.

–Estoy tratando de imaginar qué tipo de persona es usted, sargento –habló al fin–. Y me da la sensación de que es honrado, y cree lo que dice. Pero eso no me garantiza que pueda sacar adelante este caso. Me temo que si realmente consigue avanzar algo, le apartarán en seguida.

–¿Tan poderosa cree que es la conspiración? –terció Chamorro.

–Bueno, hasta ahora lo ha sido. El asesino sigue libre.

–¿Y por qué iba a querer esa gente, sea quien sea, matar a su hijo?

La madre de Iván López bajó los ojos.

–No lo sé. Por lo que me han contado, podría tener que ver con la droga. Esa gente controla muchas cosas. Entre ellas, la droga que llega a la isla. Puede que Iván se enterara de algo que no les convenía que se supiera. Y para ellos, la vida de un chaval de veinte años vale menos que sus negocios. O puede que fuera por aquello otro, por lo de la hija del concejal.

No podía rehuir la pregunta. La formulé, aun con precaución:

–¿Cree que Gómez Padilla tuvo algo que ver?

Margarethe von Amsberg me midió con aprensión. Ahora que lo recuerdo, creo que adivino lo que pasaba por su cabeza mientras lo hacía. Sabía que todos la tenían por demente, y no quería parecerlo ante mí. Por si yo, pese a todo, era la posibilidad que llevaba más de dos años esperando.

–No lo sé, sargento –dijo, con voz serena–. No digo que sí. No digo que no. Él puede ser uno de ellos, no lo descarte. Lo que sé es esto: alguien gordo, detrás de todo hay alguien gordo. Eso debe buscar usted.

En su mirada había ahora una súplica, que nadie habría podido desoír.

–Está bien, señora von Amsberg –dije–. Ahora, le ruego que nos dé el nombre o la descripción de esas personas con las que ha hablado, y que si es posible nos diga dónde podemos encontrarlas. Iremos a ellas.

Capítulo 8
LA NIEBLA

Margarethe von Amsberg nos facilitó el nombre o las señas aproximadas de media docena de personas, que según ella podrían informarnos acerca de la supuesta implicación de alguien poderoso en la muerte de su hijo. Reconozco que en parte los recogí para consolarla y para que confiara en mí, aunque los años que llevo dedicado a la investigación criminal me han enseñado a no dejar de apuntar ninguna pista, por inconsistente que me parezca su relación con el asunto o por poco fiable que resulte quien me la proporciona. Gracias a ello, en todo caso, Margarethe se relajó un poco durante el resto de nuestra entrevista y se mostró más cooperadora, lo que vino a probar la conveniencia, cuando menos táctica, de escuchar y tener en cuenta sus teorías. Pudimos así sacarle sin dificultad otras informaciones, sobre la vida y el carácter de su hijo, sobre su círculo de amistades, incluidos varios nombres que sumar a la lista de quienes resultaba aconsejable interrogar, y también sobre sus últimos días. No rehuyó el asunto más espinoso:

–Sí, a Iván le gustaban mucho las chicas. Normal, como a cualquier chaval de su edad. Pero él era un chico pasional, y además se le daban bien. Puede que no anduviera muy atinado al escogerlas, pero qué iba a hacer.

Si ellas se le ponían a tiro... Tenía veintidós años, sargento. Lo de la hija del concejal... Bueno, hay chicas de quince años y chicas de quince años.

–¿Qué quiere decir? –preguntó Chamorro.

Margarethe escrutó a mi compañera antes de responder.

–Hable con ella. Cinco minutos le bastarán para ver que es una zorrita, que lo es desde hace tiempo y que lo será mientras el cuerpo le deje.

Una vez más, constaté que no hay hombre que pueda competir con una mujer a la hora de despreciar o injuriar a otra mujer. Es imposible, para una psicología tan rudimentaria como la masculina, cebar el obús con tanta metralla y dispararlo con tanta sangre fría y tal poder de devastación.

En cualquier caso, no podíamos esperar otro testimonio de la madre del difunto, acerca de quien acaso hubiera influido en el funesto desenlace. Traté de profundizar en otro aspecto que me parecía más esclarecedor:

–Voy a preguntarle algo. Y quiero que entienda que no intento plantear ninguna sospecha en relación con su hijo –advertí, porque ya sabía que no estaba ante una idiota–. A mí me da igual si era bueno o era malo. Usted me dice que era bueno; pues muy bien, la creo. Desde el momento en que lo mataron y me encargaron el caso estoy de su parte, pase lo que pase y descubra lo que descubra sobre él. Así que piense antes de responderme, por favor. ¿Notó que su hijo manejara más dinero que de costumbre, en las semanas o los meses inmediatamente anteriores a su muerte?

Margarethe, por supuesto, captó la intención de mi pregunta. Y puede que por eso tardase en contestarla, y puede también que, pese a mi advertencia y mis explicaciones, no dijera toda la verdad cuando repuso, con sequedad:

–No, no noté nada.

Debía poner a prueba aquella respuesta. Y lo hice:

–Si no entiendo mal, su hijo dependía económicamente de usted. Imagino que quiere decir que siguió pidiéndole dinero con regularidad.

–Sí.

–En las cantidades habituales.

–No tenía una asignación fija. Cuando necesitaba, me pedía. Cuando me parecía que ya le había dado demasiado, le decía que no.

–Su hijo tenía una moto de gran cilindrada.

–Sí. Le gustaban mucho las motos.

–Se la regaló usted.

–En parte sí. El resto lo pagó con sus ahorros. Había tenido varios trabajos de temporada.

–Era su hijo una persona ahorradora, entonces.

Margarethe me miró, tensa. Sus manos temblaban otra vez.

–Le he respondido, sargento. Si no me cree, es su problema.

No insistí. No merecía la pena estropear nuestras relaciones por un asunto que podría contrastar por otro lado. A partir de ahí, intenté restaurar la confianza de aquella madre en nosotros, invitándola a hablar de las cualidades de su hijo: su destreza en múltiples deportes, su generosidad para con todo el mundo, las atenciones que tenía con ella. Margarethe recordó, con lágrimas en los ojos, el gigantesco ramo de flores que había recibido en el último de sus cumpleaños que Iván había podido felicitarle, y la tierna nota que lo acompañaba. Por mucho que uno haya vivido evocaciones similares, de quienes un día partieron abruptamente, hechas por quienes se quedaron a padecer el dolor y el recuerdo, resulta difícil sustraerse a su emoción. No era diferente, ni inferior en ningún aspecto, la desolación que sentía, y era capaz de transmitir a quien la escuchaba, aquella mujer a quien todos consideraban desequilibrada, por su vástago perdido a quien todos tenían por una calamidad. Al final, ya se sabe, los juicios son siempre relativos.

Logramos, pues, separarnos de Margarethe en buenos términos. La habíamos escuchado, habíamos tomado nota de sus sospechas, nos habíamos esforzado por saber quién era su hijo, más allá de la malicia del vecindario, y Chamorro le había cogido la mano para hacerle sentir nuestra compañía en los momentos más penosos para ella. Me pareció que con todo aquello habíamos logrado darle alguna esperanza, y sentí que, al margen de lo que resultara de la investigación, empezábamos a cumplir nuestro objetivo. Y no sólo, aunque también, por lo que aquella mujer pudiera decirle a su cuñado de nosotros cuando hablase con él, seguramente aquella misma tarde.

Pero aún íbamos a tener una prueba más clara de que habíamos conseguido caerle en gracia. Antes de despedirnos, se lanzó a una inesperada confidencia. Inesperada y sorprendente, por íntima y profunda.

–¿Saben qué es lo peor de todo? –dijo, con la mirada puesta en el mar–. La parte de culpa que no puedo echarle a otros. La parte que siento que me toca, en su desgracia. En estos dos años, he pensado mucho en qué medida pude contribuir yo, por cómo lo eduqué, por la clase de madre que fui para mi hijo. No estuve siempre encima de él. No le previne respecto de algunas cosas. Quizá hasta le animé. Cómo iba a pedirle que no hiciera lo que me veía hacer a mí. No fui siempre el mejor ejemplo para él, me temo.

Se detuvo e inspiró profundamente.

–En fin, hay que aprender a conocerse –prosiguió–. Yo me conozco, y sé lo que soy. Una niña malcriada, que jugó a rebelarse contra todo porque era más divertido y porque no tenía que pagar las consecuencias. Al final, siempre podía pedirle el giro a papá. Y no fui consciente de que ya no estaba sola, de que era libre para estropear mi vida, pero no para estropear la de quien dependía de mí. No sé, en resumen, si hice de mi hijo lo que yo soy. Desde luego, si es así, no me alegro, y lo que más me duele es que él no tuviera la suerte que he tenido yo, que aquí estoy, a pesar de todas las tonterías que he hecho. Eso es lo que más me asusta pensar. Que de algún modo, aunque fuera sin querer, haya podido ser yo quien le puso en el camino por el que iba a encontrarse con lo que se encontró, mi niño...

La voz se le quebró. La cogí del brazo. En ese momento tuve una extraña alucinación. Me pareció ver, por un instante, bajo aquella mujer madura y castigada por la suerte, a la alegre, irresponsable y hermosa veinteañera que debía de haber sido. Pero fue, sólo, una fracción de segundo. Desapareció en seguida y volvió a reemplazarla, como nos pasa a todos, más pronto que tarde, la frágil y gastada criatura humana que ahora era Margarethe.

–No piense eso –la exhorté–. No le faltó usted. Le sobró otro.

–No voy a poder dejar de pensarlo –dijo, restregándose los ojos–. Ese dolor no me lo quita nadie. Por eso le ruego que me quite el que usted puede, el de pensar que ahí fuera anda a sus anchas el cabrón que lo mató.

–Haré cuanto esté en mi mano para quitárselo. Se lo prometo.

–Que Dios se lo pague, sargento.

Confieso que siempre he tenido, y sigo teniendo, mis dudas acerca de la eficacia y la justicia del sistema de represión penal del delincuente. No veo en qué medida puede reeducar a alguien encerrarle en un lugar atestado de alacranes frente a los que deberá sobrevivir endureciéndose, porque ya de entrada compartirá con otros dos una celda que se diseñó para uno. Tampoco creo en la disuasión del criminal por la amenaza del régimen de vida carcelario, ni siquiera por la pena de muerte en aquellas sociedades salvajes que siguen recurriendo a ella, ya que me consta que el ser humano tiene dificultades para representarse con la intensidad suficiente una situación hasta que no la está viviendo y, por si eso no bastase, suele abrigar siempre la esperanza de que no lo pillen cuando hace una trastada. La única gente a la que puede reeducar la cárcel, y a la que también disuade, es aquella que se regenera o abstiene por sí misma y por otras razones, que tienen que ver, sobre todo, con la vida que tiene posibilidad de llevar fuera de la prisión. En consecuencia, me cuesta experimentar alborozo alguno cuando envío a alguien a la sombra, más allá de lo que siempre le descarga a uno terminar un trabajo, sea éste de la índole que sea. Sólo cuando uno siente que a través del trámite de la reclusión del malvado, en sí inútil y poco prometedor, puede llevarse alivio a quien sufrió el crimen y vive en la humillación que le supone la impunidad del criminal, llega a sospecharse algún bien y algún provecho en todo el montaje. Hay quien de esta circunstancia deduce que la única finalidad real del sistema penal es el impresentable ánimo de venganza. No lo sé, porque no lo he inventado, ni lo dirijo. Prefiero pensar que se intenta una reparación, que es escasa y acaso torpe, pero a menudo la única posible. Y que, al final, pese a los simpáticos discursos de todos esos intelectuales iconoclastas, que haya policías empeñados en la fea tarea de detener a los descarriados es mejor que dejar pastar a placer a quien abate a sus semejantes. Naturalmente, no estoy seguro de nada de esto, pero estoy aún menos seguro de lo contrario, y en la vida no se puede siempre disponer de la comodidad de la certidumbre. Por todo ello, me ayuda tener de vez en cuando la sensación con la que salí de la casa de la madre de Iván: la sensación de que con mi trabajo defiendo a alguien, frente a otro que no merece tanto ser defendido y a quien personalmente me apetece menos defender.

En el camino de vuelta, esta vez conducía Chamorro, recapitulé lo que nos había aportado aquella entrevista. No era poco. Sobre todo lo demás, después de conocer y escuchar a Margarethe von Amsberg, dejaba de ver el caso en términos abstractos. Empezábamos a tener piezas concretas.

Mi compañera compartía mi impresión.

–Una entrevista interesante, ¿no te parece? –dijo.

–Más de lo que esperaba –admití.

–¿Qué opinas de su teoría del pez gordo?

–Lo más discutible, claro. Según diría algún listillo de los que tuve que estudiarme hace años, sería un caso prototípico de proyección narcisista, en este caso canalizada a través del hijo muerto como extensión natural del yo. Como yo soy lo más importante, tengo que magnificar todo lo que a mí me pasa y convertir su importancia subjetiva en importancia objetiva. El mecanismo habitual del delirio paranoide, la manía persecutoria, etcétera.

Chamorro sonrió, sin dejar de mirar al frente.

–Ya. ¿Y según tú?

–Una posibilidad más. A saber. Habrá que investigarla, antes de decidir. En todo caso, no me toca diagnosticar a esa mujer. Renuncié a ejercer ese cometido. El de clasificador de seres humanos. Uno sólo puede calcular probabilidades de cómo son los otros, y nunca de una manera aséptica.

–Sí, como decía aquél –observó Chamorro, abstraída.

–¿Como decía quién?

No es que hubiera afirmado nada con pretensiones de descubridor, pero tampoco me constaba estar fusilando nada de alguien en particular.

–Ya sabes.

–No, no lo sé.

–Venga, no intentes colármela, mi sargento. Eso que has dicho lo has cogido de un tal Heisenberg. El padre de la física de partículas.

La miré, escamado. La temía, cuando echaba mano de su formación científica. Entre otras cosas, porque me admiraba su inclinación hacia cualquier disciplina que requiriese exactitud. No se me oculta que ése ha sido siempre el punto flaco de mi cerebro, y me cuesta entender que alguien pueda obtener ningún género de satisfacción sometiendo su mente a esa clase de rigores, como le sucedía a mi compañera. Entre los muchos misterios que para mí tenía aquella mujer con la que trabajaba, se contaba el motivo por el que dedicaba una porción de su tiempo libre a estudiar matemáticas. Y no era porque no se lo hubiese preguntado. Pero su respuesta, que desde pequeña sentía fascinación por las estrellas, y que las matemáticas eran el camino para conocer sus leyes, apenas había logrado disminuir mi estupor.

–Te aseguro que estoy fuera de juego, de verdad –insistí–. En el terreno de la física de partículas, mi ignorancia es enciclopédica. Creeré cualquier cosa que me diga una experta como tú, aunque decidas inventártela.

–Tampoco yo sé mucho, lo mío son las matemáticas, de física sólo tengo ideas elementales –dijo, aún recelosa–. Pero es algo muy básico, el principio de indeterminación de Heisenberg. ¿No te lo enseñaron en el instituto?

–Algo me suena, entre las brumas que envuelven mis estudios de bachillerato –creí rememorar–. Pero sería incapaz de rescatarlo, me temo.

–Lo que dice el principio de Heisenberg es que resulta imposible conocer a la vez la posición y la cantidad de movimiento de una partícula, porque al medir una se altera la otra. Es uno de los fundamentos de la física cuántica. Por eso la ciencia moderna dice que no podemos obtener certezas, sino sólo probabilidades, respecto de los fenómenos físicos, y que las conclusiones que se alcanzan sobre cualquiera de ellos dependen siempre del observador. No me digas que es la primera vez que oyes hablar de todo esto.

–Pues sí. Y no sé si lo entiendo del todo. Pero estoy de acuerdo. Lo que supongo que me convierte en un psicólogo cuántico. Además de frustrado.

–Pues mira. Suena original.

–Original, no creo que lo sea. Seguro que ya se le ha ocurrido a algún zumbado. Lo malo es que la gente prefiere que le digan lo que le pasa, y no lo que con una probabilidad relativa puede que le pase. Y encima suele querer que la curen. Lo que me temo que me aboca a seguir siendo un psicólogo frustrado y me incita a volver a la sucia rutina policial que nos trajo hasta esta isla. Aunque te agradezco la sesión gratuita de desbestiamiento.

Chamorro sonrió, complacida.

–De nada, hombre.

–En fin –retomé el hilo–, lo que no me atrevería yo a decir es que esa mujer sea una chiflada. Su discurso, dejando aparte lo del complot, tiene más sentido que lo que uno puede escucharles a muchos presuntos cuerdos.

Mi compañera asintió, con aire meditabundo.

–Y lo último, lo de echarse la culpa, me ha parecido conmovedor –dijo–. Se me ha puesto la carne de gallina, mientras la escuchaba.

–Y a mí. Demuestra que Margarethe, para ser una niña de papá, resulta tener mucha más vergüenza que el promedio de su especie.

–Ya me extrañaba que no sacaras el asunto.

Chamorro, por ser hija de un coronel, tendía a interpretar, erróneamente, que la atacaba a ella siempre que arremetía contra los hijos de papá, deporte al que por lo demás, lo admito, me entregaba quizá con inmoderada frecuencia. Pero no iba con ella, para nada, porque ella sudaba para ganar el pan de cada día y porque las influencias de su padre no le habían podido resolver el futuro (la habían rechazado dos veces en la escuela naval).

–No puedo evitarlo, Virginia. A mí nadie me ha sacado las castañas del fuego. Al revés, tuve que vivir sin padre. Y aunque no estoy libre de defectos, creo que lo que de mí pueda valer algo se lo debo, sobre todo, a haber tenido que pringar para conseguir lo poco que he conseguido en la vida.

–Suena a resentimiento, si me permites que te lo diga.

–Claro que te lo permito. Y a lo mejor sí, estoy resentido. Como pertenezco al bando de los destripaterrones, tengo muchas razones para tenerles inquina a los hijos de papá. El error más grave que han cometido los parias, a lo largo de la historia, ha sido confiar en los hijos de papá.

Chamorro volvió la cabeza.

–Mira, esa teoría no te la había oído nunca. Anda, explícamela. Conociéndote, seguro que me lo paso bien escuchándola.

–Está muy claro. Siempre hay hijos de papá que se ponen a hacer la revolución, y que al final, no sé cómo, acaban dirigiéndola. Como son más instruidos, como tienen en los genes la costumbre de mandar, los pringados se fían de ellos y les ceden el timón. Pero los hijos de papá no hacen la revolución por necesidad, sino por pasatiempo, por afán aventurero o para tocarle las pelotas al viejo. Y al final, con ellos a la cabeza, la revolución se va al garete. Porque los hijos de papá listos, cuando se les cura el acné juvenil, siempre vuelven al redil y acaban en su sitio, jugando al golf con sus pares y trabajando de consejero delegado. Y la revolución la cuentan como una batallita, o lo que es peor, la sostienen sólo de boquilla, mientras la traicionan a cada minuto. Son los hijos de papá tontos los que se empeñan en continuar la revolución, junto a los pobres que les siguen; un equipo que sólo puede llegar a donde al final llegan todas las revoluciones: a ninguna parte.

–Toma ya –concluyó Chamorro.

–Dicho todo lo cual, admito que hay hijos de papá encantadores, y sabes que nunca permitiría que mis prejuicios sociales afectaran a mi trabajo.

–¿Quieres decir que, a pesar de todo, perdonas a Margarethe y que vas a intentar averiguar quién mató a su hijo?

–No seas irónica, cabo, que te meto un paquete.
–Está bien, lo retiro.
No hacía falta, porque no la había amenazado en serio. En realidad, celebraba poder volver a hablar con Chamorro como siempre, con la confianza y el relajo que se establece entre quienes se conocen, se aprecian y pueden conversar dando muchas cosas por sobreentendidas. Me gustaba hablar con mi compañera, y someter a su crítica los devaneos de mi cerebro, porque no sólo era inteligente. Era sensata, y noble de corazón. Al cabo del camino que he recorrido, creo que ésa es la más sabia combinación que puede alcanzar una persona. La que a mí me habría gustado ser capaz de lograr.
Y sólo porque en aquel coche estábamos ella y yo, sin testigos extraños, me permití reflexionar en voz alta sobre un asunto aún más incierto:
–La verdad, no sé si la pobre mujer tiene razones para sentirse culpable de algo. Puede que no, puede que sí. Imagino que al hablar de la parte de responsabilidad que puede tocarle en la perdición prematura de su hijo se refiere a que le rió al niño la gracia cuando le pilló fumando hierba la primera vez, ya que ella la fumaba, sin cuidarse siempre de no hacerlo en su presencia. Y a que no le apretó cuando vio que lo único que le importaba en la vida era pasarlo bien, porque no quería ser una madre tiránica, porque quería ser la colega de su hijo y dejarle la libertad que necesitara para encontrarse a sí mismo, la libertad que ella había tenido y disfrutado en su día.
–Bueno, si fue así, la entiendo –dijo Chamorro–. Tiene motivos para pensar que la vida desordenada de Iván le llevó en cierto modo a la muerte.
–Mira –repuse–, he pensado mucho sobre esto. Y creo que los padres, se pongan como se pongan y hagan lo que hagan, siempre joden a los hijos. Los joden trayéndolos a este mundo lleno de hijos de perra, y los joden al proponerles una forma de vivir, la que sea,

cuando nadie sabe bien por qué ni para qué estamos aquí. La educación tradicional, la del padre déspota, causaba unos estropicios. Y la moderna, la del padre enrollado, causa otros, que pueden ser igual de graves. Supuestamente hay un justo medio virtuoso, que consiste en joder al cachorro lo mínimo y proporcionarle las máximas posibilidades de salir a pelear solo, pero ese equilibrio no está siempre tan claro como uno querría. El caso es que todos los padres creen que hacen lo mejor, y todos acaban culpándose de los contratiempos que tengan los hijos. No se puede evitar. Siempre que uno tenga entrañas, claro.

–Veo que afrontas con optimismo tu misión como padre.

–Bueno, ya sabes que mi misión como padre está especialmente chunga. Procuro meter la pata lo menos posible, eso es todo. Y espero no tener la suerte de espaldas, que eso también juega. Pero creo que para reducir los daños uno debe aceptar que el oficio de padre es algo antipático. Puedes hacerlo con más o con menos dulzura, pero te toca poner límites. Y a la vez, cuidar de no cortarle las alas al polluelo. Se dice fácil.

–Me da la impresión de que, pese a todo, no crees que Margarethe fuera una buena madre para su hijo –infirió mi compañera.

–Quién soy yo para juzgar a mi hermana –respondí–. Quizá no le preparó de la mejor manera para lidiar con el toro que iba a tocarle. Pero es un poco presuntuoso pensar que uno conoce al toro de antemano. Si Iván no se hubiera cruzado con quien se cruzó, a lo mejor seguía viviendo de vicio, tan feliz el tío con su moto, y tan agradecido de tener una madre pasota.

–Mirándolo así...

–Tampoco hay que hacer un drama, después de todo. Un padre te condiciona, nada más. Algunos hemos salido adelante sin padre, y hasta hemos acabado convirtiéndonos en personas de orden, contra todo pronóstico.

–Tenías a tu madre.

–Lo que no creas que siempre fue una ventaja –bromeé.

–No sé –meditó Chamorro–. Siempre pensé que me gustaría ser madre, algún día. Y lo sigo pensando. Pero es verdad que no es lo mismo planteárselo así, en general, que enfrentarse con todas las dificultades que implica.

–Es igual –dije–. Y no te fíes por la experiencia ajena, ni la mía ni la de nadie. Es como tirarse a la piscina. Por mucho que te digan que el agua está fría o caliente, sólo sabrás cómo está de verdad cuando estés dentro.

–Supongo.

–Eso sí, salvo que Míster Proper esté dispuesto a ser un buen amito de casa, ya sabes, vete despidiendo de este trabajo. Por el bien de tu hijo.

Chamorro se revolvió, sin acabar de comprender.

–¿Míster Proper?

–Bueno, como es así, fortachón, y limpia las calles de manifestantes...

–Vale ya, ¿no? –protestó, sofocando apenas la risa.

–Perdona.

–Además, no tengo previsto ser madre de momento. Y quién sabe si cuando quiera serlo voy a poder, o si no tendré los hijos con otro.

En este punto, no se me ocurrió otra réplica que guardar silencio. Y Chamorro dejó que el silencio se prolongara. Al fin, osé romperlo:

–¿Va todo bien, Virginia?

Mi compañera titubeó un instante.

–Sí, por qué no iba a ir bien –dijo, afectando despreocupación.

–Si en algo puedo ayudarte –ofrecí, aunque dudaba si debía.

–No pasa nada, de veras.

–Aprovecho para preguntártelo ahora porque dentro de un rato tendremos compañía. ¿Sigues sin querer contarme nada acerca de Anglada?

Una sonrisa desvaída asomó a su semblante.

–La verdad es que no tengo muchas ganas –respondió–. Pero no es nada importante. Procuraré ser amable y portarme bien. Tranquilo.

–Está bien. Pero espero que no dudes que puedes contarme cualquier cosa que te haga estar a disgusto, si la hay.

–No es por ti, por quien prefiero callármela. Sino por mí.

–Vale, no te lo digo más –me rendí, aunque con sus enigmáticas respuestas no había hecho sino acrecentar mi curiosidad más malsana.

Llegamos a la casa-cuartel a la caída de la tarde. Allí nos esperaban el sargento primero y una Anglada que mal disimulaba la ansiedad por saber lo que nos había deparado la entrevista con Margarethe von Amsberg. No la hice sufrir demasiado. Sin llegar a detallarle exhaustivamente todo lo que nos había contado la madre de Iván, ni mucho menos las impresiones que a partir de ello había obtenido, la puse en antecedentes de todo lo que me pareció indispensable que supiera. Hay quien sigue la técnica de escamotear información a sus colaboradores, para llevarles siempre una cierta ventajilla. Nunca he creído que ésa sea una manera válida de abordar una investigación policial. Todos los cerebros que puedan ponerse a procesar información, sin perjuicio de la discreción con que deba actuarse, siempre son pocos.

Contrastamos con Nava y con Anglada la lista de nombres que traíamos. A algunos los conocían, a otros no. Varios habían sido interrogados en el curso de la primera investigación. Con otros no se había hablado, que ellos supieran. Nava puso en duda la fiabilidad de alguno de los que Margarethe sugería que podían proporcionarnos pistas sobre la autoría del crimen:

–Ése es un yonqui bastante matado, me parece a mí. Pero oye, supongo que no hay que dejar nada por explorar.

–¿Y el ex novio de la madre, ese Stammler? –preguntó Chamorro.

–No sé. Le conozco de vista, pero no puedo decirte.

En vista de la hora, no me pareció que pudiéramos hacer mucho más que organizarnos para el día siguiente. Me dirigí a Anglada:

–Mañana vamos a dividirnos. A primera hora, tú te vas a ver a Stammler. En el puerto, nos dijo que podíamos encontrarlo. Mientras tanto, Chamorro y yo nos vamos a hacer una visita a alguien que tampoco creo conveniente que te vea a ti. Luego nos reunimos y vemos cómo podemos abordar el resto de la lista. Ahí prefiero tenerte a mano, ya que conoces a algunos.

Anglada, por lo que pude advertir, no se daba mucha maña para ocultar cuándo algo la contrariaba. Aunque en su rostro había una esforzada sonrisa, la irritación era perceptible en su mirada y en el tono con que dijo:

–Encantada de serte útil en algo, mi sargento. Sólo para mi información, ¿puedo preguntar quién es esa otra persona que no conviene que me vea?

Me retaba, y acepté el reto. Incluso jugué un poco:

–No me digas que no lo adivinas.

–Debo de estar un poco lenta. ¿Tendría que ser capaz?

–Tal vez. Se trata de un testigo clave. Por eso quiero ir a verle mañana a primera hora, sin retrasarlo más. El ex concejal Gómez Padilla.

Nava soltó un bufido.

–No esperes que te reciba con los brazos abiertos –avisó–. Es más, prepárate para que te exija una orden judicial, si te identificas como guardia. No pertenece a la asociación de amigos de la Benemérita, ya te lo imaginas.

–Bueno –dije–. En peores plazas hemos toreado. Hay que probar.

Aquella noche, después de cenar, y ya que me había resignado, por necesidades del servicio, a caerle transitoriamente mal a Anglada, le pedí que nos llevara a Chamorro y a mí a una intempestiva excursión. Montamos los tres en el Opel Corsa y nos dirigimos hacia el corazón de la isla. Era una noche de luna crecida, como aquella fatídica en la que Iván había visto interrumpido su viaje vital. Pudimos contemplar las montañas a una luz parecida a la que había permitido a Anglada y Siso ver pasar aquel BMW rojo. Le pedí a Ruth que me indicara el lugar donde estaban apostados, y luego que pusiera rumbo hacia el túnel. Antes de que la boca oscura nos engullera, la temperatura era tan agradable como para llevar las ventanillas del coche bajadas. Ya en el túnel, se hizo apetecible subirlas. Chamorro y Anglada cerraron las suyas, pero yo mantuve la mía como estaba. Cuando salimos al otro lado, una bocanada de niebla me golpeó el rostro. Anglada me había hablado del contraste, pero vivirlo era otra cosa. La aparición, en medio de la noche, de aquel bosque fantasmagórico, casi irreal en su pasmosa proximidad al paisaje semidesértico que había al otro lado del túnel, fue una de las impresiones más rotundas que jamás me haya producido paraje alguno. Anglada dijo:

–Ahí la tenéis, la lluvia horizontal. Las nubes bajas que arrastran los alisios y que al estrellarse contra este lado de la isla mantienen viva la laurisilva. Esto ya es el parque nacional. El escenario del crimen. No me negaréis que se trata de eso que llaman los cursis un marco incomparable.

La humedad lo impregnaba todo. Creí ver hayas, sabinas, laureles. Como el resto de árboles que componían aquel insólito bosque, aparecían cubiertos de un musgo chorreante, que la luz de los faros descubría sólo en una ínfima parte de su esplendor. Los árboles se entrelazaban unos con otros, formando una masa densa, entre la que casi parecía imposible pasar. Por otra parte, el terreno al que se agarraban estaba bastante inclinado; a la derecha de la carretera descendía, y a la izquierda parecía echarse encima de ella. No era una calzada amplia, desde luego: podía representarme ahora con exactitud las dificultades que había presentado aquella persecución nocturna. Anglada conducía impasible, o quizá disfrutando de nuestro asombro. Siempre produce un irreprimible placer asistir al deslumbramiento de otro ante algo que uno conoce de antes. Su mirada estaba fija en la carretera y en la niebla que la difuminaba ante sus ojos. Resulta ingrato, manejar un coche contra la niebla, pero a ella no parecía producirle aspaviento alguno.

Al llegar a una bifurcación, Anglada torció a la izquierda. Le había pedido que reprodujera el camino que había seguido el asesino, hasta el lugar donde había aparecido el cadáver. Y una vez que nos apartamos de la carretera general, se complicaba bastante. Se hacía más empinado y aún más estrecho. Anglada, sin embargo, permanecía relajada y sonriente. Habríase dicho que le resultaba divertido, empujar aquel precario vehículo contra las dificultades, por lo que ponía a prueba su pericia como conductora.

Al cabo de unos quince minutos, llegamos a un recodo y Anglada detuvo el coche. Buscó con la mirada. Al fin vio algo, y quitó el contacto.

–Ahí está –dijo–. La marca. Como podéis imaginar, tuvimos que hacer una, porque si no, cualquiera se aclara aquí.

Bajamos del coche. Anglada tomó la cabeza.

–Por allí. Aquel árbol con la pintura blanca. Ésa es la señal.

Llegamos junto al árbol. Anglada le dio una palmada al tronco.

–Desde aquí, todo tieso. Unos cincuenta o sesenta metros. Suficiente, teniendo en cuenta que está prohibido salirse de la carretera.

–Vamos –dije.

–Nos vamos a llenar de barro –advirtió Anglada.

–Luego nos limpiamos.

–Como tú digas, mi sargento.

Nos internamos en el bosque, precedidos por Anglada y el haz de luz de su linterna. Visto desde dentro, no era tan impenetrable como parecía desde fuera. La niebla tampoco era tan espesa, una vez allí. Pero no se trataba, ni mucho menos, de un terreno cómodo para arrastrar un cadáver. Requería fuerza y decisión. Aparte de una cierta seguridad sobre dónde se ponía el pie. El bosque, de noche, no dejaba de resultar intimidante. Anglada se detuvo en un lugar que no se distinguía en nada del resto. Salvo por la mancha de pintura blanca que había en el tronco de un laurel.

–Aquí está. La otra señal. Ahí lo encontramos.

Observé el sitio. Me coloqué donde había estado tendido el cuerpo de Iván y miré alrededor, hacia arriba. La niebla flotaba, desleída, sobre mi cabeza. Pensé, no sé por qué, en que a todos nos pasaba lo mismo. Todos nacemos de un golpe de luz, y todos acabamos engullidos por la niebla que poco a poco nos va helando el corazón. Pero a algunos, como al pobre Iván López, los traga más deprisa. Al amparo de aquella niebla lo habían derribado, y mientras la veía sobre mí no pude evitar figurarme que el responsable, embozado aún en ella, nos vigilaba y se reía de nuestro empeño.

Capítulo 9
EL SACO DE LASTRE

Aquella noche, después de nuestro paseo por el parque, nos fuimos temprano a la cama. Al menos me fui yo, y recomendé a mis dos compañeras que siguieran mi ejemplo; luego cada una haría en su habitación lo que le apeteciera. No siempre puede uno dormir lo que debe, y para trabajar con la cabeza, que considero, pese a todo, que es mi mejor herramienta de trabajo, no hay mayor higiene que regalarse de vez en cuando un sueño como Dios manda, de ocho horas. Durante algunos minutos, después de meterme en la cama, se agolparon en mi cerebro las impresiones del día. Pero poco después me pudo el cansancio y caí a un pozo negro. Allí estuve, ebrio de quietud y placer, hasta que se desencadenó la melodía del teléfono móvil.

Llegué el primero, debidamente aseado y afeitado, al comedor. Me preparé sin prisa un desayuno abundante y me senté a esperar a mis compañeras mientras daba cuenta de él y de un café mejorable, pero digno.

La siguiente en bajar fue Anglada. Recién duchada, su cabello negro y rizado, aún húmedo, la volvía poderosamente sensual. La mirada, por completo despierta, le sumaba contundencia. Y sus movimientos, de esa elegancia felina tan proverbial, pero que de vez en cuando se da, qué se le va a hacer, terminaban de redondearla como la ayudante más inadecuada para mantener la concentración en lo que se suponía que debía ocuparme. Es posible, claro, que el problema estuviera en mí. Como ya decía Jung, que se jactaba de conocer a fondo el alma humana, y por la importancia que le dieron, algo debía de saber, quién puede hoy tener la seguridad de que no es un neurótico. Hay que convivir tranquilamente con esa posibilidad, y desear que la neurosis que a uno le toca sea benigna y hasta cierto punto gozosa. Mientras supiera comportarme de forma cauta, aquélla no era de las peores.

–Buenos días –dijo Anglada, sonriente–. ¿Qué tal?

–Aquí, poniéndome morado –repuse–. No suelo tener ocasión de probar un *buffet* de desayunos tan bueno como éste.

–Tampoco será para tanto.

–Creo que sólo he estado otra vez en un hotel de cuatro estrellas. Una vez que me invitó un compañero rico de la facultad. Pero te estoy hablando de mi juventud, o sea, allá por 1914. Ya ni me acuerdo.

–¿Qué buscas que te diga, que no eres tan mayor, mi sargento?

No sé si puedo describir apropiadamente el tono con que dijo aquello. A cada paso me lo dejaba advertir: era una predadora peligrosa. Y yo, en vez de evitar la amenaza, me ponía a tiro. Supongo que para un espectador neutral yo habría venido a ser como uno de esos cervatillos que en los documentales sobre naturaleza trucados (o sea, casi todos) esperan, con una patita atada, a que venga el ave rapaz para clavarle las garras en el lomo y liquidarlo ante las cámaras. Traté de retroceder a un lugar seguro:

–No hace falta que me digas nada. Ya sé yo lo mayor que soy. Me lo dice cada mañana el crujido de mi espinazo cuando me pongo en pie.

–A lo mejor no es la edad, sino que has levantado algo que no debías.

¿Lo decía con doble sentido? Temí que sí.

–A lo mejor –lo dejé correr.

–Voy a cogerme algo.

Volvió a los dos minutos, con un montón de fruta y un trozo de queso blanco. Los restos pringosos de mis huevos revueltos con bacon y salchichas me observaron desde el plato, ominosamente reprobadores.

–Así que fuiste a la facultad –dijo, mientras atacaba una pera.

–Sí, en otra vida.

–¿Y qué hiciste?

–El indio. Psicología.

–¿Y por qué el indio?

–Nadie conoce a nadie. Ni mucho menos puede resolverle la papeleta cuando la vida se tuerce. Nadie va a darte la poción mágica que acabe con tus problemas. O te salvas solo, o solo te hundes. Porque nadie, por mucho que te sermonee, está nunca a tu lado para mirarle la cara al dragón.

–Guau, qué duro.

–Bueno, llevándolo un poco al límite, así es. O eso creo.

–Y luego te hiciste guardia. Vaya cambio, ¿no?

–Psé. No soy el único. Conozco a más desertores de la psicología metidos a picoletos. Incluso a algunos que la estudiaron después de entrar.

–Bueno, quizá ayuda, conocer los trastornos mentales, para enfrentarse a la delincuencia. Hay quien cree que todo criminal es un perturbado.

–Yo creo otra cosa.

–¿Cuál?

La miré. Dudé si responder lo que mi mente me dictaba. Lo hice.

–Lo que yo creo es que todos somos unos perturbados. Así que eso, en el fondo, tampoco marca ninguna diferencia. Importa más aprender a conocer los mecanismos que suele seguir el delito. Y los rastros que deja.

Anglada me observó, reflexiva. Ya sabía yo que no estaba pensando en la parte del delito y sus rastros. Por eso no me sorprendió cuando dijo:

–Según eso, tú también eres un perturbado.

–No sabes hasta qué punto.

–Y yo.

–No sé hasta qué punto.

Cuando Chamorro llegó nos encontró así, sosteniéndonos mutuamente la mirada con una sonrisa cómplice. Carraspeó un poco antes de decir:

–Buenos días, ¿qué es lo divertido?

Respondió Anglada, rápida:

–Nuestro sargento me estaba contando su experiencia como psicólogo.

–No le hagas caso –recomendó Chamorro, mientras depositaba sobre el mantel la llave de su habitación–. Si es verdad que terminó esa carrera, que yo a veces lo dudo, me temo que le perjudicó más que otra cosa.

–Vaya, gracias –dije.

–Lárgale alguna de esas frases que me largas a mí de Jung, o de Freud, o mejor de ese pirado francés, ése tal Jack no sé cuanto...

–Jacques Lacan –anoté.

–Uf, ése es dinamita pura. Venga, dile algo, y que ella juzgue.

–Lo siento, pero no soy una pulga amaestrada –repliqué–. Y te hago notar que nunca te he dicho que esté de acuerdo con ellos.

–Cuando algo se te queda en la memoria, por algo es –insinuó.

–Pues mira, eso que acabas de decir podría firmarlo Freud.

–Todo se pega –se exculpó Chamorro, yéndose por su desayuno.

También se cogió fruta, y un yogur natural. Me fastidiaba, en cierto modo, que las dos fueran tan saludables. Y encima mujeres, y jóvenes. Para terminar de proclamar mi inferioridad, y revolcarme un poco en ella, como aún tenía algo de hambre, fui a procurarme unos chorizos fritos.

Acercamos primero a Anglada al puerto, para que pudiera hablar con Udo Stammler, el ex novio de Margarethe von Amsberg. Chamorro y yo necesitábamos el coche para llegar hasta la casa de Juan Luis Gómez Padilla. El ex concejal, después de su absolución, se había mudado a una localidad turística al otro extremo de la isla. Podía entenderse, que quisiera poner tierra de por medio. Antes de bajarse del coche, Anglada calculó:

–Acabaré con Stammler, si le pillo, mucho antes de que vosotros estéis de vuelta. ¿Quieres que vaya avanzando algo por otro lado?

–Sí –dije–. Averigua dónde podemos encontrar a todos los de la lista. Y si te surge la oportunidad de ir tanteando a alguno, lo dejo a tu criterio.

–Muy bien. Suerte.

Anglada cogió su bolso de cuero, resistente y castigado por el uso, y salió a cumplir disciplinadamente con la misión que le había encomendado. Su contrariedad de la víspera parecía haberse esfumado durante la noche.

Para llegar a donde ahora vivía Gómez Padilla, hubimos de recorrer, en parte, la ruta que nos había llevado a la casa de la madre de Iván. Luego seguimos camino hacia el extremo más occidental de la isla. Chamorro, que iba leyendo en el asiento del copiloto la guía cuyo mapa nos servía para orientarnos, me ilustró acerca de las características del lugar.

–Viene a ser el segundo centro turístico de la isla. Importante colonia alemana. Tiene puerto, y según dice aquí, cuenta con uno de los lugares pioneros del nudismo en territorio español. La Playa del Inglés.

–Bueno, si nos queda un rato libre y te apetece... –bromeé.

Chamorro me observó con un gesto suspicaz.

–No, gracias. Ya sabes que soy demasiado tradicional

para disfrutar quitándome la ropa en público. Aunque te parezca rancia y remilgada.

Procuré sacar la pata con delicadeza:

–No me lo pareces. Sabes que tampoco yo acertaría a estar muy suelto.

Hay cosas sobre las que es mejor hablar de menos que de más. Seguimos un buen rato en silencio, y luego reanudé la conversación sobre cuestiones triviales relacionadas con el trabajo. Uno de los asuntos que surgió fue el del padre de Iván. Tuve una idea. Le dije a Chamorro que llamara a la unidad y que le pidiera a quien le cogiera el teléfono que nos hiciera una gestión ante el consulado español en Caracas. Si el padre de Iván había emigrado a Venezuela, no era seguro, pero tampoco improbable, que se hubiera registrado allí. Chamorro le dio a la guardia Salgado, que fue quien descolgó el teléfono en Madrid, el nombre y los dos apellidos que le adjudicaba al padre de Iván la ficha de identidad del difunto. Pude oír a Salgado prometerle que haría la averiguación en seguida. Una vez resuelto esto, nos enfrascamos en la búsqueda de la dirección que nos habían dado, lo que tuvo su complicación. Con ayuda de las indicaciones de un par de paisanos, llegamos hasta allí. No era una casa pequeña, pero resultaba poco llamativa. Gómez Padilla, cerrada su etapa de personaje público, prefería no hacerse notar mucho.

Pulsamos el timbre que había junto a la cancela exterior. Durante medio minuto, no pasó nada. Iba a insistir cuando la puerta principal se abrió, al fin. Habría unos diez metros, desde la valla. Una mujer surgió en el umbral.

–¿Qué desean? –preguntó, con fuerte acento isleño.

–Queremos hablar con el señor Gómez Padilla –dije–. ¿Está?

–¿Quiénes son ustedes?

–Guardia Civil –respondí, sabiendo lo que eso significaba.

A la mujer se le demudó el semblante.

–Un momento –dijo, y cerró la puerta.

–Empezamos bien –opinó Chamorro.

Transcurrió otro medio minuto. Cuando volvió a abrirse la puerta, apareció ante nosotros un hombre alto, al que conocía. Por fotografías, sólo, pero me bastó para identificarlo. Gómez Padilla nos observó, inmóvil, durante unos segundos. Luego, sin prisa, como quien acomete a su pesar, pero resignado, un deber molesto, echó a andar hacia nosotros.

Cuando estuvo a cosa de un metro de la valla, se detuvo. Tenía el gesto crispado. Su mirada, sin embargo, parecía más fatigada que furiosa.

–No les conozco –dijo al fin. En su habla había sólo un leve deje insular.

–No –le confirmé–. Soy el sargento Vila, y ésta es mi compañera, Virginia. Venimos de Madrid. Trabajamos en la unidad central.

–¿Y qué quieren, ahora?

–Hablar con usted.

Gómez Padilla me miró con detenimiento. Pocas veces lo sientes, cuando actúas en el papel de policía, pero con él lo sentí: el concejal estaba tratando de ver, por encima de lo demás, qué clase de hombre tenía enfrente.

–¿Y si le digo que espere hasta que venga mi abogada?

–Está en su derecho –reconocí–. Ni siquiera tiene que abrirme esta puerta. No traigo orden de ningún juez, ni tengo ninguna otra posibilidad legal de traspasarla, ahora mismo. Le pido que nos haga el favor de atendernos.

–¿Por qué cree que va a apetecerme hacerle un favor, sargento?

La pregunta era agresiva, pero su gesto no. Desde hacía dos años, inferí, Gómez Padilla había desarrollado la capacidad de enfrentar la vida de una manera distinta; más estoica, y también menos impaciente.

–No creo que le apetezca mucho –respondí, con precaución–, pero pienso que acaso le convenga. Venimos con el objetivo de detener al que mató al chico. Puede que seamos quienes van a probar su inocencia.

–Mi inocencia quedó probada en juicio.

–No probaron su culpabilidad –le corregí–. Es diferente.

–A mí me vale.

–Lo otro le valdrá más.

Gómez Padilla sonrió desganadamente.

–¿Eso cree, sargento?

–Sí. Y si usted no tuvo nada que ver, y está en mi mano dejarle limpio y echarle el guante al que le tendió la trampa, me alegrará hacerlo. Tanto si usted se aviene ahora a ayudarme, como si no. Pero hablar conmigo le dará a usted una ventaja: poder contarle su versión de los hechos a alguien que viene a examinarlos desde fuera y sin prejuicios de ninguna clase.

–Yo no tengo versión de los hechos. No estaba allí.

–Puede decirme cosas que me interesan, seguro.

Gómez Padilla volvió a observarnos, primero a mí, luego a Chamorro. Se detuvo unos instantes en ella. Sin dejar de mirarla, preguntó:

–Si me niego, ¿va a volver con una orden judicial?

Me miró otra vez, dentro de los ojos. Era una prueba, quizá.

–No –respondí–. Por ahora no.

El ex concejal alzó la vista y la dirigió hacia el horizonte.

–Está bien. Voy a abrirles.

Caminó sin prisa hacia la casa, entró en ella y unos segundos después sonó el zumbido del resorte que destrababa la cancela. La empujé y dejé pasar primero a Chamorro. Gómez Padilla esperaba ya en el umbral.

Nos invitó a cruzar, a través de la casa, hasta el jardín trasero. Nos ofreció asiento en unas sillas de jardín, bajo un toldo estampado a franjas verdes y blancas. No nos ofreció nada más. Se sentó en una butaca, ostensiblemente más cómoda que nuestras sillas, y nos miró con expresión melancólica.

–Usted dirá, sargento.

En ocasiones, aquélla era una, no celebro especialmente tener que hacer lo que tengo que hacer. Me pasa cuando se me hace evidente que me encargo de algo de lo que nadie querría encargarse. En esa tesitura, contra lo que pudiera parecer, me siento más impelido a cumplir con mi misión. Es una especie de orgullo. Soy yo el que está ahí. El que tiene que hacerlo. El que lo va a hacer, y va a conseguir, por añadidura, que sirva para algo.

–Señor Gómez Padilla –empecé a decir, con decisión.

–No me llame así, por favor. Me recuerda cuando me nombraban para las votaciones en los plenos. Juan vale. Y ahorrará saliva.

Una fina ironía asomaba de pronto a sus facciones tristes.

–Está bien. Juan. Ante todo, no quisiera hacerle perder el tiempo más de lo indispensable, ni tampoco molestarle más de lo que me temo que es inevitable que le moleste el asunto que nos trae a verle esta mañana.

–Es usted muy amable, sargento –bromeó–. Siento que no le encargaran esto a usted desde el principio. Veo que me habría enviado a la cárcel mucho más educadamente que sus compañeros. Siempre resulta un alivio.

Tenía derecho a ser sarcástico. Ya fuera inocente o no, lo había pagado a buen precio: un año largo en el trullo. Seguí, sin dejarme alterar:

–En fin, no le importará, sólo con esa intención, que no me pierda en muchos rodeos y que entre en materia directamente.

–Al contrario. Se lo agradeceré mucho.

Busqué yo ahora sus ojos. No me costó encontrarlos.

–¿Por qué cree que intentaron colgarle un asesinato que no cometió? –le pregunté, deteniéndome en «colgarle».

–No tengo ni la más remota idea –dijo, sereno–. Pero supongo que el que lo hizo prefería que otro fuera a la cárcel por él, y le parecí una buena cabeza de turco. Y hasta cierto punto, estará usted conmigo en que acertó.

–¿Tampoco se le ocurre quién pudo organizar el montaje para imputarle?

Gómez Padilla se encogió de hombros.

–Pues la verdad, no será porque no he pensado sobre ello. Minuto a minuto, durante cuatrocientos dieciséis días. Y un poco menos intensamente, en el último año, pero sigo preguntándomelo. En balde.

–¿No tenía usted enemigos?

Gómez Padilla soltó una risa seca.

–Claro, sargento. Llevaba once años en política. Tenía enemigos a espuertas. Dentro y fuera de mi partido. Y como es lógico, y por la cuenta que me traía, los tenía fichados y tenía también mis cálculos sobre el peligro que cada uno podía representar para mí. Algunos eran pájaros de cuenta. He denegado licencias para clubes de putas y otros negocios jugosos, a individuos que no eran precisamente angelitos. No digo que alguno no se hubiera atrevido a montar algo contra mí. Qué sé yo, tratar de drogarme una noche y ponerme en los brazos una chica para sacarnos unas fotos. A eso se atreve cualquiera, dentro de lo que cabe. Pero estamos hablando de otra cosa. De degollar a un chaval, robar un coche, mancharlo con la sangre del muerto y hacer luego una llamada telefónica para que se lo carguen a otro.

–¿Puedo pedirle el nombre de las personas a las que denegó esas licencias que me dice? –pregunté.

–Buf. Si le doy la lista completa, no acabamos en toda la mañana. Puede investigar a todos los promotores inmobiliarios y a todos los propietarios de clubes de alterne de la isla. Cualquiera tiene algo contra mí. Pero no se me ocurre uno solo con las agallas para organizar un asesinato.

–¿Tampoco alguno que le pudiera odiar más que otros?

–No, sargento. Y créame que para mí tendría tanto interés como para usted poder darle algún nombre. Pero me parece una imprudencia dárselo a voleo. No estoy tan lleno de rencor como para hacerlo, todavía.

Reflexioné durante un instante sobre lo que acababa de decir. Fue el propio Gómez Padilla el que me arrancó de mis pensamientos:

–¿De veras cree que ése es el camino?

–¿Cuál? –dije, descolocado.

–Si cree que el importante aquí soy yo. Que quienquiera que lo hiciera lo que pretendía era hundirme a mí.

–Ni lo creo ni dejo de creerlo –dije–. Es pronto para que descarte nada.

–No se equivoque –me aconsejó–. Yo no soy nadie, en este asunto. Mataron al chico, por lo que fuera, y luego yo les vine bien para taparlo. Nada más. Tuve la mala suerte de que pasaba por allí, eso es todo.

–Tampoco eso parece muy normal, ¿no? –dijo Chamorro.

–No, pero yo me puse a tiro. O me pusieron. El resultado práctico es el mismo. Era bastante notoria mi aversión hacia el muerto. La había demostrado ante testigos. Lo supieron de alguna manera, tampoco es difícil enterarse de esa clase de cosas en un lugar pequeño, y lo planearon todo. El asesinato y el montaje para convertirme en el chivo expiatorio. Fueron inteligentes, eso no puedo negarlo. Porque como chivo expiatorio, a la vista está, yo era poco menos que insuperable. Hicieron una jugada maestra.

–¿Por qué era usted insuperable? –pregunté.

–Hombre, piense un poco. Un político en ejercicio, con responsabilidades de gobierno. Un padre ultrajado por la ligereza de su hija. Carnaza para los periódicos durante meses, lo que ya les garantizaba, de entrada, la máxima distracción. Y poner en la picota a un sospechoso con la presunción de inocencia más disminuida creo que habría sido imposible.

–Sin embargo, tenía coartada. Y eso le salvó, al final. El ex concejal me miró, reticente.

–¿Me salvó, de verdad? –dudó–. ¿Y quién me dice que no le han enviado a usted para tratar de romper esa coartada, buscar la forma de incriminarme otra vez y poner en marcha la revisión de la sentencia?

–Yo se lo digo –respondí–. Hemos venido a resolver el crimen, si podemos, nada más. Y usted tiene mucha ventaja respecto de cualquier otro sospechoso. Una sentencia que declara que no es culpable.

–En todo caso –retomó el hilo de su razonamiento–, a quien diseñara la maniobra le salió redonda. Durante año y medio se me persiguió a mí. Y ahora, cuando parece que desentierran el asunto enviándolos a ustedes, ya han pasado más de dos años. Lo tiene usted crudo, para pillarle.

–En eso debo darle la razón –admití–. Pero el final de esta historia no está escrito, todavía. Hay asesinatos que se han resuelto al cabo de más de dos años. No puedo decirle que seamos los mejores policías del mundo, pero cabezotas sí que somos. No nos rendiremos así como así.

Si Gómez Padilla era el asesino, mis palabras representaban una amenaza para él. Las acogió con una mueca de incredulidad.

–Siguiendo con lo que antes nos estaba diciendo –proseguí–, ¿se le ocurre por qué podía alguien querer matar a Iván López?

Esta vez, Gómez Padilla rió abiertamente.

–Como saben de sobra, se me ocurre por qué habría querido matarlo yo, si entrara en mis esquemas quitarle la vida a otro ser humano. Pero –recobró aquí la seriedad–, no le conocía lo suficiente como para poder imaginar por qué otro quiso rebanarle el pescuezo. Todo lo que sé es lo que mi abogada aportó en el juicio. No era el hijo que cualquiera desea tener. En cuanto a la chusma concreta con la que tenía tratos, era ajena a mi círculo.

–Hay una cuestión un poco embarazosa por la que no

tenemos más remedio que preguntarle –intervino valiente y oportunamente Chamorro.

–Dispare, señorita. Hace dos años que perdí la vergüenza que pudiera quedarme. La vida ya no me permite mantener ese lujo.

–¿Cómo de intensa fue la relación entre el muerto y su hija?

Gómez Padilla meditó su respuesta.

–Me temo que todo lo intensa que puede ser una relación entre un hombre y una mujer, llamémosles así al uno y a la otra. Larga, no demasiado, dice ella. Pero tengan en cuenta que todo sucedía a mis espaldas, salvo cuando tuve la dudosa fortuna de sorprenderles, que fue un par de veces.

–Nunca habló usted con él –deduje.

–Nunca de otro modo que a gritos.

–¿Le plantó él cara alguna vez?

–La última. Cuando tuve la poco ingeniosa ocurrencia de jurarle que si volvía a verle con mi hija le iba a arrancar el hígado.

–¿Qué opinión tiene usted del difunto, dejando aparte las razones por las que tuvieron esos enfrentamientos?

–No puedo dejarlas aparte, sargento. Creo que era un pichabrava y me temo que un poco oligofrénico. Sin acritud. Que en paz descanse.

Con eso quedaba claro que si en algo faltaba Gómez Padilla a la verdad, no era por hipocresía, ni mucho menos por diplomacia.

–Espero que entienda lo que voy a pedirle ahora, Juan –dije.

–Vaya, intuyo que no va a gustarme su petición –coligió.

–Querríamos hablar con su hija. Podemos hacerlo sin su consentimiento, pero por una vía que preferiría no utilizar. Es menor de edad y me parece lo más apropiado y deseable que su padre nos autorice.

Gómez Padilla asintió, con gesto desesperanzado.

–Gracias por su consideración. Pero la verdad es que sería por mi parte bastante ridículo oponerme. Sólo puedo mantener mi oposición durante dos días. Mi hija cumple pasado mañana dieciocho años.

Eché cuentas. Sí, podía ser, desde luego. No me constaba que Desirée tuviera quince años justos en la fecha del crimen. Sólo que no había cumplido dieciséis. Y habían pasado dos años y tres meses desde entonces.

–En cualquier caso, espero que no tenga inconveniente –dije.

–No –respondió–. Le viene bien enfrentarse a las consecuencias de sus actos. A lo mejor así es un poco más precavida, en lo sucesivo. Después de todo es mi hija y me gustaría que alguna vez se convirtiera en una mujer con la cabeza sobre los hombros. La única dificultad que voy a ponerles para interrogarla es que la mandé hace un año fuera de la isla.

–¿A dónde? –inquirí, sin poder ocultar mi preocupación.

–No teman. No demasiado lejos. A La Palma. La metí a trabajar en el hotel que tiene allí un amigo mío. Por si el esfuerzo la ayudaba a reflexionar o por lo menos le servía para quitarle las energías sobrantes. Y también, como comprenderán, me parecía recomendable sacarla de aquí.

–¿Nos dará la dirección de ese hotel? –consultó Chamorro.

–Claro. Les daré una tarjeta, para que tengan también los teléfonos.

Se levantó y regresó al cabo de un par de minutos con la tarjeta prometida. En su ausencia, no intercambié palabra alguna con mi compañera. Siempre podía haber alguien escuchando. Nos lo dijimos con los ojos: o lo habíamos hecho muy bien, o aquello no era tan difícil como temíamos.

–Aquí tienen –me tendió la tarjeta–. Si llaman y preguntan por ella, antes de las cinco, la localizarán casi con seguridad. Les he apuntado detrás mi teléfono, por si lo necesitan para algo. No vengo en la guía y a lo mejor les iba a costar un poco dar con él. Les ahorro las pesquisas.

–Gracias –dije–. Creo que no debemos robarle mucho más tiempo. Y le agradezco mucho su colaboración. Sinceramente.

Gómez Padilla mostró las palmas de sus manos.

–Mire –explicó–, para llevar adelante esto de la mejor manera posible, he procurado volverme un hombre práctico. Lo que puedo evitar, lo evito. Lo que tarde o temprano ha de pasar, que pase cuanto antes.

Le di mi tarjeta, con el número de mi teléfono móvil manuscrito.

–También le agradecería que me llamase, si le parece de pronto que alguna de esas personas que tenían razones para no quererle podría ser más sospechosa que las demás. O si lo cree necesario por cualquier otra razón.

–Descuide. Pero no espere mucho más de lo que ya le he dicho.

El ex concejal nos acompañó hasta la valla exterior de su casa. Por el camino, traté de mantener con él una conversación más distendida. Pero sin desaprovechar la posibilidad de sacarle información que pudiera ser útil.

–Y ahora, ¿qué hace usted? –pregunté.

–Lo de siempre. Llevo mi negocio. No es gran cosa, no ha mejorado después del asunto, pero he conseguido que no se hundiera. Podemos vivir.

–Debe de haber sido duro para usted, después de tantos años en política.

Gómez Padilla acogió mi suposición con una maliciosa sonrisa.

–Qué va. Eso ha sido lo único bueno que he sacado de esta historia. Que me haya echado de la política. No sólo por la mierda de vida que llevaba, sino por la gente que me rodeaba. Estas cosas sirven para conocerla, a la gente. Y lo que yo he visto, me ha revuelto las tripas.

–¿Por qué dice eso?

El ex concejal pareció querer explicarse mejor.

–No, no vaya a creerse que me he convertido en un cínico –dijo–. Sigo creyendo lo que he creído siempre. Que el servicio a los demás es una de las tareas más nobles que puede realizar una persona. Pero por desgracia hay que pasar por las horcas de la política profesional. Por las que manejan los chacales que te apartan como un apestado, cuando te ves en apuros, y no por razones éticas, sino por si puedes contagiarles la mala suerte.

Gómez Padilla hizo chascar la lengua.

–En fin, hay que comprenderles. Para triunfar en política hay que ser así. Hay que tener vocación de servicio público, no digo que no. Hay que tener ideas, tampoco lo niego. Pero sólo con eso no se llega a ninguna parte, dentro de un partido. Todos los que usted vea arriba, tienen otra cosa, que es lo que les empuja: la ambición, la determinación constante de realizarla y la falta de escrúpulos suficiente como para apartar todo obstáculo que pueda estorbarles. Ya sea una idea, un prurito moral, un compañero. Los que no tienen la frialdad para deshacerse de cualquier lastre de ese tipo, no llegan, o caen tan pronto como han subido. Y no le hablo por hablar, sargento. Yo he sido así, como le estoy contando. Hasta que me tocó ser el saco de lastre para otros y me arrojaron a la cuneta. Así tuve que aprender la lección.

Muchas veces, me toca callarme lo que pienso sobre lo que me dicen. Cada uno en su lugar: ya que no he acertado a ser un héroe ni un sabio, ni a redimir a la humanidad de los males que la aquejan, procuro al menos no salirme del tiesto. Pero me costó no ofrecerle al concejal algún tipo de solidaridad. No por su desgracia, sino por el coraje con que se juzgaba a sí mismo. Estoy bastante aburrido, como cualquiera, de tropezarme con gente que se construye una visión del mundo con el único o primordial propósito de justificar lo que ha hecho o ha dejado de hacer en la vida. Si Gómez Padilla creía aquello, y no era una simple cortina de humo, tenía mérito.

Antes de despedirnos, quise expresarle de otra forma mi gratitud.

–Sólo quiero que sepa que si aquí ha habido un error, no sólo nos veremos en la obligación de pedirle disculpas, sino ante todo, en la de enmendarlo –me comprometí–. Y que no dudaremos en hacer ambas cosas. Pero espero que entienda que este trabajo no siempre es tan fácil como uno quisiera.

Gómez Padilla asintió, cabizbajo.

–A pesar de todo, lo entiendo, sargento. Y le aceptaré las disculpas, como si me las pidiera su director general –aquí volvió a mirarme, y añadió, a renglón seguido–: O quizá no. Quizá me valgan más las suyas.

Aunque uno siempre puede equivocarse, al interpretar lo que dice otro, me pareció algo más que un simple intercambio de cortesías.

–Suerte –nos deseó el ex concejal–. De corazón.

Capítulo 10
FISIOLOGÍA MASCULINA

Nos reunimos con Anglada en el puerto, un poco después del mediodía. Nos estaba esperando en la terraza de una cafetería, tomándose una caña y un plato de aceitunas a la sombra de un gran quitasol. Pedimos un par de cañas para nosotros a uno que pasaba con una bandeja en la mano. El camarero tomó nota del pedido con una desganada inclinación de cabeza.

–¿Os recibió? –preguntó Anglada, apenas nos sentamos.

–Sí –dije–. Y tú, ¿hablaste con Stammler?

–Ajá. Y no sólo con él. Pero cuéntame, ¿cómo lo conseguisteis?

–Con educación, con humildad. Por si te había parecido otra cosa, yo nunca aluciné con las pelis de Starsky y Hutch –aclaré, con intención.

Anglada captó la alusión y la ironía.

–El jefe es muy considerado con los sospechosos –explicó Chamorro–. Y en general puedo asegurarte que le funciona.

–Como todas las cosas útiles que sé, la aprendí de otros, de los viejos de la unidad. El cariño es el mejor camino para llegar al corazón, tanto de los ciudadanos decentes como de los malvados. Y de eso se trata.

–¿Y qué os ha dicho? –preguntó Anglada, apremiante.

–Que él no lo hizo. Que no se le ocurre quién fue. Y que cree que a él simplemente lo utilizaron, porque era el sospechoso perfecto para despistar a los investigadores, dados los malos términos en que estaba con Iván.

Anglada asintió.

–Sí, ésa es la versión que ha sostenido desde el principio.

–No lo hace mal –juzgué.

–¿Te ha convencido?

–A mí no me convence ni la Virgen de Fátima que se me aparezca, hasta que no haya comprobado lo que me diga por todos los medios a mi alcance. Pero tengo que admitir que ha defendido su historia con aplomo. Y con eso no digo nada más que lo que digo; he visto a muchos hombres contar la verdad tartamudeando y a más de un canalla mentir sin despeinarse.

–Es raro, lo del montaje para inculparle. Enrevesado –dijo Chamorro.

–¿Y por qué lo iban a hacer, para vengarse? ¿De qué? –dudó Anglada.

–Pero no es imposible, y el móvil que él alega es bastante sólido –dije–. Apuntar la proa de la justicia hacia un sospechoso que tiene probabilidades de caer y que en todo caso distraerá la atención poderosamente.

–Eso sí –admitió Chamorro.

–En fin, tenemos su versión, ya le hemos visto la cara; y valoremos que se haya avenido a colaborar –recapitulé–. Por cierto. No pone pegas para que interroguemos a la hija, pero tenemos un problema. Está en La Palma.

–¿Y eso? –se interesó Anglada.

–La ha alejado del epicentro. Se comprende. Está trabajando, en un hotel. Lo más importante: tendremos que trasladarnos allí. ¿Cómo se va?

Anglada se lo pensó durante unos instantes.

–Lo más barato, barco a Tenerife y barco desde allí. Pero el segundo barco es un coñazo y además no todos somos buenos marineros.

La burla fue moderada, considerando lo que podía haber sido. La encajé.

–Lo más rápido –siguió diciendo Anglada–, es tomar el avioncito a Tenerife desde aquí y luego otro avioncito desde Tenerife a La Palma. El mejor equilibrio velocidad-precio, barco a Tenerife y avioncito después.

–¿Tenéis quien nos saque los billetes?

–Trabajamos con una agencia que tiene delegación aquí. Lo puedo montar de un día para otro. Y más rápido si hace falta.

–Bien, la llamo, veo cuándo podemos quedar y te digo.

–A tus órdenes.

Llegaron nuestras cañas. Chamorro me lo hizo notar, señalándose el reloj: quince minutos después de haberlas pedido.

–Bueno, ¿y tú qué? –examiné a Anglada.

Se echó hacia atrás. Con la espalda apoyada por completo, los codos en los brazos de la silla y los pies bien plantados en el suelo, dijo:

–Pues, no puedo quejarme, la verdad.

Le tiré un buen sorbo a la cerveza. Me habría gustado que estuviera más fría, pero vino bien. Hacía calor. Dejé que bajara hasta el estómago.

–A ver, escupe –la invité.

Anglada se tomó un segundo para ordenarse. Luego se lanzó, sin titubeos:

–No estaba cuando fui a buscarlo. No sé si ésa es su costumbre, pero hoy Udo Stammler pasó de madrugar. Pregunté por él y me dijeron que esperase un poco, que seguramente vendría. A las diez menos cuarto ya había unos cuantos alumnos por allí. Pero él no vino hasta las diez y diez. No le dejé tiempo de disculparse con los que le esperaban. Le puse la placa debajo de las narices y le dije que tenía que hablar con él. Trató de zafarse, que si tenía mucho trabajo, que si no podía ser un poco más tarde. Pero no le di cuartel, tampoco él ponía mucho convencimiento, y un par de minutos después estábamos a solas en el cuartucho que le sirve de oficina.

No sé si Anglada se complacía en mostrarme que ella no tenía tantos miramientos como yo con los sospechosos. Pero lo parecía. La dejé seguir.

–Es un chico majo. Treinta y cuatro o treinta y cinco, rabiando. Bien formado, atlético, uno noventa. Moreno, ojos verdes. Un muñeco. Margarethe se lo monta bien para buscarse ligues, por lo menos en cuestión de chapa y pintura. Lleva unos cuatro años en la isla y el español no lo habla muy allá. Pero creo que me entendió lo que le preguntaba y se hizo entender en las respuestas, dentro de sus limitaciones. Por resumirte e ir al grano...

–No temas darme exceso de detalles –la interrumpí.

–Como quieras. En cuanto a su testimonio –prosiguió–, le saqué una serie de informaciones que pueden resultar curiosas, pensando mal. No sólo que tuvo relaciones con Margarethe y que acabaron más bien regular, entre otros motivos por su hijo, a quien admite haber empleado durante un tiempo y haber despedido después. Todo eso ya lo sabíamos. Según me dijo, una de las razones por las que lo echó, aparte de su incompetencia y su falta de amor al trabajo, fue porque le desapareció dinero y tiene la íntima convicción de que el mangante fue el bueno de Iván, aunque no pudo reunir pruebas para acusarle o poner una denuncia. También piensa que el muchacho estaba bastante colgado, de hecho él mismo tuvo que mandarlo a casa más de una vez por acudir al trabajo en no muy buenas condiciones. Respecto de si cree que Iván pudiera traficar, además de consumir, cosa que le pregunté expresamente, me dijo que ni lo afirma ni lo niega, que él no tiene información para acusarle de eso, pero que no le extrañaría que lo hiciera, si se le ofrecía la ocasión. No parecía que nadie le hubiera enseñado a tener demasiados escrúpulos respecto de nada, añadió. De todos modos, lo más llamativo es que durante toda la entrevista, que duró una hora o así, el tipo se mostró bastante nervioso. Dudaba al contestar, se hacía un lío con las palabras.

–Puede que fuera sólo su dificultad con el idioma –sugirió Chamorro.

–Bueno, es posible. Para cerciorarme, le sometí a una pequeña prueba, al final. Le pregunté si conocía a Gómez Padilla. Tardó en contestarme, pero dijo que sí, por su cargo, que era difícil no saber quién era viviendo aquí. Desde cuándo, le apreté. Y aunque sobre este punto concreto dudó todavía más, acabó respondiendo que desde hacía varios años. Le pedí que precisara si desde antes de la muerte de Iván. Admitió que sí. Por último, le pregunté si sabía de la enemistad que había entre Iván y él. Volvió a dudar. Pero reconoció haberle oído algo a Iván, poco antes de que lo mataran. Algo sobre sus relaciones con la hija, riéndose del cabreo que tenía el padre.

Observé a Anglada. Parecía querer decir algo de forma indirecta. Pero prefiero que la gente, sobre todo aquella con la que trabajo, se exprese con derechura. No conviene perder el tiempo cuando se investiga.

–Interesante –dije–. Pero vayamos un poco más allá. Por lo que has visto, ¿dirías tú que Udo es un sospechoso verosímil?

Anglada meditó antes de formular su apreciación al respecto.

–Tiene la fuerza física suficiente como para arrastrar a Iván por el bosque, vivo o muerto, eso puedes apostarlo –dijo–. No le tenía especial aprecio. Y sabía que el concejal tampoco le quería mucho. Ensamblando todas esas piezas, y el canguelo con que semejante tiarrón contesta a las preguntas que le hace una débil mujer, alguna fantasía alcanzo a concebir, no lo niego.

Sonreí, sin dejar de enfrentar su mirada.

–Ya. La cuestión es si alcanzas a concebir que algún

juez de instrucción podría acompañarte en tu fantasía.

–La de aquí es una juez –respondió, con retranca–. A lo mejor me acompañaba, por camaradería femenina. Si es que eso existe.

–Vale, Ruth –dije, percatándome según lo hacía de que era la primera vez que la llamaba por su nombre de pila–. Hablo en serio.

Anglada adoptó una expresión circunspecta.

–El olfato no acaba de decirme que sí. Tampoco que no.

–Si puedo opinar –habló Chamorro–, me parece un poco difícil que sea el culpable. El asesino no habría reconocido que estaba al tanto de la enemistad entre Iván y el concejal, cuando podía negarlo sin arriesgarse, si es algo que supo por una conversación con el muerto. Y tampoco se habría explayado mucho sobre las razones por las que se llevaba mal con la víctima.

Anglada sopesó las palabras de Chamorro. Mirándola a ella, replicó:

–Eso depende de lo que calcule que podemos averiguar por nuestra cuenta. Si sabe o sospecha, como debe, que hemos hablado con la madre, le conviene no dejar de contarnos nada de lo que ella pueda habernos informado.

Como jefe del grupo, me correspondía naturalmente el papel de árbitro. Opté por la solución aristotélica, que es simple, acaso burda, pero que a lo largo de los siglos ha demostrado su eficacia para prevenir el error.

–Las dos tenéis razón en lo que decís –observé–. Stammler no deja de ser una posibilidad, pero no creo que deba ser por ahora la preferente. Lo guardamos en la nevera hasta que tengamos el resto del cuadro.

–Me parece bien –dijo Anglada.

No estaba sometiéndome a su veredicto, y creí que debía hacérselo ver.

–Como si te parece mal –dije, en el tono más distendido posible–. Mientras contrastamos ideas, todos somos iguales y ningún criterio vale más que otro. Ahora bien, a la hora de las decisiones, yo soy el sargento. Lamento tener que subrayarlo, pero es que luego es a mí a quien van a regañar.

–Desde luego –acató Anglada, sumisa.

–Celebro que estemos de acuerdo –anoté, sin darle mayor trascendencia–. ¿Y qué más te ha dado de sí la mañana?

Anglada abrió su bloc. Era un bloc de anillas, alargado. Su caligrafía era briosa y un tanto desordenada, no demasiado legible.

–He trabajado un poco la lista –dijo–. Tengo algunas direcciones que nos faltaban, y he charlado con un par de criaturitas, dos de esos de los que os dijo Margarethe. A ver. Ramón Velázquez Brea y Jorge Fernández Fernández. Dos chicos simpáticos, dos entrevistas francamente divertidas, si puedo confesar que me lo he pasado bien mientras cumplía con mi deber.

–No veo por qué no. ¿Y qué es lo que te ha divertido tanto?

–Bueno, supongo que Virgi también se lo sabe, lo habrá vivido alguna vez. Pero por mucho que se repita, no deja de hacerte gracia. Llegas al sitio, te sientas al lado del tronco, le entras y durante cinco o diez minutos charlas con él en plan de vacile, mientras al tipo se le caen los ojillos y así. En fin, ya sabes a lo que me refiero, a que se pone babosón y te habla sin dejar de mirarte a las tetas. Entonces abres el bolso, como si fueras a buscar la barra de labios para retocarte. Sacas la placa y le dices que eres guardia. Y casi oyes el ruido de los cataplines al rebotar en el suelo. Clin, clin, clin. A partir de ahí, el tío pierde toda la gracia, carraspea mucho y no se atreve a bajar la mirada de tu barbilla. Tampoco a subirla, lo que le hace poner unas caras bastante raras. Y culmina la metamorfosis. El satirillo travieso se convierte en un colegial aplicado que hace todas las tardes los deberes.

Miré de reojo a Chamorro. Observaba a Anglada, imperturbable.

–Ajá, veo que tienes estudiada la técnica –juzgué, sin énfasis.

–La verdad –dijo–, tampoco hay que estudiar tanto. Los pichones te lo ponen bastante fácil. Lo que no deja de sorprenderme es que resulte tan infalible. La fisiología masculina debe de ser un mecanismo implacable.

–No siempre, aunque tiende a funcionar, no voy a negártelo –concedí–. De todos modos, como de las miserias de mi sexo ya estoy suficientemente informado, y además de primera mano, lo que me interesaría saber es lo que te contaron esos dos hombres acerca del tema que nos ocupa.

Anglada disfrutó del instante. Le gustaba provocar. Por un lado, me resultaba incómoda. Por otro, y en la medida en que también albergo en mi interior un fondo frívolo, me distraía y eso me impedía llamarla al orden con más firmeza. De todos modos, me pareció que me las arreglaba para ponerla en su sitio y permanecer en el mío de forma razonable. A más no aspiraba. Tampoco me gusta ir de tirano, si no es imprescindible.

–Pues la verdad –dijo–, en cuanto a su testimonio, y dejando aparte las risas que me he podido echar gracias a ellos, me temo que va a decepcionarte. Los dos conocían a Iván, sí. Los dos, también, le tenían por drogata, lo que dicho sea de paso son ellos también, aunque ambos juran estar rehabilitados. No hay nada más increíble que un yonqui jurando que ya no se pone. En cuanto a las cuestiones que nos interesan, ninguno de los dos me ha dicho que Iván pasara género, que ellos supieran. Les he apretado, y te aseguro que por lo menos el tal Jorge estaba dispuesto a cantar cualquier cosa de la que tuviera conocimiento. Tampoco le consta a ninguno de los dos que Iván le hubiera dejado a nadie ninguna cuenta pendiente. Y atento: de lo que ninguno dice saber nada, ni de lejos, es de la posible implicación de algún pez gordo en la muerte del chico. Si me admites una teoría, esta gente tiene más imaginación que la tía de Harry

Potter. Son muchos años de mentir, lo hacen como respirar. Les llega una madre doliente y le sueltan cualquier patraña, sin mayores reparos, porque ya casi ni se dan cuenta, cuando cuentan una trola. Ahora bien, largarle el camelo a la autoridad es diferente.

–Yo tengo otra teoría –dijo Chamorro.

Me volví con curiosidad a mi compañera.

–¿Cuál?

Chamorro arrugó la frente, y pasó a exponer su razonamiento:

–Supongamos que es verdad, que hay alguien poderoso metido en esto. Un político, un empresario, qué más da. Supongamos que esta gente, este par de yonquis tirados, lo sabe, ya sea de forma más o menos fundada o porque circula el rumor en el ambiente donde se mueven. Dato que tienen: dos años y pico después, el crimen sigue impune. Composición de lugar que se hacen: o la policía, o los jueces, o Dios sabe quiénes, están en el ajo; los han comprado, los pueden manejar y sabrán lo que ellos sepan. Conclusión: vamos a cuidarnos mucho de decir ni pío si nos interroga alguna autoridad, sea la que sea, no vaya a ser que se entere el que está tapando todo y nos pongamos en el punto de mira de quien ya le ha cortado el cuello a uno. Lo más que nos puede ofrecer la justicia es el régimen de testigo protegido. Que no es el sueño de nadie, si tiene la opción de mantenerse al margen.

Me volví a Anglada, que escuchaba con tensa atención.

–¿Qué dices tú?

Anglada relajó el gesto.

–Coño, que por algo Virgi sacó tan buen número en la academia y fue la número uno en el curso de cabo. Sólo puedo aplaudir.

Me froté los ojos, mientras pensaba. Había mucha luz, y como suele pasarme cuando viajo sin el coche, me había olvidado en Madrid las gafas de sol. También tenía hambre, de pronto. Miré el reloj: las dos y cinco.

–Bueno, creo que todo esto me lleva a una conclusión, Ruth –volví a decir, esta vez a conciencia, su nombre de pila–. Me temo que vas a tener que renunciar al pasatiempo de asustar a los parroquianos con la placa. Incluso estoy considerando si conviene que interrogues a alguno más, de momento. Se me ocurre que no podemos descartar que alguno te recuerde de cuando estabas destinada aquí, y creo que lo que dice Virginia tiene mucho sentido. Para hablar con cierta gente, va a ser mejor abordarlos de incógnito.

A Anglada no le gustó nada oír aquello.

–Ya, mi sargento –dijo, buscando con manifiesto esfuerzo las palabras–. Entiendo lo que quieres decir, eso vaya por delante. Pero no sé entonces qué puedo aportar a esta investigación. A lo mejor, se me ocurre, deberías hablar con el teniente para que te asigne a otra persona. No quiero ser un estorbo.

La miré, beneficiándome por una vez (aunque no me parece una actitud en absoluto encomiable) de esa fácil superioridad que te otorga sobre otro el poder decirle lo que ha de hacer y saber que tendrá que obedecerte.

–No te lo tomes así, mujer –le dije–. Eres una buena ayuda y veo que trabajas mucho y con decisión. Sólo se trata de saber en qué puedes ser más eficaz, y de no malgastarte en lo que quizá no convenga que hagas tú.

–Pues no veo qué me queda, mi sargento.

Las observé, a las dos. La verdad era que no tenía hábito. Nunca había trabajado con dos mujeres a mis órdenes. Dos mujeres listas y con carácter, además, y a las que, por razones más o menos dispares, me costaba mirar con indiferencia. Por un lado, formaban un equipo potente, pero por otro se mascaban los problemas que aquella conjunción podía plantearme. Por una vez, le pedí a mi negligente cerebro que trabajase rápido y, a ser posible, bien. Y respondió a mi petición. Cuando volví a tomar la palabra, rompiendo el silencio un tanto inhóspito que se había creado, lo hice con la seguridad y la claridad de ideas que cabe exigirle a un líder, aunque se tratase de uno tan subalterno y coyuntural como el que yo era allí.

–Vamos a ver –dije–. En primer lugar, y dada la hora, busquemos un lugar donde nos puedan dar de comer. En segundo lugar, organicemos el trabajo de la tarde. Vamos a volver a dividirnos, pero esta vez lo haremos de otro modo. Anglada: tú y yo vamos a conversar con esos confidentes, los que decía ayer el sargento primero. Con ellos no hacen falta mayores precauciones. Y a ti, Chamorro, te toca machacarte la lista de Margarethe, sin sacar la placa a menos que alguno amenace tu integridad física o tu honra.

–Vaya por Dios, qué suerte tengo –dijo Chamorro.

–Prefiero que lo hagas tú –me justifiqué–. Seguro que averiguas más que yo. Aunque sólo sea porque la mayoría de los nombres corresponde a varones y por lo que decía antes Anglada de la fisiología masculina.

–Tendré que inventarme un cuento –advirtió mi compañera–. Ni tengo acento de aquí ni me va a dar tiempo a caracterizarme como drogadicta.

–Lo dejo a tu criterio.

–Ya sabes cuál es el más socorrido –sugirió.

–Me parece bien.

–¿Y de qué periódico soy?

–El que más rabia te dé. Aunque quizá sea mejor una revista morbosa.

–Vale, ya sé cuál dices. Aunque espero que apuntes en la lista de méritos las insinuaciones que voy a tener que sufrir por tu culpa.

–Por el servicio, Chamorro, por el servicio.

Luego le pedí a Anglada que le entregara a Chamorro las direcciones que había conseguido, aparte de las que nos había dado Margarethe. Ruth obedeció sin rechistar. Aunque no podía saber lo que estaba pasando por su mente, me pareció que había zanjado la crisis con cierta solvencia. Con su actitud habitual, desenvuelta y siempre un punto sardónica, nos condujo en el Opel Corsa hasta una casa de comidas situada en las afueras. De todos modos, el trayecto hasta allí no nos llevó más allá de un cuarto de hora.

–Esto está lo bastante retirado –dijo, cuando llegamos–. Me he permitido suponer, mi sargento, que es mejor que no vean mucho a Virginia conmigo por la calle. Para no arruinarle el disfraz de periodista, me refiero.

–Estamos de acuerdo –asentí–. Al menos por ahora.

La comida nos salió barata y nos permitió saborear productos locales, siguiendo el consejo de Anglada, a quien el dueño del local conocía y trataba con gran deferencia. No llevó la atención, sin embargo, hasta el extremo de darse más prisa en servirnos de lo que allí era costumbre, por lo que el almuerzo nos ocupó casi dos horas, un poco más de lo que nos convenía con la intensa tarde de trabajo que teníamos por delante. Sobre todo Chamorro. En el camino de vuelta, antes de quedarse sola para enfrentar la tarea que le había encomendado, le asaltó una duda que quiso consultarme:

–¿Quieres que vea también a los dos con los que habló Ruth esta mañana?

Con la pesadez de la comida en el estómago, tardé un poco en resolver.

–Sí –le dije–. Pero a ser posible déjalos para el final. Y cuida especialmente con ellos el cuento. Aunque sospecharán, eso es inevitable.

–Los dejaré para mañana, entonces. Bastante tengo con el resto hoy.

–En todo caso, estamos en contacto con el teléfono –dije–. Nos vas llamando y así sabemos cómo vas y por dónde andas.

Dejamos a Chamorro cerca del domicilio de uno de los testigos potenciales, con la misión de presentarse ante él y persuadirlo de que era una periodista de la que se podía fiar, porque por nada del mundo revelaría su fuente. Anglada condujo después hacia la parte alta. Durante el trayecto, trató de recuperar un poco del terreno que acaso, sospeché, creía perdido.

–Siento haber sido tan torpe, esta mañana –se disculpó.

–No es para tanto –le quité importancia.

–No sé, no se me ocurrió. Y debería haberlo pensado, antes de que lo dijera Virginia. Bien mirado, era de cajón.

–Nada es nunca de cajón, en este oficio. Nunca se sabe. Lo que unas veces sirve, otras no. Es difícil saber siempre cómo acertar. No te tortures.

–Hay una cosa que me avergüenza un poco.

Contuve el aliento. Suelo resbaladizo.

–¿El qué?

–Temo haberte dado la sensación de que estoy hambrienta de protagonismo. Y para ser sincera, temo haberte dado otra impresión aún peor.

–Cuál.

–Que soy demasiado susceptible.

Creo que cualquiera comprenderá que recelase un poco. Que dudara de la autenticidad de aquella contrición, y que me diera el barrunto de que podía ser una nueva y sutil técnica para traspasar mis defensas, ya que el método que había usado hasta entonces, el de tratar de imponer su personalidad, parecía haberle fallado. Confieso que me halagaba un poco, notar que aquella mujer se preocupaba tanto por lo que yo pudiera pensar de ella; y que no ser capaz de distinguir si su voluntad de caerme bien tenía o no algún propósito extraprofesional, lejos de inquietarme, constituía una atractiva tentación. Pero supe reaccionar, al menos en aquel lance, como el caballero castellano de una pieza que por obvias razones genéticas nunca podré ser.

–Pierde cuidado, Anglada. Lo que pienso es que quieres hacer tu trabajo lo mejor posible. Como intentamos hacerlo todos. Olvídate de eso.

Mentiría si dijera, por lo demás, que me lo pasé bien

aquella tarde. Nunca he acertado a sentir mucha simpatía por los soplones. En la mayoría de los casos, no son mejores que aquellos a los que delatan, con la vileza añadida de buscar en el juego a dos barajas lo que saben que no podrían conseguir jugando a una sola. Que sean útiles, y a menudo indispensables para la labor policial, y que sea posible, con el tiempo y el roce, llegar incluso a cogerles una cierta y humana querencia, no implica que a uno le apetezca frecuentar su trato. Roma no paga a traidores, y al buen maestro le repugna tanto el alumno acusica como al buen jefe le asquea el empleado pelota. Si se tolera su existencia es sólo por razón de sus servicios. Además, los correveidiles son iguales en todas partes. Aquéllos hablaban con el característico deje insular, y tenía un algo insólito que le dieran jabón, con la solicitud y falta de amor propio propias de su gremio, a una mujer como Anglada, que los trataba sin contemplaciones; pero ahí acababan sus peculiaridades.

De todos ellos recuerdo en especial a un tal Machaquito, un tipejo parcialmente desdentado cuyas respuestas, en buena medida, hubo de traducirme Anglada, del castellano pastoso en que el individuo daba en expresarse. Vino a ajustarse a lo que nos dijeron los demás, pero tal vez fuera, asombrosamente, el que parecía tener mejores antenas y por tanto una información más precisa, directa y detallada. Machaquito, en resumidas cuentas, avaló la teoría que había asumido la anterior investigación respecto de la calidad en que actuaba Iván en el mercado de estupefacientes de la isla.

–Cliente, y de los primos, *na* más –sentenció–. Cuando tenía tela, la quemaba rápido y con lo que fuera. Te compraba caca de vaca a precio de teta de novicia. Pastillitas y farlopa. Les digo lo que yo mismo le he pasado.

–Vale, Machaquito, pero no presumas, que me chivo a mis colegas de antidroga de que andas fardando por ahí y se te acaba el chollo.

La advertencia de Anglada le produjo un acceso de terror. O el muy truhán había aprendido a fingirlo con absoluta maestría.

–Que no, doña *Ru*, que yo se lo digo a usía *na* más, en la confianza. No me vaya a creer que voy por ahí hablando lo que no debo. Que yo soy el primer interesado en guardar la ropa, ya lo sabe usía, doña *Ru*.

Me hizo gracia el *usía*. Machaquito tenía edad para haber hecho la mili, y le daba a Anglada el mismo tratamiento que allí le habían enseñado que correspondía a los coroneles. Respeto exagerado, o guasa tal vez.

Respecto de si sabía algo de posibles deudas por droga de Iván, o de quién pudiera estar detrás de su muerte, Machaquito se inhibió:

–Aquí no es la *SIA*, doña *Ru*. Yo sé lo que sé. Que a mí no me debía. Y del que le dio *jierro*, pues sé lo que todos. Que empuraron al concejal y luego lo dejaron libre. Siempre hay quien se inventa historias, que si esto o que si lo otro. Pero así como de creérselo, de quien me dé que puede saber algo y no disparar al tuntún, yo no he oído *na*. Se lo juro, doña *Ru*.

Con las variantes que se derivaban de la idiosincrasia de cada uno, eso fue lo que nos dijeron los tres confidentes a los que visitamos. En resumen, una tarde desperdiciada, aunque nunca es del todo estéril el trabajo de hablar con la gente. Cada rostro que conoces, y cada voz que escuchas, suma algo al cuadro y te ayuda a perfilarlo mejor. Pero no negaré que cuando sonaba el móvil y era Chamorro, lo que ocurrió tres o cuatro veces a lo largo de la tarde, le preguntaba ansioso si por su lado había sacado algo.

–Poca cosa –me respondió la primera vez.

–Sí, pero prefiero contártelo en directo –me dijo la última–; si te parece, cuando termine con otro que vive por aquí al lado.

Quedamos con ella en un rincón discreto de la plaza. Anglada y yo la estuvimos esperando, dentro del coche, desde las diez hasta las once menos veinte. En ese rato, por intentar crear un poco de confianza, y por sacar conversación, le pedí por primera vez a Ruth que me hablase de ella. Allí, a la mortecina luz de una farola distante, que apenas menguaba la oscuridad reinante en el interior del coche, Anglada me contó por encima su vida. Era hija de un brigada del Cuerpo. Hasta ahí, nada anormal; una buena parte de las guardias tienen esa extracción. Pero en ese momento recordé, con cierta extrañeza, cómo Anglada había ironizado a propósito de Siso, cuando me había contado la persecución del coche rojo, haciendo hincapié en que era hijo de guardia, circunstancia que ahora me descubría que compartía con él. Ruth había vivido en cinco o seis sitios, como suele suceder a los hijos del Cuerpo, hasta que al final su padre se las había arreglado para ir destinado a Valencia, de donde era originario. Allí había estado desde los trece hasta los veintidós, que había sido cuando había ingresado en la academia.

–En un arrebato –dijo–. Nunca se me había pasado por la cabeza seguir la tradición familiar. Tampoco tenía muy claro lo que me gustaba. Bueno, sí: lo cierto es que quería hacer arte dramático, pero vi que con eso no iba a ganarme la vida, y no podía vivir eternamente a costa de mis padres. Ni a mí me apetecía, ni sobraba el dinero en casa. Empecé a estudiar trabajo social, luego lo dejé y me pasé a informática. No conseguía durar más de un curso, siempre me cansaba y cambiaba a otra cosa. Cuando decidí presentarme a la academia estaba haciendo segundo de fisioterapia. Con varias asignaturas colgadas de primero, tampoco te imagines que me iba viento en popa. Me había metido a hacer eso porque me habían dicho que tenía salida segura, que era fácil encontrar trabajo. Pero no me gustaba nada, la verdad.

–¿Y por qué te dio entonces por hacerte guardia?

–Por un impulso, ya te digo. Mataron a un compañero de mi padre, en un atentado. Habían coincidido en un puesto en Zamora, cuando yo tenía cinco años. Me acordaba mucho de él. Siempre me daba chicles y jugaba conmigo cuando no estaba de servicio. En invierno dejaba que le tirara bolas de nieve y ni siquiera las esquivaba. Creo que era el mejor hombre al que he conocido en mi vida. Y lo volaron con el coche. De pura rabia lo decidí, lo de presentarme, con la idea de pedir voluntaria ir a la lucha antiterrorista. A mi padre le di el disgusto del siglo. Pero me presenté, y entré. Y ya ves, me hice guardia. Cuando mi padre me vio de uniforme, lloró a moco tendido. Aunque no quería que estuviera aquí, le pudo la emoción.

–Es lógico –dije–. ¿Y luego?

–Pues ya ves. No pedí ir a la lucha antiterrorista. Entre mi padre y sus compañeros acabaron convenciéndome.

–Te aconsejaron bien.

–No sé si salí ganando mucho, al principio. Pasé el primer año en un puesto de la provincia de Pontevedra. Bastante movido, con los chicos de las planeadoras y las malas pulgas que se gastan. Luego vine aquí, y me gustó. Decidí quedarme, por lo menos durante una temporada, y vivir lo mejor posible. Luego me ofrecieron ir a policía judicial, en Tenerife, y no me lo pensé. Guzmán es un buen jefe, y el trabajo, mucho más entretenido.

–Así que estás contenta.

–Bueno, este curro tiene sus momentos jodidos, tú ya sabes, pero si lo considero en conjunto, creo que me aburriría más ser fisioterapeuta.

–No te conozco mucho, pero me da que sí.

–¿Y tú, mi sargento?

–Yo qué.

–¿Estás contento de haberte metido aquí?

En ese momento, vi acercarse a alguien, desde el otro lado de la plaza. Pronto la reconocí. Era Chamorro. Su llegada, no voy a ocultarlo, me pareció providencial. No me apetecía mucho, a la sazón, bucear en las profundidades de mi alma para buscar una respuesta a la pregunta de Ruth.

–Mira, ahí viene Virginia –dije.

Chamorro nos hizo entonces señas con la mano. Luego la cerró y dejó el pulgar extendido. La agitó así tres o cuatro veces. Cuando estuvo más cerca y pude distinguir su rostro, vi que sonreía de oreja a oreja.

Capítulo 11
UN BAÑO DE MUGRE

Nos fuimos directos al hotel. Por su emplazamiento un poco apartado, y su clientela casi unánimemente foránea, era uno de los sitios más apropiados para desarrollar nuestro conciliábulo sin testigos inoportunos. La noche era suave y apetecía estar a la intemperie. Nos sentamos junto a la balaustrada que delimitaba el recinto de la piscina. A lo lejos se veían las luces de Tenerife. Abajo, el puerto y las calles del pueblo. Soplaba una brisa sostenida que refrescaba la atmósfera y le proporcionaba una singular limpidez.

Allí Chamorro nos puso al tanto de lo que había dado de sí su tarde como fingida reportera. Había logrado hablar con varios amigos de Iván y con un par de individuos vinculados al trapicheo de hachís. El camuflaje había funcionado bastante bien; no por casualidad era el que siempre se escogía en caso de apuro. A la gente no le gusta hablar con la policía, porque teme tener que repetir lo que le diga en un lugar tan poco atrayente para el ciudadano medio como el estrado de un tribunal. Sin embargo, a un periodista le es más fácil despertar la locuacidad del paisanaje. Puede largarse desde el anonimato, y existe la perspectiva, halagüeña en mayor o menor medida para la vanidad de cada cual, de acabar leyendo en letra impresa lo que uno cuenta, viéndose por añadidura aludido como «fuentes solventes», «fuentes conocedoras de los hechos» o cualquier otra fórmula de similar prestancia.

También es verdad que los malhechores curtidos se saben el truco, como se saben muchos otros, y que con ellos puede resultar contraindicado y fracasar de forma bastante estrepitosa. Pero aquella tarde Chamorro no había tenido que lidiar, al parecer, con nadie de esas características.

Nos contó, en primer lugar, lo que les había sacado a los amigos.

–De entrada, mi sargento –dijo–, ninguno es precisamente una lumbrera. Ni siquiera demuestran una mínima astucia. Les asusta un poco el asunto, claro, a fin de cuentas se trata de lo que se trata, y no dejan de tener la intuición de que hay algo peligroso detrás. Pero no me ha costado nada enterarme de lo que voy a contaros. Lo primero, y desmintiendo a la madre, que Iván, en los meses previos a su muerte, parecía andar sobrado de efectivo. Se había vuelto un espléndido, cuando hasta entonces tiraba más bien a roñoso. Pagaba copas a diestro y siniestro, y hasta invitaba a pastillas y rayitas con cierta frecuencia. Aunque todo esto, y aquí viene la parte más interesante, también podría considerarse como una actividad promocional.

–¿Quieres decir lo que sospecho? –pregunté.

–Sí, mi sargento –afirmó, satisfecha–. Reconocido por tres de ellos. Iván les vendió en alguna ocasión mercancía. Se había iniciado como camello, por lo menos para los amiguetes. El dato es que tenía acceso a alguien que le vendía más de lo que necesitaba para su propio consumo.

–Pues entonces tenemos al fin un indicio –reflexioné–. La primera pista de que podríamos estar, después de todo, ante el vulgar ajuste de cuentas. Si no fuera por la presencia en el embrollo del coche del concejal.

–Eso parece –dijo Ruth, con expresión concentrada.

–A partir de ahí, eso sí –continuó Chamorro–, los chicos empiezan a hacer aguas. Se vuelven mucho más imprecisos y mucho menos fiables.

–¿A qué te refieres? –preguntó Anglada.

–Ninguno me pudo dar razón de quién le vendía la droga a Iván. O estaban al margen de esa faceta de la vida de su amigo o, si alguno la conocía mejor, aquí sí que ha tenido cuidado de callarse. También les hice la pregunta del millón de dólares, cómo no. Por probar, no pasaba nada. Uno optó por decir que no tenía ni idea, me pareció el más sensato de todos. Los otros, sin ningún apoyo concreto, suscribieron la teoría de Margarethe. Que Iván, por alguna razón, se cruzó en el camino de alguien importante, que lo quitaron de la circulación sobre la marcha y que luego el que sea ha movido los hilos para que dos años después el asesino siga suelto. Intenté que me justificaran su afirmación, pero todo lo que me dijeron fue que eso era lo que se decía por ahí, que todo el mundo pensaba eso, y cosas por el estilo.

–No es lo que piensa tu Machaquito –le dije a Anglada.

–No –confirmó.

–¿Quién es Machaquito? –preguntó Chamorro.

–Uno de los confidentes de Ruth –expliqué.

–Pero bueno, lo suculento viene ahora –anunció Virginia.

–Vamos, tía, nos tienes en ascuas –pidió Anglada.

–Los otros dos –dijo Chamorro–. Rufino Heredia, alias Rufo, y Juan Sandoval, alias Johnny. Honrados comerciantes al por menor. Y el Johnny, un salido de cuidado, puestos a decirlo todo. Para suerte de la investigación y fastidio de la investigadora. El Rufo confirma lo que dicen los amigos de Iván. Que el chico se había metido a intermediario, a pequeña escala. Que aunque era un poco tontaina, había tenido la fortuna de hacer algún buen contacto, porque de la noche a la mañana empezó a pasar material de primera, y a jactarse de que podía traer más. Pero que no le duró mucho, porque fue entonces, o pocos días después, cuando desapareció. Y lo siguiente que supo fue que lo habían encontrado degollado en el parque nacional.

–Lo que me pregunto es en qué limbo vive el gilipuertas de Machaquito para no haberse enterado de nada de todo esto –bufó Anglada–. Voy a tener que decirles a los de Tenerife que se nos ha ido al guano como confidente.

–Y lo mismo puedes decirles de los otros –añadí.

–Ya. Es que Machaquito pasaba por ser el bueno.

–Esperad –dijo Chamorro–. La bomba viene con Johnny. Por cierto, que me ha dado a entender que Margarethe le compra o le ha comprado a él alguna vez el hachís que consume, aunque no creo que esto invalide su testimonio. En fin, no sé si es que en algún momento se le ha pasado por la cabeza la posibilidad de ligar con la periodista; desde luego he tenido que pararle las manos un par de veces, y al final decirle que me iba a tratar de sacarles información a los municipales, para que se me despegara. El caso es que no sólo ratifica todo lo que cuenta el Rufo. Ha llegado más allá, hasta donde el Rufo, por más que le he insistido, no ha querido soltarse. Me ha dado un par de nombres. No dice que sea alguno de ellos el que se lo cargó. Pero que por ahí puedo empezar a tirar del hilo, aunque me ha advertido que él no tiraría, y que ni se me ocurra mencionar que me lo ha dicho él.

–¿Qué nombres son ésos? –se interesó Anglada.

–Bueno, en realidad lo que me ha dado son sus apodos –dijo Chamorro–. La Cheli y el Moranco. Son pareja, o algo así.

–¿Te suenan? –le pregunté a Anglada.

Ruth asintió, lentamente.

–Claro que me suenan. Y como esto sea algo más que

una quedada de ese Johnny, a alguno va a haber que fundirle los plomos pero bien.

–¿Quiénes son?

–La Cheli regenta un bar, en la carretera que va hacia el sur. Con un negociete de alterne, cinco o seis habitaciones, nada del otro mundo, y que ya andaba bastante de capa caída cuando yo me fui. El Moranco es o era su compañero sentimental, o como quieras decirlo. Fichado por tráfico, con algún juicio pendiente, y con otros antecedentes por delitos menores.

Decididamente, el asunto parecía derivar hacia el mundo del lumpen. No dejaba nunca de llamarme la atención: cómo era posible que un niño mimado, con dinero por su casa y alternativas de vida, resbalase hacia el sumidero. Pero el caso de Iván no era, ni mucho menos, el primero que me encontraba. De todos modos, era prematuro arrojarse a sacar conclusiones.

–Creo que al menos hoy me he ganado el jornal –dijo Chamorro.

–No nos entusiasmemos –la enfrié–. No nos toca todavía cantar victoria, sino comprobar si ese Johnny te ha pasado información fetén o carnaza para llevarte al huerto. A ti no, a la periodista atontada, quiero decir.

–Es que mira que me extraña –dijo Anglada–. Esto no es Madrid o Barcelona. Aquí todo el mundo se conoce. No puede esconderse tan fácilmente algo así. Si por ahí van los tiros, vamos a quedar como la chata.

–Bueno, ante todo no vamos a precipitarnos –reiteré mi cautela–. ¿Sabes dónde localizar a esos dos pajaritos?

–A la Cheli, en su local, supongo –respondió Anglada–. Al Moranco, no sé por dónde andará ahora, pero nos enteramos rápido.

–Pues ya tenemos tajo para mañana tú y yo, mientras Virginia termina con los que le quedan de la lista.

Nos quedamos contemplando la noche durante unos

instantes. En especial Chamorro, que siempre aprovechaba cuando salíamos de Madrid.

–Bonito cielo –observó–. Por algo ponen aquí tantos telescopios.

–Sí –se mostró de acuerdo Anglada–. Pero el espectáculo de verdad es subirse una noche al Roque de los Muchachos, en La Palma.

–Ya lo sé –dijo Chamorro–. Dos mil quinientos metros. Por encima de las nubes, y sin ciudades cerca. Menudo observatorio.

–La Palma –me acordé, de pronto–. Joder, se me ha pasado llamar a Desirée. Recordádmelo mañana, por favor.

–¿Sigues creyendo que debemos ir a verla? –consultó Anglada.

–Claro. Todo está como estaba. Con más fichas en el tablero, nada más.

Para terminar la noche, Anglada propuso ir a tomar algo al bar del hotel. Chamorro alegó cansancio y se descolgó del plan. Por mi parte, durante un segundo estuvieron a punto de inclinarme a aceptarlo las chispeantes pupilas de Anglada. Pero en última instancia se impuso la prudencia, o la pereza que sentía ante la posibilidad de tener que continuar nuestra conversación donde la habíamos dejado, o sea, en mi conformidad o disconformidad con la vida que me tocaba arrastrar por haberme incorporado a la cofradía del tricornio. Lo más cortésmente que pude, decliné la invitación.

–Qué modositos sois, en Madrid –juzgó Anglada–. Vale, ya veo que no voy a poder corromperos. Pues nada, antes que beber sola, me iré a la habitación y me tragaré alguna gilipollez de las que pongan en la tele.

De modo que, a eso de las doce menos diez, nos disolvimos y cada mochuelo tiró para su olivo. Aquella noche tardé un poco más en dormirme. Por un lado, me ocupó el inventario de las líneas de investigación que teníamos abiertas. Quizá demasiadas, si alguna no empezaba a cuajar pronto. Alguna de ellas, además, me desanimaba bastante. No me apetecía nada iniciar el recorrido consabido entre los delincuentes profesionales. No sólo resultan más instructivos, desde el punto de vista antropológico, los crímenes cometidos por gente corriente. También suele ser más limpia y menos enojosa la investigación. Por otra parte, pensé en el equipo a mis órdenes. Distaba, eso resultaba evidente, de funcionar de manera armoniosa. Chamorro seguía sin tragar a Anglada, aunque lo disimulase, y empezaba a picarme no saber cuál era la razón de su animadversión. Y Anglada era una subordinada doblemente problemática. Por su actitud, que no me lo ponía siempre fácil, y porque, a la vez, no dejaba de excitar mis instintos más comprometedores. La única ventaja que podía apreciar era que se trataba de una situación pasajera. Tan pronto como hubiéramos cerrado aquel caso, el equipo se desharía. Por primera vez, deseé con cierta impaciencia que eso ocurriese.

La mañana siguiente, después del desayuno, nos dirigimos a la casa-cuartel. Allí pusimos al corriente a Nava de nuestras averiguaciones de la víspera. El sargento primero coincidió con Anglada:

–Me preocupa que se nos haya podido colar algo así. Me preocupa un huevo. Como eso sea verdad, voy a poner firme a más de uno.

Las palabras de Nava venían reforzadas por la irritación que transmitía su semblante. Fijándose bien, hasta tenía mala cara. Tan cansada y ojerosa que me vi en la obligación de interesarme por su salud.

–¿Estás bien? –le pregunté–. No tienes muy buen aspecto.

–No es nada –respondió–. La niña. Anda todavía echando muelas y las noches son un martirio chino. Apenas he dormido una hora del tirón. Lo llevo fatal, porque tengo el sueño ligero y me desvelo en seguida.

Le compadecí. Conocía aquella sensación.

Recabamos los antecedentes detallados de la Cheli, o lo que es lo mismo, María Consolación Requero Antúnez, y el Moranco, que ante el Registro Civil era Florencio José Torres Esteve. La Cheli estaba limpia, y el Moranco no tenía mucho más de lo que recordaba Anglada. Mientras andábamos en ésas, me sonó el móvil. Era la guardia Salgado, en Madrid.

–Buenos días, mi sargento –dijo–. Perdona por el retraso, pero entre la diferencia horaria, y que los diplomáticos no corren si no les achuchas...

–¿Cómo dices? –respondí, con la cabeza aún en la Cheli y el Moranco.

–El consulado de España en Caracas –me recordó–. Puedo contarte algo sobre ese Máximo Jesús López Delgado por el que preguntabais ayer.

–Sorpréndeme, Salgado –dije.

–No sé. Tú dirás si te sorprende o no. Alguien con ese nombre se inscribió en el consulado el 21 de diciembre de 1982. No duró mucho tiempo en sus registros. Tuvieron que borrarlo el 17 de febrero de 1983.

–¿Tuvieron que borrarlo?

–Por defunción –precisó Salgado.

–Pues sí que me sorprendes. ¿De qué murió?

–No está claro. Pero si fue de golpe, como parece, me ha dicho la funcionaria del consulado, no debemos descartar que se lo cargaran. Por lo visto Caracas es una ciudad con un alto índice de homicidios.

–Vaya, hombre.

–¿Quieres que profundice?

Muerto en 1983, pensé. Demasiado tiempo. Ya teníamos una explicación para el hecho de que el padre de Iván no hubiera vuelto a ponerse en contacto con su familia. Pero, ¿podía esperar que su muerte tuviera algo que ver con la de su hijo? No me parecía que fueran por ahí los tiros, aunque tampoco podía olvidarme sin más del asunto. Dondequiera que uno ponía el ojo, en aquel maldito caso, se le abría un fleco. Le pedí a Salgado:

–Intenta que la funcionaria averigüe algo más.

–No va a ser fácil, ya me avisó. Los archivos de esa época no están informatizados. De milagro, dice que ha sacado esas fechas.

–Bueno, trabájatela. Pero tampoco te quemes. Hoy por hoy no es la vía principal de la investigación. Si cambio de idea, te lo diré.

–A tus órdenes, mi sargento.

Me gustaba Salgado, en el sentido más casto de la palabra. Era una chica que le permitía a uno sentir la comodidad del mando.

Desde el propio puesto hice la gestión que se me había olvidado hacer el día anterior. Los del hotel me atendieron en seguida, pero tardé varios minutos en escuchar al otro lado de la línea la voz aguda y cristalina de Desirée Gómez, la hija del ex concejal Gómez Padilla. Le dije quién era y dónde trabajaba. Antes de que pudiera decirle por qué me ponía en contacto con ella, Desirée se adelantó a informarme, con aquella vocecita infantil:

–Sí, ya sé quién es. Papá me dijo que me llamaría.

–Quisiéramos hacerle unas preguntas –dije, dudando si no debía tutearla en vez de tratarla de usted. Pero cuando no lo tengo claro, siempre opto por la formalidad. Igual que jamás me abalanzo a besuquear a una desconocida. No me gusta llevar la soltura hasta el extremo del avasallamiento, aunque eso me haga un poco más extranjero en el país en el que me toca vivir.

–Ya me imagino –dijo, apagada–. Como la otra vez.

–Siento mucho volver a molestarla.

–Bueno, qué remedio. ¿Cuándo van a venir?

–Cuando pueda atendernos. Lo antes posible. ¿Mañana?

–Es que mañana tengo el día libre y había quedado con unos amigos para ir a la playa. ¿No puede ser otro día?

–¿Pasado mañana?

–Es domingo –advirtió–. ¿Trabajan en domingo?

–Por nosotros no se preocupe. Si el domingo puede, vamos el domingo.

–Sí, el domingo acabo a las tres y media.

–Pasamos a verla al hotel, ¿le parece?

–Está bien.

Durante varios minutos después de colgar, se me quedó sonando en el cerebro la voz de aquella chica. Trataba de imaginar cómo sería ahora su propietaria, y el contraste que seguramente, a juzgar por su reputación, produciría su apariencia con el timbre aniñado e ingenuo de aquella voz. Todos o casi todos los hombres guardan en su memoria la huella, y a veces la herida, de una niña así, una niña que se desdibuja sin prisa en la inexorable fuga del tiempo. También yo guardo alguna, y la tenue música de Desirée, escuchada a través del teléfono, me devolvió por un instante a aquella orilla lejana y recóndita de mi adolescencia. Hasta que el hombre desencantado y renunciador que ahora me habita me llamó al orden y me recordó que lo que me incumbía era formar a la tropa y salir al gris combate cotidiano.

–Saca los billetes a La Palma para el domingo –le ordené a Anglada.

–El domingo. Estás hecho un estajanovista, mi sargento.

–No, Anglada, aprovecho el tiempo, nada más. Cualquier día de éstos me suena el móvil y mi comandante me hace saber que no me ha enviado aquí para hacer turismo. No aspiro a haber resuelto nada para entonces, pero sí me gustaría tener algo más de lo que podría contarle ahora.

–Era broma, hombre. Para Virgi y para ti, los billetes, ¿no?

–Si quieres venir también tú, paga la empresa.

Anglada me dedicó una mirada afectadamente temerosa.

–Si te pido tomarme el día libre para limpiar el piso, lavar la ropa y poner al día la plancha, ¿empeorará mucho tu concepto de mí?

–En absoluto –dije–. No es indispensable que vengas. Y es domingo, después de todo. No me gusta putear a la gente.

–Gracias, mi sargento.

A veces, al deficiente sabueso que soy, le falla la intuición. El que me llamó al móvil, un cuarto de hora después, mientras acercábamos a Chamorro al centro del pueblo, no fue mi jefe, sino el subdelegado del gobierno.

–Buenos días, señor subdelegado del gobierno –le saludé, por protocolo y también por alertar a mis compañeras. Para que se abstuvieran de producir cualquier sonido que pudiera arrojar sospechas sobre la seriedad con que nos tomábamos nuestro trabajo. Las dos enmudecieron al instante.

–No se preocupe, sargento –dijo el subdelegado del gobierno–. No le llamo para meter las narices. Y tampoco quiero robarle su tiempo. Ya me contará usted lo que tenga que contarme cuando lo estime conveniente. En realidad esto es una llamada personal. Sólo quería darle las gracias.

Seguí escuchando, más bien atónito.

–Hablé con mi cuñada anteanoche –agregó–. Le han causado ustedes una impresión magnífica, y por lo que me cuenta la han tratado exquisitamente. Lo dicho, que se lo agradezco. Y perdone que no le llamara ayer, pero tuve un día espantoso. Bueno, no le molesto más. Suerte y buen servicio.

–Qué majo, este chaval –comenté, cuando colgó–. Nos da las gracias. Y eso que todavía no hemos hecho nada.

–En Santa Cruz los viejos de colmillo retorcido hacen apuestas –dijo Anglada–. Ninguno cree que llegue a cumplir un año en el cargo.

–Pues es una lástima, si aciertan –dije, conmovido aún.

Dejamos a Chamorro cerca de la plaza, con el encargo de volver a interpretar el papel de periodista con los testigos que le quedaban de la lista de Margarethe, entre ellos Ramón Velázquez y Jorge Fernández, los dos a quienes la víspera Anglada había interrogado sin mucho fruto. Ruth y yo tomamos la carretera del sur, camino del bar de Consolación Requero, alias La Cheli. Según habíamos confirmado con el sargento primero Nava, seguía regentándolo, y seguía manteniendo relaciones con Florencio Torres, alias el Moranco. Nava tenía razones para suponer que sus negocios marchaban como siempre, no le constaba que hubieran ido a más. El Moranco, según él, era un camello de poca monta, y la Cheli, quien en realidad aportaba los medios de subsistencia de la pareja con el bar y sus anexos. En su opinión, establecimiento de la Cheli era modesto, pero digno, dentro de lo que cabía. Las chicas, varias sudamericanas y un par de marroquíes, no estaban en malas condiciones. Si llegaba, como sucedía periódicamente, la orden de acosar un poco a los clubes de alterne, no sería el suyo por el que Nava empezaría. Aunque nunca podía uno estar seguro, con gente como aquélla.

El local de Consolación Requero, visto desde fuera, me pareció un sórdido tugurio. Por dentro, lo era aún más. Oscuro, las paredes pintadas en colores que en alguna época debieron ser chillones y ahora sólo eran espesos, la barra y el resto del mobiliario cubierto de un baño de mugre. Sólo había una mujer, de aspecto magrebí, que barría el suelo desganadamente. Cuando nos vio entrar, se quedó bastante descolocada. Ni era la hora en que solían presentarse clientes, ni Anglada y yo debimos darle mucha impresión de serlo. Anglada se le dirigió, como solía, sin especiales preámbulos:

–¿Está por ahí la Cheli?

–Momento, *siniora* –repuso la magrebí, y desapareció por una puerta.

Oímos unas voces. Poco después vino una mujer de

unos cuarenta años, cuyos rasgos delataban su inequívoca procedencia sudamericana.

–Buenos días –dijo, un poco untuosamente.

–Hola –dijo Anglada–. Buscamos a la dueña.

–La señora Chelo no está –informó la sudamericana–. ¿Qué se les ofrece a ustedes? Si yo puedo ayudarles...

Anglada meneó la cabeza.

–No lo creo. La buscamos a ella. ¿Dónde está?

–De viaje –dijo la mujer.

–Mira, cariño, no nos hagas perder el tiempo –le aconsejó Anglada, con impostada dulzura–. De viaje dónde. Desde cuándo. Hasta cuándo.

–Y se fueron hace un par de días. De vacaciones, no sé bien dónde. Marcharon a la Península, eso es todo lo que yo puedo informarle. Y no creo que vuelvan hasta final de mes, no me dijeron de cierto.

–De vacaciones. En febrero –desconfió Anglada.

–Eso me dijeron, señora.

–¿Con quién se fue? –intervine.

–Con el señor Florencio.

Anglada me observó, con un gesto expresivo.

–Ajá. Así que no sabes por dónde paran –recapituló, mientras asentía–. ¿Y si necesitaras hablar con ella? Si te dijera, por ejemplo, que somos de Sanidad y que vamos a cerrar esta cuadra, ¿adónde la llamarías?

–Tengo el número de su celular. De su móvil, quiero decir.

Anglada la observó, desafiante.

–¿Hace falta que te lo pida por favor? –preguntó.

La mujer bajó los ojos.

–Aguarde. Ahorita se lo traigo.

Se retiró, en todo momento cabizbaja. Volvió con el número anotado en una servilleta de papel. Mientras nos lo tendía, me fijé en el trazo con que había dibujado aquellas cifras, desparejo y tembloroso. Me adelanté a recoger la servilleta y cuando la tuve en mis manos le pregunté:

–¿Cómo se llama usted, señora?

–Gladys Sánchez, para servirle –respondió, intimidada.

–Muchas gracias, señora Sánchez, y disculpe las molestias.

Me volví a Anglada y le ordené, secamente:

–Vámonos.

–Pero... –se resistió Anglada.

–Vámonos, he dicho –y eché a andar hacia la puerta.

Una vez en el exterior del local, caminé sin detenerme hasta el coche y me instalé en el asiento del copiloto. Saqué mi teléfono móvil y empecé a marcar aquel número. Anglada abrió la otra puerta y se acomodó, lentamente, en el asiento del conductor. Me miró, con aire de inseguridad.

–El teléfono móvil al que usted llama está desconectado o fuera de cobertura –anunció, con su inalterable e indiferente amabilidad digital, la voz grabada de la compañía telefónica.

–Mierda –dije.

Apreté el botón que cortaba la comunicación. Anglada seguía mirándome. Le busqué los ojos. Por primera vez, me pareció francamente indefensa. Y no ocultaré que al verla así, con aquel gesto de zozobra, me pareció aún más bella y apetecible de lo que me había parecido hasta entonces.

–¿Qué he hecho mal ahora? –preguntó, quejumbrosa.

Medité lo que iba a decir. Hay ocasiones en que uno se siente propenso a cometer una equivocación, y aquélla era una de esas ocasiones.

–No sé si has hecho algo mal, Anglada –dije, despacio–, aparte de obligar a tu superior a repetirte una orden. Puede que ciertas cosas haya que hacerlas así, como tú las haces. Pero ése no es mi estilo. Y mientras estés conmigo, te agradecería que me dejaras tratar a la gente a mi manera, y decidir cuándo corresponde presionar a alguien con malos modos.

–Con esas sudacas no puedes andarte con tantas ceremonias, mi sargento. Si no las acogotas un poco, no hacen otra cosa que marearte.

–Voy a explicarte algo, Anglada, para ver si me entiendes. Yo nací en el mismo continente que esa mujer. Mi madre tenía pasaporte español, y por eso puedo pasearme tranquilo por la calle, y reclamar mis derechos, y hasta ser funcionario público, en lugar de trabajar sin papeles en un bar de putas, como le toca a ella. Creo que debo dar las gracias, por la suerte que tuve. Pero soy tan sudaca como ella, y no puedo aprovecharme de mi privilegio para maltratarla. No la maltrataría aunque creyera que ha matado a alguien, salvo que me obligara a ello. ¿Lo entiendes o te parezco idiota?

–Yo no sabía –se disculpó–. No tienes ningún acento.

–Llevo más de treinta años aquí, pero ésa no es la cuestión, Ruth. Creo que eres una buena chica. El otro día te acordabas de los niños que se mueren en África, y seguro que estás llena de nobles sentimientos. Pero lo importante es cómo los pones en práctica. Cómo reaccionas cuando tienes a tu merced a alguien más débil. No sé a ti, pero a mí lo que más me jode es pensar que en algún momento puedo ser el instrumento con el que los que tienen la sartén por el mango pisotean a quienes no tienen nada.

Anglada se agarró al volante, con los ojos bajos.

–A lo mejor a veces soy ese instrumento, sin saberlo –dije–. El único consuelo que me queda es esforzarme por no serlo a sabiendas.

–Vale, tienes razón –admitió–. No hacía falta.

–Tampoco tienes por qué estar de acuerdo conmigo. Pero no te permitiré que me arrastres a actuar contra mis convicciones. Por eso te advierto.

–Tienes razón –repitió–. Y yo también tengo mis convicciones. Es una pena que a fuerza de revolver la basura se te gaste la paciencia y las acabes traicionando, pero eso no es excusa. No volverá a suceder.

Inspiró fuerte y alzó el rostro. Tenía los ojos húmedos, los dientes apretados. Sonrió extrañamente. Pensé que ya había vivido aquello. Y como todas las demás veces en que me ha desconcertado el misterio de un alma femenina, un escalofrío me recorrió el espinazo. Miré otra vez al frente.

–Nadie coge el teléfono –dije–. ¿Tienes idea de por dónde seguir ahora?

Anglada tardó unos segundos en responder.

–Creo que sí –respondió, mientras arrancaba.

Pocos segundos después estábamos de nuevo en la carretera, de regreso hacia la capital de la isla. Anglada me contó por el camino su idea.

A Machaquito lo encontramos donde la otra vez. Dejando pasar la mañana en la terraza de un bar. Estaba hojeando la prensa deportiva, que acababa de llegar con el barco, y no pareció muy contento de volver a vernos, aunque en seguida recicló la expresión recelosa en una mueca servicial.

–Hola, doña *Ru*, cuánto bueno.

Anglada le hizo seña de que se levantara y nos acompañara. Machaquito dejó un par de monedas sobre la mesa y nos siguió, obediente, hasta un banco cercano. Mi compañera le invitó a sentarse, y sin ningún afecto, pero con relativa corrección, le hizo saber que los frutos de nuestras pesquisas nos inclinaban a considerarle un chivato lamentablemente desinformado.

Machaquito se echó hacia atrás, inquieto.

–Mire, doña *Ru*, nadie lo sabe todo, pero le juro por la memoria de mi madre que yo a usted no le miento.

–¿Nos miente el otro, entonces? –preguntó Anglada.

–No sé quién es el otro –se encogió de hombros el confidente–. Si me lo dijera, a lo mejor podía hacerme una idea.

–Como comprenderás, no te lo voy a decir.

–Pues no sé. Pero ándese con cuidado, doña *Ru*, que hay *taraos* que no tienen conocimiento y se inventan películas sin saber lo que *pue* pasar. ¿Quién le dice que no se está fiando de uno de ésos?

–A ver. Seamos prácticos. ¿Dónde está el Moranco?

Machaquito frunció la nariz.

–He oído que se ha ido a dar una vuelta por el *híper*. Con la novia. Tendrá en mente hacer algunas compras para el verano.

–¿Por el *híper*? –pregunté, despistado.

–Por el *moro*. Marruecos, de dónde saca el chocolate y el mote.

–¿Y para qué crees tú que se ha llevado a la novia? –dijo Anglada.

–No sé. Yo sólo he oído eso. Ni siquiera sé si se la llevó o no.

–Dinos alguien que pueda contarnos más de ellos.

–La Guagua.

–¿Y quién es ésa?

–La amiga del alma de la Cheli. Trabajó con ella en otra época. La llaman así porque no le importa subir a varios a la vez, *usía* entiende...

–Entiendo –dijo Anglada–. No soy una monja.

Machaquito alzó las manos.

–No quise yo faltarle, doña *Ru*...

–¿Dónde la encontramos?

Machaquito nos dio, cómo no, el nombre de un bar. Era bastante peor que el que le tenía a él como cliente, peor incluso que el de la Cheli. Cuando entramos allí, toda la concurrencia la formaban un par de tipos somnolientos y siniestros, además del que atendía la barra, un sujeto calvo de prominente barriga cuya indumentaria no debía de haber sufrido el asalto del detergente desde la guerra de las Malvinas, como poco. Los restos orgánicos que salpicaban su camisa habían adquirido colores indescriptibles.

Pedimos un par de cervezas. Las echamos en los vasos. Hasta ahí, era factible llegar. Beber una sola gota requería más arrojo del que yo acerté a reunir. Tampoco Anglada se apresuró. Esta vez, por relevarla del trabajo sucio, y nunca mejor dicho, fui yo el que hizo las preguntas:

–Buscamos a una a la que llaman la Guagua.

Silencio entre los circunstantes.

–Nos han dicho que viene por aquí.

Miradas bovinas, turbias.

–¿No la conocen?

Uno de ellos empezó a frotarse la barbilla.

–¿Una que tiene el coño muy grande? –preguntó, con aire aturdido.

Anglada reprimió una carcajada. Los otros apenas sonrieron.

–No disponemos de ese dato, señor –dije–. Pero podría ser.

–Hace meses que no se le ve el pelo –nos informó, abúlico.

–¿Sabe por qué?

–No. ¿Sabéis vosotros?

Los otros dos menearon la cabeza.

–¿Sabéis dónde vive? –atacó Anglada.

Nueva negación silenciosa, esta vez de los tres.

–Está bien. Muchas gracias –dije.

Pagué las cervezas y le hice un gesto a Anglada. Ni allí había nada que rascar, ni me apetecía seguir husmeando en aquel ambiente durante más tiempo. Ya empezaba a estar harto del paisaje tabernario, por aquel día. No porque me creyera mejor que ellos (todos somos trozos del mismo barro, pobres monos condenados a buscar placer, soportar dolor y tirar adelante, perplejos y desvalidos); sino porque aquél no era mi mundo ni abrigaba la ilusión de incorporarme a él. No me habría sentido menos a disgusto en una recepción al cuerpo diplomático en el palacio de Buckingham.

–Podríamos haberles metido más caña –dijo Anglada, una vez fuera.

–Sí, puede ser –reconocí–. Pero mira, por una vez, tengo un pálpito: estamos perdiendo el tiempo. Por aquí no vamos a ninguna parte. Y si habéis propuesto al Machaquito para alguna condecoración, yo lo pararía.

–No hemos llegado a tanto –rió Anglada.

En ese momento me sonó el teléfono móvil. Era Chamorro.

–¿Qué tal? –le pregunté.

–De lástima –respondió–, y cabreada. Uno de estos niñatos subnormales acaba de preguntarme si he salido desnuda en la revista alguna vez.

–Gloriosa jornada –dije.

–¿Qué?

–Nada. Que dónde te recogemos –claudiqué.

Capítulo 12
VERY BAD GIRL

Recogimos a Chamorro en la plaza. En cinco minutos, y aun le sobró tiempo, pudo contarnos el resultado de sus pesquisas matinales. Nada que aportase alguna novedad respecto de lo que ya había averiguado la tarde anterior. Lo más relevante era que Ramón Velázquez y Jorge Fernández, los interrogados previamente por Anglada, no se habían apartado un milímetro, con la supuesta periodista, de lo que habían testificado ante la guardia.

–Estaban con la mosca detrás de la oreja –presumió, molesta.

–O eso es todo lo que saben –dijo Anglada, como exculpándose.

Hice un rápido análisis mental de la situación. Miré la hora, las dos menos cuarto. Luego alcé la vista al cielo. Un día radiante.

–Bueno, no creo que hasta este momento se nos pueda acusar de haber sido perezosos –concluí–. Es viernes, hemos hablado con un montón de gente y no sé vosotras, pero yo tengo en la cabeza una madeja que me convendría desenredar antes de seguir adelante. Me parece que es el momento de hacer un paréntesis y ordenar las ideas. ¿Habéis traído bañador?

Las dos me observaron con asombro.

–Sí –admitió Chamorro, como si fuera algo ilícito.

–Yo siempre llevo –declaró Anglada.

–¿Os parece que nos vayamos a comer cerca del mar y luego nos tumbemos a meditar en la playa? No es una orden. Lo someto a votación.

Anglada asintió, rauda.

–Por mí, vale.

Chamorro se demoró algo más.

–Y por mí también –dijo al fin–. Pero antes quisiera pedirte un favor.

–Pide.

Volvió a remolonear un poco. Entonces intuí que tal vez prefiriese no hablar del asunto delante de Anglada. Quise buscar la manera menos violenta de salvarle ese escollo, pero no anduve lo bastante rápido.

–Hasta el domingo no vamos a ver a la chica –se arrancó, esforzándose por vencer sus titubeos–. Me preguntaba si en lo que tienes previsto para mañana... Bueno, si para lo que sea yo te resulto imprescindible.

Traté de adivinar por dónde iba. Lo entreví. Y no iba a oponerme.

–No –respondí–. De hecho había pensado que podíamos plantearnos una jornada un poco más relajada y darnos una vuelta por la isla.

–Pues si no te importa –dijo, aún dubitativa–, me vendría muy bien tomarme el día para ir a Madrid. Busco un vuelo para estar el domingo por la mañana de vuelta en Tenerife, no te preocupes. Y me lo pago yo.

Ahora fui yo el que lamentó que estuviera delante Anglada, en tanto que me impedía preguntarle a Virginia por qué sentía aquel súbito impulso de trasladarse hasta Madrid, para estar allí un solo día y asumiendo el coste del viaje, que representaba una porción nada desdeñable de su sueldo. Tenía que conformarme con imaginar el motivo, y lo imaginaba. Un antidisturbios enfurruñado y egoísta. No creí que lo mereciera, pero quién era yo.

–Claro –accedí–. Y si encuentras avión para hoy, vete hoy, para no andar tan apurada. En cuanto al billete, intentaré que te lo paguen, pero ya sabes cómo anda el presupuesto. No te lo puedo prometer.

–No importa. Gracias, mi sargento.

–Faltan cinco minutos para que cierren la agencia –advirtió Anglada–. Más vale que nos demos prisa, si quieres sacar ese billete.

Llegamos antes de que la agencia cerrase. Anglada se hizo cargo de la negociación con la empleada y al cabo de apenas cinco minutos le había conseguido a Chamorro la mejor combinación posible. Una plaza en el último vuelo de aquel mismo día, y otra en el primer Madrid-Tenerife del domingo, a tiempo de enlazar con el que debía llevarnos a ambos a La Palma. Y con tarifa reducida, por salir el viernes y volver pasada la noche del sábado.

–Bueno, no te quejarás de Viajes Anglada –le dijo a Chamorro, pletórica, después de ajustar los vuelos y el precio.

–No. Te debo una –le agradeció mi compañera, con aquella sonrisa siempre un poco forzada que era lo máximo que parecía capaz de dedicarle.

Subimos al hotel a cambiarnos. Si por lo común no era fácil ver en el grupo que componíamos a tres guardias de servicio, cuando nos reunimos en la recepción, cada uno con su peculiar atuendo playero, habría sido casi imposible adivinarlo. Confieso que yo era el más improcedente, con mi bañador hawaiano descolorido y mi camiseta de Buzz Lightyear, un regalo de mi hijo que cualquiera que tenga descendencia y haya recibido alguna vez un obsequio de sus vástagos, elegido por ellos mismos, comprenderá que no podía dejar de ponerme en cuanto se me presentaba la ocasión. Chamorro llevaba una camiseta larga hasta las rodillas, azul oscura, con una bonita esfera terrestre estampada sobre el pecho en vivos colores. Anglada, y mentiría si dijera que me sorprendió, unos *shorts* ajustados y una camiseta naranja con la leyenda VERY BAD GIRL en letras verdes, también sobre el pecho. Por cierto que la ondulación que adquirían las letras sugería que lo que había debajo se sostenía en completa libertad. Después de la fealdad de la mañana, admito que la perspectiva que se me ofrecía, en la compañía con que la afrontaba, despertó mi fibra voluptuosa. Debería haber olfateado el peligro, y haber tratado de mantener un talante más ascético. Pero no lo hice.

–Bonita camiseta, mi sargento –opinó Anglada.

–Lo que yo quiero saber es la marca del bañador, para cuando tenga que regalar uno –bromeó Chamorro–. Por lo que dura, digo.

–Pues éste no tiene menos de diez años –calculé–. Me lo compré de soltero, y sobrevivió a mi matrimonio... Ahora ya es una cuestión sentimental. No puedo deshacerme de un compañero tan leal y tan sufrido.

–Eso sí, muy a la moda no vas –juzgó Anglada.

–Soy demasiado pobre, demasiado antiguo y demasiado vulgar como para aspirar a ir a la moda. Dejo que mi ropa proclame mis carencias.

–Pues las proclama que no veas –dictaminó, con maldad.

–Vosotras, en cambio, vais muy bien conjuntadas. Lamento desentonar, pero seguro que en la playa encontráis a algún guaperas *fashion*. En ese momento me plantáis y yo me pongo a buscar conchas. Sin compromiso, no os preocupéis por mí. Se me dan bien los pasatiempos solitarios.

–No seremos tan crueles –dijo Chamorro.

–¿A qué playa vamos? –preguntó Anglada–. Hay más de una.

–Elige tú, que eres la experta –le encomendé.

Anglada tomó rumbo sudoeste, siguiendo la línea de la costa. Al cabo de un rato se salió por un desvío y después de bajar unas fuertes pendientes nos encontramos en una urbanización de reciente construcción.

–No es lo más bonito –advirtió–, pero es de lo que pilla más a mano y hay variedad de sitios para comer al borde de la playa.

Almorzamos en un restaurante funcional, con mesas y sillas de plástico, rodeados de alemanes que zampaban paella y bebían una sangría cuyo vivo color, entre rojo y violáceo, delataba el vino de tetrabrik empleado en su elaboración. Tampoco el arroz parecía estar a la altura del precio que le asignaba la carta, de modo que escogimos tomar algo de pescado y beber cerveza. Como ya era habitual, tuvimos que esperar muchísimo. Pero la indolencia a que invitaba la visión del horizonte marino logró embargarnos hasta tal extremo que ni siquiera Chamorro protestó. Incluso tomamos café, alargando hasta las dos horas y media nuestra estancia allí. No desaprovechamos el rato, a pesar de todo. Durante aquel moroso almuerzo, repasé con mis dos subordinadas la información que habíamos logrado reunir, y les pedí que me dijeran por dónde creían que debíamos continuar. Chamorro se mostró partidaria de agotar los esfuerzos para localizar al Moranco y a la Cheli, aunque a la vez recordó que ahí seguía estando el ex concejal, a quien a su juicio cabía descartar aún. Anglada se adhirió a lo dicho por Chamorro. Añadió que tampoco podíamos olvidarnos de Udo Stammler, y expresó sus dudas sobre las fuentes que nos habían puesto en la pista de una posible conexión de la muerte de Iván con el tráfico de drogas. Sugirió que debíamos volver a hablar con ellos para cerciorarnos.

Tomé nota de la opinión de ambas, pero no quise decidir nada inmediatamente. Una vez que pagamos la cuenta, les propuse ir a la playa. Se me ocurrió que podría pensar mucho mejor allí tendido, mientras gozaba de la caricia del sol en la piel y me dejaba arrullar por el rumor de las olas.

Fue aquél, por diversas razones, un cálculo demasiado optimista. En primer lugar, la playa era de piedras, y aunque no sin cierto esfuerzo logré preparar un lecho más o menos plano y regular bajo mi toalla, aquello distaba de ser la superficie más idónea para relajarse. Por otra parte, en mis intenciones reflexivas, no había contado con cierta perturbación que aquella tarde iba a disminuir gravemente el rendimiento de mi cerebro.

Lo que debo referir a continuación me resulta un poco humillante. Sinceramente, habría preferido que cuando aún era tiempo, es decir, en la edad pueril, los responsables de mi educación me hubieran acostumbrado a convivir sin aspavientos con ciertos aspectos de la naturaleza humana, en lugar de vedármelos e inculcarme un malsano pudor ante su exposición. El hecho es que no lo hicieron, y que además, por obra y gracia de mi dotación cromosómica, me veo obligado a padecer los avatares de una sexualidad, la masculina, que a menudo resulta indeseable e imperiosamente automática. Hay quien dice que uno puede sobreponerse a ambas limitaciones con un adecuado entrenamiento, pero o no he tenido el tiempo o me ha faltado la voluntad. Como consecuencia, en ciertas situaciones, mal que me pese, me conduzco con una falta de desparpajo que, a qué ocultarlo, me abochorna.

Pude mantener la compostura cuando Chamorro se despojó de su camiseta. No es que mi compañera careciera de argumentos para provocar cierta inquietud a cualquier varón que la contemplara, a menos que el varón en cuestión sufriera una anormal amputación de sus instintos viriles; pero no era la primera vez que la veía en bikini, y además me había mentalizado para comportarme en presencia de su pálida epidermis. Lo que en modo alguno me había preparado para encajar era que Anglada se sacara su camiseta naranja y surgiera ante mis ojos pecadores, de cintura para arriba, en su esplendorosa y tostada desnudez. Como no hay trance, por terrible que sea, que no pueda volverse aún más angustioso, por un momento barajé, presa del pánico, la posibilidad de que se bajara los *shorts* y tampoco hubiera juzgado preciso llevar nada debajo de ellos. No llegó a tanto. Aunque escueta, la pieza amarilla que cubría su intimidad vino a paliar mi zozobra.

Chamorro tampoco había sido aleccionada para dejar de cohibirse un poco ante aquella exhibición. Pero la impresión que le produjera la exteriorizó apenas en una sombra que cruzó rápidamente por su gesto. Ella contaba con esa envidiable capacidad femenina para no dejarse nunca asombrar mucho por nada, y sobre todo, estaba libre del pequeño enemigo que bajo mi bañador hawaiano empezaba a desobedecer mis desesperadas órdenes.

Imagino que mi rostro denunciaba, pese a mis esfuerzos, el conflicto que se desarrollaba en mi interior. Porque cuando Anglada, después de realizar una turbadora sesión de estiramientos, se dio la vuelta y me cazó la mirada, se apresuró a infligirme un hiriente y perverso comentario:

–Lo siento, pero hace muchos años que no uso la parte de arriba.

Para terminar de complicarme la posibilidad de reaccionar de forma airosa ante la provocación, Chamorro se volvió a mí, vagamente expectante.

–No os hará sentir violentos, ¿no? –insistió Anglada.

–A mí no –repuso Chamorro, con distante frialdad.

Tenía que decir algo, y pronto, aunque malditas las ganas que tenía de hacer otra cosa que volatilizarme encima de mi toalla.

–Debo admitir que hasta dónde yo sé la situación no está contemplada en las ordenanzas –respondí, con prudente lentitud–. Así que, aunque en cierto modo me descoloque, no veo por qué debería violentarme.

Anglada sonrió maliciosamente. Chamorro lo hizo de forma tan tenue que dudo en calificar su expresión como sonrisa. Después se tumbó, acaso como forma de desentenderse de todo aquello. Me dolió un poco su deserción, a decir verdad. No estaba demasiado satisfecho de mi respuesta, pero, considerando las circunstancias, podía haber sido aún más deplorable.

–Bueno, yo me voy al agua –dijo Anglada–. ¿Alguien se viene?

Los dos declinamos la invitación, Chamorro supongo que por mantener su displicencia, y yo porque la holgura de mi traje de baño no era bastante como para permitirme adoptar la posición erecta sin sufrir un grave descrédito. Anglada se encogió de hombros y echó a caminar hacia la playa.

Renuncio a contar en detalle la hora y pico que pasamos allí. Al final pude bañarme, incluso me las arreglé para pensar un poco sobre el caso por cuya razón me veía expuesto a aquellas intensas emociones. Pero fue un tormento intentar ofrecer una apariencia de normalidad, teniendo todo el rato ante las narices a una mujer que me ponía a cien con los pechos al aire. Hice por sacar conversación sobre cuestiones insulsas, y por no parecer rígido cuando tenía que mirarla, sin buscar lo que me imantaba ni eludirlo de forma que delatara mi codicia. Pero me temo que no estuve nada convincente. En algún momento sopesé si no debía haber considerado su striptease como una falta de respeto al superior y haberle impuesto la corrección disciplinaria correspondiente. Pero recapacité, creo que con buen criterio, y me dije que el tamaño del oprobio es directamente proporcional a la aparatosidad de la maniobra con que uno trata de encubrirlo. Más valía dejarlo como estaba.

En el viaje de regreso, traté de recobrar el control. Volví al terreno seguro, a aquel en el que podía ejercer una autoridad indiscutida.

–Después de darle unas cuantas vueltas –le comuniqué a mi equipo–, no estoy muy contento con la marcha de la investigación. Creo que nos hemos dispersado y me temo que en alguno de los caminos que hemos tomado nos hemos perdido. Puede que por mi culpa, no estoy regañando a nadie.

Las dos me escuchaban, atentas.

–Tenemos que saber más del chico –continué–. Tenemos que saber más del concejal. Tenemos que saber más del instructor de submarinismo, aunque no nos acabe de convencer esa pista. Y tenemos que saber por qué demonios ha desaparecido el Moranco, aunque sea un puñetero engorro por la gente con la que habrá que tratar. Es mucha tarea y tendremos que repartirnos. De aquí al lunes, ya que el equipo no va a estar completo, me conformo con darle otro tiento a Stammler y hablar con Desirée, que es una forma de investigar a su papá. Pero desde el lunes hay que ponerse las pilas.

Me volví a Chamorro.

–Una semana pasa rápido. A partir del viernes que viene, tú y yo ya no podremos dedicarnos a esto con tanta tranquilidad.

A media tarde, después de pasar por el hotel, llevamos a Chamorro al puerto. Debía embarcar con cierto margen, si quería llegar a Tenerife a tiempo de coger su avión a Madrid. Para hacer economías, no sacó pasaje en el hidroala, sino en el ferry normal. La acompañamos hasta el barco. Resulta inevitable sentir una leve desazón en el estómago, cuando ves a alguien irse en barco desde un muelle. Al menos yo la sentí al ver irse a mi compañera, o quizá era el desasosiego que me producía quedarme solo con Anglada. Lo que ella sintiera al marcharse, si algo sintió, no pude saberlo.

Aquella noche, el sargento primero Nava nos invitó a cenar en su casa. Me apresuré a aceptar el plan, que me protegía frente al insondable peligro de una velada solitaria con Ruth. En la cena estuvieron, además de Nava, el cabo Valbuena y las mujeres de ambos. Aunque la composición de la mesa venía a convertirme en pareja de hecho de Anglada, agradecí el respiro que me proporcionaba aquella reunión casi familiar. La mujer de

Nava era buena cocinera y todos se esforzaron por tratar con calidez al huésped de Madrid. Por mi parte, les correspondí con lo que quizá me tocaba, traerles noticias y chismorreos de la capital. La sobremesa se prolongó mucho, y una vez que el alcohol hubo soltado las lenguas, la franqueza fue en aumento.

–Supongo que a ti, que vives en el cuartel general, todo esto te queda muy lejos –dijo el sargento primero–, pero aquí en las trincheras la gente está cada vez más quemada. Y uno ya no sabe cómo mantenerles la moral.

–Oye, que yo soy sólo sargento –le recordé.

–Ya, entiéndeme. A lo que me refiero es que tú no sabes lo duro que está esto últimamente. A la gente la tengo reventada de servicios. El tinglado estaba muy bien cuando el país era otra cosa, cuando no había nada más que cazadores furtivos, ladrones de gallinas y algún bandido. Pero ahora, en la demarcación de cualquier puesto, te encuentras de todo. Y para enfrentarlo tienes sólo un puñado de hombres, y la cobertura de la línea o de la comandancia, sí. Pero cuando hay jaleo, a ti te toca parar el golpe.

–Me consta –dije–. Me muevo por ahí, aunque tenga la base en Madrid.

–Y oye, no te quejes, que siempre puede ser peor. Al menos, como esto está demasiado lejos, hasta aquí no llegan las pateras. Tengo un compadre en Fuerteventura que echa espumarajos por la boca, si le preguntas. No veas qué noches se pasa, y con el alma en los pies todo el rato. Sacando muertos, recogiendo gente medio congelada y como te descuides hasta haciéndole de comadrona a alguna subsahariana. Y ya sabes, todo por la Patria.

El resto de los presentes, curtidos día a día en el respeto debido al jefe del fuerte, le respaldaban con un reverente silencio.

–En fin –suspiró Nava–. Que para qué engañarnos. Que somos los gilipollas que están ahí para comerse la mierda que no quiere nadie. Y encima, con esto de tener a la familia siempre al pie del cañón, nos matan a los niños en cuanto nos descuidamos. Porque la gente es mansa, que si no...

No tenía nada que oponerle. Resulta un poco difícil objetarle a alguien lo que antes ha pasado por tu cabeza.

–En otra vida, tío –volvió a hablar, con amargura–, quiero ser político. Salir en la tele con toda la cara y decir «hay que hacer esto, hay que hacer lo otro», «seremos inflexibles» o cualquiera de esas paridas que dicen. Y luego poder mandar a otro imbécil a que pague el precio de mi bravura, mientras yo me paseo en mi coche blindado con climatizador.

–Bueno, la cosa está organizada de esa forma –dije–. Y la gente no se rebela. A lo mejor es que tiene que ser así. No lo sé.

–Tiene que ser así, claro –asintió Nava–. Para que luego ellos envejezcan podridos de dinero, y nosotros, si llegamos, en la puta miseria. Hasta ya nos meten mano en el dinero de los huérfanos, que era lo que nos faltaba. Y les sale barato, no tienen más que pagarles a un par de golfos o de tontos, igual me da, el viaje para ir a ver la final de la Copa de Europa.

–No voy a ponerme a defender a los políticos –repuse, por bajar un poco el tono–. Pero a alguno también ha habido que enterrarlo joven.

–Sí –admitió–. Siempre hay algún pardillo despistado. Segundones. Dime tú si han tumbado a alguien gordo, después de Carrero.

Sólo un irreflexivo se permite polemizar con alguien cuando está exaltado. Preferí callar, porque en términos generales compartía su diagnóstico y porque rebatirle en los matices en que me parecía que podía estar siendo injusto podía conducirme a ser acusado de sostener lo que no sostengo. Ya me ha pasado alguna vez. En las controversias de sobremesa, como en las de la radio o los mítines, sólo pueden despacharse a gusto los incendiarios. Pero Nava se había animado, y todavía no había gastado su arsenal:

–Que te lo digo yo, que todo está montado para su beneficio, y que ya han perdido la poca vergüenza que les quedaba. Mira, un ejemplo. Cuando aquí te viene una mujer a denunciar que su marido la amenaza. ¿Qué haces? Vas, hablas con él, a lo mejor te tomas la molestia de estar encima durante una temporada; sacándotelo de las costillas, claro, y mientras no tengas que acudir a tapar otro agujero. Porque medios para proteger a esa mujer ya sabes que no te van a dar. Luego el tío la mata, y en los periódicos la gente lee que había puesto doce denuncias. Sin embargo, viene cualquier parásito de cualquier familia real de mierda, como esa de Mónaco, que es para cagarse de la risa, y le ponen veinte guardias a vigilar la finca donde va a cazar.

Sostuve su mirada, incómodo. No había escogido mal ejemplo.

–¿Qué? ¿Me estoy inventando algo? –preguntó.

–No, no te lo estás inventando. Es un asunto jodido –reconocí–. Lo que a mí me gustaría saber es en qué gen tiene el ser humano la predisposición a ir a lo suyo. Porque todo viene de ahí. El político, o la princesa de Mónaco, quizá no sean peores que tú y que yo. Sólo pasa que tienen más posibilidades de aprovecharse de los demás para conseguir sus ambiciones personales. Para eso, desde luego, tienen que perder el sentido de la justicia. Y muchos, o quizá la mayoría, lo pierden. En eso estoy de acuerdo contigo.

Nava, por primera vez, meditó lo que iba a responderme.

–Mira –habló al fin–. No digo que no tengas razón, y a lo mejor yo me pongo un poco burro. Pero no puedo perdonárselo, qué quieres que le haga. Yo pringo, y ellos trincan. Lo que no sé es por qué te largo todo el rollo a ti, que estás del mismo lado que yo. Supongo que es la necesidad de desahogarse de vez en cuando. Ya me disculparás, compañero.

–No hay nada que disculpar, hombre.

La velada se alargó un rato más, durante el que la conversación derivó hacia asuntos menos trascendentes. Sin embargo, cuando Nava nos acompañó a Anglada y a mí hasta el coche, me reiteró sus excusas:

–Oye, perdona el número. Demasiado vino palmero. Aquí intentan convencerte de que es la hostia, pero a mí no me sienta muy bien.

–Que no te preocupes, coño –repetí.

–En fin, ya sabes. Aquí seguimos, para lo que te haga falta –se ofreció–. Los de tropa tenemos que apoyarnos, que si no, no tenemos a nadie.

Mientras Anglada conducía, en mi mente, que tampoco estaba libre de vapores etílicos, se agolparon los sucesos del día. No había pasado casi nada, había avanzado muy poco en el trabajo que me había llevado allí, y sin embargo tenía una sensación de inmenso agotamiento. Mi alma pedía tregua, pero los dioses no estaban por dármela, aún. Oí que Anglada decía:

–El sargento primero es un poco vehemente, cuando se cuece.

–Ya veo –anoté, con cauto laconismo.

–Pero es buen chaval –agregó–. Te lo digo yo, que he vivido bajo su poder absoluto durante unos cuantos meses. Tenías que ver al jefe de puesto que me tocó en Pontevedra. Un *asfixiao* que te cagas. No sé si hay algo peor que eso. Nava, en cambio, tiene criterio, y cuida de su gente.

–Eso le honra –opiné.

Después de dejar el coche en el aparcamiento del hotel, y mientras caminábamos hacia la recepción, Anglada dijo de pronto, insinuante:

–Supongo que si te invito a una copa en el bar no vas a aceptarla.

No quise mirarla, pero la miré. Pese al vino que me

nublaba la vista y la oscuridad de la noche, o quizá con su ayuda, vi en aquella mujer una firme y tentadora promesa de perdición. No sé si ella había bebido tanto como yo, pero pensé que acaso era el alcohol lo que me la ponía al alcance. Aunque a lo largo de mi vida he podido atraer a alguna mujer sin necesidad de emborracharla, tampoco las he visto nunca desmayarse a mi paso, así que tiendo a desconfiar cuando me parece que alguna me resulta asequible.

Sin embargo, no me resistí por el escrúpulo de no aprovecharme de alguna debilidad momentánea. A Anglada se la veía bien entera, además de tan deseable como pudiera querer mostrarse. Me resistí porque una ráfaga de lucidez me puso ante los ojos los inconvenientes prácticos que dejarme llevar iba a acarrearme, y porque, simultáneamente, un espasmo desde el fondo de mis tripas me devolvió el sabor áspero de antiguos remordimientos.

–Gracias, Ruth –dije–. Creo que por hoy ya he bebido bastante.

Acogió mi negativa con una sonrisa.

–Es una pena que seas tan decente, mi sargento –lamentó.

–Quizá lo que es una pena es que sea tu sargento.

–Quizá.

Lo dejamos ahí, en la conjetura. Y no fue fácil, al menos para mí.

Atravesamos en silencio los patios desiertos. Nuestras habitaciones estaban en el mismo pasillo. La suya, dos puertas antes que la mía. Mientras introducía la llave en la cerradura, se volvió para consultarme:

–Mañana a qué hora.

–No hace falta que madruguemos. Aprovecha para dormir. Ya te llamo.

–Pues que duermas tú también –deseó–. Buenas noches.

–Buenas noches. Gracias por todo.

–De nada, mi sargento.

No me dormí en seguida, ni mucho menos. De hecho me di cuenta, antes de llegar a meterme en la cama, de que la coyuntura era propicia para desvelarme. De pronto estaba despejado, y me costaba detener el curso de mis pensamientos. Me conozco, y sé que en esas ocasiones es mejor no presentar batalla. Así que fui a la maleta y saqué de ella la caja en la que guardaba los pinceles, las pinturas y el soldado de plomo en el que estaba trabajando. Tras abrir la caja, me quedé mirando su interior. Aquél era el equipo de viaje, el que me llevaba siempre que salía de casa más de un par de días; para tener, justamente, una manera de enfrentar momentos como aquél. La pieza que había traído, y que me observaba desde el departamento de la caja donde yacía, sobre un lecho de algodón, era hermosa y singular. Un muchacho del Volkssturm, las milicias de adolescentes y viejos que reclutaron en 1945 para defender una Alemania ya vencida. Era de complexión delgada, casi frágil, y sujetaba el subfusil como quien no tiene hábito de hacerlo.

Cada uno enfrenta como puede sus fantasmas. Yo hago soldados de plomo de ejércitos derrotados. Me relaja, porque exige atención y destreza manual, lo que ayuda a desconectar las zonas nocivas del cerebro. Además, es una forma de encontrarme con los míos. He caído derrotado a menudo.

Aquella noche, también caí. Cuando al fin apoyé la cabeza sobre la almohada y cerré los ojos, ya no pude impedirlo. Soñé con ella.

Capítulo 13
UNA MALA IDEA

Por un día, me permití el lujo de dormir hasta que mi cuerpo quiso. Pero no pude prolongar el descanso más allá de las nueve y media, y a las diez ya estaba aseado y observando en la pantalla del teléfono móvil el número que acababa de marcar, que no era otro que el de la cabo Ruth Anglada.

No apreté la tecla de llamada; no quería hablar con ella aún. Preferí desayunar antes, y no me di ninguna prisa. Durante la media hora larga que invertí en ello estuve temiendo, o quizá esperando, que Anglada entrara en el comedor. Pero no lo hizo, y a eso de las once menos veinte volvía a contemplar su número en la pantalla de mi teléfono. Esta vez sí llamé.

–¿Sí? –dijo, con un fondo de viento rugiendo en el micrófono.

–Ruth, soy yo.

–Ah, hola. ¿Has dormido bien?

–Sí. ¿Dónde estás?

–Dando una vuelta por la playa. Llevo un par de horas en pie. Pero no te preocupes, en cinco minutos estoy ahí. ¿Me llamas desde el hotel?

–Sí.

–¿Quedamos en la recepción?

–Bueno.

–Cinco minutos, no tardo más.

Puede que fueran seis, pero no llegaron a siete. Desde la butaca en la que me había acomodado, vi entrar a Anglada en la recepción. Impetuosa, con las gafas de sol en la mano. Llevaba una falda un poco por encima de la rodilla y una camiseta de tirantes, ambas de color celeste. Encima, una blusa blanca desabrochada y remangada. Elegante aunque informal, juzgué mentalmente, antes de recordar que no estaba allí para valorar su aspecto.

–A tus órdenes, mi sargento –me saludó–. ¿Qué tal esa resaca?

–Peor que cuando tenía veinte años. Pero se puede llevar.

–Yo he dormido como un bebé. Sólo me faltaba chuparme el dedo.

–Me alegro.

–¿Y bien? ¿Cuál es el programa?

A ella le bastaba con preguntarlo. Yo tenía que pensarlo, creer que podría llevarlo adelante y exponérselo. La resaca me pesaba menos de lo que le había dado a entender, pero otros obstáculos me entorpecían.

–Pues mira, no vamos a ser muy ambiciosos –resolví–. Primero bajamos al puerto, a ver si vemos a Stammler y me lo presentas. Luego nos vamos al parque, para examinar el terreno a la luz del día y también para hacer un poco de turismo, que no creo que nos fusilen por eso. Comemos algo donde sea y esta tarde nos damos un garbeo por aquí, viendo qué podemos averiguar de la gente que nos interesa. Tampoco me importaría, si hay ocasión, charlar un rato con los compañeros de partido de Gómez Padilla que respaldaron su coartada. Que no se diga que no hacemos los deberes.

–Empezaba a parecerme que lo habías descartado, al concejal.

–Te confieso que preferiría que no fuera él –reconocí–. Primero, porque no me cayó mal, y segundo, porque sería lo más difícil para nosotros. Tendríamos que atarlo mucho, para poder irle con la película al juez.

–Soy consciente.

–Pero oye, lo que haya de ser será.

–En cuanto a esos dos –dijo Anglada–, no es difícil que nos los encontremos paseando por el centro, esta tarde. Y si no, vamos a hacerles una visita a sus casas. No tienes más que darme la orden y te llevo.

–Es sábado –recordé–. Vamos a tomarlo con calma.

Udo Stammler no estaba en el puerto, cuando fuimos a buscarlo. Tenía la oficina cerrada y tardamos en encontrar a alguien a quien preguntarle.

–No viene todos los sábados –nos informó un vigilante, al fin–. Por la hora que es, a mí me da que ya no va a venir, pero no se lo digo seguro.

Anglada me miró, interrogadora.

–Éste debe de tener tarjeta de residente –dedujo–. Si nos pasamos por el puesto y consultamos el ordenador sacamos la dirección de su casa en cinco minutos. Y como es alemán, seguro que la tiene actualizada.

–Sería más fácil –dije–. Bastaría con llamar a Margarethe y preguntárselo.

–¿Entonces?

–No sé si tiene sentido forzar el asunto. No acabo de creer que de aquí saquemos algo. Vamos a dejarlo para el lunes, que me imagino que andará por aquí.

–Te noto hoy un poco flojo, mi sargento, si puedo decirlo.

Me volví hacia ella. Era cierto que me flaqueaba la voluntad. Y que no me apetecía excesivamente sobreponerme a mi desfallecimiento.

–Pues sí, Anglada, es posible –concedí–. Y hay días en los que puede que no merezca la pena empeñarse en sacar mucho de uno mismo. Porque sólo consigues cansarte y al final te da igual. Así que vámonos al parque.

–No voy a discutir –dijo, risueña–. Tú eres el suboficial al mando.

Subimos al coche y Anglada condujo sin prisa por las calles. Camino de la carretera que llevaba al parque nacional, pasamos junto a la peculiar torre del siglo XV que los folletos turísticos anunciaban como uno de los edificios que pudieron ver Cristóbal Colón y sus expedicionarios. Pensé en lo diferente que debía de ser la vida allí entonces, cuando los españoles eran unos conquistadores apenas recién llegados y la Península quedaba a muchos días de navegación, en lugar de estar sólo a un par de horas de vuelo. La torre, ahora una extravagancia rodeada por el urbanismo moderno de la Villa (así llamaban los lugareños a su capital), sobrevivía como un vestigio entre insolente y absurdo, aislada en medio de un parque algo desangelado.

Había bastante tráfico en la carretera; más, desde luego, que la noche que Anglada nos había llevado por primera vez por allí. Comenzaba a habituarme al paisaje de la parte seca de la isla, a sus montes y desfiladeros de aspereza africana. Porque aquella isla acaso fuera en cierto modo ninguna parte, sólo idéntica a sí misma; pero si había que vincularla a algún continente, estábamos en África. Y aunque el hombre se esforzara por cubrir la tierra con los signos de su manera de organizar el mundo (las casas, las carreteras, las explotaciones agrícolas) la tierra siempre asomaba debajo.

Andaba en estos y otros pensamientos ociosos, a los que podía entregarme sin tasa gracias a que Anglada permanecía callada y atenta a la ruta, cuando me acordé de alguien con quien se suponía que yo habría debido pasar aquel día, antes de que mis superiores decidieran encomendarme esclarecer el homicidio del infortunado Iván López. Temí olvidarlo luego si no lo hacía en aquel momento, así que saqué el teléfono y marqué su número.

–Sí –respondió la decidida voz femenina que bien conocía.

–Hola –dije.

–Ah, eres tú. Espera. Te lo paso.

Correcta, lejana, como de costumbre. Hacía mucho tiempo que había dejado de reprochárselo. Podía ser, nada más, su mecanismo de autodefensa. Todos los tenemos, y no se nos puede condenar por usarlos.

–¿Todo bien? –preguntó, al cabo de unos segundos.

–Sí.

–Bueno, aquí está. Hasta luego.

Mi hijo, como solía, y como quizá resulta corriente entre los niños de nueve años, estén o no separados sus padres, dejó que la conversación transcurriera al ritmo de mis preguntas. Sólo tomó la iniciativa para contarme una película que había visto y preguntarme si ya había cogido al asesino. Decirle a qué me dedicaba en concreto había sido una idea de su madre, que no siempre, en mi modesta y desautorizada opinión, acertaba al educarlo.

Cuando colgué, Anglada hizo la observación evidente:

–Tu hijo.

Asentí.

–Supongo que es un mal rollo, así que no temas, no voy a cotillear.

–No, los niños son unos benditos –dije–. Por lo menos a la edad que tiene el mío. El mal rollo lo ponemos los padres.

–¿Hace mucho que no vives con él?

–Dijiste que no ibas a cotillear.

–Perdona.

–Casi seis años. Ya está asumido. Dentro de lo que cabe.

No dijo más, ni yo hice por alargar la conversación. No era, en cualquier caso, la que más me apetecía mantener, ni con ella ni con nadie. Mientras ella conducía, inusualmente despacio, traté de distraerme con la ruta.

Tras atravesar el túnel, nos internamos en los dominios del parque nacional. Aquel día las nubes eran muy poco densas y el bosque se veía resplandeciente: tenía un color verde esmeralda, salpicado de destellos allí donde el agua reflejaba la luz del sol. Era un escenario por completo diferente del que había conocido de noche. Lo que entonces me había parecido hostil y un punto escalofriante, ahora resultaba gratificante y acogedor.

También era muy distinto, a la luz de aquel día, el lugar donde había aparecido el cadáver. Sin el estorbo de la niebla y de la oscuridad, el camino que había que hacer desde la carretera resultaba mucho más liviano.

–Algo que no te pregunté la otra vez –le dije a Anglada, una vez allí–, es si el cuerpo estaba oculto, o semienterrado de alguna forma.

–No –repuso, meneando la cabeza–. Según cayó. Creyó que era suficiente con traerlo hasta aquí, o que se pudriría rápido, en este entorno tan favorable. Y un poco podrido sí que estaba, de eso te puedo dar fe.

Me quedé pensando, mientras observaba el suelo y los troncos de los árboles, todos empapados de aquella humedad que daba la vida, entre otros, a los pequeños organismos que habían corrompido el cadáver de Iván.

–O quizá –propuse, sobre la marcha–, lo que quería el que lo dejó aquí era que lo encontraran. Para que el marrón cayera sobre el concejal.

–Si todo fuera un montaje, eso encajaría –aceptó Anglada.

–¿Había mucha sangre?

–No que yo viera.

–Tal y como lo mataron, tuvo que sangrar en abundancia –inferí.

–Ten en cuenta que lo descubrimos tres semanas después.

–Eso es verdad. Pero desde el principio me ha llamado la atención, la poca sangre. Vi las fotos de los asientos del BMW. Apenas unas cuantas manchas. Si lo hubieran degollado dentro del coche, debería haber más. Y si lo hicieron fuera, ¿cómo llegó la sangre hasta el asiento?

–A lo mejor el asesino se manchó durante la operación, y luego, por descuido, fue él mismo el que manchó el asiento –sugirió Ruth.

–Que fuera él, parece probable. Que fuera por descuido...

Me entretuve a sopesar aquella idea durante unos instantes, con el rostro vuelto hacia arriba. A través de los resquicios que dejaban las ramas de los árboles se vislumbraba el fulgor del cielo matinal. Algunos rayos de sol se colaban hasta el suelo formando oblicuas barras de luz.

–Bien, esto está visto –concluí–. Ahora, vamos a distraernos un poco. Llévame a algún sitio que creas que me gustará conocer.

Anglada me observó, como tratando de adivinar mis preferencias.

–Podemos hacer primero un pequeño recorrido –sugirió–. Y luego subir al Garajonay, eso me imagino que te gustará.

–¿Garajonay no es el nombre del parque?

–Sí. Y también el del monte más alto de la isla. No te asustes, se puede ir andando. Intuyo que eres de los que les gusta eso. Llegar arriba del todo.

–Tienes buena intuición –admití.

–Qué te creías.

Anglada me mostró algunos rincones del parque nacional: un par de miradores, unos roques, un arroyo. Luego aparcó el coche en una cuneta y me condujo por un sendero. El terreno era bastante practicable, aunque quizá no el más indicado para el calzado que ella llevaba. Tampoco, una vez que empezó a subir de veras, para ir con falda, por la cantidad de matorrales. Anglada, sin embargo, asumió todos aquellos inconvenientes sin arredrarse ni aflojar el paso. Al cabo de una buena caminata, llegamos, sudorosos y acalorados, al mirador de la cumbre del Garajonay. Había allí varios turistas y un guarda, contemplando o fotografiando las vistas. Se divisaba Tenerife, con el Teide casi entero, e incluso la parte alta de Hierro y La Palma.

–¿Qué? –preguntó.

–Pues hombre, no es gratis llegar, pero al menos te dan algo.

También se podía ver la propia isla, con sus abruptos contrastes entre el bosque y el desierto. Nos sentamos allí un rato, recobrando el aliento y admirando el panorama. Los turistas acabaron yéndose, y el guarda les siguió poco después. Nos quedamos solos, Anglada y yo. Lo más solos que habíamos estado hasta entonces, a casi mil quinientos metros de altura.

–Estamos sudando como pollos –dijo, riéndose.

–Me temo que hemos subido demasiado rápido.

Convino conmigo, sin palabras. Se enjugó el sudor de la frente con el antebrazo, el del cuello con la mano. Sus ojos oscuros me miraron fijamente.

–Ahora mismo me iría a la playa, a refrescarme.

–Nos pilla lejos, ¿no?

–Qué va. En menos de una hora te planto allí, si quieres.

–No tengo el bañador –objeté.

Lo temí. Supe que iba a decirlo. Sus ojos lo anunciaron.

–¿Y qué? Ni yo. Te llevo a una playa donde no hace falta.

Aquél, ahora lo veo con claridad, fue el instante decisivo. No sé si lo había preparado, si le salió así, o si yo mismo no la había invitado, inconsciente pero sostenidamente, a propiciarlo. También sé, porque no soy tan estúpido como para escudarme en esa clase de disculpas, que aquélla no era una trampa de la que no pudiera salir. Que si caí en ella fue, me enorgullezca ahora o no, porque tenía ganas de caer y a conciencia quise.

–¿Te da vergüenza? No lo has hecho nunca –dedujo, ante mi silencio.

–Lo he hecho. Aunque sí, me da vergüenza.

–¿No te atreves, entonces?

–No he dicho eso.

Ruth dejó que la sonrisa se le abriera despacio, hasta que un par de hoyuelos se le clavaron bien dentro de las mejillas.

–¿Vamos allá, mi sargento?

Respiré hondo. Estaba hecho, había roto el precinto; y sólo hay una manera de seguir, cuando uno ha consentido en empezar: a muerte.

–Vamos –dije–. Pero hasta nueva orden, no me llames mi sargento.

Desde ese momento, no sólo estaba saltándome a la torera algunas de mis convicciones respecto de la separación entre trabajo y vida privada, prescindiendo de cualquier atisbo de sentido práctico y posiblemente faltando a mi deber de suboficial. También, y quizá por encima de lo anterior, estaba lanzándome a una clase de aventura, y una clase de mujer, que no podía sino recordarme algunos episodios que mi memoria guardaba en su doble fondo. Allí donde uno arroja los jirones del alma arrancados por el fracaso y la renuncia. Allí donde se archiva la huella amarga de la destrucción.

Tal vez por eso fue tan dulce el sabor, tan rico e intenso el placer. No voy a contarlo como si lo lamentara, aunque en cierto modo he de lamentarlo. No diré que cuando llegamos a la playa, y la vi desvestirse de corrido, arreglándoselas para dar a todos los demás bañistas la impresión de que estaba haciendo algo rutinario, mientras a mí me regalaba, llena de intención y lubricidad, cada centímetro de su piel que exponía a la luz, me sentí en absoluto desdichado por habitar dentro de mi pellejo. Ni siquiera me pesó cuando yo mismo adopté la uniformidad reglamentaria en aquel sitio, aunque tenía razones para experimentar (y experimenté, todo es compatible) algún sonrojo a lo largo de la maniobra. La veía a ella, esperándome, acariciándose despacio los brazos, irguiendo el tronco y arqueándolo hasta hacer asomar sus costillas, tan libre, bella y salvaje como el mar que la aguardaba, y todo lo demás perdía cualquier importancia. Aquí acaso deba aclarar, para los que influidos por la publicidad y la iconografía de las revistas femeninas puedan malinterpretar mis palabras, que al decir que Ruth era bella no quiero decir que se ajustara al canon de perfección anatómica imperante. Sus caderas eran quizá un poco anchas, los músculos del vientre no se dibujaban sobre su piel ni sus muslos estaban trazados con tiralíneas. Por eso, entre otras cosas, poseía Ruth aquel poder tan feroz de seducción. Porque su cuerpo sabía mostrarse así, abandonado, impúdico hasta el extremo, mientras pedía ser besado, abrazado, mordido, conocido de todos los modos posibles.

Pero no era sólo su cuerpo, ni siquiera era lo primordial. Lo que arrasaba mis defensas era la carga sensual que había en cada gesto, cada inflexión de su voz; demasiado sutil y constante para confundirla con el artificio olvidable y a menudo cómico que emplean ciertas mujeres. A ella le salía con la naturalidad, y acaso la inconsciencia, con que su corazón bombeaba sangre. Era su fuerza, y la gozaba. Mientras nadábamos en aquel océano limpio y brusco, más frío que templado, se dejó flotar boca arriba y dijo:

–Me encanta. Sentir el mar, sin nada por medio. Estirarme. Notar cómo entra, cómo pasa por encima, cómo me zarandea.

No sabía qué decir, si decir. También sentía el mar, y el sol que lo hacía espejear ante mis ojos. Era uno de esos momentos en los que uno comprende por qué la vida puede llegar a ser maravillosa. No sólo por la plenitud con que sabe, cuando quiere, otorgarnos sus favores; sino también, y principalmente, porque sabemos que todo cuanto nos da lo vamos a perder.

–Dime que he tenido una mala idea –me desafió.

–Has tenido una mala idea.

–Pues las tengo todavía peores. Pero no aquí.

Supongo que no hace mucha falta que diga que aquel día desatendí las obligaciones que me incumbían.

El hecho de que fuera sábado no me descarga de culpa, desde el momento en que acepté un trabajo para el que los horarios y calendarios que rigen en otros no dejan de ser una referencia aproximada. Me olvidé del pobre muchacho muerto y me di a la satisfacción de mis apetencias más egoístas. Pequé pues, y fue adrede. No me mueve, al construir mi relato, el afán de presentarme como un sujeto intachable. No lo soy, como nadie lo es. Y acaso necesito contarlo, para expiar mis faltas y poder convivir con ellas, que es una de las misiones más cruciales que le incumben a cualquier ser humano. Convivir con los aciertos, o con los méritos, no requiere mayor competencia, ni especial habilidad.

Se me permitirá, en cualquier caso, que no me extienda en los pormenores de aquella jornada. Algunas sensaciones no pueden comunicarse, otras sólo pueden comunicarse en un idioma que me alejaría de mis propósitos y mi memoria se resiste a exhumar el resto de los detalles por razones que acaso se entiendan más adelante. Sólo diré que Ruth poseía, y en abundancia, la capacidad de contagiar la sensualidad que la animaba. Que al hacerlo era generosa, entusiasta y desembarazada como acaso ninguna otra mujer que yo haya conocido. Y que entre las cuatro paredes de su habitación, donde sabía que no debía estar, me olvidé de todo lo que me impedía ser feliz.

Llegó no obstante, como siempre llega, el momento de la duda. Y quizá en aquel caso, en el extraño caso que formábamos ambos, la duda debía llegar con insidiosa fuerza. No podía guardármela, pero tampoco quería darle ninguna solemnidad. La voluptuosidad es solemne, según dijo creo que Sterne (y digo creo porque la lectura de Sterne me parece insoportable y no la practico, se lo oí citar a otro); pero las confidencias íntimas, ya sean posteriores o no a la voluptuosidad, más vale afrontarlas con ligereza y humor. Por eso procuré armarme de mi mejor sonrisa, cuando le pregunté:

–¿Vas a explicármelo?

Ruth se irguió sobre la cama y puso cara de no comprender.

–¿Explicarte qué?

–Por qué yo.

–¿Por qué tú qué?

–Pues por qué estoy yo aquí, en tu cama, sin necesidad de drogarte o de recurrir a la fuerza bruta.

Se echó a reír.

–¿Me estás preguntando que por qué me gustas?

–Si es que te gusto, sí.

–No, verás –se mofó–; yo esto lo hago con todos los pobrecitos que me da la sensación de que les hace falta un desahogo...

–¿De veras doy esa sensación?

–A veces sí...

–Eres una arpía. Supongo que ya te lo habrán dicho antes.

Asintió, con teatral gravedad.

–Me lo han dicho, sí. Pero me gustas. De veras.

–¿Por qué?

Me dirigió una mirada cargada de malicia.

–¿Buscas algún refuerzo para tu amor propio?

–No. Un alivio a mi estupor.

–¿Tanto te cuesta entenderlo? Es muy sencillo. Me ponen los hombres uniformados y mayores. Supongo que intento buscar sustitutos de mi padre.

–Vale, si no estás dispuesta a hablar en serio...

–Sí, hombre, si te vas a enfadar –se avino al fin–. A ver, déjame que me organice. Pues verás. Me gustas, primero, por ese toque de quijote que tienes, tan gracioso. También porque eres así muy formal, pero a la vez llevas dentro un duende juguetón que se te escapa una y otra vez. Y porque creo que eres buena persona. Un tío legal, que nunca daría por la espalda.

–No te fíes de nadie, nunca...

–Lo veo. No vas a convencerme de lo contrario.

–Ajá. Lo que no sé es qué tiene todo eso de excitante –dudé.

–Qué bestias sois los hombres –dijo–. Para mí eso es más excitante que un muñeco neumático. Hombre, no te digo que de vez en cuando no te apetezca, como de vez en cuando entras a comer a un *burger*. Pero resulta mucho menos interesante. La chispa está en la ternura, por lo menos para mí, que a otras lo que les va es la tralla a secas. Y pocos hombres saben hacer saltar esa chispa, sin olvidarse de darle un poco de *swing*, que tampoco se trata de ponerse lánguido. No os han educado para eso, y os da corte.

–Ya. Un discurso muy bonito. Pero no te creo.

–Además, me resultas atractivo. En serio. Y me gustan los hombres mayores que yo. En serio también. No por nada, sino porque los hombres tardáis mucho en madurar, y hasta que no lo hacéis sois una lata. Por lo menos si no tienes instinto maternal y si no te gustan los niños, que es mi caso.

–Bueno, no esperaba que me lo dijeras –me rendí.

Puso cara de ofendida.

–Oye, que es la pura verdad. ¿Por qué si no?

–Mejor no lo pensaré...

–Pues a ver, te la devuelvo. ¿Por qué estás tú aquí? ¿Por qué yo?

Me observaba, retadora. Tardé un poco en responder.

–Fácil –dije–. Tú lo sabes. Porque estás muy buena, y porque te has puesto a tiro. Los hombres somos unos animales, no sabemos decir que no.

Meneó la cabeza.

–Eres un poquito machista, pero no tanto –dijo, con una aviesa mirada.

–No sé si soy machista –repuse–, pero desde luego feminista no soy.

–Es que las mujeres tendríamos que fregar y callar, ya se sabe.

–No hace falta ser feminista para no creer esa idiotez.

Naturalmente que todas las discriminaciones son inmorales. Eso es una obviedad.

–Pues muchos no se enteran, todavía.

–Claro que no. Hay hombres imbéciles y desalmados, lo mismo que mujeres imbéciles y desalmadas. Mira, está claro que hoy, como ayer, ser mujer es mucho más difícil que ser hombre. Pero dudo que eso se resuelva hasta que no haya conciencia de que las servidumbres que se imponen a la mujer están sostenidas no sólo por hombres, sino también por mujeres. Y algunas de las peores, más por mujeres que por hombres.

–Algo de razón tienes en eso.

–Yo sólo respondo de mí. Y nunca he explotado ni postergado a una mujer. Ni yo, ni muchos otros. Así que me niego a soportar la matraca del feminismo agresivo, con su odio bobo hacia el hombre en general.

Ruth se estiró sobre la cama, perezosamente. Miró al techo.

–Tampoco eso me gusta a mí –dijo–. Ni otras cosas de algunas feministas. Las que me revientan son esas niñas pijas que presumen de haberse liberado, cuando lo que las ha liberado es la chequera de papá, que las protegió todo el tiempo que hizo falta, mientras otras tenían que ponerse a dar el callo y salir por donde buenamente pudieran. En el fondo, esas listas desprecian a las domésticas y a las currantas, o sea, al noventa por ciento de las mujeres. Si una mujer acaba siendo ama de casa o cajera de un hipermercado, y sufriendo a un batracio que sólo mira el fútbol y ladra, es porque se lo merece. Eso te vienen a decir, adornadas con su bonito pañuelo de Hermès.

No es que me pillara desprevenido. Podía intuir que aquella mujer poseía un ojo implacable y una lengua venenosa. Pero no dejó de impactarme.

–Lo que a mí me llama más la atención –dije, animado por su alegato– es cómo ciertas feministas fanáticas desarrollan ese mimetismo con el enemigo, con el varón cafre al que dicen combatir. Muchas acaban comportándose con una bravuconería cuartelera y una intransigencia obtusa. Y perdiendo facultades no ya de la mujer, sino de cualquier ser humano completo: la imaginación, la comprensión, la capacidad de sacrificarse por otros...

–Bueno, bueno –me reprendió–. Ahí me das un tufillo. ¿No será que prefieres a la mujer complaciente, que te planche la ropita y todo eso?

–Te aseguro que no. Me molestan los energúmenos, hombres o mujeres.

–En todo caso, estoy un poco decepcionada –dijo, frunciendo el ceño.

–¿Por?

–Por esta forma tan poco original de escurrir el bulto. Creí que ibas a buscarte una más divertida. Que para explicarme por qué te gusto y por qué estás ahora en mi cuarto a lo mejor me ibas a soltar alguna frase de uno de esos tíos que estudiabas en la universidad y que le citas a Virgi.

La mención de mi compañera me hizo sentir levemente incómodo. Quizá para ahuyentar aquella inquietud, entré al trapo:

–Si quieres, te los cito.

–Siempre estoy dispuesta a aprender –dijo, insinuante.

–Pues mira, hay teorías para todos los gustos. Según Schopenhauer, no tengo más remedio que abalanzarme sobre ti, porque la especie me impele a ello. No realizo mi aspiración como individuo, sino los fines procreadores de la especie. Así que nada de esto debes tomártelo a título personal.

–Vamos. Seguro que las tienes mejores.

Hice memoria.

–Bueno, siempre se puede tirar de Freud, claro. Según él, el principio rector de mi vida, como le pasa a cualquier persona, es la búsqueda de placer; tú me lo ofreces, y yo lo tomo. Y si me enamoro de ti...

–¿Estás enamorado de mí?

–Hablo hipotéticamente –puntualicé, con tono profesoral–. Si me enamoro de ti, decía, el mecanismo que se desencadena es el propio de una neurosis. Empezaré a hacer cosas que no me convienen, porque antepondré las pulsiones de mi inconsciente al sentido de la realidad por el que vela mi ego y al criterio moral y de aprobación social que ejerce mi superego.

–Lo último no lo he entendido.

–Para eso sirve la jerga, precisamente. Para que le pagues al psicólogo cuando te cuenta sus patrañas. Si lo entendieras, no creerías que hay necesidad de pagarle. Dirías: eso ya se me ocurre a mí.

–En fin, de todos modos, tampoco me parece muy gracioso. ¿No tienes nada de ese que decía Virgi el otro día, ese francés, cómo se llamaba?

–Jacques Lacan.

–Ése.

–Claro. Lacan era un poeta, por eso se le fue la olla. Según Lacan, te deseo porque te implico en mi fantasía fundamental. El objeto de mi deseo no existe, es irreal, y como no podré nunca acceder a él, lo encarno en alguien, en este caso, en ti. Y tú pasas a ocupar el lugar de mi fantasía.

–Eso es más bonito –opinó–. Aunque un poco triste.

–Es Lacan. Marca de la casa. Pero puedes aplicarlo a cuestiones mucho más triviales. Por ejemplo, cuando te gusta un actor de cine. También a él lo implicas en tu fantasía fundamental, pero como simple pasatiempo. Y así te consuelas de la privación que no poder cumplir el deseo te crea.

Su rostro adoptó una expresión impenetrable.

–Ya veo –dijo, parsimoniosa–. ¿Y se puede saber qué actrices te gustan a ti? Así me hago una idea de cómo es esa fantasía tuya.

–A mí me gustan todas, si tienen buenas...

–Venga, no seas capullo.

Sufrí un acceso de pudor. Quizá por todo el que no había tenido en las horas precedentes. Pero qué sentido tenía reservarse, ya.

–Pues mira, también en esto soy un antiguo. Ni sabrás quiénes son.

–Ponme a prueba.

–Mis dos favoritas son Gene Tierney y Veronica Lake.

El gesto de Ruth puso de manifiesto el abismo generacional.

–Ostras, ni idea. ¿Dónde salen?

Buen desafío. Cómo podía ayudarla a localizarlas.

–Gene Tierney es morena. ¿Has visto una película que se llama *Laura*?

–Sí, en la tele.

–La protagonista. Y Veronica Lake es rubia, sólo hizo cosas de serie B. ¿Has visto, por ejemplo, *Me casé con una bruja*?

–Pues no.

Pensé en más títulos. Pero para qué hablarle de *La llave de cristal* o *La dalia azul*, si ni siquiera le sonaba la que quizá era más conocida.

– ¿Y *L.A. Confidential*? –se me ocurrió de pronto.

–Sí, pero ésa es de hace nada.

–El personaje que hace Kim Basinger en esa película es el de una chica que se parece a Veronica Lake. Y va peinada igual que iba ella.

–Ah, sí, ahora creo que la sitúo. Las dos muy clásicas. Frías –juzgó.

–Puede ser.

–Yo no me parezco a ellas.

–Para que veas lo confusa que es mi fantasía. ¿Y a ti?

–¿A mí qué?

–A ti qué actores te gustan.

Pensó, o hizo como que pensaba.

–Pues no sé –dijo–. Robert de Niro. No ahora, ni de joven, sino hace unos cuantos años. Y dos que a lo mejor te sorprenden. Antiguos, también.

–A ver, sorpréndeme.

–Paul Newman y Burt Lancaster.

–Bueno, ésos son dos guapos de toda la vida.

–No donde a mí me gustan.

–¿Y dónde te gustan?

–En las películas que han hecho de viejos. Una en la que Newman hace de un inútil que se reencuentra con su hijo. Y Burt Lancaster, en una preciosa en la que sale con Susan Sarandon. Haciendo de jugador acabado.

–*Ni un pelo de tonto* y *Atlantic City* –dije.

–Ésas. ¿Las has visto?

–Sí.

Durante unos instantes, ninguno dijo nada. Ruth parecía esperar alguna reacción o algún comentario por mi parte.

–¿Y qué? –preguntó–. ¿Qué te parecen mis gustos?

–Los de una mujer despistada –me burlé–. Noto un exceso de compasión hacia los hombres lastimosos. Así nunca llegarás a nada, querida.

–Bueno, eso depende. De dónde quieras llegar.

–¿Y dónde quieres llegar tú?

–¿La verdad?

–Una mentira bien traída me vale.

Se encogió de hombros. La luz de su mirada pareció desvanecerse.

–No lo sé –murmuró–. Adonde haya de llegar. Qué más da eso.

Por la mañana, cuando salí de su habitación, volví a verle aquel gesto un poco apagado. Sobreponiéndome a lo que sentía, le dije:

–Lo hecho está hecho. Piensa, y pensaré. Pero mientras estemos de servicio juntos, te agradecería que me hicieras un favor.

–Pide.

–No recuerdes, ni me recuerdes, que esto ha ocurrido.

Bajó los ojos, acaso dolida. Volvió a alzarlos, sin embargo, para aclarar:

–Me va a dar mucha pena, tener que dejar de ser tu niña mala. Pero descuida, que no iba a recordártelo. Mi sargento.

Capítulo 14
LABIOS DE DONCELLA

Anglada insistió en acompañarme al aeropuerto de Tenerife, aunque la había liberado de hacerlo. Si tenía cosas que arreglar en casa, le dije, apenas bajamos del barco en el puerto de Los Cristianos, mejor que se fuera a Santa Cruz directamente y aprovechara el día todo lo que pudiera.

–No me importa –respondió–. Voy contigo a recoger a Virgi y luego os llevo al mostrador de facturación para La Palma. Me sobra tiempo.

No negaré que todo fue más fácil, teniéndola a ella como guía. Primero fuimos a la zona de llegadas. Localizó el vuelo en el que venía Chamorro y me condujo a donde debíamos esperar. El avión de Madrid tomó tierra casi a su hora, y diez minutos después del aterrizaje el rostro de mi compañera apareció al otro lado de las puertas automáticas. Tras hacerle una seña, y aprovechando que Virginia aún no podía oírnos, Anglada me comentó:

–Oye, se da un aire, la Virgi. A esa actriz tuya. La rubia.

–Veronica Lake.

–Ésa, si es la que yo creo.

–Se da un aire, sí –admití. Bien que lo sabía.

–Vaya, vaya –observó, con gesto escrutador.

–En qué hemos quedado, Ruth...

–Vale –levantó las manos–. A partir de ahora, sólo asuntos profesionales.

–Hola, qué tal –nos saludó Chamorro, apenas llegó a nuestra altura. Hizo un esfuerzo por acompañar sus palabras con una expresión relajada, pero pude advertir que distaba de estarlo. Lo achaqué al cansancio del viaje.

–Tenemos tiempo de tomar algo, si queréis –ofreció Anglada.

Fuimos a tomar un café. Chamorro seguía pareciendo un poco aturdida.

–¿Qué tal en Madrid? –le preguntó Ruth.

–Frío, lluvia, y un montón de gente por todas partes –respondió–. Más o menos lo habitual. Esto es un descanso. ¿Y vosotros por aquí?

Anglada se volvió hacia mí. Me tocaba largar la mentira.

–No avanzamos demasiado –dije, lo que al menos era una forma de no faltar a la verdad–. Nos fallaron los tres o cuatro movimientos que intentamos. Me temo que anduvimos un poco torpes.

–O no tuvimos la suficiente fe –sugirió Anglada, malévola.

–Hicimos una excursión por el parque –añadí–. Merece la pena visitarlo de día. Si nos queda algún hueco, no deberías irte sin conocerlo.

–A ver –dijo mi compañera, removiendo ausente su café.

–Tenéis el avión de vuelta a las siete –recordó Anglada–. No suele haber mucho problema para cambiarlo, si lo necesitarais. Eso sí, si lo cambiáis, avisadme. Vengo a recogeros y nos vamos todos juntos a La Gomera. En cuanto al coche de La Palma, habrá alguien esperando en el aeropuerto. Seguramente llevará una cartulina con el nombre de la empresa de alquiler.

Mientras Anglada nos daba todas estas explicaciones,

Chamorro conectaba su teléfono móvil e introducía sin mucho entusiasmo la contraseña. Al cabo de unos segundos, empezó a dar pitidos. Uno tras otro, como loco.

–Oye, qué le pasa a ése –preguntó Anglada.

–Nada, tengo un par de mensajes –dijo Chamorro, leyendo la pantalla.

–Un par de cientos, diría yo –bromeó Ruth.

–Perdonad un momento.

Chamorro se apartó para oír los mensajes que se habían grabado en el buzón de voz de su teléfono. Estuvo un buen rato escuchándolos. Luego guardó el teléfono en su bolso y regresó junto a nosotros. Preocupada.

–¿Algo importante? –curioseó Ruth.

–No –la repelió Chamorro, con sequedad.

Pero apenas cogió la taza de café para apurarla, volvió a sonarle el teléfono. Lo sacó, miró el número desde el que la llamaban y apagó bruscamente el aparato. Esta vez, Anglada se abstuvo de hacer observación alguna.

Vino con nosotros hasta el control de seguridad. Conocía a los que estaban allí, como parecía conocer a todo el mundo. Ni siquiera tuvimos que sacar nuestras identificaciones para eludir el arco detector de metales.

–Bueno, aquí os dejo –anunció–. Me aguardan en casa las labores propias de mi sexo. Que tengáis mucha suerte con Lolita.

–¿Con quién? –preguntó Chamorro, despistada.

–Con la adolescente fatal –se rió.

–Ah, *Lolita*, no caía –dijo Chamorro.

–Nos vemos esta tarde. A tus órdenes, mi sargento.

Lo dijo con retintín o el retintín, irremediablemente, lo puso mi oído. Qué más daba. No pude evitar mirarla mientras se iba, caminando audaz y resuelta sobre sus tacones bajos. Ella lo supo, creo. Por eso alzó la mano derecha un poco por encima del hombro, la extendió, la hizo girar un par de veces sobre la muñeca y volvió a cerrarla en seguida. Imagino que al otro lado, el que yo no podía ver, sus labios sonreían y sus ojos no.

–Acaban de anunciar el embarque –me devolvió a la realidad Chamorro.

No hablamos mucho durante el breve vuelo a La Palma. Vi que a ella no le apetecía, y tampoco yo me sentía demasiado inclinado a aventurarme fuera de la jaula de mis pensamientos. Pese a todo, y por no dejar que la situación se volviera demasiado inhóspita, acabé preguntándole:

–¿Hiciste lo que tenías que hacer, en Madrid?

Chamorro bajó los ojos.

–Sí, supongo que sí –replicó, evasiva.

–No quieres extenderte en detalles.

Volvió a dirigirme la mirada. Y la mantuvo.

–No, Rubén. Pero no te preocupes.

–Me preocupa si estás mal –dije–. No por el trabajo. Sino por ti.

–Gracias. Estoy bien. O como tengo que estar. Bajo control.

Desde el aire, La Palma se veía mucho más verde que La Gomera. También era muy montañosa, con una abrupta vertiente que subía desde la orilla del mar, donde habían construido la pista, hasta las nubes que cubrían las cumbres invisibles. Los de la compañía de alquiler de coches nos esperaban en el aeropuerto, conforme nos había dicho Anglada. Mientras tomaban nota de mi permiso de conducir, Chamorro volvió a encender su teléfono móvil. Al cabo de unos segundos, empezó a sonar, de nuevo enloquecido.

–Será gilipollas –se le escapó a Virginia. La vi teclear, frenética. Borrando los mensajes, supuse. Pero hice como si no me diera cuenta. Cuando terminó aquella operación, apagó el receptor y lo arrojó al interior del bolso.

–¿Quieres conducir o conduzco yo? –le ofrecí las llaves.

–Trae, lo llevo yo –dijo–. Me desahogará un poco.

Estaba lo bastante furiosa como para no cuidarse de disimular. Mis sentimientos al advertirlo eran un tanto complejos. Pensaba, no tenía más remedio, en dos personas que no estaban allí. Por un lado, el fornido y al parecer ingrato Arturo, cuyo paso a la historia cierto resorte incontrolable de mi alma no podía dejar de desear y, en caso de producirse, aplaudir. Y por otro, Ruth, cuya imagen, por diversas razones que creo que puedo ahorrarme enunciar, no se me iba de la cabeza. Pero recordé para qué habíamos ido a La Palma, y que para realizar un interrogatorio como es debido más vale que uno se concentre en lo que está haciendo. Me llamé al orden.

El hotel en el que trabajaba Desirée no estaba muy lejos de la capital de la isla. Hicimos tiempo dando una vuelta por sus calles, y comimos algo en el primer lugar que nos pareció a propósito. A eso de las cuatro menos veinticinco nos presentamos en la recepción del hotel. Iba ya a preguntar por Desirée Gómez a la mujer que se hallaba tras el mostrador, cuando una muchacha que estaba sentada enfrente se puso en pie y se estiró la ropa: unos ceñidos tejanos y un conciso *top* que cubría una porción no demasiado amplia de su torso. Vino hacia nosotros, con paso dubitativo. Al verla, comprendí de una sola tacada el interés por ella del fallecido Iván López von Amsberg y la desesperanza que aquejaba al ex concejal Gómez Padilla.

–¿Son ustedes...? –preguntó, con su vocecita.

–¿Desirée Gómez? –comprobé a mi vez.

–Sí.

–Yo soy el sargento Vila. Mi compañera, Virginia.

–Encantada –nos tendió la mano a los dos.

–¿Hay algún sitio por aquí donde podamos hablar tranquilos?

–Podemos ir al bar. A esta hora no habrá nadie.

La seguimos. Mientras la veía caminar ante mí, me acordé del juicio que sobre ella había hecho Margarethe von Amsberg. No soy tan simple como para pensar que por la forma de moverse podría dirimir si la madre de

Iván acertaba o no en su apreciación; tampoco eso me incumbía, ni creí que tuviera demasiada utilidad desmentirla o confirmarla. Lo cierto era que Desirée no era una de esas chicas que andan de cualquier modo. Medía cada uno de sus pasos y la forma de darlos. No le salían, sin más, como les sucede a otras. Por lo demás, era una muchacha alta, de armoniosas proporciones, con una suntuosa cabellera rubia y unos desarmantes ojos verdes. Sabía lo que tenía y no se abstenía de usarlo, eso fue todo lo que pude notar.

El bar, en efecto, estaba desierto. Desirée y Chamorro tomaron asiento alrededor de una mesita. Yo me quedé de pie.

–¿Qué queréis?

–¿Yo? Pues... Una cocacola –dijo Desirée.

–Yo nada, gracias –rehusó Chamorro.

Llevé a la mesa dos cocacolas. Desirée se hizo cargo de la suya, con una sonrisa que pareció insegura y hasta tímida.

–Gracias.

Chamorro, con el bloc abierto y el bolígrafo en la mano, me lanzó una mirada inquisitiva. Le hice una seña con los ojos.

–Desirée –empezó a hablar–. Ya sabes sobre qué venimos a preguntarte.

La muchacha asintió, voluntariosa, mientras apretaba los labios.

–Sí. Sí lo sé.

Mientras Chamorro la observaba, con expresión amable, pero acaso un poco acuciante, Desirée se echó hacia atrás un lado de la cabellera. Luego lo hizo más veces. Sus tics, desde luego, sí que denotaban coquetería.

–Vamos a empezar por el principio, si te parece –siguió Chamorro.

–Claro. Como usted quiera.

–¿Desde cuándo conocías a Iván?

Desirée no respondió de inmediato.

–Verlo por ahí, bueno, un poco desde siempre –dijo–. Desde chica. Si se refiere a hablar con él, no sé, desde el verano antes.

–¿Cómo empezasteis a tener relación?

–Bueno, nada del otro mundo, lo típico. En una discoteca, una noche. Me entró, me gustó y eso, y nada, lo normal.

–Lo normal –repitió Chamorro.

–Bueno, ya me entiendes. ¿Te puedo llamar de tú?

–Si lo prefieres.

–Sí, sí que lo prefiero. Pues lo que te decía, que me entró, me gustaba, hablamos, bailamos un poco, me tiró los trastos... Así fue.

–Empezasteis a salir esa noche.

Desirée meneó la cabeza con energía.

–Nooo. Esa noche sólo nos enrollamos un poco y eso. Poca cosa. No es que... –aquí se interrumpió para mirarme–. No hicimos el amor ni nada. Eso, lo de hacer el amor, quiero decir, vino después.

De todas las expresiones con que la gente designa ese acto con el que a la vez conjura y comprueba su soledad, la que había utilizado aquella chica siempre me ha parecido la más hueca y cursi. Supuse que Desirée la empleaba para resultar lo más correcta posible, y recordé que en su primera declaración, ante la guardia Morcillo, se había referido sin más a que «se había tirado» a Iván unas cuantas veces. Los dos años transcurridos desde entonces, pensé, debían de haberla vuelto un poco menos espontánea.

–¿Cómo era, Iván? –indagó Chamorro.

Desirée no entendió del todo.

–Bueno, seguro que tienen fotos de él. Muy alto, bastante guapo...

–Me refiero como persona.

–Ah. Era simpático. Enrollado, se puede decir. Siempre lo veías de buen humor, contando chistes, con ganas de hacer cosas. Mira, yo, así como enamorada y eso, pues la verdad, tampoco estaba. Lo pasaba bien con él y nada más. Tampoco vas a estar sólo con alguien para casarte.

–Claro –asintió mi compañera.

–Eso es lo que yo creo, oye, que la vida es corta y hay que aprovechar ahora que eres joven, que luego...

Me pregunté qué esperaba Desirée que hubiera luego. Pero tampoco era de eso de lo que se trataba. Seguí escuchando, respetuosamente.

–En fin –prosiguió–, no es que fuera mi novio, ni nada por el estilo. Me dio pena lo que le pasó, claro, y lloré un rato, que tengo corazón como cualquiera. Pero no es como si me hubiera quedado viuda, ¿vale?

Parecía especialmente empeñada en aclararnos ese extremo.

–Entiendo –volvió a asentir Chamorro.

–A lo que iba –retomó el hilo Desirée–, que sin ser así el amor de mi vida, pues oye, era un tío muy majo. Le cogías cariño. Lo daba todo.

–¿Qué quieres decir con «lo daba todo»? –intervine.

Desirée se volvió hacia mí, recelosa. Temí haber metido la pata. También reparé en que la había tuteado, contra mi costumbre. Pero no podía tratarla de otro modo. No con esa voz de colegiala atolondrada e inmadura.

–Pues –dijo–, vamos, que era muy generoso. Siempre invitaba y eso.

–¿A qué? –se interpuso de nuevo Virginia.

Desirée bajó la cabeza.

–No sé si puedo decírtelo.

–Tranquila, los dos somos mayores de edad. Y si el sargento se impresiona mucho, yo le sujeto antes de que se desmaye –bromeó Chamorro.

La muchacha se rió con ella.

–Tampoco puede pasarle ya nada –dijo–. Y consumir no es delito, ¿no?

–No –confirmé.

–Siempre ponía las pastillas, o los canutos. O las rayas.

–¿Has tomado cocaína ya? –preguntó Chamorro.

–Alguna vez –admitió–. Pero no estoy enganchada, ¿eh?

–Ten cuidado –le advirtió mi colega–. Eso decían, hace unos pocos años, muchos de los que nos encontramos ahora por ahí, no voy a contarte cómo.

–Ya, ya lo sé, va. No me vas a echar la charla, ¿no?

–No. No voy a echártela.

–Además, no me digas que no la has probado nunca.

Chamorro puso cara de circunstancias.

–Virginia se mete de todo –dije–. Luego te pasa algo, si quieres.

–¿De verdad?

–Bueno, sobre todo esnifo pegamento –dijo mi compañera.

–Me estáis comiendo el tarro, ¿eh?

Crucé una mirada de inteligencia con Chamorro. Se imponía hacer un relevo. Asintió, mientras dejaba el bolígrafo sobre la mesa.

–Mira, Desirée –tomé la palabra–. Ahora en serio. Como tú dices, a Iván ya no puede pasarle nada. A ti, por consumir, lo mismo si estás enganchada como si no, pues tampoco. Por lo menos nada que nosotros podamos hacerte. Acabas de cumplir dieciocho años, si no me equivoco, así que ya eres mayor y puedes vivir tu vida como te parezca. En la tele ponen anuncios para orientarte, nosotros no estamos para eso. Tendrás que perdonar a Virginia por tratar de aconsejarte; la pobre no puede evitarlo, después de haber visto unos pocos yonquis panza arriba. Pero tú haz lo que quieras.

–Oye, que yo no soy una yonqui –se quejó.

–Tú no, ya lo sé. Digo esos que ha visto muertos Virginia. El caso es que ni siquiera te voy a preguntar a quién le compras ahora, cuando te apetece. Ni mi compañera ni yo nos ocupamos de eso, es cosa de otro departamento y no vamos a hacerles su trabajo. Lo que sí quisiera que me dijeras, si lo sabes –y aquí me detuve, para cerciorarme de que tenía toda su atención–, es de dónde sacaba Iván la mercancía con la que te invitaba.

Desirée me miró con una especie de espanto. Debía de ser consciente de que era la primera pregunta en la que se le pedía mojarse de verdad.

–Yo eso no lo sé –respondió.

Suspiré ligeramente.

–Me gustaría que te hicieras cargo de algo –le pedí–. Ya sé que te da palo la idea de delatar a alguien, que te hace sentir una chivata, o algo por el estilo. Y a nadie le gusta eso, claro. Ni siquiera a mí me gustan los chivatos, y eso que soy guardia civil. Así que entendería que no quisieras denunciar a un simple camello. Pero lo que te estoy preguntando es otra cosa. No te pido que me des el nombre de alguien por pasar un poco de chocolate o de coca, sino porque es posible que haya tenido que ver con un asesinato.

Desirée encajó con dificultad mi requerimiento.

–Alguien así no merece que le protejan –insistí–. Alguien capaz de matar por la espalda a un chaval. Y si lo que pasa es que te da miedo, no te preocupes. Nos importa sólo cogerlo. No saldrá nunca tu nombre.

La muchacha meneó la cabeza, con convicción.

–No lo sé, se lo prometo –dijo.

–Tutéame, mujer, que no me como a nadie. ¿Nunca viste a alguien con quien tratara? ¿Nunca te habló de la gente a la que le compraba la droga?

–No, ya te lo estoy diciendo. Todo lo que decía era que era muy pura, que había que andar con cuidado con las cantidades, y que tenía buenos proveedores, así los llamaba. Pero nada más. Si alguien le preguntaba dónde pillaba, siempre decía que era un secreto, y que si quería, él le conseguía.

–De modo que traficaba.

–¿Cómo?

–Que también vendía droga, Iván.

–A los colegas, sólo, que yo sepa.

–Pero dices que estaba siempre invitando. Tenía dinero, entonces.

–Supongo.

–¿Y de dónde crees que lo sacaba?

–Me imagino que le cobraba a la gente un poco más de lo que le costaba a él. Y de lo que le daba su vieja. Su vieja es rica. Es hija de un rico en Alemania, creo que la familia tiene hasta castillos allí. Eso me dijo él.

Me apoyé en el respaldo de mi asiento. Chamorro captó la señal.

–Cuéntame algo más de vuestra relación –le pidió.

–¿Nuestra relación? Pues eso, lo que ya te he dicho. Salíamos de vez en cuando de marcha, y bueno, el sexo. Pero sin compromiso.

–No os veíais regularmente.

Desirée me vigiló un instante de reojo. Pero luego se soltó:

–Verás, es que para mí el sexo es un juego. Yo no hago ni caso de todas esas tonterías de los curas y del Papa. Creo que el cuerpo es para disfrutarlo, con quien te dé la gana, ¿vale? Y que para eso no tienes por qué darle a ese alguien ningún derecho sobre tu vida. Yo voy a mi aire.

–¿Te veías con otros?

–Pues claro.

–Y a él no le importaba.

–Y que le importara. Peor para él.

–¿Dirías que para él también era un juego?

Desirée se rió.

–Fijo. A ver si te crees que él no andaba con otras. Y bien que se le daba.

Cuando hablaba de la cosa venérea, me resultaba francamente difícil conciliar su discurso con aquellos trémulos y carnosos labios de doncella de los que brotaba. Pero en mi condición de representante en la conversación de las generaciones veteranas, esto es, de aquellas condicionadas por una educación algo menos liberal que la que parecía haber recibido Desirée, creí que me correspondía a mí sacar el asunto que introduje seguidamente:

–El juego se fastidió cuando os pilló tu padre.

La alusión la tocó. No era tan dura. Pero se rehizo.

–Se puso más difícil, sí –reconoció–. Aunque no lo dejamos.

–Se lo tomó muy mal, tu padre.

–A ver, es mi padre –dijo–. Y es mayor. Tiene otra forma de ver la vida.

–¿Qué te dijo, cuando se enteró?

Desirée bajó la cabeza.

–Menos que era una puta, que supongo que es lo que pensaba, todo. Que era una vergüenza, que no tenía cerebro, y que cómo iba con alguien tan mayor. Que tenía que juntarme con gente de mi edad, y no con asaltadores de cunas. Lo que le jodió más fue que nos lo hiciéramos en su casa, creo.

–De todos modos, un poco fuerte, la reacción –observé.

–Qué se le va a hacer. Cada uno es como es.

–Tampoco era tan grave, ¿no? Tenías casi dieciséis años, ahora los jóvenes maduráis antes, y a fin de cuentas Iván sólo tenía seis más.

–Eso es lo que pienso yo.

–Desirée.

Se volvió hacia mí, desprevenida.

–¿Tú dirías que tu padre es un hombre violento?

–¿Mi padre? –repitió, subrayando las palabras.

–Ajá. Tu padre.

–Puede tener otros defectos. Pero ése no. No recuerdo que nunca me haya puesto la mano encima. Ni a mí ni a mi hermano.

–Pero a Iván le amenazó. Y en público.

–Por el cabreo del momento –lo disculpó–. Y porque Iván se le puso gallito, todo hay que decirlo.

–Así que se puso gallito, Iván –dijo Chamorro.

–Sí. Tenía eso malo. Era un poco chulito, a veces.

La dejamos meditar durante unos segundos, mientras

nosotros meditábamos también. Estábamos llegando al meollo de la charla, y quizá al meollo de aquella chica. Ésa es, posiblemente, la clave de un interrogatorio, por encima de los detalles concretos. Acabar sabiendo con quién te juegas los cuartos. Acabar sabiendo, en aquel caso, quién era Desirée Gómez, por debajo y más allá de su aspecto de *barbie* irresponsable y desvergonzada.

–Supongo que no van a molestarle más, a mi padre –dijo–. Ya le han hecho, o bueno, ya le he hecho bastante daño. Pero después del juicio ya no pueden volver a acusarle, ¿no? El jurado votó que era inocente.

–¿Y qué piensas tú? –pregunté.

–Qué voy a pensar. Él no lo hizo, fijo. Alguien quiso hundirle.

–¿Por qué pudo querer alguien eso?

–Y yo qué sé. Por la política, o por lo que fuera. Lo que me sienta fatal es que el pobre acabara metido en ese lío por mi culpa.

Le dolía sinceramente. Se retorcía las manos.

–No creo que fuera por tu culpa –dije–. La culpa será, en todo caso, del que lo organizó. Y el que lo organizó debió de ser el mismo que mató a Iván. Probablemente, uno de los que le vendían la droga. ¿De verdad que no te acuerdas de nadie, ni una cara, ni un comentario que hiciera Iván?

La chica volvió a menear la cabeza.

–De verdad que no me acuerdo de nada de eso, sargento. Si me acordara, se lo diría. No me iba a dar ningún miedo decirlo.

Las últimas palabras las pronunció con la cabeza alta, y con una luz de determinación incendiándole los hermosos ojos verdes. Me rendí a la evidencia. La creyera o no, tenía que resignarme a no sacar nada por ahí.

–¿Cuándo fue la última vez que viste a Iván? –preguntó Chamorro.

–La última vez...

–Si lo recuerdas.

–Sí. Sí que me acuerdo. Muy bien. Por lo que luego salió en los periódicos, debió de ser el mismo día que lo mataron.

–¿Dónde fue? ¿Qué te dijo?

–Fue en la plaza. No hablamos. Sólo lo vi pasar. Me saludó.

–¿No hablasteis?

–Iba en la moto. Con una chica.

–¿Qué hora podía ser? –pregunté.

–Pronto. Las cuatro y media o las cinco.

–¿Recuerdas cómo era esa chica? ¿O llevaba casco?

Desirée arrugó la frente.

–No, no llevaba. Pero no la vi muy bien. Rubia, media melena. Más o menos de su edad. No estaba mal. Iván tenía buen gusto, yo qué voy a decir.

–¿No la conocías?

Desirée pareció dudar un segundo, pero respondió, con firmeza:

–No.

–¿Sería una turista, tal vez?

–Sería, no sé. Pasaron rápido, me saludó con la mano y desaparecieron.

–¿Hacia dónde iban?

–Hacia la carretera.

–No has vuelto a verla, a esa chica –dedujo Chamorro.

–No.

–Y si la vieras, ¿la reconocerías?

–Puede. No estoy segura. Ya te digo que la vi muy poco.

Chamorro y yo nos observamos, alerta.

–¿Creen que ella pudo ser la asesina? –preguntó Desirée.

Tardé en responderle.

–Nunca se sabe. Podría ser. Por qué no.

–Fíjate, nunca habría pensado que pudiera matarle una mujer –confesó, recobrando aquel candor que de pronto se mezclaba con su descaro.

Tampoco nosotros, hasta ese momento, habíamos pensado en la posibilidad de una asesina. Pero ahora, por remota o improbable que pudiera antojarse, nos tocaba pasar a considerarla. Una hipótesis más. No pude evitar pensar que en aquel asunto íbamos para atrás, como los cangrejos.

Estuvimos con Desirée Gómez cerca de una hora y media. Dentro de su peculiar estilo, se mostró colaboradora y dócil al interrogatorio. Un cierto sentimiento de culpa hacia su padre, por los sinsabores que directa o indirectamente le había causado, parecía ser el principal motivo de su mansedumbre. No daba la impresión sin embargo de que el asunto en sí, la muerte del chico, la conmoviera gran cosa, o no más de lo que pudiera interesar y conmover a cualquier persona de buen corazón que se enterase por la prensa. Desirée tenía buen corazón, y lo compadecía, al chaval. Pero su juventud y su carácter le proporcionaban un útil blindaje que le impedía sentir dolor alguno. En cierto modo era envidiable, y se lo envidié. Cuando nos separamos, en la puerta principal del hotel, tan sólo descendió a preguntar:

–¿Y la investigación? ¿Va bien?

–Es pronto –respondí–. Pero vamos avanzando.

–¿Tenéis alguna pista?

–Tenemos muchas pistas.

–Me gustaría que lo cogierais. Para que la gente se convenza de que no fue mi padre y deje de murmurar por ahí. Y bueno, por Iván. No era mal tío. Me sabe mal que esté muerto y que el que lo hiciera se esté riendo de él.

Le sabía mal. Dudé si me gustaría que me enterraran con esa expresión.

–No sé si se reirá –repuse–, pero procuraremos ponérselo difícil.

–Oye, ¿puedo deciros una cosa?

Chamorro y yo nos miramos de reojo.

–Sois muy diferentes de la otra guardia que vino a verme.

–¿Ah, sí? –dijo Chamorro.

–Mucho más colegas. La otra parecía que estuviera cabreada. Y que no buscara otra cosa más que meter en la cárcel a mi padre.

Me acordé de Morcillo, y traté de imaginármela interrogando a Desirée. Debía de haber sido un encuentro interesante. Sin maldad lo discurrí.

–Esperamos no haberte molestado mucho –dije.

–Qué va.

–Si se te ocurre algo que no nos hayas dicho, cualquier cosa que creas que puede interesarnos, si te acuerdas de pronto de alguien o de algo de lo que no te hayas acordado hoy, te agradecería que me llamaras a este número.

Le di mi tarjeta. Con frecuencia uno lo hace temiendo que está tirando a la basura el trozo de cartulina. Pero a veces no es así. A veces lo toma alguien a quien le cargas la conciencia con el peso de marcar el número si recuerda algo, y con suerte, que hasta intenta recordar. En cuanto a Desirée, cogió la tarjeta como quien cogiera un paquete de chicles, y se la guardó sin más trámite en uno de los bolsillos traseros de sus tejanos. Por lo menos durante esa tarde, se sentaría a menudo sobre mi nombre. Confié, no mucho, en que se acordara de sacarla cuando echara los pantalones a la lavadora.

–Tenemos un coche. Si quieres podemos llevarte a donde vayas –le ofrecí.

–No, gracias. Ya me lleva un compañero.

Genio y figura, pensé, y luego me arrepentí de mi ruin suspicacia.

Capítulo 15
ALGO INTELIGENTE Y BONDADOSO DETRÁS

Llegamos al aeropuerto con tiempo más que de sobra para tomar el avión de vuelta a Tenerife. Dejé a Chamorro en la terminal y yo me fui a devolver el coche de alquiler. Pero apenas entraba en el aparcamiento donde debía entregarlo cuando sonó mi teléfono. Era mi compañera.

–No te des mucha prisa en devolver el coche –dijo Chamorro.

–¿Qué?

–El aeropuerto de Tenerife está cerrado. Razones meteorológicas.

–Vaya por Dios.

–Eso es lo que dicen por megafonía. Y la chica de información no me ha dado esperanzas de que salga ningún avión hoy.

–Cambio de planes, entonces.

–Salvo que quieras ir en barco.

–Son unas cuantas horas –calculé–. No quiero morir tan joven.

Una de las cosas que más odio de ser el jefe es que a ti te toca pensar por dónde seguir cuando resulta obvio que el callejón no tiene salida. Hube de hacerlo una vez más, mientras sujetaba el teléfono móvil contra el hombro y esquivaba por poco a unos despistados turistas de avanzada edad.

–Cambia los billetes al primer vuelo de mañana –le ordené–. Voy a negociar con los del alquiler que nos dejen el coche. Nos vemos ahora.

Diez minutos después nos enfrentábamos a la nueva situación. Condenados a permanecer al menos doce horas más en La Palma, donde no teníamos nada que hacer. Habría que buscar alojamiento, para empezar. En ese momento me acordé del tercer miembro del equipo. Marqué su número.

–¿Sí? –respondió Anglada. De fondo se oía una música ruidosa.

–Hola, Ruth.

–Mi sargento. ¿Todo bien?

–Lo de la chica sí. Pero han cerrado el aeropuerto de Tenerife.

–Me lo estaba temiendo, al ver las nubes.

–No creen que podamos volar hoy.

–Vaya, qué mala pata.

–¿Dónde se puede dormir por aquí, sin que tenga que ofrecer mis encantos o los de Chamorro al dueño para pagar la factura?

Chamorro alzó las cejas, sin mucho énfasis.

–Espera, te doy un par de direcciones.

Repetí las direcciones que me facilitó Ruth, mientras Chamorro tomaba nota. Como conocedora del percal, Anglada nos aconsejó:

–Coged plaza ya en el primer vuelo de mañana.

–Eso hemos hecho –declaré, satisfecho de mi previsión.

–Estupendo. Es que si no, ibais a tener problemas, con todos los que se queden hoy colgados allí. ¿Y qué? ¿Le habéis sacado algo a la chica?

–Algo, sí.

–¿Bueno?

–Eso se verá, ya sabes. A su tiempo.

Le hice un resumen, más o menos completo, desde el principio hasta lo de aquella misteriosa chica rubia con la que Desirée había visto a Iván el mismo día de su desaparición. Anglada me escuchó atentamente.

–Rubia –dijo, pensativa–. ¿Extranjera o española?

–No sabe.

–Pues sería importante poder distinguirlo.

–Ya lo sé –me mostré de acuerdo–. No sería lo mismo si fuera una turista con la que hubiera ligado en la playa. Eso prometería mucho menos.

–Desde luego, se apartaría de todo lo que hemos barajado hasta ahora.

–Eso me temo.

–¿Podría reconocerla? –preguntó.

–Tal vez, si la viera. No lo asegura.

–No sé, se me ocurre que podría fisgar un poco –dijo Anglada–. Una chica rubia, de su edad. A lo mejor alguno de los amigos o alguien por allí recuerda haberle visto con ella. Si pudiéramos localizarla, no estaría de más.

–Desde luego que no.

–Pues estoy pensando una cosa –dijo.

–Qué cosa.

–Como no sirve de nada que os espere aquí y tengo habitación reservada en el parador, me monto en el barco y me voy a La Gomera. Y trato de aprovechar lo que queda de día.

–Como tú quieras –asentí–. Sólo te pido una cosa.

–Qué.

–Con quienes no te conozcan, ni sepan por otro lado de la sucia forma que tienes de ganarte la vida, procura ser discreta.

–¿Me hago la periodista?

–Lo que se te ocurra. Sólo sé discreta.

–Entendido, mi sargento. Confía en mí. ¿Vale?

Su petición, intuí, encerraba algo que iba más allá de la investigación. Pero aparté rápidamente aquella idea y me limité a desearle:

–Suerte.

–Llamadme mañana cuando vayáis a coger el avión.

–Descuida. Hasta mañana.

–Adiós –y bajando la voz hasta el susurro, añadió–: Te echo de menos.

No me dio tiempo a reaccionar. Antes de que se extinguiera el sonido de la última sílaba, interrumpió la comunicación. Me quedé un tanto descolocado, mientras me hacía a aquella sensación que esperaba y a la vez temía. De uno u otro modo, siempre llega: la hora de pagar por lo que uno ha hecho. La había dejado entrar en mi territorio, y ahora me ocurría con ella lo que ocurre con cualquier huésped: que ahí estaba, limitando mi espacio, mientras no se fuera o lograra desalojarla. Por un lado, no sentía el menor deseo de que se marchase. Por otro, la manera en que me había acostumbrado a vivir, para hacer más llevaderos los reveses, y para ser menos dañino yo mismo, me exigía mantener una independencia que Ruth hacía peligrar.

–¿Y ahora qué? –preguntó Chamorro–. ¿Qué hacemos?

Me costó regresar del fondo de mis cavilaciones.

–No sé –dije–. ¿Te apetece ver algo en concreto?

–Ten en cuenta que no quedan muchas horas de luz.

–A algo nos dará tiempo, digo yo.

Mi compañera pareció deliberar consigo misma.

–Hay algo que ya sabes que me gustaría ver aquí –dijo al fin–. Y para eso no sólo no hace falta la luz del sol, sino que más bien sobra.

Tardé en caer.

–Ah, ese sitio que dijo Anglada para mirar las estrellas.

–El Roque de los Muchachos –precisó–. Pero estará lejos, a lo mejor es una paliza subir, y mañana tenemos que madrugar...

Mientras amontonaba los argumentos para no ir, me dejó adivinar la ilusión que le hacía conocer aquello. La interrumpí:

–Aquí nada puede estar muy lejos. Y si una noche hay que dormir poco, pues se duerme poco. ¿Tú quieres verlo?

Chamorro me miró, sin decidirse a pedirlo. En sus ojos había ese tierno desvalimiento de quien se siente descubierto en sus deseos por alguien que puede facilitarlos o frustrarlos, y que no se sabe cómo actuará. Pero conmigo podía prescindir de cualquier incertidumbre. Por oscuras razones me sentía en falta con ella, y por diversos motivos me escocía no ser capaz de aliviarle las dificultades personales que estaba atravesando; si me daba la ocasión de regalarle algo que apreciase, no podía sino aprovecharla.

–Vamos allá –decidí, mientras arrancaba–. En esa guantera debe de haber un mapa de la isla. Busca el objetivo, establece la ruta y me vas diciendo.

No había mucha distancia, por el camino más corto, y podía llegarse en coche hasta muy cerca de la cima. Sin embargo, el trazado sinuoso de la carretera, según lo mostraba el mapa, auguraba un recorrido poco propicio para alcanzar grandes velocidades. De paso, paramos a reservar nuestras habitaciones en una de las direcciones que nos había dado Anglada. Era un hostal de aspecto bastante potable, remozado no hacía mucho, donde acogieron con un amable «no hay problema» nuestra advertencia de que tal vez llegáramos bien entrada la noche. Allí nos confirmaron que en la carretera que llevaba al Roque de los Muchachos convenía conducir con precaución.

–Además, lo van a agradecer –aseguró la mujer que nos atendía–. El camino es una auténtica preciosidad, con uno de los mejores bosques de laurisilva de la isla. Y ya verán cómo va cambiando, cuando sube.

Mientras recorríamos la ruta, hubimos de darle la razón en todo a aquella mujer. Después de salir de la capital, y una vez tomado el desvío que indicaba la dirección del Roque y del observatorio astrofísico internacional, la carretera se empinaba y atravesaba un bosque que tenía poco que envidiar al que habíamos conocido en La Gomera. Abarcaba menos extensión, pero las especies vegetales eran casi las mismas, y la imagen que ofrecía, muy semejante. Incluso, en cuanto hubimos ganado una cierta altitud, compartía con el paisaje gomero aquella singular presencia de las nubes que se metían dentro del bosque, dándole una apariencia espectral. La visibilidad quedó pronto muy reducida, y los faros de nuestro utilitario de alquiler poco podían hacer contra el velo blanquecino que flotaba ante nuestros ojos.

–Aquí está otra vez la niebla –observó Chamorro, absorta.

–Menos mal que por esta zona no parece haber mucho tráfico –celebré–. Porque no es que sobre demasiado espacio en las curvas.

–Tiene algo relajante –continuó Chamorro, ajena a mis consideraciones viarias–. Será porque hace que todo parezca más quieto.

–¿El qué?

–La niebla, digo. Aunque a la vez sobrecoge un poco.

–Eso es por las películas –opiné–. A mí, cuando voy por un lugar donde hay niebla, siempre me parece que va a salir Jack Nicholson con esa cara que pone de demente y con un hacha en la mano, como en *El resplandor*.

–Te encantará, entonces –sugirió, irónica.

–No, Chamorro. Ya sabes que me aburren los psicópatas. Creo que son, con mucho, los asesinos menos interesantes.

–¿Cómo crees que es el nuestro, el que buscamos ahora? –preguntó.

–Para responderte me ayudaría tener en la cabeza alguna pista definida, en lugar del batiburrillo que hemos juntado hasta aquí –lamenté.

–Bueno, por lo que sabemos.

–No es un psicópata –aposté.

–Venga, algo más.

–Actuó con odio, o desprecio, o las dos cosas. Es resolutivo.

–¿Y eso?

–Tenemos muchos indicios para pensarlo –dije–. Ante todo, el degollamiento. Degollar a alguien no es matarlo de cualquier manera. Es hacerlo de un modo seguro, cruento, ventajista. La mecánica tampoco es fácil. No puede temblarte el pulso. En resumen, el que degüella no ve en la víctima más que una res que debe ser sacrificada de la forma más eficaz.

–Una explicación muy gráfica.

–Tenemos también su forma de conducir, según nos la han descrito. Su seguridad a la hora de moverse por un terreno difícil y con poca visibilidad. Al margen de que lo conozca o no. Yo llevo el coche por aquí y voy acojonado todo el tiempo, temiendo que en la próxima curva me salga un autobús y nos triture. Pero él prescinde de la existencia del riesgo. La forma en que conduce la gente dice mucho de su personalidad profunda.

–Pues yo te he visto conducir alguna vez como un loco.

–No, Chamorro; en el fondo, yo siempre controlo, y temo.

–Eso lo notarás tú.

–Lo noto. ¿Qué más dirías tú de nuestro asesino en la niebla?

–Minucioso, detallista, o si quieres, retorcido –opinó–. Por el lugar que eligió para dejar el cadáver, y por la manera de amañarlo todo, de encajar las piezas para organizar la cortina de humo que le dejara a salvo.

–Veo que estás absolviendo al concejal.

Chamorro arrugó la frente.

–Si fue el concejal, sería todo lo contrario, una chapuza. Y eso no me cuadra con el resto del perfil, con esa frialdad que dices. Además, tengo la sensación de que él no nos mintió. Me pareció un hombre noble.

–Cuidado con las sensaciones, Chamorro. Lo has visto

en una situación, y muy particular. La gente es capaz de dar sensaciones muy diferentes, según la circunstancia. Todos jugamos a eso, incluso aunque no queramos.

–Ya, bien que lo sé –admitió, sombría de pronto.

La carretera continuó ascendiendo durante un buen rato. A medida que fuimos ganando altitud, el bosque de laurisilva dio paso a otro de pinos. La niebla empezó a deshacerse, y en algunos recodos, al mirar abajo, se atisbaba el azul del océano. Habíamos subido mucho ya. El pinar era magnífico, con ejemplares de gran alzada. La pinaza cubría como una tupida alfombra el suelo sobre el que pronto se desvaneció el último jirón de niebla. No podía negarse que la naturaleza había sido generosa con aquella isla.

–Pues no está nada mal La Palma, tampoco –dije.

–Por algo deslumbró a Madonna –observó Chamorro.

–¿Qué?

–Tiene una canción dedicada a La Palma, Madonna –explicó–. *Isla bonita,* no me digas que no la has oído nunca.

–¿Ah, sí? Qué puesta estás. No imaginaba que te gustara Madonna.

–Depende. Algunas canciones sí. ¿Desapruebas mis gustos?

–No. Me sorprenden. Madonna...

–Qué pasa.

–Pues que no os veo así muy afines, pero oye...

–No he dicho que seamos afines. Sólo que me gusta cómo canta. Vamos, no seas malo, que me tienes muy conmovida con tu gesto.

–¿Qué gesto?

–El de subirme a ver las estrellas. Ya sé que a ti te importan un rábano.

Me sentí un poco cogido en falta.

–Mujer, tanto como que me importen un rábano...

–Tranquilo. El caso es que te debo una. No lo olvidaré.

Lo había hecho por ella, sí, pero debo reconocer que

también disfruté de la experiencia. Poco a poco el pinar empezó a clarear y vino a sustituirlo la vegetación de alta montaña. Matorrales bajos, duros, acostumbrados a resistir el azote de los vientos. Las vistas eran cada vez más espectaculares. Debíamos de andar por encima de los dos mil metros, y ante nosotros se alzaban ya las cumbres, emergiendo escarpadas del mar de nubes que se extendía en el horizonte. Al fin, tras recorrer un trecho de carretera que iba siguiendo la línea de la crestería montañosa que coronaba la isla, divisamos las instalaciones del observatorio astrofísico. Las semiesferas blancas de los telescopios, diseminadas entre las diversas alturas menores que circundaban el Roque de los Muchachos, brillaban al sol del atardecer. Parecía mentira que apenas media hora antes hubiéramos atravesado un bosque inundado de bruma. Siguiendo las indicaciones, llegamos a un pequeño aparcamiento que había al pie del roque. Los muchachos a que aludía su nombre eran unas pequeñas formaciones rocosas, vagamente antropomórficas, que se congregaban en su cima. Bajamos del coche para llegar a pie hasta ella.

Desde lo alto, a unos dos mil quinientos metros sobre el mar, vimos a nuestros pies la inmensa caldera volcánica que constituía el corazón de la isla. A decir verdad, medio la vimos y medio la adivinamos, por el enorme hueco que se abría bajo nosotros, ya que las nubes la ocultaban en buena parte. El aire era tan puro, el panorama tan grandioso, que resultaba difícil permanecer indiferente. Incluso yo, que no suelo ser demasiado vulnerable a las maravillas paisajísticas, me quedé impresionado. El rostro de Chamorro, anaranjado por la luz del sol poniente, reflejaba un absoluto embeleso.

–Qué pasada, los que puedan vivir y trabajar aquí –suspiró.

Miré a mi alrededor. Lo que se veía a lo lejos era fastuoso, sin duda, pero las inmediaciones del observatorio constituían un desolado paraje lunar.

–Hombre, Virginia, tampoco te pases.

–Pues no me importaría, en serio. Disfrutar todo el tiempo de este cielo tan limpio. ¿No te parece que es como estar en otro planeta?

–Sí. En Marte, lo menos.

–Qué quieres que te diga. Yo me siento mucho mejor aquí que ahí abajo.

Ya sé que no conviene extenderse en la descripción de una puesta de sol, así que me cuidaré mucho de hacerlo. Tengo que admitir, no obstante, que nunca había presenciado una como aquélla, y que no he asistido tampoco a nada parecido después. Cuando el disco solar se ocultó tras el horizonte, regresamos al coche, donde nos aguardaban unos bocadillos y un par de latas de cerveza que habíamos comprado en la ciudad. Cenamos allí, mientras la oscuridad se cernía sobre los riscos y la temperatura iba bajando afuera. Resultó una cena extraña, pero reparadora. El coche no era muy confortable, los bocadillos habrían podido ser mejores, la cerveza no estaba lo bastante fría y fue poco lo que hablamos. Pero la situación infundía una especie de paz de la que, por causas diversas, los dos andábamos necesitados.

En cierto momento, Chamorro cogió su bolso para buscar en él un pañuelo de papel. El desorden del bolso femenino es un fenómeno tan inexorable que incluso alcanzaba al de mi metódica compañera. Casi tuvo que vaciarlo para dar con lo que pretendía. Uno de los objetos que se desparramaron sobre su regazo fue su teléfono móvil. Vi que seguía apagado.

–¿No vas a volver a conectarlo? –le pregunté.

Chamorro observó el aparato con gesto ensimismado.

–Ya sé lo que me encontraré, si lo conecto –dijo.

–Y no quieres encontrarlo.

–No. La verdad es que no.

Ya me había metido demasiado donde no me llamaban, y ya me había dicho mucho más de lo que tenía derecho a oír. Me abstuve de seguir escarbando. Sin embargo, fue la propia Virginia la que continuó con ello:

–Es curioso, cómo te equivocas en la vida. Y es aún más curioso cómo, cuando te das cuenta de que te has equivocado, te preguntas: pero bueno, ¿cómo pude dejarme engañar con esto, con lo claro que estaba?

Mantuve mi reverente silencio.

–A toro pasado –prosiguió–, resulta tan evidente que te sientes imbécil. Pero supongo que una siempre quiere hacerse ilusiones. Y que lo que más nos cuesta es escarmentar. Por eso mordemos el anzuelo una y otra vez.

Inevitablemente, recordaba al escucharla la última ocasión en que yo mismo había, más que mordido, tragado el anzuelo al que se refería.

–A lo mejor sólo es un malentendido pasajero –dije.

Chamorro negó con la cabeza, despacio.

–No. El malentendido ha durado hasta aquí. Hasta ayer. A partir de ahora, ya puede olvidarse de mí, por la cuenta que le trae. Porque no tengo intención de malgastar ni un segundo más de mi vida dándole antojos a un niño egocéntrico. Y mucho menos pienso aguantarle a nadie sus malos modos. Si su madre no supo amaestrarlo, que se lo coma con patatas. Yo paso.

–¿Malos modos?

Quiso quitarle importancia:

–No llegó la sangre al río –dijo–. Pero he podido comprobar que tiene sus riesgos, no someterse a lo que al señor le apetece.

–No me estarás diciendo que te puso la mano encima.

–Olvídalo, no pasó nada.

–Dime que te puso la mano encima y lo siento en una silla de ruedas.

Mi compañera meneó la cabeza.

–Anda, cálmate. Lo más probable es que te sentara él a ti. No hay necesidad de hacer que esta historia resulte todavía más lamentable.

–No me subestimes –protesté–. Ya me las arreglaría.

–¿Cómo?

–Le atacaría a traición. Le manipularía los frenos del coche. Por ejemplo.

Se echó a reír.

–Hablo en serio –insistí–. Dime que te tocó y le arruino la vida.

–No, no me tocó. Pero me temo que ese capullo es de los que podrían llegar a hacerlo. Así que no me va a volver a ver el pelo nunca más.

–Y ahora te acosa por teléfono.

–Bah, sólo lloriquea. Ya se le pasará. Anda, vamos a olvidarnos de él. Ya está bastante oscuro. Ven y te enseño las estrellas.

Salimos del coche. Casi hacía frío, ahora. Fui tras Chamorro hasta un promontorio, desde el que se dominaba una extensa porción de cielo.

–La noche no es buena, porque va a haber demasiada luna –advirtió–. Pero ya quisiera ver yo desde mi casa la cuarta parte de esto. Mira. Guau. Es un verdadero espectáculo. Qué gozada.

Lo cierto es que nunca habría imaginado que hubiera tantas estrellas como las que a simple vista se ofrecían a nuestra contemplación. El cielo estaba infestado de ellas, por todas partes. Casi emborrachaba mirarlas.

–No sé cómo las distingues –dije–. A mí me parecen todas iguales.

–Ni mucho menos, y si las vieras con el telescopio, aún lo notarías más. Las hay de todos los colores. Unas están lejos, otras cerca. Siempre en términos relativos, claro. Incluso dentro de una misma constelación, hay a veces estrellas muy diferentes. Aunque nosotros las vemos agrupadas, no tienen nada en común y se encuentran a cientos de años-luz unas de otras.

–No sé, yo me pierdo.

–Mira, es muy fácil. ¿Ves aquélla tan luminosa? Es Sirio, la más visible de todas, en la constelación del Perro Mayor. Se distingue muy bien porque está muy cerca. La luz que estamos viendo ahora la produjo hace sólo nueve años. Hacia abajo, a la izquierda, sin salir del Perro, te encuentras Wezen. Aunque te parezca que está junto a Sirio, está lejísimos de ella. La luz que estás viendo la emitió hace más de dos mil años, pero es cien mil veces más potente que el Sol. Es una supergigante, un monstruo. Lástima no tener aunque fuera unos prismáticos. Si prolongas la línea que forman Sirio y Wezen, llegas hasta Betelgeuse, en la constelación de Orión. ¿La ves?

La seguía con dificultad, pero la seguía.

–Sí, creo que sí –dije.

–No tiene pérdida, hombre. Orión es una de las constelaciones más fáciles de identificar. Y si a partir de Betelgeuse dibujas un triángulo isósceles, poniéndola en el vértice inferior, llegas por la izquierda a la constelación de Géminis, y por la derecha a Aldebarán, en Tauro, y a las Pléyades...

Continuó señalándome muchas más estrellas de las que soy capaz de recordar, explicándome lo grandes o pequeñas que eran, lo lejos o cerca que estaban, el color que tenían cuando se las observaba a través del telescopio. Al final, pese a la nitidez del cielo, acabaron doliéndome los ojos.

–Uf –confesé–. Me parece que estoy llegando a mi límite. Entre lo que parpadean, y la cantidad de ellas que hay...

–No parpadean ellas –me aclaró–. Son las corrientes de aire en la atmósfera. Si te fijas, parpadean más cuanto más cerca de la línea del horizonte. Porque la luz atraviesa un espesor mayor de la atmósfera.

–En todo caso, creo que me rindo, Chamorro.

–Está bien, no te aburro más. Déjame que mire otro rato y nos vamos.

Me aparté un poco, mientras ella completaba sus observaciones. Al cabo de unos diez o quince minutos, se reunió conmigo. Hizo chascar la lengua.

–Lástima, no haber traído prismáticos –repitió–. En fin. Cuando quieras.

–Espero que te haya merecido la pena, a pesar de todo.

–Claro. Cuando lo puedes ver así, tan limpio, y abarcándolo de un golpe, sientes de pronto lo inmenso que es. Y que todo eso tiene que tener un por qué. Que tiene que haber, por narices, algo inteligente y bondadoso detrás.

–¿Tú crees?

–Sí, lo creo –declaró, con una súbita solemnidad–. ¿Tú no?

–Sólo a veces.

–Eso es que no te fijas bien.

–Será eso –respondí, porque en el fondo, qué sabía.

Aquella excursión, que pese a sus bienintencionados esfuerzos no le sirvió a Chamorro para convertirme, ni tampoco para contagiarme su afición astronómica, sí contribuyó en cambio a restaurar entre ambos la confianza que últimamente habíamos perdido. No se me ocultaba, ni a ella tampoco, cuál era una de las interferencias que habían propiciado aquel alejamiento. En el camino de regreso, mientras bajábamos, ahora en medio de la oscuridad, por la misma carretera por la que antes habíamos subido, fue ella la que quiso sacar el asunto. Quizá porque sabía que yo no lo iba a hacer.

–Hay una explicación que me parece que te debo –dijo.

Apenas la oí, adiviné por dónde iba.

–No me debes explicaciones –contesté–. No si no te apetece dármelas.

–En parte me cuesta un poco, sí. Pero me cuesta más dejar que pase el tiempo sin contártelo. Creo que tienes derecho.

–No tengo ningún derecho sobre nada tuyo –insistí–. Sólo soy tu sargento.

–Bueno, esto ha venido a mezclarse. Quizá porque yo he sido un poco tonta. El caso es que ahora creo que tengo que decírtelo.

–Hablamos de Anglada –me atreví a deducir.

–Sí.

–No hace falta que me cuentes nada, de veras.

–Voy a contártelo. Por mí. Me descargaré de un peso. Quiero que sepas por qué no la trago, y por qué no puedo dejar de lamentar que hayamos coincidido con ella en esta investigación.

Noté que el pulso se me aceleraba. No podía impedirlo.

–Algo te dejé caer, si no recuerdo mal –dijo–. Me llevo a matar con ella desde la academia. Y el caso es que al principio congeniamos, ya ves.

Se detuvo, y a punto estuve de pedirle que no siguiera. Pero no lo hice.

–Nos tocó en la misma camareta –continuó–, y durante los primeros días tuve la sensación de que era con la que más tenía en común de todas. Pero en seguida empecé a notar que había ciertos aspectos en los que éramos muy diferentes. Demasiado diferentes como para estar a gusto con ella.

Volvió a hacer una pausa. Le costaba ordenar su relato.

–En fin, no voy a aburrirte con rodeos. Pronto descubrí que Ruth tenía una visión de la vida muy distinta de la mía. Cuando por la noche empezaron las confidencias, siempre estaba con lo mismo. Puede que yo sea poco natural para estas cosas, no te digo que no. Pero el caso es que no me siento cómoda escuchando a una tía que no hace más que contarte con todo lujo de detalles cuántos tíos se ha tirado y cómo lo hace para ponerlos a cien y cómo lo pasó con éste y cómo la tiene aquél. Lo mismo me da que sea verdad o que sea mentira. No es mi tema favorito de conversación.

En la oscuridad de la noche, no pude ver cómo se ruborizaba. Tampoco ella pudo ver cómo la sangre acudía a mi rostro, pero yo sí lo noté.

–Si la cosa hubiera quedado ahí –añadió–, bueno. No sería mi modelo en la vida, pero nada más. El problema vino cuando fue más allá.

Volvió a quedarse callada, buscando las palabras.

–Mira –dijo, un poco nerviosa–. Yo no veo nada malo en que haya tías a las que les gusta acostarse con tías, eso por delante. Pero a mí, personalmente, no me va ese rollo. Entiendo que alguien, si va por ahí, pruebe suerte contigo, antes de saberlo. Lo que no entiendo es que te den el coñazo cuando ya les has dejado claro que eso no es lo tuyo. Y lo que me pone negra es que encima te dé la sensación de que lo hacen porque les divierte.

Sentí cuánto le había costado; como a un *cowboy* arrancarse una flecha.

–Vale, Virginia –le dije–. No hace falta que me cuentes más.

–Quería que supieras que tengo razones. Que no soy una histérica.

–Lo sé.

–Creo que he sabido llevarlo, a pesar de todo. Y no me ha sido fácil.

–Ya me doy cuenta.

–Pero si tú no lo crees así, me vuelvo a Madrid y que venga otro.

La voz se le había quebrado un poco en la última frase. La miré de reojo y vi el brillo de las lágrimas que temblaban entre sus párpados. Me sentí idiota, por lo que hubiera podido agravar su malestar, e inútil, porque veía que ella pasaba por un momento delicado y no sabía ayudarla.

–Tú no te vas a ninguna parte –dije–. No mientras yo no me vaya.

–Lo digo en serio.

–Ya veremos cómo lidiamos la situación, no te preocupes.

Yo, sin embargo, sí que estaba preocupado. Con la mirada fija en la niebla que ahora me reflejaba el resplandor de los faros, por aquella carretera de pronto interminable, pensaba en la manera en que había contribuido a embrollar aún más algo que ya de por sí era un buen embrollo. Me acordaba de Ruth, la veía a la nueva luz que Chamorro me acababa de revelar, y no sabía qué demonios iba a hacer para manejarme en adelante. Ni siquiera podía aclarar cuáles eran mis propios sentimientos respecto de ella.

–Mira –hice un supremo esfuerzo por parecer firme–. Vamos a resumir lo que está claro. Tú y yo formamos un equipo, punto. El equipo no se rompe por un tercero, y menos por la actitud improcedente de ese tercero. Si en algún momento alguien se comporta como no debe, y tan pronto como yo lo sepa, contra quien tomaré medidas será contra ese alguien. Así que te ruego que me mantengas informado de todo lo que pase a este respecto.

–Hasta ahora no ha pasado nada –dijo–. Ya he procurado no darle ocasión. Bueno, si exceptuamos el numerito del otro día en la playa.

–Dejemos eso correr. Pongamos que cada uno se baña como quiere.

–Mejor será, sí.

–Y seamos prácticos. Cuanto antes resolvamos este asunto, antes nos quitaremos el problema. Vamos a concentrarnos en el trabajo.

–Está bien.

–Pero ante todo, que te quede clara una cosa.

–Qué.

–Que puedes contar siempre conmigo. Para lo que sea.

Chamorro asintió con lentitud.

–Gracias –murmuró, y la culpa me atenazó la garganta.

Por fortuna, terminamos de cruzar aquel maldito bosque, la niebla se disipó y unos cuantos kilómetros más adelante la carretera se volvió bastante más ancha y llevadera. Entre unas cosas y otras, cuando por fin me acosté en la cama del hostal, estaba derrengado. Me vino bien, porque lo que necesitaba era dormir, y no enredarme en estériles elucubraciones.

Dormí, pero no hasta la hora que había programado en mi teléfono móvil. Cuando sonó, a eso de las cinco y cuarto, supe en seguida que algo no iba bien. No era la melodía del despertador, sino el tono de llamada.

–¿Vila? –oí que decía una voz masculina, cuando me puse el auricular en la oreja. Creí que era un sueño. Aquel hombre estaba llorando.

–Vila, ¿me oyes? Joder, Vila. Está muerta. La han matado. Joder...

No soñaba, no. Pero así, con esas palabras, empezó la pesadilla.

Capítulo 16
COMO SI NO ESTUVIERA MUERTA

Las horas que transcurrieron a partir de entonces, desde que supe por el teniente Guzmán que a Anglada la habían encontrado en las afueras de San Sebastián de la Gomera, con un balazo en el corazón, las recuerdo como un túnel mal iluminado, con un continuo zumbido de fondo que distorsionaba los ruidos exteriores y bloqueaba los esfuerzos de mi cerebro por hallarle una lógica a lo que estaba ocurriendo. Recuerdo, también, la reacción de Chamorro, cuando la desperté para darle la noticia. Primero se mostró incrédula, pero casi inmediatamente, tras comprender que no podía dejar de ser verdad, que ninguna otra posibilidad, más que la real y efectiva muerte de nuestra compañera, podía explicar que llamase de madrugada a su puerta para descargarle semejante mazazo, se hundió en una especie de pozo del que tardó mucho tiempo en salir. Apenas reunió fuerzas para musitar:

–No. La pobre...

He visto muchos muertos, y con todos ellos, de una manera o de otra, he acabado estableciendo una relación. A veces, de cierta intensidad. Me he hecho a convivir con ellos, y con la idea de que a toda la gente le llega el día en que es un fardo de carne tirado en el suelo del que otros han de ocuparse. He aprendido a bromear con esa idea, y a reírme cuando por Halloween, desde que se ha importado la celebración foránea, todos los de la unidad que no se dedican a homicidios nos felicitan a los *enterradores* y nos dicen que si no vamos a organizar un vino para festejarlo. Incluso, puestos a aprender, he aprendido a compartir los chistes de los forenses mientras perpetran la carnicería y el destrozo de una autopsia. Nada de eso, sin embargo, te prepara para ver morir a alguien que te importa; a alguien con quien has vivido. No me ha pasado muchas veces, pero cuando me sucede, como constaté que me estaba sucediendo aquella gris mañana de febrero, mientras íbamos hacia el aeropuerto de La Palma, siento lo mismo que cualquier otro. Que todo se me viene abajo, y que saboreo, a través de esa persona cercana, la muerte que quizá no seré capaz de saborear en mí mismo, cuando me toque.

Desde que tomamos tierra en Tenerife y pude volver a encenderlo, no paró de sonarme el teléfono. Llamaron todos los que podían llamarme. Guzmán, que se había trasladado a La Gomera en el primer barco de la mañana, me telefoneó varias veces, para coordinarnos. También mi comandante, desde Madrid, se unió al carnaval; por un lado, para encargarme que transmitiera su pesar a la gente de allí, y por otro, para pedirme una explicación que hube de reconocer que no podía proporcionarle. Otro tanto hizo el subdelegado del gobierno, con quien tuve que reproducir el penoso informe que le había dado a Pereira. El hombre se apiadó de mi menesterosa situación:

–Está bien, sargento –dijo–. Le dejo trabajar. Pero téngame al corriente, por favor. Quiero que sepa que estoy decidido a poner todos los medios, primero para apoyar a la familia, y luego para encarcelar al asesino.

–Gracias –dije. Era una palabra sencilla, que me eximía de pensar.

Cuando colgué, después de hablar con el subdelegado del gobierno, sonreí amargamente. No era un problema de medios, al menos en lo que se refería a atrapar a quien le había quitado la vida a Ruth. Sólo era cuestión de que cierto individuo demostrara la competencia que se le suponía e hiciera su trabajo de una puñetera vez. Ya iba a llegar tarde para salvarla, y por eso, lo sabía, nunca podría perdonarse lo descuidado que había sido. Por eso, también, el individuo necesitaba ahora tan desesperadamente esclarecer aquella muerte que quizá no fuera el más indicado para hacerlo. Pero en tanto no le apartaran por la fuerza, iba a convertirlo en su única misión.

Tuve otra llamada, mientras viajábamos en el hidroala hacia La Gomera. Era una mujer, a la que no conocía. Entre el ruido de la nave, la agitación del mar y el anonadamiento en que flotaba, tardé en comprenderla.

–Le digo que soy la juez de instrucción –repitió, alzando la voz–. ¿Me oye? ¿Es usted el sargento Vila?

–Sí, la oigo. Sí, soy yo.

–¿Y se puede saber dónde coño anda?

–Estoy en el barco, señoría, casi llegando a La Gomera.

–Aquí me dicen que le esperemos para levantar el cuerpo. Y a mí también me gustaría tener unas palabritas con usted. Pero quisiera saber si tendré que esperarle toda la mañana. Me aguardan hoy algunas otras tareas, así que si va a tardar mucho ordeno que levanten y me viene a ver al juzgado.

Chamorro me observó, preocupada. Por mi gesto, podía darse perfecta cuenta de que no me estaban felicitando. Discurrí deprisa.

–Vienen a recogernos al puerto –dije–. No tardaremos más de media hora.

–Media hora, ni un minuto más –advirtió, y colgó.

Gracias a Siso, que nos esperaba en el puerto (y a quien no hubo que insistirle mucho para que le apretara con rabia al todoterreno, hasta sacarle el último caballo que guardaba en su motor), pudimos llegar al lugar del crimen antes de que expirase el ultimátum de la juez. No quedaba lejos de la carretera. Era una zona despoblada, próxima a la costa. A unos treinta metros de la calzada, estaba el Opel Corsa de alquiler, con las puertas abiertas. A su alrededor, la parafernalia que tantas veces habíamos visto, pero que en esta ocasión tenía como centro a alguien que le daba a todo un significado radicalmente diferente, casi irreal. Siso acercó el todoterreno hasta estacionarlo junto al otro que ya estaba allí. Vi, uniformados, a Nava, Valbuena y un par de guardias más. Un poco más allá, junto al coche, distinguí, de paisano, al teniente Guzmán, la guardia Morcillo y el guardia Azuara. Con ellos había tres mujeres, dos de unos cuarenta años y otra de treinta y pocos. Todos nos miraron cuando bajamos del todoterreno con Siso.

Avancé hacia ellos, seguido por Chamorro, con la misma sensación que les supongo a los que caminan hacia donde les aguarda el pelotón de fusilamiento. Apenas nos tuvo a tiro, la treintañera me espetó, a bocajarro:

–¿Es usted Vila?

–Sí, señoría –me apresté a colegir.

–Muy bien. ¿Puede decirme cómo ha podido pasar esto?

–No, señoría.

–Pero por aquí me cuentan que llevaba usted la investigación en la que participaba la fallecida. Que la tenía temporalmente a sus órdenes.

–Eso es cierto. Investigábamos un homicidio que...

–Ya, ya me han informado de qué homicidio estaban investigando –me interrumpió–. Habría preferido enterarme antes, ya que se supone que ésta es mi jurisdicción, pero de eso usted no tiene la culpa.

El teniente Guzmán apretaba los labios. Deduje que no era el primero al que su señoría abroncaba aquella mañana.

–Lo que quiero saber –aclaró la juez–, es dónde se

metieron ustedes, y con quién, para que nos hayamos encontrado con esto.

–La investigación no estaba avanzada –dije–. Estábamos reuniendo indicios preliminares, considerando todavía varias hipótesis muy abiertas.

–Pues alguna de esas hipótesis se les ha cerrado de mala manera –opinó–. Por Dios, se supone que ustedes son los primeros interesados en ir con cuidado, cuando tratan con gente peligrosa. ¿Me puede explicar cómo es que andaba por aquí esta pobre, sola, mientras usted y su compañera estaban en La Palma? Y ya no sé si preguntarle qué hacían ustedes allí.

–Fuimos a interrogar a un testigo –dije–. Pero si me permite, señoría...

–Le permito que me cuente cualquier cosa que me ayude a dejar de alucinar. Se lo suplico, más bien. Aquí no suele pasar esto, ¿sabe?

Podía, hasta cierto punto, entender su enfado. Podía, también, entender que tuviera necesidad de hacer sentir su autoridad, y que yo era el tonto más a propósito para que desahogara su mala sangre. Pero confieso que me irritó la falta de profesionalidad con que encaraba aquella situación. Ni yo, ni ningún otro de los que allí se congregaban, estábamos para ayudarla a paliar su asombro, por muy juez que fuera, sino para suministrarle la mejor base probatoria en la instrucción del sumario, que era algo bien distinto. Y mientras se ensañaba conmigo, esa tarea no avanzaba un milímetro. En cualquier caso, ella era la jefa, y tampoco estaba yo muy satisfecho de mi propia profesionalidad, así que me tragué el orgullo y volví a intentarlo:

–Le decía, señoría, que en ningún momento tuvimos la sensación de estar tratando con delincuentes peligrosos. Buscamos a un asesino, y eso siempre presenta cierto riesgo. Pero no teníamos datos para pensar que pudiéramos estar arriesgándonos a que sucediera algo así. En absoluto.

–¿Sabe al menos en qué andaba ayer la fallecida?

–Hablé con ella por la tarde. Me propuso hacer algunas comprobaciones rutinarias, con posibles testigos. La autoricé sin la menor preocupación. Con la mayoría habíamos hablado ya y no eran personas que presentaran ningún problema. Amigos de la víctima, jóvenes normales.

–Pues por lo que parece, acabó viendo a alguien un poco anormal. Y dígame, ¿qué es lo que han descubierto, sobre la muerte del chico?

–Hasta ahora, no mucho más que en la primera investigación –repuse–. Que Iván López traficaba con droga a pequeña escala, algo que no se había podido determinar hace dos años. También hemos conseguido referencias de algunas personas concretas que podrían tener alguna relación con esas actividades y quizá con el crimen, pero aún sin contrastar. Estamos muy lejos de poder considerar a alguno de ellos como sospechoso.

La juez reflexionó durante unos instantes.

–Pues mire –dijo–, no soy una experta en investigación criminal, pero me parece que de un modo o de otro se han acercado al objetivo. Le recomiendo que repase sus actividades de los últimos días, y que trate de ordenar sus ideas. Y en cuanto lo haya hecho, espero que venga a contármelo. Ahora, ahí la tiene. Fíjese en todo lo que tenga que fijarse y la retiramos.

Eché a andar. La juez me observó como si recapacitara.

–Sargento –me llamó.

–Sí, señoría.

–Por encima de todo, sepa que lo siento. Ya puedo imaginarme que lo estará usted pasando muy mal.

–Imagina usted bien.

–No dude en pedir todo lo que le haga falta. Pero infórmeme, por favor.

–Descuide, señoría.

No esperaba que se excusara por obligarme a soportar su reprimenda, en aquellos momentos en que necesitaba todas mis fuerzas para tragarme el dolor y ardía de impaciencia por hacer mi trabajo. No esperaba que aquella mujer convencida de su valía y de su propia importancia tuviera la debilidad de concebir que podía equivocarse. Tampoco la descalifiqué por eso, ni como persona ni como juez. Parecía capaz, no decía tonterías y no pensé que no mereciera ocupar el puesto que ocupaba, o que no se lo hubiera ganado. Pero me propuse reducir el trato con ella al mínimo imprescindible, y mientras me acercaba al coche la borré por completo de mi mente.

Pese a todo, la costumbre de bregar con muertos te endurece. No me desmayé, cuando divisé aquel bulto en el asiento del conductor, tapado por la manta. Tampoco cuando Azuara levantó la manta y vi su rostro, congelado en una mueca en la que se mezclaban la sorpresa y una tristeza infinita. Ni siquiera cuando apareció ante mis ojos su pecho roto y cubierto de sangre. Aquel mismo pecho que... Allí siguió mi cuerpo, tozudamente de pie, mientras mi alma mordía el polvo de un desierto ingente y solitario. Porque al verla allí, perdida para siempre, supe que la quería. No que habría seguido queriéndola si no hubiera muerto, no que habría alterado mi vida por ella ni que se la habría entregado con abnegación, porque nada de eso podría ya saberlo. Sino que alguna noche, muchos años después, soñaría con ella, y por la mañana se me erizaría la piel al sentir, mezcladas, la herida irremediable de su ausencia y la dulzura de haber podido volver a rozarla.

En fin, también nos fijamos en lo que debíamos fijarnos, como la juez había dicho. Le habían disparado a quemarropa, con su propia arma, que habían dejado abandonada sobre su regazo. La trayectoria de la bala, que tras atravesarla se había alojado en el lateral de la carrocería, sugería que el tiro había partido de la posición del copiloto. Había sido uno solo, y aparte de eso no había más huella de violencia. Tampoco de otra índole.

–Limpiaron el coche, y por lo que hemos visto en la parte que presenta, también la pistola –dijo Guzmán–. Estábamos revisando ahora las superficies exteriores, pero ya sabes que ahí es menos probable, y con la humedad de la noche, supongo que no podemos esperar mucho por ese lado.

–¿Quién la encontró? –pregunté.

–Yo –dijo el cabo Valbuena–. Y éste –señaló a uno de los guardias–. Pasábamos por la carretera y lo vimos, el coche. Nos pareció raro. Nos acercamos y nos la encontramos, así como la están viendo ahora.

–¿Qué hora era?

–Las tres de la mañana, pasadas.

–¿No hay huellas de otros coches? ¿De zapatos?

Guzmán meneó la cabeza.

–Lo hemos repasado palmo a palmo. Nada de nada. El terreno es un poco duro, de todas formas.

–¿Alguno la vio, ayer?

Intervino Nava.

–Pasó por el puesto, a saludar.

–¿A qué hora?

–Sobre las siete y cuarto.

–¿Y cuándo se fue?

–En seguida.

–Así que pongamos que desde las siete y media no sabemos qué hizo.

Nava meneó la cabeza.

–Desde las ocho –precisó–. Yo había quedado en el centro con unos conocidos y ella me acercó hasta la plaza. Ahí, a las ocho, bueno, minuto arriba o abajo, fue la última vez que la vi.

–¿Qué te dijo que iba a hacer?

–Me dijo que iba a buscar a los amigos del chico. Que iba a intentar localizar a una rubia misteriosa de la que por lo visto os había hablado la hija del concejal. Pero supongo que tú sabrás mejor de qué va todo eso.

Noté en el tono de Nava una especie de recriminación. Su rostro demacrado lo subrayaba. Era lo único que me faltaba, después de la juez. Por fortuna, el teniente Guzmán andaba al quite y tenía otro talante.

–A mí me llamó por teléfono –reveló–. Y me contó eso mismo. Me dijo que te había propuesto buscar a esa chica. No sé cómo se acabó encontrando con... –tuvo que hacer un esfuerzo para seguir–. En fin, con quien le hizo esto. No parecía que fuera a enfrentarse a ningún peligro.

–Yo tampoco lo sé, mi teniente, te lo juro –dije, desolado.

–Vamos –me dijo, vigilando de reojo a la juez, que charlaba a unos cuantos metros con la secretaria judicial y la forense–. No te dejes comer la moral por esa niñata déspota. Tú no has tenido la culpa de esto, Vila.

–La niñata es la juez, y no deja de tener una parte de razón –lamenté–. Si ha pasado esto, y nos coge como nos coge, es porque hemos revuelto algo sin darnos cuenta. Y no voy a poder evitar sentirme culpable de eso. He tenido casi una semana para enterarme de lo que me traía entre manos.

Nava, aunque su semblante, entre la falta de sueño y todo lo demás, continuaba viéndose tenso, se sumó entonces al teniente, conciliador:

–No te tortures, compañero. Ha rodado mal, qué le vamos a hacer. Todos los que estamos aquí sabemos lo que nos jugamos. Ella lo sabía.

La miré, otra vez. Sí, era posible que lo supiera, y que lo hubiera aceptado. No era cobarde, no rehuía la pringue ni el sacrificio; me parecía que, a pesar de todas las singularidades de su carácter, creía en lo que hacía, y que iba a merecer de sobra la medalla que le concederían a título póstumo. Más que otros que las paseaban a manojos en vida, haciéndolas tintinear.

–¿Tenéis una bolsita por ahí? –preguntó de pronto Chamorro.

–¿Eh? –dijo Guzmán.

–Yo tengo, qué hay –se le unió Morcillo.

Mi compañera estaba inclinada sobre el asiento del copiloto, con la vista fija en un punto. Sin apartarla, le tendió la mano a Morcillo.

–Cabellos –reveló–. Al menos un par.

–Coño, si he mirado antes –dijo Morcillo.

–Están metidos en un pliegue. Dame las pinzas.

–No te hagas ilusiones –tercié–. He estado yendo en ese asiento durante varios días. Seguro que son míos.

–No sospecharé de ti –bromeó Chamorro, aunque fuera una broma tan desvaída como el momento exigía–. Tengo comprobada tu coartada.

–Menos mal –me congratulé, sin lograr sonreír.

Cuando los tuvo en la bolsita, Chamorro miró los cabellos a la luz.

–No se distingue bien si son de diferente color –apreció–. Pero son de diferente longitud. Uno podría ser de los tuyos, sí. Otros son más largos.

–Se me ocurre una estupidez –dijo Morcillo.

–¿Cuál? –preguntó Guzmán.

–Tenemos los cabellos que aparecieron en el coche del concejal, en su día. Y entre ellos, os recuerdo, uno que no se consiguió identificar.

Debo reconocer que me había olvidado de aquel detalle.

–Joder, Morcillo –exclamé–. Pues ya sabes lo que hay que hacer. Dame una bolsita y un bolígrafo, por favor.

Me arranqué dos, o tres, o yo que sé cuántos cabellos. No fue difícil, porque ya no se sujetaban a mi cráneo con la contumacia de los veinte años. Los metí en la bolsita y la identifiqué con mi nombre. Luego se la tendí.

–Defiende esas muestras con tu vida –le pedí–, hasta que las mandemos al laboratorio. A lo mejor no sirve para nada, pero hay que probar.

En eso, se acercó la juez.

–Bueno, señores, y señoras –dijo, con cierta ironía–. Creo que ya no esperamos más, si no tienen inconveniente.

–No, señoría –me sometí–. Disculpe.

No quise estar en primera línea cuando levantaron el cadáver. Primero, Morcillo se hizo cargo de la pistola, que guardó en la bolsa correspondiente. Luego, los dos empleados de la empresa de ambulancias, bajo la supervisión de la forense, la sacaron del coche. No pude mirar cómo su cabeza y su cabellera caían hacia atrás. Pronto estuvo otra vez oculta, y entonces supe que nunca más se ofrecería nada de ella a mis ojos. Sentí el latido en falso, la debilidad en las piernas. Respiré hondo. A veces estar vivo también es eso, notar el golpe, sentirse fallar, apretar los dientes. Y soportarlo.

Se fue la ambulancia, se fue la forense, la secretaria judicial, la juez. Los idiotas de los guardias, salvo los que escoltaban a la ambulancia, nos quedamos todavía allí un rato, abatidos y recorriendo hasta el último milímetro de la escena del crimen. Es una tarea que a nadie le gusta, fastidiosa y en algunos casos exasperante, pero que alguien tiene que hacer, y que luego agradeces tanto haber cumplido como lamentas su omisión, cuando falta. Todo crimen tiene una filosofía y una mecánica. A veces la filosofía es imposible de desentrañar o de entender; hay crímenes muy intrincados, otros casuales y no pocos absurdos. La mecánica, sin embargo, está ahí indefectiblemente. Y tiene una lógica, porque las cosas concretas, a diferencia de las abstractas, siempre la tienen. Por eso es crucial tomar todas las precauciones para no dejarse ninguna pieza, ningún rastro que pueda ayudar a reconstruir esa lógica. Muchas veces, más de las que se piensa, de ahí viene la solución.

Aquella mañana, por ejemplo, nuestra obstinación acabó dando resultado. El que lo vio fue Azuara. Las ventajas de tener unos ojos sin maltratar por la edad. Sin apartarse del coche, para no perderlo, le pidió a Morcillo.

–¿Me alcanzas el cianocrilato?

Cualquiera ha usado alguna vez el cianocrilato, aunque no lo sepa. Cualquiera que haya reparado en casa alguna pieza de porcelana con un pegamento ultrarrápido. Eso son tales pegamentos, cianocrilato. Y los vapores que despide la sustancia en cuestión, inmejorables para revelar huellas dactilares en superficies de las que es difícil levantarlas por otros medios.

–No me digas que... –dudó Morcillo.

–No estoy seguro, pero me ha parecido. No entera, pero...

Azuara aplicó el instrumento, una barra que calentaba el cianocrilato para favorecer su disipación, a la moldura de la puerta del conductor del Opel Corsa. Al cabo de unos segundos, una sonrisa asomó a su rostro.

–La tengo –anunció–. Algo más de media. Va a valer, creo.

–Apúntate una, Azuara –dijo Guzmán–. Y cuídate la vista, tío.

Dentro del desastre, parecía que la suerte nos sonreía. Por mi parte, después de la conmoción, notaba que mi cerebro empezaba a recobrar su funcionamiento normal. Organizaba ya los siguientes pasos, trataba de fijarse el mejor itinerario, y ardía en deseos de lanzarse a recorrerlo.

–Si te parece, mi teniente –le sugerí a Guzmán– creo que habría que comprobar esa huella a toda velocidad. No quiero ser tan optimista como para pensar que nos lo va a resolver, pero no lo descartemos.

–No, no lo descartemos. Azuara, cuando termines de recogerla, te vas a Tenerife cagando leches para cruzarla con la base de datos. Y llévate también los cabellos y encárgate de enviarlos al laboratorio en Madrid. Que te lo hagan tan deprisa como puedan. Si hace falta, les dices para qué es.

–Por otra parte, me gustaría sentarme en algún momento contigo para tratar de ordenar lo que tenemos y decidir cómo seguimos.

Guzmán miró su reloj.

–Lo charlamos más adelante, si quieres. Yo tengo que

estar ahora pendiente de otra cosa. Los padres de Ruth vienen de camino. Me gustaría recibirlos cuando aterricen en Tenerife. Y me temo que voy a tener que irme en el mismo barco que Azuara, si quiero llegar con tiempo suficiente.

–Ah, ya.

–Organiza tú el trabajo hoy. Morcillo se queda contigo –dijo–. Hasta que haga falta. ¿Me oíste, Morcillo? Te encomiendo al sargento. Cuídalo.

–Lo haré, mi teniente –repuso Morcillo, con su flema habitual.

–Sugiero que estéis atentos a la autopsia –agregó Guzmán–. La forense me ha dicho antes que pensaba hacerla en seguida. Tiene no sé qué luego.

Me representé lo que sería la autopsia, y comprendí que deseaba estar tan lejos de ella como fuera posible. Pero tenía un deber que cumplir.

–Gracias por la información, mi teniente. Me temo que sí, que eso es lo primero. Ya pensaremos en otras cosas después.

En ese punto nos separamos, Azuara y Guzmán camino del puerto, Nava y Valbuena rumbo a la casa-cuartel, y Siso, Morcillo, Chamorro y yo, al depósito municipal, donde iba a practicarse la autopsia. Mientras nos llevaba hacia allí, Siso no pudo reprimir por más tiempo la emoción.

–Me cago en la puta, no hay derecho, mi sargento –sollozó.

–Tranquilo –le puse una mano en el hombro–. Tenemos que aguantar.

–Me acuerdo de todas las horas que he pasado con ella –dijo–. Siempre estaba de coña, no recuerdo haber ido nunca de patrulla con alguien más cachondo, ni más inteligente, ni que tuviera tantas cosas dentro.

–Sin conocerla mucho, sé que era así –dije.

–Y ahora ya no es nada.

–Bueno, no sabemos. Algo es, si tú la recuerdas.

–Que si me voy a acordar de ella. Era una tía de puta madre, mi sargento. Este mundo es una mierda, cuando ella está muerta y tantos hijos de puta se pasean por ahí y se hacen viejos sin que nadie los moleste.

–Qué le vamos a hacer, compañero.

–No hace falta que se lo diga. Si lo coge, al que lo haya hecho, no me deje estar cerca en ningún momento. Porque le muerdo los sesos. Y me importa tres cojones que me manden a la cárcel veinte años.

–Cálmate. Lo vamos a coger. Y no vas a hacer nada de eso. Los veinte años se los va a comer él, y le darán para lamentarlo.

–No sé cómo puede verlo así de frío, mi sargento. Yo...

–No lo veo así de frío, Siso. Me estoy conteniendo para no pegarle un cabezazo a la ventanilla. Pero perdería tiempo limpiándome luego la sangre. Así que mejor centrarse y ponernos a lo que nos tenemos que poner.

Morcillo y Chamorro, en el asiento trasero, guardaban silencio. A partir de ese momento, Siso y yo dimos en imitarlas. Ninguno de los cuatro despegó los labios hasta que llegamos ante la fachada del depósito.

Fue triste incluso eso, el lugar donde se lo hicieron. Ya sé que la idea de una sala de autopsias, y cualquier género de alegría, vienen a ser extremos incompatibles. Y también conocía unas pocas de las instalaciones de esas características que salpican la geografía nacional, algunas de una desnudez y precariedad bastante acongojante. Pero ninguna me había producido la siniestra desazón que apenas me acerqué al umbral me produjo aquélla. La forense, ya vestida para faenar, nos saludó y no dejó de invitarnos:

–Si quieren asistir, voy a empezar ya.

Morcillo y Chamorro me miraron. Notaron que dudaba.

–Yo, si no es imprescindible, espero aquí –dijo Morcillo.

Si tienes oportunidad, y esta vez se nos ofrecía, es mejor ver todo lo que puedas de primera mano. Así lo creía yo, al menos, y Chamorro sabía por reiterada experiencia práctica que tal era mi opinión. Me había visto saltarme muy pocas autopsias de las que había tenido ocasión de presenciar. Pero tuve que admitir que no estaba en condiciones. Era embarazoso reconocerlo delante de todos. No me quedaba, sin embargo, otra opción.

–Chamorro –le dije–. Creo que yo no puedo. Y ya sé que así es un poco feo que te lo pida. Pero, ¿me harías el favor de pasar tú?

No sé qué pensaron la forense y Morcillo. Probablemente, que no tenía estómago y que además mi conducta era de una desconcertante indelicadeza hacia mi subordinada. Las dos eran mujeres prácticas, expeditivas y bregadas, al menos en aquellos menesteres, y debieron de interpretar que estaban viviendo un aleccionador episodio de debilidad masculina. Pero no era nada de lo que ellas pudieran pensar lo que a mí me importaba. Lo que me preocupaba era lo que pudiera estar imaginando Chamorro, que me conocía como ellas dos no podían hacerlo, que sabía positivamente hasta dónde llegaba o dejaba de llegar mi estómago, mi delicadeza y, puestos a agotarlo todo, también tenía pistas para delimitar el territorio de mi debilidad. Me observó, sabiéndose a su vez observada, y no puedo decir si adivinó o no lo que había debajo de mi flaqueza. Nunca me dijo nada que me permitiera inferirlo. Nunca me será posible dejar de sospechar que algo se olió.

–Está bien. Paso yo –dijo.

Tampoco debió de ser un plato de gusto para ella. Pero si pude pedírselo, fue porque sabía que era capaz de encajarlo. Que entraría allí, y mientras la forense maniobraba, no dejaría de atender a cuanto hubiera de anotar. Y sobre todo, que lo haría sin dejarse entorpecer por lo que aquella mujer que estaba tendida en la mesa había sido para ella mientras estaba viva.

Cuando todo acabó, la forense salió la primera.

–Ya le dirá su compañera y les pasaré el informe, pero

poca cosa, aparte de lo obvio. Si me disculpan, ya llego tarde a otro sitio.

Chamorro vino un poco después, sin prisa, sacándose con gesto ausente los guantes. En sus ojos se notaba el cansancio, un resto de horror.

–Apenas unas magulladuras en los hombros –informó–. Como si alguien la hubiera sujetado por ahí un poco fuerte, nada de golpes. Y el balazo. Muy cerca, a cañón tocante. La bala, confirmado, del calibre de su pistola, aproximadamente. Dudo que sea otra que la que recogimos.

–¿Nada más?

–Nada más. El resto, intacto. Tersa como si no estuviera muerta.

Aún hoy me sorprende aquella póstuma ternura de Chamorro hacia Ruth. Me pareció, de pronto, que la muerte las había hermanado. Eso bueno tiene, al menos. Que nos muestra lo fútiles que son nuestras diferencias.

Capítulo 17
EL REY DEL MAMBO

La muerte, en sí misma, no existe. Por eso es un desperdicio estúpido temerla. Lo atroz de la muerte, lo que debería infundirnos miedo, son los recovecos de la vida a los que impone su estigma. Lo verdaderamente temible es aquello que la muerte no se lleva; los vestigios que quedan ahí para recordarnos, hasta el fin de nuestra memoria (todo el tiempo que ante nosotros se extiende), que aquel que murió estuvo con nosotros y ya no está.

La situación más terrible que viví con ocasión de la muerte de Ruth vino desprovista de toda solemnidad y de cualquier truculencia. Más espantoso que ver su pecho taladrado por la bala, más desgarrador que imaginarla agredida por los bisturíes y las sierras de la forense, fue el instante en que junto a su padre, el brigada Anglada, y su madre, que estaba y a la vez no estaba allí, entré en la habitación que ella había ocupado en el parador y descubrí todo aquello: su ropa en las perchas, su neceser en el baño, sus zapatillas en el suelo, su camiseta naranja sobre la cama que habíamos compartido. Mil veces más desolador que cualquier otra imagen que hubiera registrado mi retina en las horas precedentes, fue ver luego a aquella mujer recoger en silencio las cosas, mientras el padre lloraba y se limpiaba las lágrimas, también en silencio. Pero lo que hizo que me doliera el alma hasta resultarme intolerable fue oír al brigada decirme, apenas unos minutos después:

–Sólo tenía esta hija, sargento. No siempre la entendí, pero no era mala. Sé que no hace falta que te lo pida, pero te lo pido. Encuéntralo.

Ni una sola palabra de reproche brotó de sus labios. Ni una mirada que no fuera la limpia mirada de un animal herido salió de sus ojos pertinaces. Y cuando nos separamos y me dio la mano, en sus dedos había la fuerza y el calor de quien quiere sentirse contigo y que te sientas con él.

Hubo naturalmente un funeral oficial, con todos los requisitos. El ataúd con la bandera, el subdelegado del gobierno, jefes, periodistas, un sacerdote prometiendo la resurrección y la vida a los creyentes y tratando de animar a los que se quedaban, o mejor dicho, nos quedábamos sin Ruth. Asistí, y cargué el féretro a la entrada y a la salida del templo, aunque no tenía uniforme y desentonaba con Guzmán, Azuara, Nava y los demás compañeros que allí estaban tratando de contener el llanto que una y otra vez se les venía a los ojos. Luego la subimos a un coche que la llevaría al aeropuerto, donde embarcaría junto a los padres en un avión rumbo a Valencia. Del acto fúnebre no hay mucho más que contar. Los periodistas se marcharon, los jefes también, y el cura fue a quitarse sus adornos y a continuar con la rutina diaria. El subdelegado del gobierno, en su honor debo decirlo, no quiso irse sin saludar al personal de infantería. Se acercó a donde estábamos los que habíamos cargado el cajón en el coche y nos dio la mano a todos. A Guzmán y a mí nos llevó luego a un aparte. Con aire confidencial, nos comunicó:

–Ya he hablado con la juez, ya me he echado todas las culpas y creo que he conseguido darle gusto. Sólo necesitaba que alguien se humillara ante ella, y bueno, asumo que va en mi sueldo. Creo que he conseguido convencerla de que confíe en nosotros y no nos complique la vida. Tendremos que mimarla un poco, pero descuiden, esa cruz ya la arrastraré yo.

Aquello iba más allá de sus obligaciones, y me dio la sensación de que se lo echaba a la espalda como una especie de compensación por habernos expuesto con su iniciativa a las iras de su señoría. También venía a decirnos, de forma más o menos sutil, que le suministráramos puntualmente la información que le permitiera mantener apaciguada a la autoridad judicial. El teniente Guzmán, que era lo bastante largo como para captar la indirecta, se apresuró a hacerle un breve resumen de las últimas novedades:

–Hemos comprobado la huella dactilar. No es de Ruth, pero por desgracia tampoco hemos conseguido cuadrarla con la de nadie que esté fichado.

–Bueno, eso ya es un dato, ¿no?

–Sólo hasta cierto punto –dije.

–Hemos enviado los cabellos al laboratorio –añadió Guzmán–, para compararlos con los que se encontraron del coche del concejal. Tendremos algo antes de veinticuatro horas, o eso nos han prometido.

–Bien –asintió el subdelegado del gobierno.

–Aparte de eso, está la autopsia, con el resultado que ya le comenté, y la verdad es que ayer no pudimos avanzar mucho más. Pero Vila se va ahora mismo a La Gomera con el equipo para meterse en faena.

–¿Cuál es la idea que tienen?

–La idea es que con algo de lo que hicimos removimos el nido de avispas –expliqué–. Vamos a volver sobre nuestros pasos, y vamos a atacar donde nos parece más probable que podamos sacar alguna luz. Ahora la situación ha cambiado un poco. Han matado a una guardia. Los que decían no saber nada hace tres días van a tener que esmerarse mucho para hacernos creer que no circula ningún rumor por ahí. Por ahí empezaremos.

–Me parece sensato.

–Hay algo que en mi opinión tendríamos que poner en marcha –dije–. Lo tendría que ordenar la juez, y me temo que le pueda parecer que es un poco prematuro. Pero sinceramente creo que no tenemos más remedio y que habría que convencerla para que se la jugara.

–Dígame, sargento, y yo me encargo.

–Una orden de búsqueda y captura para Florencio Torres y Consolación Requero. Los dos presuntos contactos y proveedores de droga de Iván López que se esfumaron antes de que pudiéramos hablar con ellos.

–No se preocupe. Se la consigo. ¿Algo más?

–No de momento.

–Cuando necesite algo, llámeme. Apúntese mi teléfono móvil.

Empezó a dictar el número, deprisa. Lo grabé en mi aparato.

–A cualquier hora del día o de la noche –ofreció–. Suerte. Y gracias.

Me llevé a La Gomera conmigo a Chamorro, Morcillo y Azuara. Para poder trasladarnos con el coche, embarcamos en el ferry. La travesía era mucho más lenta que con el hidroala, y también bastante menos movida. Aproveché para hacer una puesta en común y organizar el plan de acción.

–Utilicemos la lógica desde el principio –propuse–. A ver si podemos ir centrados y no desviarnos. Primera premisa: mientras no nos digan otra cosa, asumamos que la muerte de Ruth tiene que ver con la investigación en la que participaba y por tanto con la muerte de Iván. ¿Estamos de acuerdo?

–Es más que verosímil –opinó Morcillo.

–Bien. Segunda premisa: el hecho de que la mataran tiene que ver con algo que descubrimos o que estábamos a punto de descubrir o que ella descubrió. Os hemos contado lo que hicimos. A ver, qué puede ser.

–El contacto de Iván con el tráfico de drogas –apuntó Azuara.

–Sus tratos con los desaparecidos, el Moranco y la Cheli –dijo Morcillo.

–Por coincidencia en el tiempo, la rubia de la moto –sugirió Chamorro.

–Podríamos sumar dos posibilidades más, de entrada: las malas relaciones del chico con Stammler, y los detalles de su enemistad con el sospechoso de partida, el concejal Gómez Padilla. Pero estoy de acuerdo en aparcarlas. Stammler admitió su antipatía hacia Iván, y el concejal está ahí como estaba desde el principio. No hemos encontrado nada nuevo sobre él.

Noté que Morcillo rumiaba algún reparo. Pero se lo guardó.

–Y ahora quisiera pediros un ejercicio un poco más difícil. Creo que si perdemos diez minutos en él, lo vamos a agradecer.

Los tres me miraron con curiosidad.

–Es para nota –advertí–. ¿Quién iba en el coche rojo, y qué pasó exactamente aquella noche de noviembre? Venga, dadle a la imaginación.

Dudaron, los tres.

–Sin miedo. Vamos, empiezo yo. Para poner el peor ejemplo, intento desarrollar la hipótesis de la que ahora dudamos: en el coche viajaban Gómez Padilla e Iván. Alternativa A: el concejal le había convencido para que fuera con él, no sé cómo, ni adónde. Por el camino, paró y aprovechando un descuido lo degolló. Luego se deshizo del cadáver y simuló el robo del coche porque la Guardia Civil lo había visto, lo había perseguido y tal vez le había tomado la matrícula. Alternativa B: el concejal iba con otra persona, e Iván ya muerto en el maletero. El resto, igual. Alternativa C: Iván iba en el asiento del copiloto, muerto pero sujeto para que pareciera vivo a quien lo viera. Por eso las gorras de visera, para ocultar el rostro.

Me contemplaron con un gesto extraño. Como si dudaran de mi cordura.

–Calma –los tranquilicé–. Simplemente era un ejercicio. Antes de invitaros a decirlas vosotros, prefiero decir yo las chorradas. Critiquemos ahora mi hipótesis. Lo hago yo. La alternativa A tiene unos cuantos puntos flacos. ¿Podemos creer que Iván fue de buen grado con el concejal hasta ese recóndito rincón del bosque? Recordemos que en el cadáver no había señales de violencia, aparte del tajo de cuchillo. Por otra parte, si le degolló en el asiento, no hay bastante sangre. Y si le degolló fuera, no debería haber ninguna. Pero en fin, quizá sucedió así, no es del todo inconcebible.

–No –opinó Morcillo–. Ésa fue siempre nuestra mejor hipótesis.

–La alternativa B es difícil –proseguí–. ¿Con quién pudo compincharse el concejal para hacer eso? ¿Cómo es que no había sangre en el maletero?

–Pero imposible tampoco es –dijo Azuara.

–La alternativa C es rarísima –rematé–. Buf, llevar al muerto al lado, arriesgándote a que te pillen. Para qué. Pero podría explicar ese detalle tan peculiar de las viseras, y por qué la sangre estaba en el asiento del copiloto y no era mucha. Porque a Iván lo habrían sentado en él ya desangrado.

–Dentro de lo extraño que es, eso encaja –dijo Chamorro.

–Pues a ver, ahora vosotros.

–Se me ocurre, así a bote pronto, la que nos contó el concejal –intervino mi compañera–. Que el coche lo robó alguien que sabía que era suyo, y que sabía también de sus roces con Iván, y lo usó para incriminarlo. Puede que ya hubiera matado al chico, o puede que tuviera pensado cargárselo y lo convenciera para que fuera con él al parque, donde lo hizo... En cuanto a las manchas de sangre en el asiento, se explicarían siempre. Podría ser que sentara a Iván muerto allí, como antes dijiste. O no. Al asesino le convenía no dejar de manchar el asiento con la sangre del muerto, porque justo eso era lo que iba a implicar a Gómez Padilla en el crimen.

–Bien visto –dije–. Y tu propuesta suscita varias reflexiones. Si Iván iba vivo en el coche, debía de tener confianza con el asesino. Si iba muerto, al menos el asesino le conocía. Por otra parte, cabe que el fin principal fuera eliminar a Iván o, por qué no, que estemos bregando con gente lo bastante desalmada como para matarle sólo para hundir al concejal.

–¿Usted cree, mi sargento? –dudó Morcillo.

–Francamente, no. Pero no descartemos nada aún. En todo caso, y siempre en esta hipótesis, al que lo organizó no le importaba, y a lo mejor le apetecía, hundirle la vida al pobre Gómez Padilla. Más opciones.

Los vi estrujarse las meninges. Fue Morcillo la que se adelantó:

–Ésta es muy dudosa, pero la he pensado alguna vez, cuando buscaba explicaciones que pudieran respaldar las protestas de inocencia del concejal. Lo que se me ocurría es que el propio Iván, por fastidiar al hombre que le había insultado y amenazado, le hubiera robado el coche con ayuda de algún amigo o conocido suyo. Que se hubieran ido a correr con él al parque. Que allí hubieran discutido y el otro le hubiera matado. Y que el amigo, que conocía al concejal, hubiera sido el que hizo la llamada anónima al puesto, inventándose que un hombre de la edad de Gómez Padilla estaba forzando la cerradura después de bajarse del coche. Para que dudáramos del concejal cuando denunciara el robo y tuviéramos que pensar que intentaba colárnosla.

–Fino, el amigo –juzgó Chamorro.

–Y retorcido –dijo Azuara.

–Y rápido –concluí.

–Ya veo que no os gusta –constató Morcillo.

–No –dije–. No está mal. No puedo decirte que sea insostenible.

Mi equipo quedó pensativo.

–Y de todo esto qué sacamos –consultó Chamorro.

–Seguimos sin tener ni idea de quién pudo ser –admití–. Pero creo que entre todo lo que acabamos de decir, combinado no sé muy bien cómo, podemos pensar que tenemos el cómo sucedió. Y eso es algo.

La Gomera se aproximaba despacio por proa. El viento soplaba con fuerza y era agradable sentirlo en el rostro, fresco y vivificante.

–Tengamos todo esto en mente –les pedí–. Y ahora, teniendo también presente lo que dijimos al principio, vamos a fijarnos objetivos. Vosotros dos, buscáis a los amigos de Iván y tratáis por todos los medios de localizar a esa rubia. Chamorro y yo vamos a intentar averiguar qué ha sido de los dos fugitivos. Tengo especiales ganas de volver a ver a cierto sujeto.

No me costó mucho encontrar a Machaquito. Estaba donde siempre, en la actitud contemplativa usual, y me dio la sensación de que, en cierto modo, esperando. Apenas nos vio llegar, se levantó y dijo, compungido:

–No sabe cuánto lo... Mi más sentido pésame.

Dejaría que me ahorcaran, antes que decirle a nadie que haya perdido a alguien «mi más sentido pésame». Pero reconocí que Machaquito, recurriendo a esa palabrería acartonada, aparte de ceñirse a su papel, posiblemente obraba con inteligencia. Parapetado tras ella podía ocultar sus verdaderas emociones, y no era improbable que eso le conviniese.

–Gracias –repuse–. Quisiera charlar un momento con usted. Aquí no.

–Donde *usía* diga, mi sargento.

Hice como que no había oído aquella zalamería, para no pensar que se estaba riendo de mí y no sentir el deseo de saltarle los pocos dientes que le quedaban. Lo condujimos hasta un jardincillo próximo y nos sentamos en un poyete que cerraba por un lado el alcorque de uno de los árboles.

–A ver, qué cojones ha sido esto –le disparé, sin preámbulos.

–Mi sargento, le tengo que decir a *usía* por delante...

–Como vuelvas a llamarme *usía*, te parto un brazo. Y si intentas marearme con gilipolleces, te parto los dos. Perdona que sea un poco brusco, pero hoy no estoy de humor para perder el tiempo. ¿Me entiendes?

Machaquito me midió con terror, real o fingido.

–Lo entiendo, mi sargento, pero...

–No eres militar, tampoco me llames *mi sargento*. Pero qué.

–*Usté* perdone, pero es que... No acabo de cogerle la pregunta.

Miré al cielo. El tipo tenía cuajo. No podía dejar que me hiciera perder los estribos tan fácilmente. Opté por darle un poco de cuartel.

–El otro día me pareció usted más perspicaz –dije–. Por eso me permitía dar las preguntas por sobreentendidas. Pero si hoy, por la razón que sea, anda usted más torpe, me tomaré la molestia de hacérselas de forma más directa y clara. ¿Tiene usted alguna idea de quién le ha metido un tiro a nuestra compañera? ¿Qué ha oído usted por ahí acerca del incidente?

–Le juro por la vida de mis hijos...

–¿De qué equipo eres, Machaquito? –le interrumpí.

–¿Cómo?

–Que de qué equipo eres. De fútbol.

Me observó desconcertado.

–¿Yo?

–Sí, tú.

–Pues, del Madrid.

–Si vas a jurarme algo, júramelo por el Madrid. Deja a tus hijos en paz, que bastante mala suerte tienen.

–Por el Madrid o por lo que *usté* quiera se lo juro, yo no sé *na* de *na* de quién... Y por la gloria de mi madre que si algo supiera... Vamos, que yo a doña *Ru* le tenía más que respeto, no sabe usté cuánto...

–Vale. Dime que tampoco has oído nada por ahí y me acabas de convencer de que tengo que agarrarte del pescuezo y entregarte a los de antidroga para que se ocupen de ti como les parezca más conveniente, ahora que sabemos que como confidente ya no vales ni para tomar por culo.

No es que me sintiera orgulloso de mí mismo al comportarme así. Ni es el estilo que considero correcto ni es el mío. Pero tenía la enojosa certidumbre de que aquel individuo me estaba toreando. Y eso no lo podía permitir.

–Joder, sargento –gimoteó–, oír, lo que se dice oír, claro que algo se oye. Pero la gente está *acojoná*. Es que esto es muy fuerte. Quien le pega un tiro a un guardia no es cualquier cosa. Eso es lo que dice todo el mundo, y lo que le digo yo, pero quién se atreve a escarbar más. Si el que sea se ha cargado a doña *Ru*, a las primeras de cambio, imagínese lo que dura un pichón como yo, que se le ponga en el camino. Ni un telediario.

Crucé una mirada con Chamorro. Estaba claro que si queríamos sacar algo de aquel hombre íbamos a tener que ponerlo entre la espada y la pared. Me habría gustado pedirle antes su opinión sobre la mejor forma de arrinconarlo, porque la suponía más fría de lo que yo estaba. Pero había que resolverlo según venía y no me anduve con más ceremonias:

–Está bien, Machaquito. Te creo, porque Ruth me dijo que confiara en ti. Eso que le debes, así que no lo olvides si todavía rezas y lo haces alguna vez por ella. Y comprendo que a cualquiera le dé un poco de susto meter la nariz en esta historia, que tiene una pinta tan fea, así que entiendo que te lo dé a ti, faltaría más. Tu desgracia es que no puedes escaquearte como los otros. Porque los otros, si se escaquean, no tienen nada que perder. Pero tú sí que lo tienes. Verás. Por ahora no voy a hacer nada contra ti. Pero vamos a encontrarnos otra vez aquí mismo, esta tarde, a las siete. Tienes, más o menos... Cinco horas y media. Si entonces no me cuentas algo más de lo que me has contado ahora, hago lo que te dije antes. No te lo tomes a mal, es que me importa mucho más descubrir al asesino de mi compañera que tu posible colaboración en el futuro. Espero que te hagas cargo.

–No es justo, sargento, con lo que yo... –protestó.

–Nuestra relación no es sentimental, sino de negocios –le atajé–. Y los negocios son así, Machaquito, tú lo sabes. Cuando tu mercancía vale, te la pagan; cuando no, te dejan de pagar. Y a veces hay cabrones que no te pagan aunque tu mercancía valga. Si te consuela, piensa que yo soy uno.

–Me pone a los pies de los caballos...

–Te pongo donde tengo que ponerte. Y me fumo un puro.

Machaquito me miró entonces con rencor.

–No se crea que yo no conozco a nadie y que tengo que aguantarme así como así cualquier atropello –galleó.

–Vives en un país libre. Usa tus contactos o plántate aquí esta tarde a las siete con lo que te he pedido. Tú decidirás lo que es mejor para ti. Yo ya te he dicho lo que voy a hacer. Y no creas que cambio de opinión por las amenazas de un chivatillo cagado. Vamos, ahora lárgate de aquí.

Tuvo que aguantarse y circuló, aunque visiblemente enfurecido. Mientras lo veía alejarse, Chamorro comentó:

–Acabas de perder un amigo, si lo era.

–No se me oculta –dije.

–Y alguien se puede cabrear contigo, por quemarle a un confidente.

–Que se cabree, y le preguntaré al que sea si le parece poco motivo intentar atrapar al asesino de una compañera.

–A lo mejor es verdad que no sabe nada.

–A lo mejor, pero de lo que estoy seguro es de que si quiere, algo puede saber. Ese soplagaitas no se va a reír de mí.

–Le obligas a arriesgarse.

–Ya le protegeremos, si hay que protegerle.

–Lo que está claro es que no te va a ayudar de muy buena gana.

–Ya le ofrecí antes la oportunidad de hacerlo así, por las buenas, y la desaprovechó. Tenía que darle látigo. Y de algo va a servir. Ya verás.

–¿Apostamos si va a estar aquí a las siete o no? –propuso.

–¿Tú que dices?

–No quiero desanimarte. Pero apuesto que no.

–Yo que sí, no me queda otra. Son casi las dos. El que pierda paga la comida de hoy. Vamos a buscar un sitio y entramos sin mirar el precio.

–Vale –aceptó, y al verla sonreír reparé en que era la primera vez que lo hacía, en día y medio. Me pareció bien. Hay que intentar vivir, siempre.

Después de comer, fuimos a la caza de otros dos personajes cuyo testimonio cobraba un nuevo valor: Rufino Heredia y Juan Sandoval, los dos camellos cuyo nombre nos había facilitado Margarethe y a los que Chamorro, camuflada como periodista, había sonsacado acerca de las actividades ilícitas de su hijo Iván. Nos pasamos un buen rato buscándolos, en vano. Casi desesperábamos ya de encontrarlos cuando nos tropezamos, en mitad de la calle principal, con el que más nos interesaba de los dos. Se quedó mirando primero a Chamorro, luego a mí, y no supo cómo reaccionar.

–Hola, Johnny –le abordó Chamorro.

–Hola –repuso el camello, inseguro.

–Mira, te presento a mi compañero, Rubén.

Le tendí la mano, imperturbable. Varios segundos después, unos dedos titubeantes se dejaban apretar por los míos.

–Oye, nos apetecería hablar un momento contigo –dijo Chamorro, con una amabilidad encantadora–. ¿Puedes atendernos?

Johnny estaba hecho un lío. No sabía si mirar a aquella chavala que seguía pareciéndole apetecible, o al tipo antipático con el que de pronto aparecía; le daba mala espina, no podía ser de otro modo, y acabó diciendo:

–Yo, es que tengo prisa, me espera un colega y...

–Señor Sandoval –le hablé, imprimiendo a mi voz el tono más oficial y a mi gesto el aire más circunspecto–. Le ruego que nos conceda el tiempo que le pedimos. Sólo van a ser unos pocos minutos. Si quiere le acompañamos a donde está su amigo para que no se ponga nervioso esperándole.

Juan Sandoval, alias Johnny, quedó literalmente paralizado.

–¿Quiénes son ustedes?

Ya que lo preguntaba, consideré que tenía que identificarme. Saqué mi placa, al tiempo que le sujetaba por el brazo.

–Guardia Civil –dije–. Pero no tema. No tenemos nada contra usted.

–Guardias. Joder, si seré gilip...

–Cálmese –le dijo Chamorro–. Sólo queremos saber un par de cosas más, aparte de lo que me contó el otro día.

–Pero, me cago en... Oiga, yo...

–Sólo una charlita por las buenas y luego se reúne con su amigo –insistí–. Si no, tendremos que hacerlo de otra manera. Ande, ahórrenoslo.

–Está bien –se rindió–. Pero vamos a apartarnos de aquí.

Departimos con él en el parque, cerca de la torre del siglo XV, donde a aquella hora no había ni un alma. Primero le convencimos de que no nos interesaban sus actividades, o lo intentamos, tratando de hacerle ver que con el cadáver caliente de una compañera lo último que nos ocupaba la atención era el trapicheo de hierba a que él se dedicaba. No le tranquilizó, claro, porque era consciente de la gravedad del asunto en el que sin querer se veía complicado, pero pareció, al menos, liberarle del temor a ser detenido. Y eso era lo que me interesaba, porque a diferencia de lo que me ocurría con Machaquito, prefería que aquel hombre no viera en mí una amenaza.

–Voy a intentar ser práctico y preciso, señor Sandoval.

Noté que mi manera de hablarle le descolocaba. Era una de las razones por las que me gustaba expresarme así con la gente como él.

–El otro día le dio a mi compañera un par de nombres –proseguí–. Hemos buscado a esas personas; no se preocupe, guardando total discreción acerca de la fuente que nos puso sobre su pista. Pero no hemos sido capaces de dar con ellas. ¿Tiene usted alguna idea de por dónde andan?

–Hará... Una semana que no he visto a ninguno de los dos. No lo sé.

–Me está siendo usted sincero, ¿no?

–Que no lo sé. De verdad. Y esto me está empezando a acojonar, si quiere que le diga. No debería soltar ni una palabra más, porque me parece que me lo voy a poner todavía más chungo de lo que ya lo tengo.

–¿A qué se refiere?

–Mire, yo no sé si me vieron hablando con ella el otro día, o a quién le habrán ido con el cuento luego ustedes. Pero como sea, se ha enterado quien no debía y me han dado un aviso. Ahora lo pillo. Lo pillo que te cagas.

–¿Qué aviso?

–Que no hablara con desconocidos. Me lo pasó un colega, así como el que no quiere la cosa. Que el ambiente estaba revuelto y me fuera con ojo.

–¿Eso le dijo?

–Eso mismo.

–¿Y cómo se llama ese colega?

–Mire, yo a un colega no lo vendo. Eso sí que no. Antes de eso, ya me pueden ir poniendo los cepos.

–Tranquilo. No queremos causarle ninguna molestia de ese tipo.

–Además, mi colega no es importante. Me diría lo que le dijeron.

–Lo que le dijo quién. ¿El Moranco?

–No sé si él. Puede, pero no hace falta. El Moranco no está solo. Él solo no movería tanto como mueve.

–¿Mueve mucho, el Moranco?

–Que si mueve. Como que le lleva la tienda al rey del mambo.

–¿Y quién es el rey del mambo?

Johnny sudaba tinta.

–Hostia, sargento, yo no le he dicho nada. Ni mucho menos lo que le voy a decir ahora. Además, esto no lo sé. Es lo que he oído.

–Tranquilo.

–No le voy a dar el nombre de nadie. Sólo le voy a dar el de un hotel. Todo tiene un dueño. Si son listos, con eso les sobra.

–Di.

Lo dijo en voz tan baja que casi no pudimos oírlo.

–Y no han hablado conmigo. Que me cae la ruina.

–No te preocupes. Esta conversación no ha existido.

–Por sus niños, si los tiene.

–Te lo prometo.

–Y ahora me abro, que ya me la he jugado bastante.

Se levantó y echó a andar.

–Juan –le detuve.

–¿Qué? Deprisa, por favor.

–Si en algún momento teme, pida ayuda. Pregunte por mí. Vila.

–Ya tendré que estar muy jodido.

–Bueno. Tenga cuidado, de todas formas.

–Gracias por el consejo. No dé el cante usted, eso es lo principal.

Se esfumó a toda velocidad. En ese momento vi en el reloj que se nos había echado la hora encima. Eran las siete menos cinco, y teníamos el tiempo justo para no faltar a la cita que habíamos concertado por la mañana. Llegamos a las siete un poco pasadas, y aguardamos hasta las siete y veinte. A esa hora, me di por vencido. Chamorro había ganado la apuesta.

Capítulo 18
UNA SOLA DIRECCIÓN

Pasaban un par de minutos de las siete y media cuando nos reunimos con Azuara y Morcillo en un bar de la plaza. Su informe, después de varias horas y media docena de entrevistas, podía resumirse muy brevemente, y Morcillo, que no era propensa al derroche, obró en consecuencia:

–Nadie conoce a esa rubia. Fuera cual fuera la relación entre los dos, creo que tenemos que deducir que era muy reciente.

Medité sobre esa idea, y sus posibles implicaciones de cara a la investigación. Si ninguno de sus amigos había visto nunca a Iván con aquella chica, si la única que podía reconocerla, y no con seguridad, era Desirée, que estaba además en La Palma, parecía evidente que aquélla no era una pista llamada a ofrecer resultados inmediatos. Y había otra que estaba mucho más caliente. Decidí olvidarme por el momento de la rubia y concentrar todos los esfuerzos en lo que ahora me quemaba. Les puse en antecedentes:

–Nosotros hemos dado con algo, aunque todavía lo tenemos que confirmar. Parece que el Moranco es más importante de lo que hemos creído hasta aquí, y que está en relación con otro pájaro más importante aún. Da la impresión de que no nos hemos enterado de nada hasta ahora porque alguien ha impuesto una ley del silencio que alcanza a nuestros propios confidentes. Hace media hora quedamos con uno que ha faltado a la cita.

Morcillo me escuchaba con atención. Nunca había sido partidaria del móvil del ajuste de cuentas entre traficantes, pero eso no quitaba, interpreté, para que lo asumiera disciplinadamente si su superior se lo pedía.

–Chamorro y yo vamos a seguir un hilo que acaban de darnos –continué–. Lo que quiero que hagáis vosotros es moveros por todas partes, preguntando al mayor número posible de gente por el Moranco y la Cheli. Empezad por el local que tienen en las afueras, que ahora estará ya concurrido de clientes. Y luego seguid por los sujetos de la lista que os va a pasar Chamorro. Pero no dejéis de preguntarle a cualquiera, en cualquier bar. Y sacadle la placa a todo el mundo, y si a alguno lo veis nervioso le dais caña. Quiero que en toda la puta isla se sepa que la Guardia Civil está buscando a esos dos.

–A tus órdenes, mi sargento –acató Morcillo.

–Pero por favor, tened cuidado. Que uno pregunte y el otro ande atento y cubriendo siempre las espaldas.

–Descuida. Aquí éste, además de buena vista, tiene buen oído.

–Pues en marcha.

Morcillo, siempre seguida por Azuara, subió al coche y lo puso al instante en movimiento. Aunque no conducía tan al límite como Anglada, tampoco se andaba con melindres. Al pensar en Ruth, una ráfaga de recuerdos vino a turbar mi serenidad. Pero me la sacudí en seguida y cogí el teléfono.

Llamé al teniente Guzmán, para ponerle al corriente de los últimos acontecimientos. En eso habíamos quedado, de forma que él, a su vez, pudiera tener siempre informado al subdelegado del gobierno, en caso de necesidad. Después de hacerle el resumen de noticias, le pregunté si por casualidad sabía quién era el propietario del hotel que nos había dicho Johnny.

–Ni idea, Vila –respondió–. Eso, alguien de la propia isla.

–Bueno, le preguntaré a Nava.

–Lo que parece es que os está cundiendo –dijo.

–A ver, mi teniente. Yo no afirmo nada hasta que no lo compruebe.

–¿Te hacen falta refuerzos? El subdelegado del gobierno me ha dicho que moviliza lo que le pidamos.

–No, creo que con los que estamos aquí es suficiente. Tu gente es buena, aunque eso no hace falta que te lo cuente yo.

–Te agradezco que me lo cuentes, en todo caso.

–Seguimos. A tus órdenes.

–Espera un momento, Vila. ¿Puedes?

Por espacio de unos diez segundos, se hizo el silencio en la línea, apenas roto por el rumor de alguien que hablaba con Guzmán en voz no muy alta.

–Acaban de pasarme un fax –regresó la voz de Guzmán–. Te va a gustar lo que dice. Es del laboratorio, en Madrid. Coincidencia morfológica y de color entre las dos muestras de cabello. La de hace dos años y la de ayer. El análisis de ADN tardará un par de días, pero nos dan esperanzas. Por lo que se ve, han podido extraer del bueno en alguna de las muestras.

No dije nada. Debía asimilarlo, aún. Si era cierto lo que Guzmán suponía, teníamos la firma del asesino. Siempre puede obtenerse del cabello ADN mitocondrial, pero eso sólo sirve para descartar al sospechoso, en caso de divergencia, o para dar una alta probabilidad, en caso de que coincida. Sin embargo, si hay ADN del que Guzmán llamaba *bueno*, es decir, nuclear, lo que requiere que el cabello no sólo tenga la raíz, sino también que al desprenderse se encuentre en unas condiciones determinadas, la identificación puede realizarse con una probabilidad superior al 99,9 por cien.

–¿Qué te parece? –preguntó.

–Que andamos de suerte –opiné–. Que no es tan listo. Y está nervioso.

–Dale, Vila. Le estás pisando los talones. Ahora no cabe duda.

Apenas perdí un minuto en comunicarle la noticia a Chamorro y celebrarla. Marqué el número de la casa-cuartel, pero cuando iba a llamar, mi teléfono móvil se apagó súbitamente. Tardé en comprender lo que había pasado.

–Batería a cero. Déjame el tuyo –le pedí a Chamorro.

Mi compañera, antes de entregarme su aparato, tuvo que encenderlo. Seguía llevándolo desconectado, ya sabía por qué. En cuanto volvió a la vida, se puso a pitar desaforadamente. Tenía un montón de mensajes.

–Pasa de ellos –dijo, mientras me lo tendía–. Luego los borro.

Iba a marcar otra vez el número de la casa-cuartel cuando experimenté una repentina iluminación. Saqué mi cartera y rebusqué en ella hasta encontrar la tarjeta en la que el ex concejal me había apuntado su teléfono. Le llamé. Mientras sonaba el tono, le dije a Chamorro:

–Acaba de ocurrírseme un atajo.

Mi compañera escuchaba intrigada.

–Sí –atendió la llamada el propio Gómez Padilla.

–Juan. ¿Cómo está usted? Soy Vila, el guardia.

–Ah, sargento. Cómo está. Mal, supongo. No sé qué decirle que no sea inútil. Imagino que ha sido un golpe duro.

–Ya ve. Pero estamos tratando de remontarlo, no nos queda otra. Y a lo mejor nos puede ayudar.

–Si puedo, lo haré. No lo dude.

Le di el nombre del hotel que nos había dicho Johnny.

–Lo conozco, sí, ¿qué pasa con él? –inquirió.

–¿Conoce también a su dueño?

–Un poco, sí. Es difícil no conocerle.

–¿Y diría que ese hombre le aprecia?

Gómez Padilla se tomó aquí un instante, antes de responder.

–No, no lo diría. ¿Adónde quiere ir a parar?

–No se lo puedo decir aún. Pero le agradecería que me facilitara el nombre de ese individuo, me contara lo que sepa de su vida y milagros y, si no es abuso y dispone de alguna información, me indicara dónde cree que podría encontrarlo en caso de que quisiera hablar ahora mismo con él.

El ex concejal, llegado a este punto, no podía dejar de sacar conclusiones. Era el riesgo que corría, pero creí que merecía la pena. Por lo pronto, Gómez Padilla accedió a mi petición. Cuando me despedí de él, apenas diez minutos más tarde, tenía en la cabeza un perfil, si no fiel (eso debería contrastarlo, como todo), sí bastante pormenorizado de aquel tipo. Y tenía también una dirección, la de su presunto centro de operaciones.

–¿Qué? –casi me imploró Chamorro, devorada por la curiosidad.

–Se llama Pascual Pizarro, aunque los amigos, como los enemigos, prefieren llamarlo PP. Es promotor inmobiliario, hotelero, tiene una empresa de transporte marítimo. Gómez Padilla le denegó licencias para algunas tropelías en el litoral. Un par de ellas las está haciendo, ahora.

–No entiendo nada –dijo Chamorro–. ¿Y qué podría tener que ver alguien así con todo esto? ¿No estarán tratando de despistarnos?

–No lo sé, Chamorro. Estoy pensando demasiadas cosas a la vez como para poder elegir una y decírtela. Me ha dado una dirección donde cree que podemos encontrarle. Vamos allá y le probamos el temple.

–¿Tú crees?

–No perdemos nada.

–A lo mejor es peligroso.

–Pues montamos la pistola antes de llamar. Y ya sabes, serenos en el peligro, que es lo que nos toca por ser tan capullos y meternos a esto.

El móvil de Chamorro empezó a sonar.

–Oh, no –dijo.

Examiné la pantalla del aparato. Indicaba el número desde el que estaban haciendo la llamada. Se lo mostré.

–¿Es él?

–Apágalo, anda.

Me quedé mirando el número. Apreté la tecla de descolgar.

–¿Qué haces? –susurró Chamorro.

La tranquilicé con la mano.

–Dígame –respondí.

–¿Virginia?

No me gustaba su voz, aunque eso ya podía preverlo. Denotaba la falta de estilo y de discernimiento que caracteriza al varón desairado.

–¿Quién es usted? –pregunté, calmosamente.

–¿Quién es usted?

–¿Va a repetir todas mis preguntas?

–Quiero hablar con Virginia, ¿quién coño eres tú?

No respondí en seguida.

–Para ti, si no aprendes modales, el aliento de Satanás.

–¿Qué?

–Voy a explicarle una cosa, cabo. Conozco su nombre, el de su unidad, el de su jefe y el del jefe de su jefe. Y me permito recordarle que el uniforme que todavía le dejan vestir le exige, si recuerda usted la cartilla que debió estudiarse, no recurrir jamás a vejaciones, malas palabras ni malos modos. Eso incluye abstenerse de molestar a las personas que no desean tratarle.

–¿Con quién estoy hablando?

–Mire, cabo, escúcheme porque sólo se lo diré una vez. Valore la importancia que tiene para usted estar dónde está y hacer lo que hace. Porque si vuelve a marcar este número le garantizo que se le acabará y tendrá que emplearse de matón en un puticlub de carretera comarcal. Buenas tardes.

Corté la comunicación y le devolví el teléfono a

Chamorro. Lo cogió sin articular palabra. Me encogí de hombros.

–Si es un psicótico, la he cagado –admití–. Pero si sólo es un mierda, como me parece, ese teléfono tuyo no va a volver a sonar.

Chamorro se quedó mirando el aparato mientras lo sujetaba con dos dedos, como si manchase o quemara.

–Dios te oiga –deseó.

–Si vuelve a llamarte, dímelo, y le fundo los plomos. Hay mil maneras de hacerlo, aunque mida uno noventa. Ten en cuenta que llevo una pila de años tratando con gente que se carga a otra gente. Torres más altas han caído, a manos de enemigos más pequeños. Me sé todos los trucos.

Chamorro meneó la cabeza.

–Estás como una cabra. Y hasta ahora no me había dado cuenta.

–Tranquila –dije–. No le mataré si no es imprescindible. De hecho, prefiero que viva, para que pueda sufrir el martirio de estar consigo mismo.

–La verdad, no sé si me ha salido el mejor defensor.

–Confía en mí –le pedí, ahora en serio–. Si no está loco, sólo se trata de quitarle la sensación de que le sale gratis darte la tabarra. En cuanto no se sienta impune, se achantará. Y si está loco, habrá que averiguarlo y andar atentos, para encerrarlo en un cuarto acolchado o ponerlo a hacer cestos de mimbre antes de que pueda perjudicar a alguien.

–No lo imagino haciendo cestos de mimbre, la verdad.

–Seguro que los hace divinos, bien apretaditos, con esos dedos fortalecidos por el uso diario de la porra.

–Mira que eres malo –se rió.

–Sólo si hace falta. Vamos a ver a PP.

Me gustó el lugar donde Pascual Pizarro tenía su oficina, en un edificio pequeño y blanco frente al mar. Aunque estaba muy cerca del centro, a apenas cinco minutos a pie, era muy tranquilo. En el portal lucían varias placas, con los nombres de diversas empresas. Las que le pertenecían.

Había un vigilante jurado, sentado tras un mostrador. En el interior del edificio reinaba una actividad escasa. No en vano ya eran las ocho de la tarde. También Pizarro podía haber dado por terminada la jornada laboral, pero tenía motivos para abrigar esperanzas de que no fuera así. No es infrecuente que los que trabajan para sí mismos, en parte por la codicia, en parte por la desorganización que acarrea el no tener a nadie que les marque el paso, prolonguen la actividad hasta agotar el último resto del día.

–¿Tenían cita con él? –preguntó el vigilante, cuando le dijimos que traíamos intención de ver al señor Pizarro.

–No.

–¿Puedo saber quiénes son ustedes?

–Claro –respondí, mientras sacaba la placa–. Guardia Civil.

El vigilante se quedó algo parado. Descolgó el teléfono.

–¿Por qué asunto debo decirle que quieren verle?

–Ya se lo diré yo. Es una investigación rutinaria. No se preocupe.

El vigilante marcó un número.

–Hay aquí dos guardias civiles que preguntan por el jefe –informó a su interlocutor–. No me han dicho. Una investigación rutinaria, dicen.

Lo tuvieron esperando cerca de medio minuto. Al fin, asintió un par de veces y devolvió el auricular a su base.

–Pueden subir. Por ese ascensor. Cuarto piso. Ya les recogen allí.

–Muchas gracias –dije.

Cuando se abrió el ascensor en la cuarta planta, había, en efecto, una persona esperándonos. Era una mujer de treinta y muchos, vestida informalmente con vaqueros y una blusa liviana y suelta. Era amable, o amable se mostró con nosotros, aunque la tuvieran allí trabajando a esa hora.

–Vengan conmigo, por favor.

El edificio carecía de lujos. Era funcional, y el mobiliario, bastante desprovisto de elegancia, resultaba además anticuado. La mujer nos llevó hasta una zona en la que la vulgaridad y el desaliño quedaban subrayados por el ostentoso revestimiento de madera de las paredes. Quizá en otro tiempo aquella madera había sido aparente. Ahora se la veía deslucida.

La mujer llamó a una gran puerta que se abría en medio de la pared. Una voz atiplada gritó «adelante». La mujer giró el picaporte, empujó la puerta, se apartó a un lado y nos indicó que pasáramos. Al fondo, tras una mesa atestada de papelote, se acababa de incorporar un hombre.

Pascual Pizarro andaría por los cincuenta y tantos. Gastaba una buena barriga y un bigote entrecano y no iba a un buen peluquero o no iba a menudo. La ropa que llevaba era vieja y apagada, y no se veía muy limpia. Su despacho, angosto y feo, terminaba de dar cuenta de su personalidad. Estaba lleno de cuadros hasta el último rincón de pared disponible. Alguno parecía hasta bueno. Ninguno denotaba mucho gusto. Todos debían de ser caros.

–Pasen, por favor –pidió.

Avanzamos hacia él. Antes de que llegara, ya me tendía la mano.

–Pascual Pizarro –se presentó.

–Encantado –respondí–. Soy el sargento Vila. Virginia, mi compañera.

Estrechó también la mano de Chamorro, haciendo con ella una media reverencia. Sólo le faltó decir «a sus pies, señorita», o algo así de rancio. Luego nos invitó a tomar asiento en dos sillas que tenía ante la mesa.

–Gracias por recibirnos. Sé que no son horas –me disculpé.

–No se preocupe, yo trabajo hasta tarde. Pero la verdad es que me coge un poco de sorpresa, su visita, sobre todo cuando me han dicho que es para una investigación rutinaria. Supongo que no será exactamente así, porque algo rutinario, a fin de cuentas, siempre puede esperar.

–En parte se trata de algo rutinario y en parte no –expliqué–. El asunto que nos ocupa no es rutinario en absoluto. Lo habrá visto hoy en los periódicos, si no se ha enterado antes por otros medios.

Pizarro me observó, pensativo.

–Se refiere a lo de esa chica, la guardia civil que han matado.

–Sí.

–Me ha dado un vuelco el corazón, cuando me lo han contado. La muchacha estuvo un tiempo destinada aquí. Era muy maja, y parecía que también una buena profesional. Mi más sentido pésame, sargento.

–Gracias –me esforcé por decir.

–Y ya veo que el caso de rutinario no tiene nada. Lo que no entiendo muy bien, y le confieso que me tiene en ascuas, es cómo les trae aquí.

Si tenía algo que ocultar, no lo hacía del todo mal. Su extrañeza parecía auténtica y tenía la medida justa; ni excesiva ni escasa.

–Aquí viene la parte más o menos rutinaria –dije–. A la hora de investigar un homicidio, no hay más remedio que comprobar todos los detalles. Puede ser pesado, y muchos de los detalles que se comprueban luego no valen para nada, pero alguno acaba sirviendo y por eso hay que hacerlo.

–Pues en lo que yo pueda ayudarles, sea lo que sea...

–Le voy a decir sin rodeos por qué estamos aquí. En el cadáver de nuestra compañera había una tarjeta de un hotel. Y al dorso tenía apuntados los nombres de una inmobiliaria y una compañía de transporte marítimo.

PP demostró cierto dominio, y reaccionó sin grandes aspavientos ante la revelación. Pero no le dejó indiferente. Chamorro, aunque no le había adelantado cuál sería la patraña con la que intentaría hacer picar a nuestro adversario, supo fingir como si hubiera sido ella la que la había urdido.

–Hemos indagado sobre esas dos compañías, y sobre ese hotel –continué–, y lo primero que hemos averiguado es que los tres le pertenecen.

Pizarro siguió aún en silencio. Aunque mantenía la compostura, su rostro no aparecía precisamente relajado. Pensé que, si tenía algo que ver con el homicidio, debía de estar pasmado de que en tan poco tiempo hubiéramos llegado a él. Y no por abajo, por mindundis que le denunciasen y cuyo testimonio pudiera negar con una carcajada, sino después de establecer un vínculo directo y concreto, aunque sólo fuera una tarjeta con unas anotaciones, entre el crimen y el conjunto de su entramado empresarial.

–Le voy a ser franco –mentí–. No es mucho más lo que hemos averiguado. Por eso estamos aquí. Para preguntarle a usted.

–Me deja muy asombrado, todo esto que me cuenta –repuso.

–Le cuento lo que hemos encontrado, simplemente.

–Pues no sé. No tengo ninguna explicación –dijo.

Me quedé quieto, desafiándole a sostenerme la mirada. No la rehuyó, pero advertí en sus ojos, o creí advertir, la tensión del esfuerzo.

–Le voy a apuntar algo que hemos pensado, para tratar de hacer un poco de luz. Quizá haya alguien, alguna persona en particular, que trabaje a la vez para sus dos empresas, y que también tenga relación con el hotel.

Se tomó unos segundos para reflexionar.

–Algunas de las personas que trabajan en esta oficina tienen relación con todas mis empresas. Pero son contables, comerciales... No sé qué pueden tener que ver con el asesinato de una guardia civil. Yo si quiere le preparo una lista, faltaría más, pero temo hacerles perder el tiempo.

Había dos posibilidades: o Pascual Pizarro era ajeno a la conspiración, o no lo era. En cualquiera de las dos, aunque sin duda en una más que en otra, aquél de entregarnos a su gente para entretenernos y apartar la atención de sí era un gesto de insigne abyección. Supuse que no era por ingenuidad por lo que omitía considerar a quien de forma más inequívoca tenía que ver con las tres entidades, es decir, él mismo. Entre lo uno y lo otro, admito que cualquier simpatía que hubiera podido inspirarme quedó abolida.

–No sé –dudé, haciéndome el tonto–, a lo mejor las actividades de esas empresas tienen alguna relación, o a su vez hay alguna otra entidad con la que se relacionen o tengan negocios. Perdone si lo digo de una forma tan imprecisa, no estoy familiarizado con el mundo empresarial.

–Pues, no sé, pertenecen al mismo grupo, eso es todo lo que puedo decirle –respondió–. Tratos con otras empresas, pues claro, las tres tienen préstamos de los mismos bancos y de las mismas cajas, las tres tienen los mismos auditores, a las tres las asesoran los mismos abogados... Pero mire, de verdad que esto me resulta incomprensible. No alcanzo a imaginar por qué demonios tendría su compañera esa tarjeta con esas anotaciones...

Creí que ya había conseguido descentrarle bastante con aquella maniobra de diversión. Era el momento de acercarse al meollo del asunto.

–No voy a engañarle –dije, despacio–. La verdad es que tampoco nosotros acabamos de entender todo esto. Le agradeceré si puede prepararnos esa lista que nos dijo antes, con todas las personas y empresas que tengan alguna relación con el hotel, la inmobiliaria y la compañía de transporte. Observo que nos aguarda un trabajo poco prometedor, pero qué le vamos a hacer.

–Deme al menos un día. Y se la preparo.

–Gracias. Verá, hay otra cosa que quisiera preguntarle.

–Pregunte usted.

Le hice aguardar mi pregunta durante unos segundos. Y antes de formularla, miré de reojo a Chamorro, de forma que él pudiera percatarse de que lo hacía. Mientras tanto, mi compañera le escrutaba, hierática.

–¿Conoce usted a Juan Luis Gómez Padilla?

Pizarro no se apresuró a responder. Pero cuando lo hizo, fue firme:

–Por supuesto.

–Perdone, ¿por qué por supuesto?

–Ha sido concejal durante años, ha sido vicepresidente del cabildo, y hasta hace un año salía en los periódicos un día sí y otro también. Ya sabrá usted por qué, me imagino que no necesita que yo se lo cuente.

–No le pregunto si le conoce de los periódicos. Sino en persona.

–También. He tenido que negociar con él a menudo.

–¿Y qué tal se lleva con él?

–No somos amigos, ni enemigos –explicó–. Él cumplía con su papel, y yo con el mío. Las relaciones siempre fueron correctas, aunque no siempre tuviéramos el mismo punto de vista. Creo que es un hombre honrado, como político, quiero decir. De lo otro no sé más que lo que leí en la prensa.

–¿Tomó alguna vez el señor Gómez Padilla, que usted recuerde, decisiones contrarias a sus intereses empresariales, señor Pizarro?

No podía dejar de ver la intención de la pregunta. Y eso era justamente lo que buscaba, que se viera en la línea de fuego, a ver qué hacía. Pero Pizarro no se arrugó, y optó por reaccionar de una manera didáctica:

–El interés de un empresario es siempre ganar el mayor dinero posible. El político tiene el interés de ganar las elecciones. A veces esos intereses no coinciden. Y el político resuelve. Pero no pasa nada. El juego es así.

–Entiendo que su respuesta a mi pregunta es sí.

–Gómez Padilla, y otros políticos antes y después de él, han tomado decisiones que no me convenían. Con ello contaba. Llevo treinta años en el mundo de los negocios. Debo bregar con disgustos peores que ésos.

–Ya veo –asentí.

PP aprovechó mi silencio, o más bien no quiso que durara.

–¿Qué tiene que ver todo esto con la muerte de su compañera?

–No lo sé –respondí–. Puede que nada. O puede que algo, es una de esas mil minucias que no tenemos más remedio que comprobar.

–Me obliga a hacer un ejercicio de deducción, entonces –advirtió–. Bueno, no me importa, soy lector asiduo de novelas policiacas.

–¿Ah, sí?

–Me encanta Agatha Christie. Me relaja mucho la mente leerla.

–Puedo entenderlo. ¿Y qué es lo que deduce usted?

–Que su compañera andaba investigando algo en relación con Gómez Padilla. Lo que fuera en particular, no lo sé.

–No anda del todo descaminado.

–Era fácil pensar que por ahí iban los tiros.

Le observé con una media sonrisa que dejé que interpretara a su gusto.

–Hay un último detalle que quisiera consultarle –dije.

Apoyó la espalda en el asiento, disimulando su expectación.

–¿Conoció usted o tuvo alguna vez relación con un chico que se llamaba Iván López von Amsberg? –inquirí.

–El que mataron hace dos años –precisó.

–Ése mismo.

–No. ¿Qué le hace pensar que pude haberla tenido?

Me encogí de hombros.

–No lo sé, señor Pizarro. Mi compañera y yo venimos de Madrid, no estamos demasiado al corriente de cómo funciona la sociedad de la isla. Quizá traemos ese prejuicio de la capital, que en los sitios pequeños todo el mundo se conoce y se relaciona, de una o de otra manera.

–De vista conoce uno a mucha gente, sí, pero no a toda. Y en cuanto al trato, pasa como en cualquier otro sitio. Uno trata con quien tiene algo en común con uno. Y la verdad, yo, con ese chico... Como no diera la casualidad de que fuera amigo de mis hijos... Pero por lo que sé de él, llevaba una vida muy diferente de la de ellos. Mi hijo está haciendo un máster en Estados Unidos y mi hija está en Madrid, terminando Arquitectura.

–Le felicito. Parece que le han salido estudiosos.

–No puedo quejarme.

–Está bien, señor Pizarro. No le molestamos más.

Nos pusimos en pie. El empresario, satisfecho de haber pasado la prueba, eso debía de creer, nos acompañó hasta la puerta del ascensor. Allí, mientras esperábamos, completó su faena de anfitrión cordial:

–Les deseo suerte en la investigación. Imagino que coger al asesino es el único consuelo que pueden tener tras la pérdida de su compañera.

–Sí –dije, abstraído–. Oiga, perdone si le parece una estupidez, y perdone que hasta en la puerta le siga haciendo preguntas. Pero, ¿no conocerá usted por casualidad a un tal Florencio Torres, al que le dicen el Moranco?

No se me escapó la dilatación de sus pupilas. Se apresuró a contestar:

–Ni idea. ¿Quién es?

–No, si ya me parecía una tontería. Disculpe.

Llegó el ascensor. Entramos. Pizarro sujetó mientras tanto la puerta.

–Sargento –dijo, antes de soltarla.

–¿Sí?

–Verá, entiendo que está haciendo su trabajo, y que cumple con su deber. Si esa tarjeta estaba ahí, debe investigarlo. Pero no puedo dejar de temer que se esté haciendo ideas equivocadas, y más que nada, para serle sincero, me preocupa el tiempo que vaya a perder por culpa de esas ideas.

–No se preocupe –traté de aliviarle–. No nos asusta el trabajo que haya que hacer, ni el tiempo que tengamos que dedicarle.

–Si puedo darle un consejo, hable con sus compañeros de aquí. Ellos me conocen. Le dirán a qué me dedico y quién soy en esta isla.

–Gracias por el consejo. Así lo haremos. Buenas tardes.

–Buenas tardes.

Soltó la puerta, no podía hacer otra cosa. Un minuto después, ya en la calle, tras dejar atrás al hosco vigilante jurado, Chamorro me dijo:

–Aquí hay tomate, mi sargento.

–De eso no cabe duda, Virginia. Lo que no quiero ni pensar es hasta dónde puede llegar, el tomate. A lo peor vamos a necesitar esos refuerzos que le dije antes a Guzmán que no nos mandara. Déjame el teléfono.

Chamorro rebuscó en su bolso. Sacó el teléfono. Estaba apagado.

–Pero qué... Se me ha quedado también sin batería. Olvidé recargarlo.

–Vale. ¿Cómo vivíamos cuando no había móviles?

Buscamos una cabina. Desde allí telefoneé a Morcillo. Le pedí que dejara lo que estuviera haciendo y viniera a buscarnos. Diez minutos después, aparecían ella y Azuara en el coche. Antes de nada, les pregunté por el resultado de sus gestiones. Morcillo resumió: muchas caras de susto, mucha saliva tragada y ninguna respuesta útil. Decidí continuar la reunión en el parador. Me urgía ante todo recargar la batería de mi teléfono. Me preocupaba que Guzmán o mi jefe pudieran estar llamándome y no me encontraran.

Por eso, en cuanto llegamos al parador, los dejé en la terraza y fui a mi habitación para buscar la fuente de alimentación del teléfono. Lo enchufé a la red y lo encendí para ver si tenía mensajes en el buzón de voz. Había nada menos que siete. Cinco no eran más que el ruido de la llamada al interrumpirse. Uno era de Guzmán y el otro de Pereira, confirmando mi intuición. Después de oírlos, decidí llamar primero a Guzmán. Pero antes de que pudiera marcar su número, empezó a sonar el aparato. Descolgué.

–¿Sí?

–¿Sargento? ¿Es usted?

–Sí –contesté

–Al fin. Llevo llamándole un buen rato.

Creí que me engañaba mi oído. Pero no. Era ella. Desirée Gómez.

–Desirée. ¿Cómo estás?

–Creo que tengo algo importante que decirle.

–¿Sí? Te escucho.

–Verá, esa chica rubia de la moto. Le dije que no había vuelto a verla. Bueno, le mentí un poco. Me pareció verla después, lo que pasa es que no estaba segura por una cosa que... En fin, que me daba, no sé...

–No te preocupes. Así que volviste a verla. ¿Dónde?

–Bueno, eso es lo de menos, ahora. Lo que le importará saber es que he vuelto a verla hoy. Y ahora sí que no tengo ninguna duda.

–¿Que la has visto hoy? ¿En La Palma?

–No. En el periódico. Aquí tengo la foto. Viene su nombre, debajo.

Desirée me lo leyó, el nombre, con su cristalina vocecita infantil. La escuché decirlo, y tardé un rato en poder hablar. Le pregunté si estaba segura. Me dijo que sí, que era ella, aunque con el pelo recogido. Pensé que estaba equivocándose, hasta que recordé la foto que yo mismo había visto. Entonces en mi mente se deshizo aquel malentendido, y poco a poco fueron deshaciéndose otros. La voz de Desirée volvió a llamarme a la realidad.

–¿Sigue ahí, sargento?

–Sí. ¿Dónde estás?

–En el hotel.

–No te muevas de ahí. Mando a alguien para que esté contigo.

–¿Y eso?

–Sólo por seguridad. No te asustes. No pasará nada.

Aún tuve que tranquilizarla un poco más, aunque la impaciencia me mordía el corazón. Cuando conseguí apaciguarla, llamé a Pereira. Le pedí que hablase él con el subdelegado del gobierno, y que entre ambos se pusieran de acuerdo con la juez para organizar todo el dispositivo necesario, cuyas complicaciones y envergadura me superaban. Por mis propios medios sólo podía ocuparme de uno, que era, además, en quien quería concentrarme. Igual que yo había hecho con Desirée, mi comandante, no podía ser menos, me preguntó un par de veces si estaba seguro. Le respondí que de una parte no, pero que de la otra sí. Tan seguro como lo estaba de que en la vida no hay casualidad que explique la coincidencia de tantos detalles en una sola dirección.

Capítulo 19
LA HORA DE PAGAR

No fue fácil persuadir a Morcillo y a Azuara de que debían regresar a Tenerife y pasar la noche en sus casas. Estaban empeñados en quedarse allí a dormir. Pero insistí en que no hacía falta y los convencí para que tomaran el último barco. Morcillo, no se me ocultó, se marchó un poco escamada. Qué se le iba a hacer. De todos modos esperaba poder decirle pronto por qué había actuado así. Para cerrar el círculo, llamé al teniente Guzmán, a quien le conté que habíamos recogido nuevos indicios en la línea de lo que ya le había avanzado pero que teníamos que profundizar y que prefería continuar al día siguiente, temprano. Guzmán se mostró comprensivo y me exhortó a que descansara, después de la acumulación de emociones del día.

Una vez cubierto ese frente, me quedaba el otro. Antes de nada, le expliqué a Chamorro lo que me proponía, y por qué. Me escuchó con atención, y no quise dejar de pedirle que me expusiera con toda libertad su criterio.

–Estoy de acuerdo –dijo–. Es sólido. Es más que sólido. Me revienta haberlo tenido delante de las narices todo el tiempo y no...

–Quién iba a pensar –la disculpé.

–Parece mentira, sí. Pero estas cosas pasan. Ya se sabe.

–No te lo quiero ocultar. La cosa tiene peligro.

–Ya me doy cuenta yo.

–Quiero que andes pendiente del menor movimiento.

–No te preocupes.

Lo citamos en el parador, y con el pretexto del teléfono móvil descargado, que debía dejar conectado a la red porque esperaba llamada de mis superiores, le hicimos venir a mi habitación. No opuso resistencia. Si se hubiera resistido, habríamos tenido que salir a buscarle sin perder un segundo, y habría habido que hacerlo de otra forma. Pero era mejor así, fuera de su terreno. Primero nos avisaron desde la recepción. Les pedimos que le indicaran el camino. Un par de minutos después, sonaban unos golpes en la puerta.

–Atenta –le dije a Chamorro.

Mi compañera se colocó el arma entre la parte posterior de la cadera y el pantalón, al alcance de la mano. La había montado antes, como yo la mía.

–Hola, pasa –dije, tras abrirle la puerta.

–Qué tal –respondió, con gesto cansado.

Pasó al centro de la habitación. Me quedé a su espalda. Chamorro, desde el fondo, lo tenía cubierto desde el otro lado, en diagonal.

–Bueno, vaya paliza de día, ¿no? –comentó, mientras buscaba donde sentarse. No le invité a hacerlo en ningún sitio.

–Nava. Levanta las manos. Sobre la cabeza.

–¿Qué?

–Que levantes las manos. Donde pueda verlas.

–Oye, ¿pero qué...?

–No te lo voy a decir otra vez –advertí, encañonándole.

Se volvió a Chamorro, que también le apuntaba, ahora.

–Joder, ¿qué es esto? –protestó, mientras obedecía.

Vi inmediatamente dónde traía el arma. Bajo el brazo.

Me acerqué despacio, sin dejar de encañonarle. Me miró con una especie de desolación. Luego alzó el rostro y cerró los ojos. Exhaló un largo suspiro.

–No tengas miedo, Vila –dijo–. No voy a hacer nada. No soy un asesino.

Se dejó desarmar sin mover ni un músculo. Mientras retrocedía, comprobé el estado de su pistola. Sin montar, y con el seguro puesto.

–Vaya, qué mal rollo. ¿No vais a dejar que me siente, siquiera?

–Sí. Allí, junto al cabecero. Extiende la mano y déjala cerca. Voy a esposarte a la cama. Chamorro te va a estar apuntando. Y tira bien. Te aviso.

–Que no voy a resistirme, hombre.

Preferí, no obstante, mantener la precaución. Ni siquiera cuando le tuve inmovilizado me consentí relajarme. Me senté a buena distancia de él, y otro tanto hizo Chamorro, siempre formando un ángulo con mi posición.

–Bueno, ya está –dijo Nava, mientras se frotaba los ojos con la mano libre–. Ya se acabó. ¿Sabes qué te digo? Lo estaba esperando.

–Suele pasar –asentí–. La conciencia es una perseguidora más dura que todos los policías juntos. Y a poca gente le falta del todo.

–Tienes razón. Eso no lo sabía, fíjate. Lo supe después. Que se puede llegar a desear que llegue la hora de pagar.

–¿Lo deseabas?

–Sí. Y si por mí fuera, habría llegado antes. Y se habría ahorrado una vida. Aunque ya sé que nadie se va a creer esto, nunca.

A mí me costaba un poco creerlo, desde luego. Pero las lágrimas que de repente inundaban sus ojos, y el temblor que había en su voz, no me parecieron de tristeza falsificada. Aunque eso, lo sabía bien, distaba de otorgarle un certificado de inocencia, a los efectos que a mí me incumbían.

–En todo caso, no quiero que parezca que no soy deportivo –se recompuso–. Vaya por delante mi felicitación. Sois unos sabuesos imbatibles.

–Comprenderás que no me alegre nada tu felicitación.

–Pues debería, creo yo. No estaba fácil. Otros lo intentaron y salieron trasquilados. Se dejaron enredar en la trampa que les habían tendido.

Le observé. Miré luego a Chamorro. También estaba sorprendida.

–Honradamente –dije–, creí que ibas a negarlo todo.

Nava me ofreció una sonrisa desvencijada.

–¿Negarlo? ¿Para qué? Me tienes cogido. Lo sé. No sé todo lo que tienes, pero me consta que tienes más que suficiente. Sólo bastaba con que supieras interpretarlo. Y si estoy aquí, esposado a esta cama, es que has sabido. A partir de aquí, a palmar. Me va a tocar comerme hasta lo que no he hecho. Sólo voy a negar eso, lo que no hice, aunque no sirva de nada.

Admito que la reacción de Nava me cogía desprevenido. No me lo había representado así, cuando había tratado de imaginar cómo resultaría aquello. Pero tenía la obligación de no dejarme tomar la delantera, fueran cuales fueran las maniobras que él ingeniara para desorientarme, y me sentía fuerte y despierto; tanto como hiciera falta para conducir la situación.

–¿Qué es lo que no hiciste, Nava?

–Que conste que ya te dije que no me ibas a creer. Pero tengo que intentarlo. Yo no maté al chico. Ni maté a Ruth. Sobre todo, no la maté a ella, y créeme, aunque te cueste. Si estoy aquí, es por haber dejado que ella me importara más de la cuenta. Nunca habría podido hacerle daño.

–¿Quién iba en el coche rojo, entonces? ¿Quién iba con Ruth anteayer, y luego se tomó el trabajo de borrar las huellas dactilares?

Nava inspiró con fuerza.

–Yo. Eso ya lo sabes, y tendrás dentro de nada una

huella cruzada y a lo peor un análisis de ADN que te permita respaldarlo. Y como sé que eres listo, no te diré que la huella que recogisteis la debí de imprimir cuando ella me llevó al centro a ver a esos conocidos, antes de dejarla sola. Primero porque eso, ser el último que la vio, ya me hace sospechoso. Y segundo, porque cuando todo se hunde, viene hasta la mala suerte a jugar en tu contra. Tenía que aparecer la dichosa huella en la puerta del conductor, una puerta que en condiciones normales yo no tendría por qué haber tocado.

–Te he escuchado, pero no sé si te entiendo –dijo Chamorro.

–Yo tampoco –reconocí–. Así que estabas allí, pero no hiciste nada.

–Sonará raro, pero es así. Yo fui el que llevó el cadáver del chico al lugar donde apareció. Pero lo había matado otra persona. Y yo estaba con Ruth, en el coche, cuando la bala la mató. Pero no apreté el gatillo. O si lo hice, no fue voluntariamente. Fue un accidente, Vila. Vamos, ya puedes reírte.

–Por qué. No veo que tenga gracia.

–Bueno, existe el humor negro. A veces es la única válvula de escape. Perdona que recurra a él alguien a quien se le ha arruinado la vida.

–En esta historia hay a quien se le ha arruinado la vida mucho más que a ti. Me va a costar tenerte lástima, mi sargento primero.

–Ya lo sé.

–Y devolviéndote la cortesía, ya que respetas nuestra inteligencia y no tratas de ofenderla, al menos en el detalle de la huella, supongo que eres consciente de que tu cuento te plantea ciertas dificultades.

–Claro.

–Por ejemplo, te exige un culpable alternativo para la muerte del chico.

–Lamentablemente, lo tengo.

–¿Lamentablemente?

La expresión con que entonces me observó Nava no sé si era irónica, cruel o tan sólo desesperada. Pero me sobrecogió.

–Vamos, Vila –dijo–. Ya lo has pensado. Sería impropio de la astucia que me has demostrado hasta ahora no haberlo hecho. Sabes quién lo hizo.

–No lo sé, si no fuiste tú –me resistí.

–¿También vas a decirme que no sabes quién era la chica rubia?

Noté que Chamorro me vigilaba. Le había contado mi conversación con Desirée Gómez, y le había razonado por qué, en combinación con otros muchos indicios reunidos aquí y allá, me llevaba a creer que Nava tenía que estar implicado; pero respecto de la otra cuestión que la revelación de la muchacha planteaba, había preferido ser bastante más ambiguo. Y ella, aunque había comprendido la evidencia, me había permitido que lo fuera. Lo que preguntaba ahora Nava, sin embargo, no admitía ambigüedad alguna.

–No sé de qué color tenía el cabello Ruth –dijo–. Siempre se lo vi teñido. Entonces iba de rubia. Poco después, cuando se dio cuenta de que la chica la había visto con Iván, aunque hubiera sido rápido y de refilón, prefirió teñirse de morena oscura. Creo que era tirando a castaña, en realidad. En todo caso, lo has tenido chupado, no puedo creer que se te haya pasado la fotografía de ella que publicaba hoy el periódico. Porque era precisamente una foto de aquella época. De cuando todavía iba de rubia. De rubia fatal.

Si sólo hubiera sido aquella foto, me habría empeñado en creer en una casualidad, por rocambolesca que pudiera parecer. Pero estaba todo lo demás. La peculiar actitud de Ruth durante la investigación; su empeño en menoscabar, aun con sutileza, cualquier pista que no condujera a Gómez Padilla; o cómo había coincidido la desaparición de ciertos testigos con el momento en que ella había sabido que nos acercábamos a ellos. Eran tantos detalles, tantas las razones que tenía para pensar que se había ofrecido voluntaria a colaborar con nosotros sólo para estar informada de primera mano y sabotear cuanto pudiéramos hacer... Y en cuanto a Desirée, ahora tenía una explicación bastante palmaria para algo que me había extrañado en su momento: que queriendo estar siempre en todas las salsas, Ruth hubiera dado un paso atrás cuando habíamos ido a ver a la chica, bajo el nimio pretexto de hacer las tareas domésticas. Como era lógico, no quería encontrarse con la que era, acaso, la única persona que podía vincularla con Iván.

–Qué es lo que estás queriendo decir. Dilo –le exigí.

–Pues eso, Vila. Que fue la dulce Ruth. La que se le acercó por la espalda, le sujetó del flequillo y de un solo tajo, antes de que el bobo de Iván pudiera darse cuenta de que se le había acabado la vida, lo degolló.

No hablé. No pestañeé siquiera.

–Empéñate en no creerlo –dijo–. Pero así fue.

Seguí impasible.

–Por qué.

–Cómo que por qué.

–Sé me ocurre por qué pudiste matarle tú. Sé, además, que te desembarazaste del cadáver y que hiciste la llamada fingida para que todo el mundo creyera que el concejal había simulado el robo de su coche. De ella sólo sé que mientras tú hacías todo eso estaba de patrulla con Siso, que lo confirma, y es el único por cuya inocencia apostaría en todo este embrollo.

–No eres mal apostador –opinó–. Claro que Siso es inocente. El inocente perfecto. Y el espectador perfecto para hacer creíble una obra de teatro. No fue idea mía. Fue ella, la que pensó que había que utilizarlo para eso.

Confieso que hasta ahí no había llegado.

–Vamos, Vila. Piensa. Ella sabía que yo iba a pasar. Los dos sabíamos que a Siso iban a parecerle sospechosos aquel coche y sus ocupantes, o si no, se le podría invitar fácilmente a que se lo parecieran. Y yo podía ir tranquilo con el cadáver sentado a mi lado, porque sabía que ella, aunque fingiera perseguirme, nunca me iba a coger. Funcionó como un reloj, o casi. Porque Siso se empeñó luego en dar media vuelta, y se encontraron conmigo cuando yo regresaba. Pero al final eso nos vino aún mejor. Porque pudimos fingir una persecución más trepidante, le hicimos fijarse más en el BMW y le pusimos en condiciones de asegurar que lo había visto volver a la carretera principal desde el desvío que lleva a donde apareció el cuerpo.

–Lo que no puedo entender es cómo tuviste la sangre fría de hacer todo eso, sabiendo que iba a servir para inculpar a un inocente –dijo Chamorro.

Nava rió sin fuerza.

–No necesitábamos que le condenasen, tan sólo que se centrara en él la investigación y no se mirase mucho por otro lado. Lo que yo deseaba era que pudiera dar alguna coartada, y que eso condujera la investigación a un callejón sin salida, hasta que los jefes y los jueces se aburrieran y el caso empezara a criar polvo. Salió aún mejor, con un juicio y una absolución unánime del jurado. Lo crítico son los primeros momentos, que es cuando la gente está en tensión y las pistas frescas. Luego todo se relaja mucho. O eso pensaba, hasta que me las he tenido que ver con vosotros.

–Pero ese hombre pasó un año en la cárcel.

–No me siento orgulloso. Ya he dicho que había cosas que me pesaban, y que estoy dispuesto a pagar. Ésa es una de las más feas.

–No nos estás diciendo todo –sugerí.

–¿Qué es lo que me callo?

–Que a tu socio le convenía quitar de la circulación al concejal. A quien le denegaba licencias y le limitaba las ganancias.

–Mi socio –evocó–. Pobre. Me lo imagino ahora, cagándose por la pata abajo. Y no sabe lo que se le viene encima. Eso pasa por jugar con fuego.

–Tampoco a él pienso tenerle lástima. Pero va después de ti.

–Pues se la podrías tener. Cuando se enteró de lo que habíamos hecho, estuvo a punto de desmayarse, del espanto. Tiene la mano rápida para coger los beneficios, pero le faltan huevos para manchársela.

–¿Me estás diciendo que él no sabía nada?

–Coño, ni siquiera lo sabía yo. Ya te lo estoy diciendo. Fue ella. Cuando yo llegué, me encontré ya con el muerto y el charco de sangre.

–Qué vas a ganar dejándole fuera, Nava.

Meneó la cabeza.

–Nada, tío, ya lo sé. Yo estoy frito. Y no te creas que no me apetecería echarlo a los leones, por gallina y tacaño, pero no soy tan cabrón.

–No te puedo creer.

–Te lo juro. Él se enteró cuando Iván ya estaba muerto y cuando ya habíamos hecho la farsa para colgarle el marrón al concejal. Era como matar dos pájaros de un tiro. Todo se le ocurrió a ella, que tenía la mente más retorcida que me he echado a la cara. El concejal era el mejor culpable que podíamos encontrar, por sus broncas con el chico, y encima andaba estorbando. Verde y con asas. Yo me limité a poner en práctica la idea, porque algo había que hacer y aquélla me pareció tan buena como cualquier otra. Y el pobre PP se encontró el pastel con la guinda puesta, y a partir de entonces tuvo que vivir con el miedo de que le acusaran de un asesinato.

–Lo que tampoco os vino mal, suponiendo que me crea la historia.

–Pues no. Un socio que tiene mucho que perder es más fiable.

–Si insistes en declarar eso, vas a dejarle en encubridor. Le vas a ahorrar una pila de años de talego. Lo sabes.

–Lo sé –asintió–. Ha llegado el momento de empezar a hacer el bien.

Hice una pausa, para tratar de ensamblar todas las piezas del rompecabezas. Era aún más complicado de lo que presentía, y no quería que se me quedara ningún cabo suelto. Sobre todo, no quería que, bajo la añagaza de su disposición a confesarlo todo, Nava lograra despistarme.

–Bien, todo lo que me cuentas es muy interesante, y no te diré que inconsistente. Pero sigo sin ver por qué ella iba a querer matarlo, al chico.

–¿Por qué crees que podía querer hacerlo yo? –me devolvió la pregunta.

–Porque empezasteis a usarlo como camello y te diste cuenta de que era un idiota y un bocazas. Que no era de fiar, y podía traerte la ruina.

–Eres listo, Vila. O eso, o adivino.

–Tampoco hay que estrujarse mucho los sesos. Sólo hace falta juntar todos los datos que se van recogiendo aquí y allá, sobre unos y otros.

–En serio, tío. Me admiras. Qué cabeza. La verdad es que casi es un honor, que te mande a la cárcel un tipo de tu talento.

–No soy más inteligente que tú –le rebatí–. Ni siquiera diría que soy inteligente. Sólo tengo buena memoria. Lo que veo y lo que oigo no se me suele olvidar. Por si te anima, he tenido que oír y ver muchas cosas antes de comprender quién eras y de enterarme de lo que estaba pasando aquí.

–Gracias. Me anima, sí. Sin embargo, con lo listo que eres, o con tu buena memoria, no aciertas en todo. Es verdad que cometimos un error fatídico. Pero el error fue otro, e involuntario. Coger a un idiota para que pase mercancía no es un error, necesariamente. Lo es que el idiota te conozca, y sepa quién eres y que trabaja para ti. Y de eso la culpa no fue nuestra, sino de un gilipollas al que espero que enganchéis pronto, si no ha caído ya.

–El Moranco.

–Bingo. No sé por qué vino con ese niñato a una cita

a la que debía haber venido solo. Luego nos dijo que por comodidad, porque se le había cascado el coche y el otro lo trajo en la moto. El caso es que el niñato nos vio. Y nos llegó la onda de que, a partir de ahí, empezó a darse importancia.

–No me cuentes más.

–Sí, claro que te cuento más. Tampoco era una tragedia. Cosa de darle un susto y hacerle entender de qué iba el negocio. No es la primera vez que se presenta ese problema, y no hay por qué resolverlo en plan carnicero.

–Pero...

–Pero ella se adelantó, tío. Así, como te lo cuento. Antes de que yo pudiera encauzarlo de forma razonable, zas. Asunto liquidado.

Sacudí la cabeza enérgicamente.

–No puedo creerte, ni así me lo jures. Todo tiene un por qué. Y por más que me lo digas, aquí sigo sin ver por qué ella iba a hacer lo que tú no.

Nava abatió la mirada.

–Yo también sigo sin verlo. En el primer momento, pensé que estaba loca. Luego, cuando me contó lo que había pasado aquella tarde...

–Y qué había pasado –preguntó Chamorro, reticente.

–En principio, nada anormal para ella. El chaval estaba de buen ver, no voy a negarlo, y Ruth no se andaba con muchas gaitas para estas cosas. Lo sé por experiencia personal. Y como yo, muchos otros. Su teniente Guzmán, sin ir más lejos. El caso es que se hizo la encontradiza con él.

No estaba nada seguro de querer seguir escuchando su relato. Pero tampoco podía detenerle. Si amarga era la verdad, amarga debía beberla.

–En fin, después de darle un poco de conversación, y de calentarlo un poquito, me imagino, lo llevó al chalet que teníamos para... Bueno, para utilidades diversas. El chaval la siguió como un cordero. Sin embargo, una vez allí, debió de portarse de una manera un poco especial.

Algo debió de hacer que a Ruth no le gustó demasiado. Era una chica abierta, pero con tendencia a querer llevar la voz cantante. Pon que el chico no se percatara, y se pusiera inconveniente o un poco tonto. Pon que hiciera algo de fuerza, o que se descolgara con alguna grosería. No lo sé. El caso es que todo eso se debió de juntar en el cerebro de ella con alguna otra cosa, y explotó. El cuerpo estaba en la cocina, caído junto a una mesa. Sobre la mesa había una papelina con dos rayas. El cuchillo era uno de la cocina, el primero que encontró. El chaval estaba ocupado en algo que le exigía atención, y eso le dio ventaja. Pero nuestra Ruth tuvo que decidirlo y hacerlo muy rápido.

Si era un cuento, tenía la contundencia y la meticulosidad suficientes para acreditar a Nava como un fabulador bastante capaz.

–Luego me llamó. Y cuando me presenté allí y lo vi, sólo me dejé arrastrar por lo que ella propuso. En algún momento, sí, pensé en detenerla. Mientras limpiábamos la sangre, mientras lo preparábamos todo, pasó por mi cerebro la única idea sensata, ponerle unas esposas, entregarla, y aceptar que la función también había terminado para mí. La expulsión del Cuerpo, la cárcel, y después la nada. Si hubiera estado solo, lo habría aceptado. Pero acababa de conocer a otra mujer. Y ella estaba embarazada de dos meses. Íbamos a casarnos. Quise ser yo el que cuidara de esa criatura. O la usé como pretexto, para cuidar de mí mismo. Ponlo como quieras.

–No estoy aquí para juzgarte –le aclaré. En definitiva, no era el primer hombre que perpetraba una infamia invocando una buena intención.

–En cuanto hubimos limpiado todo, volvimos al puesto. Ruth entraba de turno a las doce. Mientras ella salía de patrulla con Siso, yo dije que me iba por ahí a tomar unas copas. Hice unos cuantos viajes. Primero en mi coche hasta el chalet donde seguía el cuerpo. Luego en la moto del chico hasta las inmediaciones de la casa del concejal. El BMW estaba aparcado fuera, me costó poco hacerme con él. De nuevo vuelta al chalet, esta vez en el coche del concejal, y de allí, ya con el chico, al parque. Abandoné el BMW no demasiado lejos del chalet y fui andando a recuperar mi coche. La moto la recogimos y la llevamos a la casa del chico al día siguiente. Sabíamos que no estaba la madre y que no había prisa. Fue un poco laborioso, pero cuando estuvo hecho, creí que todo había salido a pedir de boca. Entonces pensé que si la hubiera detenido habría hecho el primo. A fin de cuentas, yo no había matado a nadie. Y de momento, había logrado alejar el problema.

Nava se interrumpió, apenas un instante. Luego siguió:

–Pero algo me decía que era sólo eso, una prórroga. Que todo se acabaría viniendo abajo algún día. Siempre conté con ello. Por eso no me puse tan nervioso como Ruth, cuando vinisteis. Aunque verle las orejas al lobo no es reconfortante, yo ya lo esperaba. Sabía que era demasiado difícil mantener el engaño, si venía alguien que le pusiera voluntad y paciencia. Sabía que algo fallaría. Aunque controlásemos a los confidentes, aunque os diéramos pistas falsas, aunque supiéramos en todo momento por dónde ibais.

–Estuvisteis cerca de saliros con la vuestra –dije.

–No lo creo. Vosotros no teníais más que hacer vuestro trabajo. Nosotros teníamos que mantener el tipo contra viento y marea. Y costaba.

Me acordé, cómo evitarlo, de Ruth, a lo largo de todos y cada uno de los días de aquella semana. Sí, en algún momento la había visto perder la compostura. Pero nunca hasta el extremo de permitirme vislumbrar cuáles eran las verdaderas razones de su comportamiento. Se las había arreglado siempre para que yo pudiera imputarlo a cualquier otro motivo. Y en cuanto a Nava, aunque él lo había tenido más fácil, otro tanto podía decirse. Para su mala cara no había pensado en otra causa que las noches que le daba su hija, y para explicar su bronca actitud durante aquella cena, tampoco se me había ocurrido nada más que el vino al que él la había achacado.

–Sobre todo –prosiguió–, le costaba a ella. Cuando me daba novedades, normalmente por las noches, podía notar que estaba desquiciada. Y a medida que avanzaban los días, iba a más. Olí que iba a pasar algo, y que iba a ser ella la que lo provocase. Vi que reventaría en cualquier momento.

Mientras le escuchaba, me sentí ciego, sordo, imbécil. Por haber estado con aquella misma mujer, esos mismos días, y haber mostrado tal incompetencia para descifrar sus gestos, sus reacciones, sus ausencias.

–Lo que no me imaginaba era hasta qué punto iba a reventar. La gota que la desequilibró fue lo de la hija del concejal. Confirmar que la había visto. Que la podía reconocer. Ahí, Vila, sí que perdió la cabeza.

–Por qué dices eso. Qué hizo.

–Vino a verme, desencajada. Nos fuimos a dar una vuelta con el coche. Intenté tranquilizarla. Incluso me atreví a plantear si no debíamos rendirnos. Le sugerí que podía huir, perderse por Sudamérica, o por donde fuera. Me miró como si estuviera trastornada. Me insultó. Me dijo que ni se me ocurriera pensar que me iba a salir de aquello. Que me tocaría lo que a ella le tocase, que lo que había hecho había sido en beneficio de los dos.

Nava parecía ahora exhausto. Me di cuenta del esfuerzo que le suponía.

–En resumen –siguió–, había tenido una idea: matar a la chica. Eliminar al testigo, enfollonarlo todo aún más. Y había pensado quién tenía que ser el ejecutor. Ella estaba con vosotros. No podía ir a La Palma. Me lo expuso así, con esta misma sencillez con que te lo estoy contando ahora. Y yo, qué quieres que te diga, me reí. Le respondí que no. Que yo no mataba a nadie. Y menos a una pobre chica que sólo recordaba vagamente una cara.

No quería creer nada de lo que estaba oyendo, por demasiados motivos. Quería interpretar que Nava se estaba montando una película fabulosa, para librarse de aquello de lo que menos podía proclamarse inocente. Pero recordaba palabra por palabra mi conversación telefónica con Ruth, después de interrogar a Desirée; lo que le había contado yo, lo que ella me había preguntado. Sentí que empezaba a dolerme insoportablemente la cabeza.

–Lo que vino después –dijo–, fue muy confuso. Sé que ella sacó la pistola, que me gritó, que me amenazó. Sé que la cogí. Que intenté quitársela. Que se disparó. Y sé que nadie me va a creer, ya te lo dije antes. Por eso me comeré los veinte años, como Dios. Pero no voy a dejar de negarlo, mientras me quede aliento. Yo no la maté, ni quise que muriera. No habría podido quererlo. Hasta el final, aunque ahora veo que con bastante poca fortuna, lo único que quise fue protegerla. De lo que había hecho y de lo que podía caerle por ello. Y también, por encima de todo, de sí misma. Ahí fue donde la cagué. No comprendí que mi enemigo podía más que yo.

Chamorro se volvió hacia mí, con un gesto expresivo. Asentí. Ya estaba. Ésa era la historia que aquel hombre iba a sostener. Ya se la habíamos arrancado. Ahora podíamos creerla, o no. Pero la historia estaba ahí. No estaba peor construida que otras. Y nos bastaba para hundirle.

–No quiero dejar de preguntártelo, Nava –me sinceré–. Aunque me digas que no es asunto mío, y que no me quieres responder. No lo hagas si no quieres. Pero me intriga, de veras. Hace algunos años juraste defender lo que tú sabes. Por qué coño te pasaste al bando de enfrente. Para qué.

Las lágrimas volvieron a brillar en los ojos del sargento primero.

–No dejé de defender lo que juré defender, a pesar de

todo –aseguró–. Si he podido ayudar a alguien, no he dejado de hacerlo. Pero a la vez me pasé al bando de enfrente, sí. No es tan raro. Los demonios, a fin de cuentas, fueron antes ángeles, ¿no? A todos nos tira lo que combatimos. Y cuando peleas contra alguien, te haces en cierto modo como él. Miente el que dice que nunca ha tenido la tentación. Yo la tuve, y caí. Eso es todo.

–¿Por dinero?

–El dinero ayuda, claro. Hace que compense.

–¿Y qué compraste con él?

–Algún capricho. El chalet. Un coche un poco mejor. Pero tuve cuidado, el chalet no está a mi nombre, y nunca fui por ahí regando billetes. La ostentación es el cepo en el que se pillan los dedos los pardillos. Casi todo está ahorrado. Pon que lo que quise comprar fue un futuro menos incierto.

Había una pizca de sorna, en aquello del futuro menos incierto. Quise entender cómo era posible que un hombre se despeñara así. Hasta el punto de hacer chistes mientras las lágrimas resbalaban por sus mejillas.

–Sé lo que piensas –dijo–. Tú eres un incorruptible. Conozco el percal. Tengo uno a mis órdenes desde hace muchos años. El bueno de Siso. Pregúntale por qué es guardia. Te hablará del orgullo de llevar el uniforme, del espíritu de servicio, del honor del Cuerpo. Y se le pondrá la carne de gallina mientras te lo dice. A ti te veo un poco menos pánfilo. Pero el resultado práctico es el mismo. Por lo que sea, te has convencido de que tienes un deber que cumplir y sigues adelante, contra viento y marea. También eres un crédulo, aunque de otra especie. Y al final, él y tú, sois lo mismo. Honrados tontos útiles, limpiándole las porquerizas al señor marqués. Que ahora no se hace llamar marqués, ni siquiera exige siempre que le llames señor, pero que después de todo viene a ser lo que siempre ha sido. Para él trabajas, mientras te crees un salvador de la humanidad y un servidor de la ley.

Le escuché con gesto beatífico. No pensé que quisiera insultarme.

–¿Has llegado a creer que eres mejor que Siso? –pregunté.

–No. Claro que no. Sé que soy mucho peor que él

–¿Más listo, entonces?

–Menos iluso, nada más.

Medité sobre sus palabras. No quería responderle de cualquier modo. No porque sintiera la necesidad de preservar ante él mi vanidad. Nava estaba rendido, acabado, roto. No había nada que proteger de él. Más bien sentí una responsabilidad ante Siso y ante todos los que creían en lo que hacían. Yo no era quién para hacerles de portavoz. Pero me pareció que lo era.

–Pues no sé, Nava –dije–. Pero dudo mucho que la gente como tú sea más lista que la gente como Siso. Ni siquiera la gente como tú a la que le sale bien la jugada. Le llamas tonto, a Siso. Pero tú también eres tonto. Y yo. Todos lo somos. De todos, quien nos conociera y pudiera juzgar nuestra vida de cabo a rabo, acabaría diciendo: mira, qué tontería, y qué se creería que estaba haciendo. Eso no tiene vuelta de hoja. Así acabamos todos.

Nava me calibró con la mirada, escéptico.

–En fin, tal y como yo lo veo –continué–, la cuestión no es empeñarse por encima de todo en no ser un tonto útil. Sino tratar de impedir que tus actos te conviertan en un tonto inútil o en un tonto perjudicial.

–Y eso por qué.

–Porque son pocos los hombres que han nacido para hacer daño y convivir tranquilamente con ello. Si es que hay uno solo.

–Debo entender que no me consideras un malvado, entonces.

–Hablando en serio, Nava. ¿Qué es un malvado?

–Creí que tendrías tu concepto de eso.

–Pues no –contesté–. He conocido a gente que hacía el mal, por supuesto. Pero no estoy seguro de haber conocido a ningún malvado. He conocido locos, inconscientes, estúpidos, cobardes, soberbios, ambiciosos, débiles, imprudentes. Pero malvados, lo que se dice malvados, no. Todos se buscaban una excusa para convencerse de que las circunstancias los habían llevado ahí. Un malvado no se busca excusas. Hace daño y se queda tan ancho. Te he oído unas cuantas excusas, esta noche. Así que no; no me das la talla.

–Deberías haberte hecho cura, Vila. Me siento como si acabara de confesar, pero en el confesonario. Y mira si hace años que no lo uso.

–Ríete. Pero hay algo que tú sabes que es verdad. Quien pierde la vergüenza, ya no la recobra nunca. Sólo hace falta perderla una vez. Luego, ya va todo cuesta abajo. Búrlate del que se empeña en ser honrado, como Siso. Pero sabes que te lleva esa ventaja. La vergüenza. Que le da una fuerza que a ti te falta, y que le protege de hacer las idioteces que tú has hecho.

Nava hizo memoria. Después, con pulcra exactitud, recitó:

–El honor ha de ser la principal divisa del guardia civil; debe por consiguiente conservarlo sin mancha. Una vez perdido no se recobra jamás.

–Veo que no es que no lo recordaras.

–Es enternecedor, Vila, que te creas lo que ya no se cree nadie. Que no te fijes en quién escribió eso, y para qué lo escribió. Tú, un universitario.

Si pienso en mí mismo, tiendo a considerarme cualquier cosa menos un creyente. Pero también esto, como todo lo demás, resulta relativo. Al lado de la de Siso, mi fe dejaba muchísimo que desear. Pero al lado de la de aquel hombre extraviado en el corazón de su laberinto, era mucha. Y aunque he sido educado en la duda (hasta considerarla el cimiento de cualquier forma de civilización) y mi oficio me obliga a practicarla sistemáticamente, me sorprendí a mí mismo dándole a Nava una réplica categórica:

–La verdad es la verdad, la diga quien la diga y para lo que la diga.

–Amén –se burló–. Oye, estoy molido. ¿No vas a llevarme al calabozo para que pueda echar una cabezada, antes de seguirme torturando?

–No te preocupes. Ya deben de estar al llegar.

Llegaron, sí. Media hora después, en el todoterreno que nos llevaba hacia el puesto, aprovechando que Chamorro había subido a otro vehículo y que los dos GRS que nos acompañaban no estaban muy al corriente del caso, me permití hacerle a Nava una proposición no del todo ortodoxa.

–No lo hagas. No le eches mierda encima. Está muerta.

–Por eso mismo, Vila. Qué más le da. Y no voy a decir nada más que la verdad. Así que puedo hacerlo con la conciencia bien tranquila.

–Apiádate de sus padres.

–Lo siento por ellos. Pero yo tengo una hija. Acepto que piense que su padre no fue tan honrado como debía. Pero no que es un desalmado.

–Sabes que no te va a servir de nada.

–Me sirve para lo que te acabo de decir. Y tú no deberías estar pidiéndome esto. Tu misión es que resplandezca la verdad y la justicia. Pues nada, aquí sí que puedes contar conmigo. Y no me incites al mal...

–No vas a hacerle bien a nadie, acusándola. No será nunca un hecho probado de una sentencia. Sólo algo que quedará insidiosamente ahí.

–No te canses, Vila. No tengo más remedio. Ella hizo lo que hizo, y sus padres tendrán que afrontarlo. Mi hija va primero. Lo siento.

Comprendí no sólo que no había ninguna posibilidad de convencerle, sino que en la práctica, iba a ser muy difícil arreglar que ella quedara al margen. Por otra parte, recordé que también Iván tenía una madre, y Margarethe von Amsberg, algún derecho a saber la verdad. Pero por un momento, no pude evitarlo, pensé que tener a un culpable encarcelado ya la confortaría, y que la verdad pura (concediendo que fuera la que Nava decía que era) no le resultaba indispensable. En fin, quizá pensaba así porque era lo que quería pensar. Tanto daba, en todo caso. Lo que hubiera de ser, sería.

Llegábamos frente a la casa-cuartel cuando Nava, acaso presintiendo que no volveríamos a estar solos, me dijo en voz baja:

–Aunque de esto sí que no pienso contar nada, quiero que sepas que lo sé. Y quiero que sepas también, porque es justo, que lo sé porque lo he adivinado. Ella nunca me lo dijo. Lo que eso signifique, tú lo interpretarás.

También sabía otra cosa, Nava: que yo no iba a preguntarle qué era eso que sabía. Así que nada le pregunté. Y nunca volvimos a hablar de ello.

Capítulo 20
LA NIEBLA Y LA DONCELLA

Fue aquélla una noche muy larga y atareada, y aún deparó otros descubrimientos desagradables. La gran mayoría nos los facilitó el propio Nava; según él, para que viéramos que no tenía el menor reparo en colaborar en el completo esclarecimiento de los hechos y nos convenciéramos de la veracidad de sus protestas de inocencia respecto de las dos muertes.

Gracias a su testimonio detuvimos a Valbuena y a otro de los guardias a sus órdenes, y en Tenerife a tres miembros de la unidad fiscal y antidroga que actuaban en connivencia con ellos. Amén de Pascual Pizarro y otros paisanos que trabajaban para la organización. Tenían, desde luego, un estupendo montaje. El escenario era idóneo, una isla llena de recovecos cuya comunicación se realizaba esencialmente por mar. Los actores, por otra parte, formaban un elenco capaz de asegurar que todo rodaba a la perfección: Nava y los suyos permitían que la mercancía desembarcara sin problemas y controlaban que nada estorbara la distribución en la isla; Pizarro disponía de los medios de transporte y de la infraestructura financiera para blanquear las ganancias; y los de la unidad antidroga de Tenerife velaban desde una posición inmejorable para que nunca se destapara el pastel. Había funcionado durante años, y quizá habría seguido funcionando si no hubiera sido por el malhadado incidente. Habían sido los amos del mercado de estupefacientes de una isla que, sin registrar el movimiento de otras, tenía más que suficiente para que el negocio les resarciera de sus desvelos. Con abundancia de turistas y extranjeros residentes, amén de los consumidores autóctonos.

Todos los guardias implicados, sin excepción, se derrumbaron cuando fueron a detenerlos. Podían haber cedido a la tentación de enriquecerse y delinquir, pero ninguno dejaba de tener grabada en el inconsciente la huella que imprimen los años de vestir el uniforme. Gracias a ellos y a su arrepentimiento casi unánime, la investigación progresó a gran velocidad y la trama quedó totalmente desmantelada. Los jefes y el subdelegado del gobierno, aunque les constaba que el suministro de drogas se reorganizaría en seguida de otra forma, tenían así algo que poner en la balanza para contrarrestar el impacto deplorable que sin remedio iba a tener la noticia: narcotráfico y asesinatos con guardias de por medio. Por localizado que estuviera el problema, y por inmisericorde que fuera la reacción contra los descarriados, conforme a la tradición del Cuerpo, el daño de imagen iba a costar repararlo.

Pascual Pizarro respondió con poca gallardía. Durante un buen rato dilapidó sus energías declarándose ajeno a los hechos y atropellado por la actuación policial. Pero cuando se percató de lo que estaba sucediendo, y el terror que a duras penas había contenido estalló en su interior, comprendió que debía intentar salvar lo que era salvable y se dedicó a desmarcarse de los homicidios. Él no era, aseguró, más que un empresario que había tenido la mala idea de entrar en negocios ilegales para enjugar pérdidas y paliar las dificultades financieras por las que atravesaba en los legales. Que carecía del valor para ordenar que se matara a una persona, y que era ajeno a la conspiración contra el concejal. Alguna de esas afirmaciones podía ser cierta. O podía no serlo ninguna. Después de todo lo que había pasado, me sentí incapaz de preocuparme demasiado por aquel individuo. Lo que otros averiguaran y los jueces declarasen me valdría, y no iba a creer que la pena que le impusieran, fuera la que fuese, resultaba inapropiada. No por inquina o por falta de compasión, sino porque, francamente, me traía al pairo.

En realidad, todo el asunto de las drogas me interesaba muy poco. Una organización de narcotraficantes no es más que una pandilla que se concierta para asumir como fin supremo el burdo pasatiempo de juntar dinero. En ese sentido, y si no fuera porque suele coincidir que a más ganancia, menos contemplaciones, no se diferencia mucho de un banco, una bolsa de valores o cualquier otra forma tolerada de articular el infatigable cálculo egoísta. Está el aspecto de la ilegalidad, y de lo nocivas que son las sustancias con que comercian, pero ni son los únicos que se lucran con sustancias nocivas, ni su prohibición deja de resultar contingente. Hay países donde la venta de muchas drogas no es delito, y no falta gente decente que sostiene que penalizarlas es lo que más favorece su circulación y su capacidad para destruir y corromper a las personas. En fin, ya sé que vivo en un mundo donde manda la codicia; ya he entendido, aunque me disguste, que no podré cambiarlo. Hay delitos que persigo porque tengo el deber de hacerlo y lo cumplo, no porque esté convencido de que sirve de mucho perseguirlos.

Lo que a mí me importaba eran Iván y Ruth, las dos personas cuya muerte estaba obligado a dilucidar. Los entresijos de aquel tinglado que había contribuido a echar abajo sólo me incumbían en tanto que me ayudaran a entender por qué, una vez más, me tocaba ver cómo alguien se arrogaba sobre un semejante el poder de destruirle. Y por más que lo intenté, no logré alcanzar una conclusión que me permitiera dejar de considerar gratuito e incomprensible, además de desdichado, todo lo que había sucedido. Me acordaba del chico y sentía lástima de él, porque en su viaje al precipicio no había incurrido más que en alguna que otra torpeza, mucho menos grave que las de tantos otros que escapaban a su infortunio. En cuanto a Ruth, aún me parecían tan inconcebibles tantas cosas... Por encima de todo, me desalentaba comprobar lo delgada que era la línea entre la vida y la muerte, lo poco que hacía falta para que alguien lo perdiera todo y lo incierto que podía resultar el conocimiento de los resortes que desencadenaban el desastre.

Podía estar seguro, eso sí, de algunos aspectos secundarios. El asesino no seguiría en libertad, y la sombra de la sospecha dejaría de pesar sobre un inocente. Por otra parte, alguien iba a resultar condenado, y las familias de las dos víctimas podrían obtener, aunque incompleto y desigual, algún alivio como consecuencia de mis quebraderos de cabeza. Siendo poco exigente, con eso ya debía sobrarme para sentirme contento de mi labor. Pero no trataré de engañar a nadie. Lo cierto era que no lo estaba, en absoluto.

Otro asunto que me importaba y me hacía sentir incómodo, y que por ello abordé tan pronto como hubo ocasión, tenía que ver con mis compañeros. Cuando comprendí que había guardias metidos en el lío, no me quedó más remedio que desconfiar de todos los que habían tenido algo que ver con el caso, mantenerlos al margen e incluso recomendar a mis superiores que se los vigilara hasta que no estuviera delimitado el alcance de la corruptela. En consecuencia, tanto Guzmán como Morcillo, Azuara y el resto de la gente del puesto de Nava, se vieron en la ingrata situación de tener que defender su inocencia, frente a otros guardias que por orden del subdelegado del gobierno los neutralizaron e interrogaron. A lo largo de la noche fueron quedando en libertad los del puesto, comenzando por Siso, que no daba crédito a lo que ocurría ante sus ojos. Cuando le dije lo que habíamos descubierto, lejos de la ira que me había anunciado, se quedó como ido. Luego se echó a llorar, no sé si de impotencia, de rabia o simplemente de pena.

Al día siguiente, cuando pude volver a encontrarme con Guzmán y los suyos, lo primero que hice fue pedirles disculpas. Morcillo aún parecía resentida y a Azuara lo vi más perplejo que ofendido. El teniente, en cambio, me demostró que estaba hecho de una pasta poco común. Supongo que no habrían sido muchos los que, después de haberse visto sometidos a un recelo y un maltrato infundados, habrían reaccionado como él.

–No pases mal rato por eso, Vila –me excusó–. Hiciste lo que tenías que hacer, lo que yo habría hecho en tu lugar. Y hasta cierto punto, qué quieres que te diga, nos lo merecimos. Por haber dejado que nos timaran.

–Estaba casi seguro de que no teníais nada que ver –dije–. Pero me faltaba el casi, y espero que entendáis que no podía arriesgarme.

–Entendido y olvidado, de verdad.

Había algo, no obstante, que preocupaba y tenía a disgusto al teniente. Bien mirado, era natural que le preocupase y le disgustara, pero cuando me lo planteó, no pude evitar acordarme de lo que me había insinuado Nava acerca de la relación que había podido existir entre él y Ruth. Lo cierto es que Guzmán formuló la pregunta con todas las precauciones:

–Tengo que preguntarte algo. Y lo tengo que hacer porque me cuesta admitir que no conocía a una persona con la que he trabajado durante meses. ¿Te resulta creíble la historia que cuenta Nava acerca de Ruth?

Le observé, y por un momento me pareció estar observándome a mí mismo. Sabía lo que querría que me contestaran, si yo hubiera tenido a alguien a quien formularle a mi vez esa pregunta. Y sabía lo que no podía responderle, a menos que faltara a la verdad y a mi propia intuición.

–Del todo creíble, no –dije–. Del todo increíble, tampoco.

–Tendré que irlo asimilando, entonces. Pero no me cabe en la cabeza, Vila. He trabajado día y noche con ella. Todos lo hemos hecho. Pregunta a cualquiera. La hemos visto sacrificarse una y otra vez, por el trabajo, por los compañeros, por la gente. Cómo pudo, alguien así...

No tenía la respuesta a eso, y no intenté dársela.

–En cualquier caso –se rehízo–, enhorabuena. Vinisteis a hacer un trabajo y lo habéis hecho. No os van a regalar el sueldo este mes.

–No lo hemos hecho solos –creí obligado puntualizar.

–Bueno, pero casi. En fin, ya sabéis dónde nos tenéis. Aunque no nos hayamos conocido en la mejor de las circunstancias, estaremos encantados de colaborar con vosotros siempre que podamos. Sin ninguna reserva.

–Lo mismo le digo, mi sargento –le secundó Morcillo, esforzándose. Puede que no hubiéramos llegado a congeniar del todo porque nos había faltado tiempo. No me parecía mala chica, ni mucho menos mala policía.

Otra felicitación que recibimos, poco después, fue la del subdelegado del gobierno. Quiso vernos en su despacho, a Chamorro y a mí, antes de que regresáramos a la Península. Nos citó a las siete, y a las siete menos un minuto, que fue cuando nos presentamos allí y nos anunció su secretaria, salió al antedespacho. Nos estrechó la mano y nos invitó a pasar.

–Además de felicitarles, quiero darles las gracias –dijo, una vez que estuvimos sentados frente a él–. Como subdelegado del gobierno y también a título personal. Nos han ayudado a hacer una buena limpieza. Ya he hablado con su jefe y le he dicho que puede estar orgulloso de su gente.

–Se lo agradezco, señor subdelegado del gobierno. Pero le confieso que yo estaría más orgulloso si no hubiera muerto nadie.

–No se culpe, sargento.

–Tampoco puedo sentirme feliz.

–Lo entiendo, no crea que no. Y tampoco crea que soy ajeno a su pesar. Esa chica, al margen de lo que hiciera, murió mientras estaba a mis órdenes. No crea que puedo ni que voy a desentenderme de eso.

–Eso es lo que me gustaría pedirle, si puede hacerme el favor –dije–. Que no deje desamparados a los padres. Que no permita que se lo hagan pagar a ellos. Lo que viene ahora va a resultarles bastante duro. Usted sabe que los de las togas negras no son muy considerados con el dolor del prójimo. Una vez que entran en su dinámica, les pierde el afán de lucirse.

–Cuente con que no voy abandonarlos. Y en cuanto a los de las togas negras, también estaré pendiente, aunque ya sabe que yo ahí puedo poco. De todas formas, le interesará saber que la juez de La Gomera me ha encarecido que les transmita su felicitación por el desenlace de la investigación.

–Pues dele las gracias, de nuestra parte.

Chamorro me observó de reojo. No me había cuidado de disimular la ironía al referirme a la juez. Pero llevaba toda la noche sin dormir, y eso me había averiado un poco el mecanismo de la hipocresía social. El subdelegado del gobierno, no obstante, pasó por alto mi pequeño desacato.

–Hay otra persona que me pide que les felicite y les transmita su gratitud por el trabajo que han realizado en este caso –añadió.

Qué bárbaro, pensé. Nunca había experimentado, al unísono, tal avalancha de parabienes y una desazón tan honda y persistente en mi interior.

–Mi cuñada les está muy, muy agradecida. Por primera vez desde que la conozco, le he notado algo de alegría en la voz. Creí que debían saberlo. No sé si en su vida le habrán hecho tanto bien a alguien. Se lo digo para que se sientan recompensados por todos los malos tragos, y para que sepan por qué les debo, aparte y por encima de todo, mi gratitud personal.

Recordé la tarde en que le había conocido, y lo que me había dicho de aquel sobrino político al que no había llegado a poder considerar como tal salvo a título póstumo. Como la realidad suele ser compleja, había estado certero y desacertado a la vez. Porque Iván se había expuesto con sus actos, como él intuía, pero era despiadado afirmar que se hubiera buscado su desgracia. También pensé en Margarethe von Amsberg, y en la extraña sagacidad que a veces tienen los locos, si es que ella lo era. Como ella supusiera siempre, ante la rechifla general y el escepticismo de su cuñado, detrás de la muerte de su hijo había alguien gordo. No en términos absolutos; quiénes eran Nava, o los demás guardias, o el mismo Pascual Pizarro, sino una partida de hampones de tercera; pero algo pesaban, dentro de aquella isla, y habían podido pesar también a los efectos de frustrar la investigación.

En todo caso, advertí que el subdelegado del gobierno, a cada cual hay que reconocerle lo que le toca, estaba teniendo el detalle de apearse de su cargo y dejarnos ver al ser humano de debajo. Me acordé de la teoría de Gómez Padilla sobre los políticos. Según ella, aquel hombre no llegaría a ninguna parte. O sí. Porque podía ser agradecido en aquella situación, y a la vez pisarles el cuello a sus oponentes cuando se terciase. Igual que Nava se dolía de la suerte de las mujeres maltratadas, y se esforzaba realmente en protegerlas, mientras formaba parte de una organización mafiosa.

–Les debo una, sargento. Si alguna vez puedo serles útil en algo, díganmelo –me ofreció, con su tarjeta–. Ahí le doy mi teléfono y mi dirección de casa. Esto de la política pasará tarde o temprano, pero mi deuda con usted es para siempre. Ahí tiene un amigo, para lo que quiera. De verdad.

–Gracias. Salude de nuestra parte a su cuñada. Y

deséele suerte. De corazón. Espero que la vida le depare mejores días que los que ha pasado.

El subdelegado del gobierno nos despidió efusivamente; a Chamorro, en lugar del frío apretón de manos, le plantó dos sonoros besos en las mejillas, y a mí me dio un abrazo con palmetazos en la espalda. Lo encajamos con estoicismo, no en balde nuestro oficio nos obliga a vivir no pocas situaciones desconcertantes, y salimos de allí, o al menos ése fue mi caso, con la sensación de haber despertado al fin de una pesadilla agotadora. Las calles de aquella ciudad que apenas nos era familiar nos acogieron como a dos náufragos arrojados por el mar a la playa. Miré a mi compañera y le dije:

–Vamos a emborracharnos, anda.

Entramos en el bar más cercano y pedimos dos gintonics. Cuando nos los sirvieron, alcé mi vaso y le propuse a Chamorro un brindis.

–Por ti, Virginia. Una vez más, no sé qué habría sido de mí, si no te hubiera tenido para ayudarme a salir del atolladero.

Mi compañera no se mostró muy halagada por el cumplido. O quizá era que el cansancio también hacía mella en su ánimo.

–No tienes mucho que agradecerme, esta vez –respondió.

–¿Y eso?

–Tengo la sensación de que te lo has comido tú casi todo. Al final, fuiste tú el que vio claro lo que yo ni había llegado a oler.

El trago de alcohol me recompuso un poco.

–Eso no es verdad –dije–. Ahora tienes la cabeza un poco cargada. Pero cuando estés más despejada repasa todo lo que hemos hecho. Verás dónde están las claves con las que acabamos desenredando la madeja. Y te darás cuenta de que muchas las conseguiste tú. Aparte de mantener el espíritu y apuntalarme en mis desfallecimientos, como de costumbre.

–No eres tan débil como presumes de ser –me reprendió.

–¿Que presumo de débil? ¿Y por qué iba a hacer eso?

–Bueno. Es una forma de coquetería, como cualquier otra.

–Vaya, nunca me habían acusado de coquetería.

–Pues será porque nadie se fijó mucho en ti, hasta ahora.

–A veces temo que me estés conociendo demasiado, cabo.

–El temor es recíproco, mi sargento.

A esa declaración de Chamorro, no podía ser de otra forma, sucedió un significativo silencio, que ambos usamos para largarle un buen sorbo a nuestros vasos. Era cierto que ya llevábamos unas cuantas penalidades compartidas, y que eso, inexorablemente, iba creando un espacio común que cada vez era más amplio y estaba más lleno de matices. Lo que tenía sus ventajas, sin duda, pero también comportaba sus peligros. El que Chamorro acababa de mencionar no era, por cierto, el que más me inquietaba.

–No temas –le dije, al fin–. Los hombres siempre entendemos a las mujeres mucho peor de lo que las mujeres nos entendéis a nosotros.

–Depende del hombre –afirmó, con una sonrisa aviesa.

–Hablo en términos generales.

–Los términos generales no existen, mi sargento. Y también depende de la mujer. No hace falta que te diga que no todas somos igual de enrevesadas.

Al oír eso, no pude evitar acordarme de Ruth, y mi cara debió de denunciarlo con instantánea nitidez. A Chamorro se le borró la sonrisa con similar presteza. Se llevó el vaso a la boca y bebió un trago largo.

–Me hace sentir mal, cuando la recuerdo –confesó.

–¿Por qué?

–Por haberla odiado así. Sin darme cuenta de que

estaba enferma. De que la pobre no era responsable de lo que hacía.

–¿Eso crees?

Chamorro asintió.

–Estoy convencida. Ahora entiendo todo lo que en su día era incapaz de entender. Me vienen a la memoria muchas cosas, porque yo conviví durante una buena temporada con ella. Y todas me llevan a lo mismo. Vete a saber por qué estaba desequilibrada. Pero lo estaba, desde luego.

–No sé –repuse–. Hablar de trastorno o de desequilibrio mental es muy complicado. Todos tenemos alguno. Y no por ello dejamos de ser responsables de lo que hacemos. Lo que sugieres es que Ruth era incapaz de controlar sus actos. Preferiría creerlo así, desde luego. Pero lo dudo.

A Chamorro la sorprendió mi apreciación. Acaso esperaba que fuera más indulgente que ella con Ruth. Pero no podía serlo, aunque hubiera querido. Y no podía, tampoco y sobre todo, esconder lo que pensaba a mi compañera de fatigas. Aunque no tengo muchas certezas, hay algo que mientras me alcancen las fuerzas trataré de honrar siempre: la lealtad a quien soporta contigo, codo con codo, el barro y el polvo de la misma trinchera. Uno nunca termina de saber si es justa o verdadera la causa por la que lucha. Pero lo que está fuera de cuestión es la indignidad de quien da la espalda al que tiene a su lado.

No nos emborrachamos, pero casi. Tomamos varias copas más, picamos algo y acabamos bailando en un tugurio de salsa; he de reconocer que ella con bastante más prestancia que yo. Es posible que en algún momento de la noche, relajado por el alcohol, llegara a concebir, lo admito, alguna ilusión improcedente. Pero tenía demasiado reciente cierto descalabro como para dejarla prosperar. No iba a caer, precisamente entonces, en aquello de lo que me había cuidado de caer durante tres años. A eso de las doce nos fuimos al hotel y cada uno durmió en su habitación, como correspondía.

Al día siguiente cogimos el avión de vuelta a Madrid. En el aeropuerto, poco antes de que tuviera que apagar el teléfono, recibí una llamada.

–Hola, sargento –dijo una voz masculina.

–¿Quién es? –pregunté, aún levemente espeso por la resaca.

–Juan. Gómez Padilla.

–Ah, hola, ¿cómo está?

–Agradecido. Y asombrado, para serle sincero.

–¿Por qué?

–Por muchas cosas. Me asombra que no les haya temblado el pulso. Que hayan reconocido el error. Y lo exquisitos que han sido. Quería darle las gracias especialmente por haberse ocupado de proteger a mi hija.

–No tiene que agradecerme nada. Hicimos lo que teníamos que hacer. Somos nosotros quienes tenemos que estarle agradecidos a ella.

–También por eso les doy las gracias yo a ustedes. Es el primer acto de madurez y de responsabilidad de su vida, que yo sepa. Sólo espero que no corra demasiado peligro por haber colaborado con la justicia.

–Lo dudo, la organización está completamente desarticulada y ella no es indispensable para incriminar a los responsables. No tiene por qué pasarle nada. Pero si en algún momento temen ustedes algo, llámeme.

–En fin, sólo quería decirle que por razones obvias ha sido para mí una suerte haberle conocido. Y que lo celebro.

–Igualmente, Juan.

Colgué con aquella sensación contradictoria en la que vivía desde la antevíspera. La de haber alcanzado el objetivo y a la vez haber fracasado estrepitosamente. Miré a Chamorro y me apresuré a desconectar el teléfono.

–Lo apago –dije–. Si puedo hacerte una confidencia

íntima, no quiero que nadie más me felicite ni me dé las gracias. Por lo menos durante un rato.

Mi compañera sonrió en silencio.

A partir de ahí, todo siguió su curso rutinario. Se hicieron algunas detenciones más, entre ellas las del Moranco y la Cheli, que se habían escondido en Tenerife, y acabó habiendo un juicio en el que tuve que testificar y que sirvió para suministrar material escandaloso a los periódicos durante unas cuantas semanas. Entre otras preguntas antipáticas, tuve que responder a la de si en mi opinión Ruth había podido ser la autora material de la muerte de Iván López von Amsberg. Y tuve que hacerlo aguantando a la vez el implacable escrutinio del ingenioso abogado de Nava y las miradas fijas del brigada Anglada y de Margarethe, a quienes tenía perfectamente localizados en la sala de audiencias. No era la primera vez que me veía declarando ante un tribunal, así que no caí en la encerrona del letrado. Respondí, alto y claro, y sin violentar mi conciencia, que no estaba en condiciones de afirmar el hecho que se me planteaba. El abogado quiso obligarme a decir lo que buscaba, esto es, que Ruth había podido ser la asesina, pero me negué hasta que el presidente del tribunal le amonestó y le dijo que el testigo ya había respondido a su pregunta. Luego me atacó por el otro flanco que resultaba previsible: si podía afirmar taxativamente que el sargento primero hubiera asesinado al chico. Me limité a recordar que las pruebas respaldaban que él se había deshecho del cadáver. Y por más que lo intentó, tampoco me sacó de ahí. Ni él, ni tampoco el fiscal. No siempre es fácil, y aquella vez no lo fue en absoluto, pero cuando salí a la calle, una vez concluida mi intervención, creí que había hecho lo que debía. Con el corazón y la cabeza lo creí.

No asistí a más sesiones del juicio que aquéllas a las que se me citó, y en éstas sólo estuve lo imprescindible. Luego leí en los periódicos que el jurado había condenado a Nava como autor de la muerte de Ruth y le había absuelto del homicidio de Iván, aunque le había condenado por encubrirlo. Como encubridores se condenó también a Pascual Pizarro y a los demás guardias. Me pareció bien, una solución salomónica. Me permití esperar que sirviera para confortar a las familias de los difuntos, y que Nava se portara bien en la cárcel y pudiera llegar a vivir al menos la adolescencia de su hija.

Antes de volver de Tenerife, cuando estuve allí para el juicio, me tomé un día de asuntos propios y me embarqué para La Gomera. Sabía que era un error, pero a la vez no podía dejar de cometerlo. Alquilé un coche y fui a todos los lugares a los que ella me había llevado. Subí al alto de Garajonay, bajé a la playa. Me quedé un buen rato allí, viendo romper las olas.

Había querido saber más de ella. Había investigado. En la academia no había sacado un mal número, aunque habría podido quedar mejor de no ser por algunas faltas disciplinarias; ninguna grave, de todos modos. Tuve acceso a sus tests psicotécnicos y de personalidad. No es mucha la fe que me inspira esa clase de tests, porque sospecho que cualquier persona un poco espabilada puede dar en ellos, si se lo propone, el perfil que mejor le convenga. Los de Ruth, en cualquier caso, revelaban una inteligencia desarrollada y una personalidad algo dominante y narcisista, pero normal. También me informé acerca de su comportamiento en el primer destino que había tenido, en Galicia. Durante su estancia allí, había resultado más bien problemática. Su traslado a Canarias no había sido propiamente una opción; la habían forzado a irse. Quizá por eso, por alguna clase de resentimiento, cuando llegó a La Gomera y accedió, en más de un sentido, a la confianza de Nava, pasó sin demasiados aspavientos a compartir también sus manejos ilícitos.

Pero mientras contemplaba el mar donde había nadado con ella, todo esto dejó de tener importancia. Nunca sabré a ciencia cierta lo que hizo o dejó de hacer. Lo que sé, y elijo recordar, es lo que mis ojos vieron y lo que mis dedos tocaron. Pudo provocarme, mentirme, manipularme; pero en su mirada había una inocencia feroz y en el momento de entregarse era generosa y absurda como una niña. Otros podrán, tal vez, considerarla una desalmada. A mí, después de haber probado el sabor de sus labios, no me asiste ese derecho.

En el camino de regreso crucé por el bosque, y allí volví a tropezarme con la niebla. Mientras conducía, me acordé de cuando Ruth me había llevado, junto a Chamorro, a conocer aquel paraje. Volví a verla al volante, avanzando impasible contra la noche velada por la bruma. La imagen, de pronto, se me antojaba una especie de símbolo de su caída. La niebla la había llamado, y ella, sin arredrarse, había acudido. En eso se resumía todo.

Aunque no pude salvar de ella más que la sombra que ahora guarda mi memoria, ya no tengo la vanidad de culparme. Al cabo del tiempo he comprendido que cuando yo llegué la historia ya estaba escrita y no admitía enmienda ni redención. Nadie podía impedir, una vez que ellas lo habían decidido, aquel misterioso y fatídico abrazo entre la niebla y la doncella.

Toledo - Madrid - Getafe - Santa Cruz de La Palma - Chiclana de la Frontera, 30 de octubre 2001 - 21 de septiembre 2002

ÍNDICE

Descubre la serie Bevilacqua y Chamorro: